本书出版受暨南大学"211 工程"第三期"比较文艺学与海外华文文学"建设项目资助

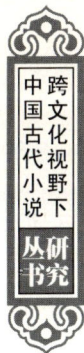

跨文化视野下中国古代小说研究丛书

主编　程国赋　史小军

两宋民族战争本事小说戏曲故事演变

张春晓◎著

暨南大学出版社
JINAN UNIVERSITY PRESS

中国·广州

图书在版编目（CIP）数据

两宋民族战争本事小说戏曲故事演变/张春晓著. —广州：暨南大学出版社，2013.4
（跨文化视野下中国古代小说研究丛书）
ISBN 978 - 7 - 5668 - 0396 - 2

Ⅰ.①两… Ⅱ.①张… Ⅲ.①古典小说—小说研究—中国—宋代
Ⅳ.①I207.41

中国版本图书馆 CIP 数据核字（2012）第 254191 号

两宋民族战争本事小说戏曲故事演变
著　　者：张春晓

丛书策划：史小军
责任编辑：陈绪泉
责任校对：黄　斯

地　　址：中国广州暨南大学
电　　话：总编室（8620）85221601
　　　　　营销部（8620）85225284　85228291　85228292（邮购）
传　　真：（8620）85221583（办公室）　85223774（营销部）
邮　　编：510630
网　　址：http://www.jnupress.com　http://press.jnu.edu.cn
排　　版：广州市天河星辰文化发展部照排中心
印　　刷：佛山市浩文彩色印刷有限公司
开　　本：787mm×960mm　1/16
印　　张：16.125
字　　数：264千
版　　次：2013年4月第1版
印　　次：2013年4月第1次
定　　价：37.80元

（暨大版图书如有印装质量问题，请与出版社总编室联系调换）

总　序

　　暨南大学中国古代文学是具有历史积淀的优势学科，前辈学者汤擎民、陈芦荻、郑孟彤、艾治平、李文初、洪柏昭、王景霓等教授对本学科的发展起到了重要作用。本学科于1983年获得硕士学位授予权。2003年，由邓乔彬教授领衔的暨南大学中国古代文学学科获得博士学位授予权，现为暨南大学"211工程"重点建设学科之一。

　　本学科梯队结构合理，成员主要是30～50多岁的中青年博士，年富力强，呈现出年轻化、高学历、高职称的特点。本学科科研成果突出，近五年来主持国家社科基金和省部级项目15项，其中邓乔彬教授、程国赋教授主持的两项国家社科基金项目结项获评为优秀等级；在《文学评论》、《文艺研究》、《文史》、《文学遗产》、《文艺理论研究》等权威期刊上发表论文近30篇，出版学术著作10余部。

　　学科成员注重跨学科的研究方法，尤其重视文献学、文艺学与古代文学相结合，有意识地在文化学的视野中探讨古代文学，目前已形成中国古代小说研究、诗词学研究、儒释道与古代文学研究、古代文学学术史研究等特色鲜明的研究方向，在学术界产生较大影响。

　　为了进一步发挥学科特色，形成团队优势，体现学校"搭大平台，组大团队，拿大项目，出大成果"的发展思路，2008年，学校成立"暨南大学中国古代小说研究中心"，由程国赋教授担任中心主任，王进驹教授担任中心副主任。目前，中心已形成三个较具特色的研究方向，即中国古代小说传播与接受研究、中国古代小说与文化研究、中国古代小说史研究。三个研究方向的具体人员及学术研究情况如下：

　　第一，中国古代小说的传播与接受方向。带头人为程国赋教授（博导），具体成员有罗立群教授、张春晓副教授、蔡亚平博士。程国赋教授系广东省高校"珠江学者特聘教授"、教育部首届"新世纪优秀人才支持计划"入选者、广东省"千百十工程"国家级培养对象。主持并完成国家级、省部级社科项目 10 余项,在《文学评论》、《文艺研究》、《文学遗产》、《文史》等权威期刊上发表学术论文 15 篇,出版学术专著 8 部,获得广东省 2008—2009 年哲学社会科学优秀成果奖一等奖、《文学评论》2003—2007 年优秀论文奖等奖励,在境内外中国古代小说研究领域产生较大影响,处于国内小说研究界前沿地位。

本方向罗立群教授自 20 世纪 80 年代末即从事武侠小说研究,撰有《中国武侠小说史》等学术专著;张春晓副教授、蔡亚平博士均在古代小说研究领域发表多篇具有一定影响的学术论文。

第二,中国古代小说与文化研究方向。带头人为史小军教授(博导),具体成员有魏中林教授(博导)、张世君教授(博导)、韩春平博士。史小军教授近年来在《文学评论》、《文艺研究》等权威期刊上发表论文 4 篇,主持教育部社科规划项目、广东省社科规划项目等多项省部级课题。他从事的《金瓶梅》与传统文化研究在国内学术界受到较多关注。本方向魏中林教授在《红楼梦》的研究与教学等方面取得突出成绩,发表多篇高水平的学术论文。张世君教授(博导)近年来在明清小说评点、叙事研究方面独树一帜,成果丰硕。韩春平博士在明清时期南京地区小说创作及传播方面撰写系列论文,受到学术界关注。

第三,中国古代小说史方向。带头人为王进驹教授,具体成员有陆勇强教授、全秋菊副教授、宋小克博士等。王进驹教授近年来在中国社会科学出版社出版《乾隆时期自况性长篇小说研究》,在《文艺理论研究》诸刊上发表多篇学术论文,主持教育部社科项目、广东省社科项目、广州市社科规划项目多项,并致力于清代小说作家的文献考订。陆勇强教授、全秋菊副教授、宋小克博士在神话与小说、明清小说作家、作品的考证、小说文献与戏曲文献的交叉研究等方面也颇有建树。本方向在中华书局、上海古籍出版社已出版或即将出版的著作还有《隋唐五代小说研究资料》、《中国古代小说史料学》等。

从师资力量来看,上述三个研究方向共有研究人员 12 名,其中,教授 7 人(博导 4 人),副教授 2 人,讲师 3 人,具有博士学位的有 10 人,师资力量较为雄厚。

　　暨南大学中国古代小说研究中心根据学校实施的"宁静致远计划"和"侨校＋名校"的发展战略,最近几年开始组建学术团队,力争推出一批学术精品,培养出一批优秀人才,我们将这种发展思路称为"六个一工程",即举办一次古代小说学术研讨会;出版一套具有广泛影响的学术丛书;培养一批中青年学术骨干与教学骨干;争取获得一批重要科研奖励,包括教育部人文社科优秀成果奖和广东省哲学社会科学优秀成果奖;申报一项国家社科基金重大攻关项目或教育部重大攻关项目;争取获批为广东省人文社科重点研究基地或教育部人文社科重点研究基地等等,试图通过上述"六个一工程"的建设,把暨南大学中国古代小说研究中心打造成在省内相关研究领域处于领先位置、在国内外具有重要影响的学术团队。

　　围绕以上学术目标,我们近期开展了一系列的学术活动。2011 年 3 月 26 日至 29 日,本中心与《文学遗产》编辑部联合主办、广州大学等单位协办"跨文化视野下中国古代小说学术研讨会",共有来自海内外的 80 余位学者与会,会议共收到 62 篇论文。会议期间,先后邀请多位国务院学科评议组成员,法国、韩国著名学者等举行四场精彩的讲座。《文学遗产》、《中国社会科学报》、《中华读书报》、《暨南学报》、《广州日报》等报刊均对本次会议进行了报道、评介,在学术界产生了较大的反响。这次会议的召开在一定程度上展示了中国古代小说研究的最新成果和研究动向,加强了学术交流,推动了暨南大学中国古代文学的学科建设。

　　这次我们在暨南大学出版社出版"跨文化视野下中国古代小说研究丛书"（共 7 本）,这也是本中心开展的一项重要学术活动。列入该丛书的具体书目如下:

　　史小军《明清小说与传统文化探究》:明清小说既是传统文化的组成部分,又是传统文化的载体。本书既关注明清小说如何表现传统文化,又关注传统文化如何影响明清小说,试图透过明清小说中具体的文化现象的描写来形象地解读中国传统文化的内涵和精髓。论题角度新颖,一石二鸟,为读者深入了解传统文化与明清小说找到了一条捷径。

　　罗立群《中国剑侠小说史论》:本书梳理了中国剑侠小说的发展历程,对剑侠小说的概念、剑与剑术文化、剑侠形象、情节模式与时空设置,以及自唐代至当代中国剑侠小说的演变历程一一作了回顾和阐述,史料翔实,立论公允,为作者多年来研究武侠小说的又一力作。

宋小克《上古神话与文学》：本书立足于中国典籍文化，重新解读了《山海经》、《庄子》、《楚辞》、《列仙传》等典籍中的诸多神话，从生命意识的角度切入，在神话意象中发掘生命意识，考察生命意识在文学中的嬗变。论证翔实，新意频出，兼具学术性与趣味性，丰富了上古神话研究的内涵。

王进驹《"自况"文学传统与小说戏曲》：本书对中国文学传统中"自况"这种艺术表现方法、创作心理和艺术思维的形成、产生和发展的过程、特征以及影响作了系统考察，对其性质、内涵和在不同文体中的表现进行了学理性阐析，特别是对小说和戏曲创作与发展过程中的"自况"现象和文学史意义及其理论内涵进行了比较全面的考察，探幽发微，引人入胜。

张春晓《两宋民族战争本事小说戏曲故事演变》：在多民族国家的融合过程中，存在着政治、经济、文化等民族认同的必然趋势，它直接影响着与民族斗争内容相关的历史本事在后继朝代小说戏曲中的故事演变。本书以两宋历史中的民族战争为源头发展起来的杨家将故事、狄青故事、岳飞故事等为关注对象，对这些原本在野史戏曲中零星流传的故事片段在文学演变过程中所流露出的通俗化、娱乐性特征以及所折射出的民族认同的丰富生动的微妙细节都进行了多方位的详细阐释。

韩春平《明清时期南京通俗小说创作与刊刻研究》：本书探讨了明清通俗小说的整体发展演变情况，揭示了明清南京通俗小说创作与刊刻的地域特色及成就，还原了南京这一典型地域对明清通俗小说创作与刊刻的历史贡献和小说史意义。

蔡亚平《读者与明清时期通俗小说创作、传播的关系研究》：在充满商业气息、小说作为商品的明清两代，通俗小说在创作、传播过程中不可避免地留下读者的印迹。本书在文献整理的基础上关注明清时期通俗小说读者群的构成及其特点与影响，探讨了读者与明清通俗小说创作观念、章法结构、小说流派等之间的关系，以及读者与明清时期通俗小说的传播、续书、评点等之间的关系。

以上7本专著的作者均为本中心的中青年学术带头人或学术骨干，他们的著作或为教育部社科规划项目、广东省社科规划项目、广州市社科规划项目的结题成果，或为各自的博士学位论文，或为多年来给本科生、研究生开设选修课的心得总结，具有较高的学术水平和学术价值。我们相信，这套丛书的出版将为我校中文一级学科建设以及"211 工程"项目建设作出自己的贡献。

暨南大学中国古代小说研究中心
2012 年 8 月 28 日

目　录

绪　论

在多民族国家的融合过程中，存在着政治、经济、文化等民族认同的必然趋势，它直接影响着和民族斗争内容相关的历史本事在后继朝代小说戏曲中的故事演变。本书关注的文学文本，即是以两宋历史中的民族战争为源头发展起来的杨家将故事、狄青故事、岳飞故事等。明清小说繁荣之际，这些原本在野史戏曲中零星流传的故事片段，渐集大成而成为丰富的全本，成为后世戏曲演绎的基础。从历史片段的撷取到小说戏曲中情节、主题、人物及其关系的诸种变化，都是时代和观念应运而生的产物，不仅充分地体现了统治阶级和市井受众的双重需求，同时也反映了通俗文学文学性、娱乐性的本质特征。尽管两宋民族战争本事的故事演变受到多重因素影响，对社会的表述也是多层次的，但其中对于民族认同意识的反映是确定无疑的。相对政治概念中对民族认同的抽象性论述，文学演变中折射出来的民族认同更蕴涵了丰富生动的微妙细节，本书即将对此进行多方位的详细阐释。

一、研究目的和研究对象

中华民族是一个多民族的国家，历史上存在过许多非汉民族政权，他们在汲取汉文化的同时，也努力构建着自己的文化。各民族于历史、制度、文化、文学、风俗等方面相互吸纳、传播、交流和创新，对古代政治经济的最终一统和民族精神的塑造、凝聚，起到了不可忽视的作用。随着历史流逝，多民族的文明早已融合。在中华民族的血液中，流淌着各个民族的气质精髓。也正因为如此，曾经有着严格的夷夏大防的民族史观，也随着民族融合的不断加强，呈现出越来越兼容并蓄的时代精神。两宋时代，相继有西夏、辽、金等非汉政权与之对峙。南宋王朝退居临安，少数民族政权金朝入主中国北方，他们对原有的汉文化的吸收与本民族气质的张扬，造就了别开生面的金代文学气象。"你中有我，我中有你"，是中国古代历史上民族文化与文学相互融合及同化的普遍规律。在这样复杂的民族关系中，产生了最能反映时代精神、最贴近时代气息的诗文集、笔记、戏曲、小说，其中不少故事被后人一再传唱、加工，成为枝繁叶茂的元明清戏曲小说。这一次次的改写更融入了种种时代因素，在和历史的参照系中，具体而微的故事演变充分体现出时代和观念的各种变化。

　　本书以生动的文学中的历史记忆揭示出两宋共时的民族关系表现，以及更多历时的民族观念变化。两宋民族战争本事的故事演变和民族认同趋势，不是简单的单向变化，而是在多种作用力的合力之下，例如政府的把持、士大夫的清淡、市井百姓的认知都会左右故事演变的方向。故事演变的因素广泛地涉及时代、士风、世情等具体内容，流动着每个时代最真实的声音和精神状态。正是在这些故事演变的细节中，我们可以清晰地捕捉到历史观、民族观的变化。本书研究的基本范围大致分为三个部分：一是具有典型性的个案研究。重点考察如杨家将故事、狄青故事、岳飞故事等以两宋民族战争本事为蓝本的文学个案，发现故事演变中的各种细节，分析历时性的宋、辽、金、元关系的民族认同。二是分类研究。在以杨家将故事、狄青故事、岳飞故事为基础文本的同时，考察其故事形成及变化的过程，涉猎元明杂剧、宋元笔记、明清小说戏曲、说唱艺术等内容，将性质接近或时代特征接近的演变因素合而为一，归纳出两宋民族战争本事故事演变中所呈现出来的共性、复杂性和多样性。三是综合研究。在研究结论中衍生出更多丰富和深刻的历史人文内涵，关注一些思路，如民族认同的时代特征、文体特征、身份特征、地域特征，又如故事演变中的性别意识、游戏规则、娱乐精神等等。

　　本书以戏曲小说的文学文本为研究对象，充分运用文献学与文艺学相结合的治学方法，在历史与文献的基础上，发现新材料，力图反映出活泼的思想流动。运用的材料主要是历史资料，包括官修和私修史书，用以考察故事本事中的人物和事件以及不同时代的价值评判；各类笔记，这些作为正史补充的野史稗抄资料，往往因为没有受到史笔的约束，而具有生动的笔法，但也因此带来鲜明的个性色彩，成为正史的有益补充之余，亦是考察时代信息的重要渠道；历代文人在诗文集中对历史事件和历史人物的吟咏与书写，可以借此来判断时代观念的转移和好恶；文学作品的解读，尤其是约定俗成的文本产生之前，故事流传中的变化信息或许微小，却带有重要的特定时代特征；或许重大，是上层政治的有意识改写，抑或民间接受的裁选。故事文本包括活跃在舞台上的戏曲，这些源于两宋民族战争本事的故事，因为不同时代的政治背景和时事寄托往往呈现出多样而复杂的变化。直到近现代故事演变的大致定型，可以约略地看出自两宋以来各种因素相互制约平衡的动态过程。

本书的研究特色首先是诗史结合，将历史的官方记录和士人的声音、民间的欲求对文学的共同作用及其在文学演变中的不同反映一一展现。历史事实和评价是研究文学本事源起的基石，诗文则是厘清时人对本事理解的手段。在复杂的社会因素间辨析深层的社会原因、文化原因，使文学演变的现象最终得到合理的诠释。其次是将文献学的资料比对和俗文学的创作分析相结合，在相对客观的本事背景、时世变化中分析富有生机和流动感的文学创作；在进行文学解读的同时，不流于一味虚构的人物情节分析，旨在发现关乎故事演变的社会、历史、道德、文化等种种意识元素及其相互作用。不作单纯的文献研究，亦非沉浸于文学塑造和情节虚构，而是探寻变化的因由，摸索变化的脉络，清理有迹可寻的民族意识轨迹。故事演变的发展没有固定的程式和规律，会受到各种因素的同时干扰，这才赋予了文学更多不可琢磨的流动之美。透过文学的演变看历史观念的历时性演绎，在人物与情节的变化中对文学和历史作出共同的印证，这正是本书的特色所在。本书宏观上方向明确，细节上证据充分，较目前的戏曲小说研究，有更深入的核心内容和内在比较；较目前的民族关系研究，则是至今仍然有生命力的鲜活的民族认同实例。本书的研究成果在建树理论研究的同时，对于我们理解多民族国家文明的形成、民族认同的历史过程将有着切实的意义：促使我们对这个具有多元文化的多民族国家怀着更加深切的理解和更加高尚的情操。

二、研究思路和研究内容

本书共计六章，第一、二章主要对两宋民族战争本事故事演变的总体态势研究作出论述。第三章到第五章通过对杨家将故事、狄青故事、岳飞故事的文本个案研究，从人物形象、人物关系、情节主题三个方面，深入分析故事细节的变化，尝试从历史、政治、文化等多元的层次来阐释两宋民族战争本事故事演变的内在动因和外在表现。第六章则是对现象背后的原因作出较为深入的归纳分析。

1. 总体态势研究

第一章《从历史到传奇：两宋民族战争本事小说戏曲故事演变的基本面貌》主要论述杨家将故事、狄青故事、岳飞故事三种主要研究对象的故事演变的基本情况。前人对这项工作已经作出了很多成果，为了避免重复，本章主要从个人的发现与思考的线索来厘清杨家将故事、狄青故事和岳飞故事演变的脉络。杨家将故事的整体演变呈现出从战争到游戏的特征：人民的机智不断渗入故事，对于宋军胜利的想象，故事从沉重到轻快，从真实到虚构，从扼腕现实到达成美好愿望，都体现了在文学的历史记忆中从战争到游戏的演变规则。早期杨家将故事以男性为主，题材悲壮，大多涉及民族战争和忠奸斗争。后期故事则主要迷恋于法术破阵和婚姻故事，渐渐矛盾内转，关注层面日益生活化、世俗化。杨家将诸子人名系统反复更迭，文学作品对不同名称系统的遵从，体现了其在作品主题上对不同意识倾向的选择和延续。从历史到元曲、清代小说戏曲，狄青故事的传奇性日益增加。狄青故事的演变，在清代小说中主要体现为和杨家将故事、包拯故事的杂糅，在清代戏曲中则表现为叙述视角从狄青到双阳的转变。无论从国事的家事化、中外战争的内部忠奸化，还是文治武功的神魔化、人物关系的向江湖铺展、人物焦点的向情爱游离，都表现出狄青故事演变从历史到传奇的基本特征。具有江湖侠义精神的五虎的集合，亦揭示出鲜明的市民精神和时代需求。岳飞故事的演变大致分为三个阶段：宋元是奠基时代，明代格局基本完备，清代《说岳全传》是岳飞故事的集大成者。元代汉族知识分子摆脱为尊者讳的束缚，直指赵宋政治败亡的本质。曾经在元代可以藐视的君臣纲纪在明朝重新成为维护政治统治的必需，奸臣秦桧遂以全权代表的身份控制了这场忠奸斗争的故事发展。明代文学成为教化的工具，说岳故事深深地烙上各种因果宿命的色彩。《说岳全传》在此基础上创建出圆满的宿命体系，虽然文字粗糙，但有效的文学表达充分迎合了民间的情绪共鸣和娱乐需要。

第二章《两宋民族战争本事小说戏曲故事演变的基本趋势》从宏观的角度论述了两宋战争本事小说戏曲演变的三个基本趋势：一是故事的核心内容从历史上的民族斗争演变为忠奸斗争；二是故事的战争形式从武力到神力，掺入了更多的神仙法术等内容，使战争的角逐方法以及人物的命运都跟随天命而行；三是故事的展现空间从国家之间渐渐缩小到家庭关系，即从国事到家事，随之体现了夫妻关系的地位转换，并由此带来小说中的群体人物塑造从男性群像演变到女性群像。两宋民族战争本事的历史事件冲突核心原本是民族矛盾，文学的应运而生亦是出于对民族矛盾的意识反应和情绪表达。随着时代变迁，在政治因素和人文情感影响下的文学塑造中，故事的核心矛盾渐渐从民族斗争转化为忠奸斗争。民族斗争沦为故事展开的背景，而其中真正推动故事情节和人物命运的矛盾线索全在于忠奸斗争。完成对奸臣的制造和塑造，则成为从民族斗争到忠奸斗争的故事演变最直接和根本的体现。无论杨家将故事、狄青故事还是岳飞故事的叙述主体，都是在历史故事中真实存在过的人和事，杨家将、狄青和岳飞作为人杰加以表彰却未被捧上神坛。在故事的通俗化演进过程中，这些两宋民族战争本事故事的主人公乃至整部小说的人物命运、历史因果、战争对决都被日渐神化，实现了从人力到神力的转变。这是在文学的传播及接受过程中，民间意识对于复杂政治和民族矛盾这种沉重命题的自觉放弃，鲜明地体现了市民的好奇、娱乐精神和天马行空的想象力。通过人物改造、形象虚构、群像塑造等手段营造出来的女性群像的崛起，体现了读者从阅读到观赏的需求。两宋民族战争本事的故事演变正逐渐消解历史上的民族对立意识，主题内核从民族斗争到忠奸斗争，人物形象从男性群像到女性群像，故事叙说从人力到神力，英雄传奇演变为市井传奇，两宋民族战争本事故事日渐成为大众娱情的对象。

2. 文本个案研究

第三章《故事演变中的民族认同意识对异族领袖形象的重塑》主要通过对辽国女主萧太后、金国将领金兀术从历史记录到文学塑造的历时接受的分析，来探讨民族认同意识对于异族领袖形象的重塑以及文学形象构建中的复杂性。萧太后于历史上的美恶虚隐随着不同朝代官私史书的修撰，在相同的事功中得出不同的评价。明代小说里的萧太后形象单薄，故事中的命运因明代人们臆想的民族胜利而与历史全不相符。清代戏曲以降，萧太后更多以辽邦公主的母亲形象参与在杨家将故事的家事、国事纠纷中。从明代小说中的平面人物，到清代宫廷大戏的正面改写，再至民间戏曲的神异化接受，萧太后文学形象的建立无疑是清代非汉族女性地位勃发的直接反映。自宋金以下的作品流传中，金兀术的文学形象不断从历史平面走向文学的生动具体，对其价值评判也日渐带有主观色彩。宋人对兀术形象的接受主要在两个方向上并行不悖，一是为了满足民族情感的表达、自尊的需要，有选择性地强调兀术在宋金战争中的失利；二是在诗文应用中常常将其作为英雄典故使用。明清诗文中的兀术形象在带有更多胡华色彩的同时，成为汉民族内省的参照系。明清通俗文学的感性与民间认同，则使之走向带有更多正面信息的人物塑造。

第四章《故事演变中的民族认同意识对家庭人物关系的转变》主要以四郎探母故事的官方重塑和民间接受、狄青故事婚姻关系的类型化和嬗变作为个案，来探讨民族认同意识对故事演变中家庭人物关系的影响作用。清代宫廷大戏《昭代箫韶》成为杨家将戏曲主流意识的代表，清廷在改编剧本中抹杀了杨家将戏曲的民族矛盾尖锐性，转为歌颂忠孝节义。在杨家将故事浓墨重彩地宣扬忠孝节义、兄弟义气的同时，男欢女爱、亲情伦常也日益为观众接受。民间戏曲探母故事对《昭代箫韶》影响力的接受，体现出因为地域和时代的因素，民族认同接受的复杂性。明清通俗小说一改历史上汉族公主远嫁异邦的和亲形式，转而在狄青故事中将番邦公主许配给狄青，造就异族女子对汉族男子的从属感，这正是汉族人民对于非汉民族人民持有的最普遍的心理期待。然而从小说到戏曲，狄青故事中的夫妻关系逐渐发生逆转：从男方主导到女性主导，各种文本的叙事角度也显而易见地发生了转变，故事的叙述线索更多地转移到狄青故事中虚构的女性形象——异国公主身上，并在其形象上投入了理想主义的色彩。

第五章《英雄之死：故事演变中的民族认同意识对情节主题的改造》则是通过对杨令公、狄青、岳飞诸英雄之死的改写来看两宋民族战争本事故事演变中民族认同意识等诸因素对故事情节、主题潜移默化的改造。杨令公之死的原因、情状、身后是非，从简明的历史演变为繁复的小说家言，对史实的改造和艺术加工，正是基于各个时代对宋辽关系不同的民族认同。宋代士大夫对本事的诠解在于杨令公死因从军事分歧转化为忠奸斗争；杨令公撞李陵碑死节和孟良昊天塔盗骨殖，是元代戏曲家对令公之死的两大发明；明清两代的敷衍则体现了民间意识的渗透杂糅和统治者的教化意图。狄青在通俗小说中出现了忠奸不一的形象，随着《北宋志传》的广泛流行及其对杨家将故事话语权的把握，以及清代后期狄青故事的崛起及戏曲的普及，狄青的忠奸身份最终在民间意识中达成共识。狄青相国寺假死虽是虚构，却在故事传说中寻找到了立足之处。这种想象力和嫁接手段充分体现了民间意识对于英雄之死的不平之气，遂直接参与对狄青历史命运的改造，从而为狄青故事获得更广阔的叙述空间。岳飞之死故事本身并不复杂，但其致死的前后因果以及身后的各种报应是非，则随着时代的发展而不断变化。宋代时人对冤狱的婉转表达，元人跳开君臣之义的鲜明褒贬，明人感于时事的切肤之痛和沦于教化，清代对奸臣的极端憎恶和矛盾转化，可以看到历朝历代对于岳飞之死的集体性观念的变化。文学中的民族关系与历史现实同步而行，杨令公、狄青、岳飞诸英雄之死故事情节主题的演变，实为探求文学流变中所呈现出来的对宋、辽、金、元民族关系之民族认同提供了历史轨迹。

3. 深入探讨原因

杨家将、狄青本事源于北宋，岳飞故事本事发生在南北宋之交。北宋长期受到辽、西夏的滋扰，最后亡于金。南宋初年与金相争，几近不守，幸得长江天险才得以百年偏安，终亡于元。文学文本和民族关系随着时间、朝代、政治、地域的流变，于其微妙处最能反映出在历史的长河中，民族认同过程的复杂性及其干扰因素。第六章即从历史、社会文化的角度来探讨两宋民族战争本事故事演变中的民族认同的原因，从宋元民族战争和民族政策、明代的文网控制和世俗流风、清代对夷夏观念的重解和文学改造等历史意识形态的政治性要求来看故事演变的动力；从历朝思想意识的流变、民族隔阂下的话语权、宫廷戏曲的主导与失控等社会文化性要求来考察其对文学演变的影响。

自北宋以下，这些关涉民族矛盾、民族斗争的故事最初得以在民间广泛流传，和南宋民众对于中原的怀想、宋季对于元兵压境的仇怨有关。继而中原几度遭遇非汉民族政权统治，不同的民族政权统治阶级根据自身政治需要，对相关敏感题材加以管理和利用。汉族士人则在汉与非汉政权统治下，亦根据自身情感需要，通过对两宋民族战争本事故事情节、主题的改造和情绪渲染，实现对于民族情结、忠奸情结的类同观照和臆想。两宋民族战争本事的故事演变对于民族认同意识的反映随着时代的变化而变化，亦体现出政治性、社会性、娱乐性要求的共同合力。不同朝代的政治性诉求对于故事演变的走向具有显著影响。元代的民族情绪动力在于底层知识分子对汉文化的怀想和教训总结；明代以大汉民族自居，从而将民族矛盾弱化，政治斗争主线转而权力内省；清政权则致力沿袭明代的道德体系并还之于民，大力宣扬忠孝节义，从而在此过程中掩饰而至忽略文学作品中汉与非汉的民族矛盾。明清两朝共同致力于把忠孝节义引进文学戏曲的鼓吹中，在强调教化的同时，更以迎合世俗的姿态，不断纳入宿命轮回、男女情爱等世俗喜闻乐见的情节。汉族作家曾经作为独享话语权的执笔书写者，根据汉族民间普遍理解来阐释他们对于异族的陌生感、地域的隔膜性，当文学创作的话语权传递到非汉族书写者手中时，非汉族书写者往往从民族尊严与民族情感出发，重新解构和颠覆原有的故事描述，努力建立自身在与汉民族战争中的正义性和主动性。这些都使得明清以下源于两宋民族战争本事的文学戏曲故事日益脱离历史，而驰骋于无度的民间想象。

以两宋民族战争历史人物和历史事件为本事的故事演变见证了民族认同过程中的种种微妙动力。故事情节主题、人物关系、人物塑造等文学演变的增减过程，在体现了政治性诉求的同时，也反映了文学娱乐性和社会风习的不断增值，而最终使文学具有驳杂的投射功能。它的最终结局是成为娱乐化的产物从而跳出历史、民族等政治元素的拘束，真正体现出追求大众娱乐性和文学创作空间的自由特性。

第一章

从历史到传奇：两宋民族战争
本事小说戏曲故事演变的基本面貌

自唐代传奇兴起之后，小说以话本的传播形式在宋代得到了长足的发展。宋代市民文化高涨，说话成为一种重要的娱乐活动。话本，即说话的底本。吴自牧《梦粱录》、罗烨《醉翁谈录》、耐得翁《都城纪胜》都对此进行了记录。虽有不同的区分，但大致可分为小说、讲史、说经、合生与商谜四种。"小说"和"讲史"更接近成熟意义上的小说。"讲史，亦称平话，篇幅较长，专讲历代兴亡的历史故事。"①《醉翁谈录·小说开辟》中说：

> 也说《黄巢拨乱天下》，也说《赵正激恼京师》。说征战有《刘项争雄》，论机谋有《孙庞斗智》。新话说张、韩、刘、岳；史书讲晋、宋、齐、梁。《三国志》诸葛亮雄材；收西夏说狄青大略。②

从中可以看到宋代讲史话本的内容一方面取自各朝代的兴亡，一方面取自宋代的新出题材，如张浚、韩世忠、岳飞、狄青，这些都是源于民族战争的历史人物，足证民族关系在当时社会意识中的深刻烙印。

宋代是一个既安逸又动荡的时代，汉民族与非汉民族的政权之争，其弱势的武力和被取代的结局刺痛了人们自古以来未曾触及的民族灭亡之痛。秦汉以来历代均有边衅问题，但鲜少更替汉族中央政权。北宋之易于金，南宋之易于元，两宋均亡于少数民族政权。中原易主非汉政权，此前未尝有之。这对于一向以大汉民族自居、自尊的汉族人民来说无疑是重大的精神打击。其中的不甘遂通过撷取两宋抗击异族侵略的民族英雄事迹，进而根据民间意愿对岳飞故事、杨家将故事等进行大胆的改造，从而实现情绪的宣泄。大量的戏曲小说取自两宋历史中的民族之争，在小说、戏曲繁荣的元、明、清三朝或总结教训，或褒贬人物，或以古喻今。值得注意的是，元和清两朝都是非汉政权，两宋民族战争本事中的事件和人物在统治阶级意志与民间意志的博弈间不断地被改写，这部分题材的故事演变在明清及至近现代的小说戏曲中呈现出从历史到传奇的基本演变面貌。杨家

---

① 郭预衡主编：《中国古代文学史》（第三册），上海：上海古籍出版社 1998 年版，第 293 页。

② （宋）罗烨：《醉翁谈录》甲集卷一"小说开辟"，沈阳：辽宁教育出版社 1998 年版，第 4 页。

将故事、狄青故事、岳飞故事等以宋代民族之争为本事的演义小说，随着时代的远去和更多政治策略、民族情感、时事地域等因素的涉入，历史本事沦为故事背景，而其中的人和事渐渐为时代精神和创作意志所改写，曲折的故事、不经的情节、杂糅的神怪因素等，都将历史故事日益敷衍成为传奇。

第一节　杨家将故事的演变

一、演变概述：文学中的历史记忆

杨家将史事源于北宋初年杨业（杨继业）、杨延昭父子抗辽事迹，当时已有故事流传，欧阳修《文忠集》卷二十九《供备库副使杨君墓志铭》即云："父子皆为名将，其智勇号称无敌，至今天下之士，至于里儿野竖皆能道之。"[①] 南宋罗烨《醉翁谈录》已记有话本《五郎为僧》、《杨令公》，元陶宗仪《南村辍耕录》卷二十五记有金院本《打王枢密爨》。《元曲选》收有无名氏《谢金吾诈拆清风府》（《谢金吾》）、朱凯《昊天塔孟良盗骨》（《昊天塔》）[②]，另有关汉卿《孟良盗骨》残句[③]。《孤本元明杂剧》收有《八大王开诏救忠》、《焦光赞活拿肖天佑》、《杨六郎调兵破天阵》[④]，余嘉锡以为诸剧"词气不平如此，必宋遗民之所作也。当是时，国

---

① （宋）欧阳修：《文忠集》卷二十九《供备库副使杨君墓志铭》，《景印文渊阁四库全书》1102 册，台北：台湾商务印书馆 1986 年版，第 231 页。

② （明）臧晋叔编：《元曲选》（第二册），北京：中华书局 1958 年版，《谢金吾》见第 596～613 页，《昊天塔》见第 827～841 页。文中二剧相关引文皆见此书。

③ 关汉卿《孟良盗骨》残句为［仙吕·青歌儿］"算着我今年合尽，来日个众军传令"。赵景深《元人杂剧钩沉》云："元曲选收有昊天塔孟良盗骨剧，仙吕套无此两句，用韵亦异，故为同题材两剧无疑。"见《关汉卿全集校注》，石家庄：河北教育出版社 1988 年版，第 726 页。

④ 《孤本元明杂剧》（第三册），北京：中国戏剧出版社 1958 年版。

已亡，天下之人犹追恨奸臣，痛詈丑虏，愿保山河社稷"①。《古典戏曲存目汇考》卷七"中编杂剧四"记元明缺名作品《杨六郎调兵破天阵》，演杨景被贬汝州，王钦若差人欲取其首级，幸得太守杀死囚替代。韩延寿听说杨景已死，发兵犯境。寇准夜观天象，知杨景未死，遂招其平番。而严敦易《元剧斟疑》将此三剧人物、地点比对后认为："其故事皆与《谢金吾》及《昊天塔》二剧……而所叙述的情节梗概，涉及二剧之主题者，则皆极为单简不详，却又无大违缪。……足可证明在三剧之前，早已有了《谢金吾》和《昊天塔》二剧的存在，所以他们纵处处提到一些，但皆另辟蹊径，并不再采用那些比较重要的关目。这三剧是后来明人的撰作，他的结构抒写，风格文字，与那二剧有极明显的分歧，一览可知。"②

明代小说《北宋志传》、《杨家府演义》为杨家将故事的集大成之作，刊刻于明万历年间，直接启发了明清大量的戏曲作品。孙楷第在日本东京所见明唐氏世德堂本和明金阊叶昆池刊本两种《北宋志传》，对卷首按语中均有"收集杨家府等传"言曰：

　　据世德堂本叶昆池本叙述按语，谓取材于《杨家府》。……今所见明本《杨家府》，为万历丙午三十四年刊本，似是原本，谓钟谷取材此书，其时代似不相及；或旧本《杨家府》编辑，尚远在万历丙午《杨家府》刊本之前。③

钟谷，即熊大木。《杨家府演义》和《北宋志传》在清代被多次翻刻，《北宋志传》流传更为广泛。并且有根据《北宋志传》演绎的小说《北宋金枪全传》（道光二年），择其后十九回而成的清会元楼刊本《天门阵演义十二寡妇征西》。1956 年，上海文化出版社根据《北宋志传》删改成《杨家将演义》。

清代宫廷大戏《昭代箫韶》全剧十本二百四十出，见诸《古本戏曲丛刊》九集之八，它体现了统治者鲜明的政治意图，带有昭示太平和浓重的

　　①　余嘉锡：《杨家将故事考信录·故事起源第一》，《余嘉锡论学杂著》，北京：中华书局 1963 年版，第 425 页。

　　②　严敦易：《元剧斟疑》"谢金吾"，北京：中华书局 1960 年版，第 261 页。

　　③　孙楷第：《日本东京所见中国小说书目》，上海：上杂出版社 1953 年版，第 70 页。

教化意味。嘉庆十八年内府刻昆曲本《凡例》云：

> 今依《北宋传》为柱脚，略增正史为纲领，创成新剧，借此感发人
> 心。善者使之入圣超凡，彰忠良之善果；恶者使之冥诛显戮，惩奸佞之恶
> 报，令观者知有警戒。旧有《祥麟现》、《女中杰》、《昊天塔》等剧，亦
> 系杨令公父子之事。既非《通鉴》正史，又非北宋演义，乃演义中节外之
> 枝，概不取录。①

即表明此剧系在演义小说及史传基础上加以虚构敷衍而成。其承前启后的意义正在于此：既遵循正史和明代小说的杨家将故事，又有所谓"创成新剧，借此感发人心"、"谱异代之奇闻，共斯民以同乐"的新编之处。《昭代箫韶》彻底泯灭了民族斗争的内容，而将故事叙述的重点放在忠孝节义的教化内容上。同时给辽国公主和四郎、八郎更多的戏份，从而模糊了两国之争各为其主的严肃性和矛盾的不可调和性，而在夫妻彼此制衡的过程中，终将一场民族斗争转为化干戈为玉帛的家庭式关系。

京剧《铁旗阵》（中国戏曲学院所藏故宫升平署抄本）全部共二十四本，系据清内廷同名传奇翻改，情节、回目均相同。其中杨家八子名字和《昭代箫韶》基本相同，讲杨家父子伐南唐故事，较小说纯为敷衍。史载伐南唐者为曹斌、潘美，而非杨家父子。此剧故事主要集中在六郎、七郎、八郎，剧中还完成了他们的婚配。如七郎杨希之于杜金娥、呼延赤金，六郎之于柴郡主，八郎之于孙玉英。《铁旗阵》中杨继业见敌方阵法排列有序，调遣神速，不敢轻易进阵，于是派杨景去禅州柴王处搬兵。八郎杨顺不服，私自偷袭唐营，被唐将擒去，解往金陵。南唐丞相孙乾相和杨继业是旧交，曾以女玉英许杨顺为妻，于是设计劫夺囚车，将杨顺藏于家中。宋军攻打金陵，杨顺欲作内应。时唐王正招募乡勇，杨顺改扮乡民，前往应募，成为总兵。孙乾相射箭书至宋营，约杨继业攻城。杨继业知有内应，如期攻城，杨顺于交战时倒戈，遂得功成。值得注意的是，此剧虽然纯为敷衍，但在《昭代箫韶》、《铁旗阵》、《雁门关》等有关八郎

---

① （清）王廷章：《昭代箫韶》，《古本戏曲丛刊》九集之八，北京：中华书局 1964 年版，第 1~2 页。

的剧中，八郎被擒招亲的这一角色承担则是单一雷同的。清代中叶的宫廷大戏《昭代箫韶》、《铁旗阵》对此后杨家将故事的基调直接起到了引导作用。《昭代箫韶》京剧（北京市戏曲研究所藏）系同名昆曲翻改。光绪二十四年戊戌，慈禧一出出地亲自讲解《昭代箫韶》，将其改编为皮黄本。太医院、如意馆中稍知文理者均参与其事。故事全按昆本次序，略加删节，随翻随唱。① 宫廷戏曲主流意识在民间的流传，很大程度上得力于清代统治者的推进。

《全本雁门关》② 又名《南北合》（《京剧汇编》第三十集）。据《旧剧丛谈》、《京剧之变迁》，此剧系四喜班于清道光、咸丰年间首排于北京。原有萧太后欲投降宋营，碧莲公主阻拦、碰死金殿等情节。后三庆班重排，因旦角不敷分配，遂将此节删去，不上碧莲公主。以后各班排演，均依此例。此剧讲金沙滩一役，杨八郎（延顺）被擒，改名王司徒，与辽青莲公主成婚。宋辽交兵于飞虎峪，八郎思母，为青莲勘破，两人由口角而达成谅解，公主代为盗令。八郎回至宋营探母，与妻蔡秀英相会；八郎欲归，孟良、焦赞责以大义，并盗取其令箭，诈开雁门关，大败辽兵。萧后欲斩青莲，碧莲求赦，与青莲同至宋营挑战，为蔡秀英、孟金榜所擒。八郎与青莲私逃，又为蔡秀英追回。杨四郎向萧后讨令出战，拟乘机回宋，事泄，萧后连同其子偦绑至关上欲斩，余太君亦佯绑青莲、碧莲向萧后示威。八郎哭城，乞息争，不听。萧后恐两女被杀，不得已释四郎。杨家将乘势攻破辽城，斩韩昌等，萧后乃乞和息战。

其余《京剧剧目辞典》所收杨家将故事尚有《禹门关》，讲南唐方精反宋，杨家父子平乱。兵至禹门关，杨继业不听八郎延顺劝告，中空城计被困，延顺救父中镖身亡。《四郎探母》讲沙滩会后十五年，萧天佐摆天

---

① 《昭代箫韶》皮黄本为四十本。颇多涉及七郎妻杜金娥仙法克敌。有杨宗显和李剪梅取金刀结良缘的故事。此外，《昭代箫韶》、扬剧全本《杨家将》尚有杨宗勉的戏。宗勉独闯天门阵被擒，萧后命杨四郎斩讫。《孤鸾阵》，又名《忠烈鸳鸯》，讲杨宗勉、李洁梅的故事。四郎斩偦见京剧《昭代箫韶》第六本至第十本。杨宗勉作杨宗显，李洁梅作李剪梅。杨宗显为圣母救出，后夫妻二人又团圆。清道光四年《庆升平班戏目》已有此剧。

② 一名《八郎探母》，又名《南北和》。川剧、滇剧有《八郎回营》，湘剧有《八顺回国》，汉剧有《八郎招亲》，柳子戏有《南北和》，秦腔、徽剧、河北梆子、豫剧亦有此剧目。

门阵于九龙飞虎峪,太君押粮草到雁门关口,遂引起四郎探母故事。《京剧剧目辞典》记:"道光二十五年刊本《都门纪略》已载张二奎、黑贵寿工此戏。此为须生唱工戏,其中《坐宫》一场常单演。据齐如山《京剧之变迁》一文,清道光、咸丰年间名须生张二奎据全部《雁门关》八郎探母事改编为此剧,当时四喜班《雁门关》极叫座,张二奎在别班亦排之,恐人谓其偷演,乃另起炉灶,编为《四郎探母》。"[1] 杨家将故事在各地方戏曲中均有剧目,如余嘉锡《杨家将故事考信录·故事起源第一》所说:"今戏剧之所搬演,除东汉、三国、水浒、说岳、封神、西游诸戏外,尤以演杨家将者为多,大约无虑数十本,而《四郎探母》、《李陵碑》、《红羊洞》诸剧,以为谭派须生所常演,尤盛行一时,虽妇人孺子,无不知有老令公、佘太君、杨六郎者。"[2]

杨家将故事的整体演变呈现出从战争到游戏的过程。这首先表现在人民的机智不断地渗入故事。《开诏救忠》杂剧中,杨令公之死全在于奸臣陷害,沉冤得雪全赖八大王、寇准连番智取;太尉党彦进计赚元戎牌印,擒住潘仁美;寇准计诱潘仁美将其行径、心理一一招供,最后八大王借大赦之机,让杨六郎手刃仇人后得救。数次机巧很能体现老百姓狡黠的智慧。《焦光赞活拿萧天佑》以下,杨家将故事中更增加了对于宋军胜利的模拟,甚至小说《杨家将演义》中萧太后几欲被逼自刎。民族压迫的释放模式,从沉重到轻快,从真实到虚构,从扼腕现实到达成美好愿望,这是文学的历史记忆中从战争到游戏的演变规则。杨家将故事脍炙人口,从历史笔记演绎到戏剧小说,成为中国古代通俗文学的重要组成部分。对史实的改造和艺术加工,均基于各个时代对宋辽关系不同的民族认同。在整个杨家将故事的演变中大致可以看到,宋元杨家将故事主要集中在杨继业和杨六郎身上,明代小说中继续开创了杨宗保和杨文广及杨门女将故事,清代宫廷戏则重点推出七郎、八郎故事。早期杨家将故事以男性为主,题材悲壮,大多涉及民族战争和忠奸斗争。后期故事则主要涉及法术破阵和婚姻故事等,渐渐矛盾内转,关注层面日益生活化、世俗化。

---

[1] 曾白融主编:《京剧剧目辞典》,北京:中国戏剧出版社1989年版,第557页。

[2] 余嘉锡:《杨家将故事考信录·故事起源第一》,《余嘉锡论学杂著》,北京:中华书局1963年版,第421页。

二、人物变迁：人名系统的意识倾向

杨家将诸子的名称从历史到小说，始终在变化之中。文学作品对不同名称系统的遵从体现了其在作品主题延续上的倾向性。

书名＼人物	大郎	二郎	三郎	四郎	五郎	六郎	七郎	八郎
《宋史》	延朗 讳改 延昭	延浦	延训	延玉	延瓌①	延贵	延彬	
	崇仪副使	供奉官		战死	并为殿直			
《烬余录》（宋末元初徐大焯）	渊平	延浦	延训	延环，初名延朗	延贵	延昭	延彬，初名延嗣	
	随殉	官供奉		并官殿直	从征朔州功加保州刺使。延昭子宗保官同州观察，世称杨家将		屡有功，授团练使	
《谢金吾诈拆清风府》	平	定	光	昭	朗	景	嗣	
《昊天塔》	平	定	光	昭	朗	景	嗣	
《杨家府演义》	渊平	延广	延庆	延朗	延德	延昭	延嗣	

---

① 常征《杨家将史事考》认为：《宋史》"延瓌"当为"延环（環）"之误，因为"延瓌"之弟名"延贵"，"延瓌"音同"延贵"，兄弟之名必不重音若此。天津：天津人民出版社1980年版，第53页。

（续上表）

书名＼人物	大郎	二郎	三郎	四郎	五郎	六郎	七郎	八郎
《北宋志传》（《杨家将演义》）	渊平	延定	延辉	延朗	延德	延昭	延嗣	
	周夫人 孟四娘	耿金花 邹兰秀	董月娥	琼娥公主	马赛英	柴郡主 黄琼女 重阳女	杜夫人	
《昭代箫韶》（《古本戏曲丛刊》）	杨泰	杨徵	杨高	杨贵 琼娥公主	杨春	杨景	杨希	杨顺 青莲公主
《铁旗阵》（《古本戏曲丛刊》）	杨泰	杨贵	杨高	杨徵	杨春	杨景	杨希	杨顺
						柴郡主	杜金娥 呼延赤金	孙玉英
《双被擒》（《京剧剧目初探》）				延辉				延顺
《八郎探母》（《京剧汇编三十》）				四郎				延顺
				碧莲公主				蔡秀英 青莲公主
《四郎探母》（《京剧剧目初探》）				延辉 铁镜公主				

　　从杨家诸将人名的变迁大致可以看出杨家将故事系统的转化，首先是史传系统。这是保存在《宋史》和宋末元初徐大焯笔记《烬余录》中的历史性资料。相较《宋史》，《烬余录》的信息更为丰富，也显然更富戏剧性发展的空间。《宋史》中仅列大郎官职，而《烬余录》则言明其"随殉"，将忠义之举立时托出。六郎延昭记叙更详，从征朔州功加保州刺使，其子

宗保官同州观察。这提供了构成杨家将忠义的两种故事方向。一是牺牲以体现忠勇，二是继承英烈以成荣耀。从《宋史》大郎名延朗讳改延昭，到《烬余录》中大郎名为渊平，史书所记其原名"延朗"转为四郎之名，其所更名"延昭"转为六郎之名，这不仅是名字的改动，更是人物关系的重要调整，完成了杨家将故事主线人物的名称构成。杨延昭生平与萧太后唯一的一次对阵是咸平二年（999）冬十月，萧太后亲督大军攻遂城不克。时六郎正守遂城，天寒地冻，令士兵往城墙上浇水，一夜天明，城上结起冰层，辽军云梯完全无法架设，于是退走。景德二年（1005）杨延昭被任知保州，是年五月调任高阳关副都部署。高阳关是当时边防重镇，北面三关即瓦桥关、益津关、淤口关。所谓镇守三关即此三关。杨延昭大中祥符七年（1014）正月初七日在高阳关去世，担任河北边防十五年。常征《杨家将史事考》第四章"杨延昭威镇三关"曾有章节专论杨延昭不是"六郎"①，认为之所以呼为六郎，是和主兵机的南斗六星有关。最为重要的是，《烬余录》以"世称杨家将"之说，开辟了杨家将故事演进的开端。

其次是元曲系统中，杨家诸将名称被一统为"平定光昭朗景嗣"，通常是在杨业出场自报家门之际连带报出，提供杨家诸子"平定光昭朗景嗣"的整体印象。元曲中的故事核心人物还是杨业，诸子中以杨景戏份较多。元曲的产生时代距离宋代最近，而名字却有较大的变化。这种有意识的变化明显地寄予了元代文人的创作理想，仅以"平定光昭"数名即可看出汉族知识分子以文学创作一抒民族创伤闷怀的心曲。特别是在名字中加入"嗣"字，具有鲜明的希望承继宋代嗣统的意味。虽然元曲中的杨家将故事情节具有承前启后的重要意义，但其剧中的人物名称并未被明代小说全盘接受，应是对其强烈内蕴的民族心理的扬弃。

《杨家府演义》和《北宋志传》中杨家诸子的名称跳过了元杂剧的新创，转而回归历史系统下人物名称的"延"字辈，并且对部分人名重新改定。两部大致同一时期的杨家将故事集大成之作，通过对人名的微调达到了相对稳定的名称状态，进入人名的演义系统。这个系统下的故事主题和发展方向相较元曲，汲取了主要矛盾从民族斗争向忠奸斗争转化的思路，

---

① 常征：《杨家将史事考》第四章"杨延昭威镇三关"，天津：天津人民出版社1980年版，第151～157页。

同时极大地削弱了元曲中内含的民族怨艾，在文学文本中添加了更多的娱乐内容，并且赋予了诸多的想象空间，如家庭关系、男女情感等大众文化，将战争的形式从写实演进为更具戏剧化张力的排兵布阵。明代小说已经为杨家将故事建构出非常完整的家庭谱系，杨门女将开始登上文学艺术的舞台。

清代宫廷大戏《昭代箫韶》、《铁旗阵》对已经约定俗成的杨家将诸子名称再次作出全新的更改，以人名的宫廷系统导出了具有官方思想意识的杨家将戏曲故事。其中人物名称完全跳出了从历史系统到演义系统的延续性，也并未重复元曲的旧路，而是重新命名，这种改弦更张很可以见出清廷对杨家将故事从主旨到表达的全面改造。宫廷大戏中，杨家将诸子名为：大郎杨泰、二郎杨徵、三郎杨高、四郎杨贵、五郎杨春、六郎杨景、七郎杨希、八郎杨顺。以泰、贵、春、顺等世俗彩头的寓意开创出一派国泰民安的富贵春景。人物名字的全盘改定也意味着故事内容本质的重新塑造。这种变化的同时，是对元曲"平定光昭"民族内涵的彻底抹杀和断开。宫廷大戏中的杨家将故事完全沦为忠孝节义的教化模本和娱乐工具。

回归民间戏曲的杨家将故事，虽然在故事性上很大程度地接受了清代宫廷戏曲对杨家将故事的改造，但其人物名称仍回归了明代的小说系统，即杨家将的"延"字辈分。值得注意的是，杨家将故事的宫廷系统增加了一个和四郎身份极为相似且分担其命运和责任的八郎杨顺，并且一度成为民间戏曲的主角。从民族意识的多样性上来说，敏感的民族性问题不是直接在四郎故事上发展，而是另辟出一个杨家义子杨（延）顺来承担失落番邦的民族意识，且渐成关注热点。这是因为自元明以来的四郎身上，承载着正统的民族观念。这种叛辽归宋、国仇家恨的意识，随着时代的发展和杨家将故事娱乐目的的日益增强，开始显得过于沉重。新兴的民族意识需要有新的表达对象，所以类同的八郎出现了。八郎的故事卸去了民族意识的沉重，取而代之以人情、人性的光彩。而当《八郎探母》与《四郎探母》最终合流之际，这种意识便也成为《四郎探母》的主题。叛国之徒的责任分担同时也带来了故事设定和人物功能的混乱，当民间先后出现内容相仿的"四郎探母"和"八郎探母"，最终以"四郎探母"的大势遏制了"八郎探母"戏的滋生时，其实作为最先产生八郎杨顺的《昭代箫韶》的京剧版，已被慈禧删去了八郎这个人物。一是避免人物的复沓，二来或是此时八郎对于四郎叛国的替代功能已经无须实现。

　　和民间小说戏曲日渐铺排杨门女将形象相呼应，《昭代箫韶》对青莲公主、琼娥公主也进行了浓墨重彩的描述。虽然民间戏曲中的四郎、八郎名称向历史回溯，但公主名称则一度延续了宫廷大戏中的青莲公主。从明小说中的琼娥公主，其名代表了美与柔；到清宫廷戏新增进的青莲公主，其名意味着品质清流；当"四郎探母"戏最后定名于铁镜公主时，可以联想到《西游记》中的铁扇公主，其名意味着强势与洞悉。这种种名称的更改是对女性形象认知的转化，亦是对异族女性形象的期许。相较于狄青故事和岳飞故事，杨家将故事中的人物名称改变是较为混乱的，每次改造都是一次主导意识的渗入和集体意识的借鉴及新出的反映。

第二节　狄青故事的演变

　　狄青之所以步入文学，是因为他从士兵到将军的传奇经历，他有过人的武功，会戴起神秘的面具，曾经官高极品，最终却被迫害致死。他的起于草莽引起民间的向往和共鸣，他令人扼腕叹息的命运激发民间的同情与不平，它们成为狄青故事走向文学的内在动力。狄青故事同样发生在宋与西夏的民族战争中，相比杨家将故事，狄青故事所要宣扬的民族意识较为淡薄，更多的是致力于忠奸斗争、反迫害等。即使描写对外战争，通俗文学中更着重加以渲染的是故事中的异族爱情和兄弟情。于立强在《史料中的狄青形象及其为俗文学所提供的可能》①中亦认为，正是狄青历史事迹的传奇和神秘色彩使之从历史人物发展到文学形象。

　　早在宋代话本中，说书人已经开始讲述狄青的故事。因为没有文本流传，所以早期的狄青故事发展线索不明确，依据历史的可能性较大。元杂剧中有三部关于狄青的作品：吴昌龄《狄青扑马》、《刀劈史鸦霞》、《复夺衣袄车》，唯后者保留了全貌。《复夺衣袄车》四折（《元曲选》）讲范

---

① 于立强：《史料中的狄青形象及其为俗文学所提供的可能》，《山西大同大学学报》（社会科学版）2007 年第 3 期，第 61~64 页。

仲淹荐狄青送五百辆衣袄车。狄青路遇老将官王环出售全幅披挂,于是得到甲衣面具,面具由生金铸就。不料途中衣袄车被劫。范仲淹闻说衣袄被史牙恰和昝雄劫了,于是派飞山虎刘庆前去,如不能将功抵罪,则取狄青首级。二人雪店相遇,共同追杀史牙恰,夺回征衣。狄青箭射昝雄,刀劈史牙恰,着刘庆持两颗首级前去府里报功。不意黄轸抢功,将刘庆推下山涧,狄青险些被斩,幸得刘庆返回为其作证,雪清冤情。在这部杂剧中,范仲淹是全场重要的穿线人物,较后来小说中的边帅为杨宗保,这更加符合狄青和范仲淹的历史关系。元杂剧《复夺衣袄车》和后世小说的不同之处在于,卖军甲之老将官王环后来被附会为王禅老祖,而自王环手中买得的面具此时也并无异能,只是全幅披挂中的一部分。在明清小说中以"席云帕"而具有飞行异能的飞山虎刘庆,此剧中虽然绰号"飞天虎",却未见特异功能,盖后世小说以其外号附会。

从元代保留至今的杂剧来看,还是以基本历史人物关系为依托讲军旅故事,人物特性上具有普通人物的特点,尚未进入天马行空的神话阶段。即如段春旭文中评论:"《衣袄车》中的狄青还只是一个普通的武将形象,他有英雄好汉般高强的武艺,威猛的气质,也有着凡人贪杯误事的弱点"、"与笔记小说中的形象相比,元杂剧中的狄青形象更加血肉丰满,更接近于现实生活,比较容易为普通大众所欣赏。"① 基本上元明戏曲中的狄青故事人物都还是以现实为基础,没有神异鬼怪之处。至清代小说戏曲,狄青故事则完成了从历史到传奇的彻底转变。

一、清代小说:杨包故事的杂糅

清代狄青故事小说主要有三部,分别是《万花楼》、《五虎平西》和《五虎平南》。从现存版本来看,三部小说的出版时间没有必然的承接性。从内容上来看,纵贯狄青的一生,《五虎平南》的主人公则已转到狄青之子狄龙、狄虎和杨文广身上。

---

① 段春旭:《狄青故事的产生与演变》,《中国典籍与文化》2011 年第 1 期,第 24 页。

《万花楼》①（《狄青初传》）全称《万花楼杨包狄演义》，又名《大宋杨家将文武曲星包公狄青初传》，有嘉庆十九年（1814）刊本，道光十一年（1831）新镌《万花楼杨包狄演义》。作者清人李雨堂，号西湖散人。《万花楼》以狄青故事为主线，但穿插了杨宗保、包拯等忠臣故事，如包公断狸猫换太子案，杨、包、狄与奸臣庞洪的斗争。相对同样在民间广为流传，并且故事成型更早、情节更完备、受众更为广泛的杨家将故事、包公故事，狄青故事具有鲜明的承前启后和杂糅之特征。《万花楼》共计六十八回，前四回备述前事：狄青姑母入宫，改配八王爷。刘皇后狸猫换太子，李妃逃脱出宫。狄青遭遇洪水，与家人离散，获救后师从王禅老祖。第五至二十二回写狄青下山与庞家结仇，与太后认亲，被陷受命送征衣。第二十三至三十九回铺叙狄青送征衣、失征衣、夺征衣，力剿大狼山赞天王。其中一些主要情节和元杂剧《复夺衣袄车》内容接近，但途中狄青巧会失散的母亲、姐姐情节，则较元剧全为新写，和小说前二十二回内容相呼应。第四十至四十五回则通过包公和庞太师一场未见分明的忠奸较量，而把故事转场到狸猫换太子故事的后文。自四十六至六十二回进入狸猫换太子一事的包公断案以及真相大白，这直接导致了上层忠奸力量的对比，从而从根本上结束了各种忠奸斗争的内容，狄青失征衣一事的争讼不了了之。既名"杨包狄"演义，小说以反奸臣陷害、狸猫换太子之案牵扯出包公，将狄青送征衣的边关主帅从元剧中的范仲淹改为杨宗保，杨、包、狄故事由此杂糅一处。由于《万花楼》兼顾杨、包、狄的故事，必然在对包杨故事进行情节借鉴的过程中，造成狄青故事发展的失衡和脱节。例如以狄太后之故穿插了狸猫换太子的故事，从而引入包公审狸猫案和沈氏还魂案。故事前四十回以狄青为主线，仅在石玉处稍有枝蔓。在沈氏进京告状以后，故事胶着在包公审案线上，其中并无略及狄青一线，在情节上也有不贯通的地方，游离了很大的篇幅。即在这本小说当中，包公和狄青并无本质上的交集。将近二十回，即一书的三分之一讲狸猫案，比例失衡，是为杂糅未经仔细加工的痕迹。郑振铎曾对《万花楼》杂糅诸多其他演义敷衍而成评价道：

---

① （清）李雨堂：《万花楼》，长春：时代文艺出版社2001年版。本文所引《万花楼》相关文字，皆出自此书。

其中情节波澜，半从他书套用，取用的特别多的是《粉妆楼》、《杨家将》、《说唐传》、《说岳精忠传》、《水浒传》等等。如狄青校场比武，绝类《说岳》；数奇不遇，绝类薛仁贵；王禅祖遣徒下山，绝类薛丁山；而狄青的左右的众兄弟们，则绝类杨六郎与岳飞左右的众兄弟们。①

《万花楼》还只是讲述狄青的成长故事，其在人物塑造上较历史亦有了很大的变化。从士兵走向将领，冷静神勇的狄青从历史中的战将变为更有血有肉的丰满人物，故事中充斥着江湖侠义的兄弟情。在成为元帅前后，狄青的性格也发生了较大的转变，从年少张狂到端正严明，多少恢复了历史中的大帅形象，尽管这在小说作品中缺乏更为可信的铺垫。故事以民族战争为大背景，主线虽是往边关送征衣，但他的主要对立面一是朝廷实施迫害的奸臣，一是夺征衣的大狼山顽寇，一是冒功的李守备，尚未直接与异族正面交锋。直至《万花楼》故事的尾声，西夏兴兵来犯，烽烟再起，遂把狄青作战的主战场摆开来。杨宗保的就死为边境军事大权的移交以及狄青等五虎成为民族斗争故事的主角铺垫了道路。《万花楼》故事将元曲中范仲淹的角色改codeon成杨宗保，而范仲淹则沦为位居杨元帅之下的礼部官员。这显然是通俗文学发展成型中的自我交集，是获取更多受众、推广狄青故事的捷径。相对元杂剧《复夺衣袄车》关注点完全集中在军中的争功平冤上，此时的狄青故事也因为杨家将故事的引入明确了民族战争的意味，包公的角色纳入则增加了更鲜明的忠奸斗争色彩。《万花楼》因有"胡奴"、"夷人"等字眼，曾被清廷一度禁毁。故事的开端即介绍了其时的民族形势，渲染了民族战争的主题。第四回"遭洪水狄青遇救，犯中原西夏兴兵"道：

更考大宋真宗之世，常有契丹入寇之患，至仁宗即位之后，增岁币为四十万，契丹侵扰之患方息。然当日虽无契丹北扰，而西夏日见强盛……幸亏杨延昭拒敌，屡次兴师，未见得利。延昭既没，子杨宗保镇守三关，

---

① 郑振铎：《中国文学研究》第二卷"小说研究·万花楼"，北京：作家出版社1957年版，第308页。

屡挫其锋，多年不见侵扰。不意西夏自被杨宗保败回之后，日事训练，养精蓄锐，以图报复，是年秋间，竟发动大兵四十万，战将数十员，赞天王为领兵主帅，子牙钗为副元帅，大孟洋、小孟洋为左右先锋，伍须丰为中军，五员猛将，乃西域头等英雄。奉了西夏主命，径往巩昌府进发。巩昌府在陕西边界，一连凤翔、平凉、延安几府，俱被攻陷，直抵绥德府与山西省偏头关交界。

然第六十八回则借范仲淹之口阐明了人们对于边患的本质理解：

此患非今日初酿，前因吕夷简专权，先帝又为姑息，粉饰太平。夷简朋比为奸，蔽塞圣聪，将忠良之臣，纷纷贬黜，只图肥己，不顾天下之患。故西夏窥视我土，时犯我疆，皆是这班奸党之过，岂不可痛！

这段总结基本体现出通俗小说对于民族战争的理解，首先边患之起在于内有奸臣；其次皇帝责任全无，都在于奸臣蒙蔽，奸臣成了皇帝昏庸、国势衰微等种种原因的推诿塞责。

除此而外，《万花楼》故事还为五虎之称奠定了基础。第三十九回"临潼关刘庆除奸，五云汛张文上任"道："（杨元帅）又使制成四面大旗，旗上称狄青为出山虎，张忠为扒山虎，李义为离山虎，刘庆为飞山虎，四围辕门，高高竖起。此时方得四虎将，后来石玉到关上，加上一面大旗，名笑面虎，又成五虎将了。"第六十六回"稽婚姻狄青尽职，再进犯夏主麾兵"又道："元帅分派已定，自与石副帅镇守正西，五万精兵，俱穿一色青、黄、赤、黑、白，大旗亦分五色，另建高大白旗，上书'五虎卫金汤'五字。"遂将"五虎"打造成一个约定俗成的故事品牌，直接开启了《五虎平西》、《五虎平南》的创作源头。同时，《万花楼》因为尚未涉及狄青的情爱婚姻，所以亦在爱情故事方面留下了大量的创作空间。

《五虎平西》又名《五虎平西珍珠旗演义狄青全传》，十四卷一百二十回，不题撰人，首序亦不提姓氏。有清嘉庆六年（1801）坊刻本，当是初刻。故事承接《万花楼》，叙述狄青、张忠、刘庆、李义、石玉五虎将出征西辽的过程，以及狄青和单单国八宝公主的爱情故事，其中还贯穿了包拯和狄青与奸相庞洪的忠奸斗争。全书基本以二十回为一个故事起伏单元。前二十回写狄青奉旨征西辽，误走单单国，与八宝公主成婚，终骗婚而走。第二十一至三十二回写狄青征西辽，求救八宝公主，大破重围，迫使西辽投降，取假旗假马返宋。接下来的二十回写西辽飞龙公主为报夫仇，进京投靠庞国丈，以杨涛女儿之名嫁狄青，行刺未果反被杀。幸得包公断案，狄青得以清白。第五十三至七十二回写假旗假马事曝光，狄青被贬，得王禅机宜，假死埋名。包公夜观天象，私访赚狄青。狄青重受命，五虎再出征。再次二十回写狄青征西辽，王禅破野道。夫妻重会又分离，真旗真马还宋朝。全书末二十回写清君侧，除庞奸，五虎成家，八宝女到宋。姑嫂还乡，五虎荣归。

故事虽是写宋与西辽的战争，却是宋朝妄开边衅，其旨在将兴兵之责归于忠奸斗争带来的奸臣构陷。开篇定场诗即曰："圣主登基天下宁，万民欢乐兆升平。妒贤国贼开端衅，导引君王费饷兵。"① 至于对这场战争的态度，书中写嘉祐王闻奏，开言道："卿所奏者，无非使各夷邦畏服，知道大宋有人故耳。""朕思这西辽小国虽然无礼，他还为一国之主。一时愚见，兴兵犯界。朕意想他败去以后，未必敢再来了，可略宽饶。且命狄青提兵前向西辽去，见景生情便了。"即对于战争的态度亦不过随意地视为面子问题罢了，将民族争端的本质轻轻勾销。第二回中以圣旨之名交代了战争的名目：

诏曰：兹有首相庞卿，陈奏西辽兵犯中原，虽经狄卿杀退，但这西辽既一小国之君，焉敢兴兵犯上！即同叛逆相等，重罪非轻，岂可宽恕！今命狄卿率同众将统领精兵，前往西辽征伐问罪。若辽王畏罪求降，彼邦有一镇国之宝，名曰珍珠烈火旗，要将此旗贡献，年年进贡，岁岁来朝。如其不顺，即行征讨平定。……

都是将这场干戈简单化，大事化小，而一句"见景生情便了"足以说明在此故事中民族战争只是一种点缀和故事由头罢了。小说中以众将评议点出世人对战争的厌恶，对于和平的渴望。但圣旨中的数句显然不只是托

---

① 《五虎平西》，见《狄青全传》，南京：江苏古籍出版社1996年版。文中所引《五虎平西》相关文字，皆出此书。

大之词，它也体现了民间对于民族关系的理解，即大汉中心主义的理想。至于推动故事发展的线索——"珍珠烈火旗"本是空穴来风之物，却因为贯穿全书，导致狄青命运的波澜起伏，并关涉两国恩怨，而令人思考它的名目是否别有所指或含有更多的深意，从而具有消解战争真正意义的功能。

《五虎平西》已经分明是以历史人物写传奇，与元曲中的传统故事相较已是另辟新章。历史中狄青所平为西夏，而此书写为西辽。钱静方《小说丛考》云："演义所谓'五虎'者，狄青、张忠、李义、刘庆、石玉也。五人中，惟狄青真有其人，余皆子虚乌有。……其所平者为西夏，而演义以为西辽，误甚。""演义载庞洪害狄青事不实，查《宋史》，与狄青同时者，有庞籍而无庞洪。籍与韩琦、范仲淹同为陕西安抚使，卫西夏。狄青乃其部将，然其甚贤良，无忌贤嫉能事。"① 庞洪史无其人，或从杨家将故事借鉴而来。诸多小说人物的虚构，敌对国名的置换，无疑表现出演义传奇性的主要导向。然而这种改变往往又揭示出鲜明的市民精神和时代需求，五虎的集合是市井百姓对于江湖侠义精神的需求。总而言之，在从历史到传奇的过程中，《五虎平西》中的狄青已经从战场走向家庭、江湖，其江湖传奇的特征日益显著。

《五虎平南》，又名《五虎平南狄青后传》。《狄青全传》在出版前言中即指出："《狄青后传》又名《狄青演义后传》、《五虎平南》，凡六卷四十二回，不题撰人，初刻于嘉庆十二年（1807），首序末署'小琅环主人题'，可能便是作者。《前传》卷十四结束云：'今日二取珍珠宝旗，得胜班师，事事已毕，后话甚多，实难统述。若问五虎如何归结，再看《五虎平南后传》，另有着落详言。'而《后传》第一回正从'却说前书五虎将征服西辽边夷，奏凯歌班师，回朝见主'说起，可见二书为同一作者编成的演述狄青故事的前后传。两书既有分刻单行本，亦有合刻本。从两书初刻本的时间来看，其书的作成也大约在此前不久。"② 《五虎平南》承继征西故事，写狄青为首的五虎将率兵南征，平定侬智高叛乱的经过，以及狄

---

① 钱静方：《小说丛考·五虎平西平南考》，上海：古典文学出版社1957年版，第87页。

② 《五虎平南》，见《狄青全传》，南京：江苏古籍出版社1996年版。本文所引《五虎平南》相关文字，皆出此书。

青二子狄龙、狄虎在出征中与敌方女将段红玉、王兰英之间的爱情纠葛，同时也穿插了包拯、狄青与朝中奸臣斗争的线索。此篇较《五虎平西》更加荒诞不经，仅有狄青平定侬智高的历史事件是真实的，其余细节多为敷衍。随着其子狄龙、狄虎的纳入，故事的主要人物也发生了转移。在平南故事中，狄青已经不再是故事的主要角色，而是以其子狄龙、狄虎构成双生双旦的爱情故事。全篇故事在爱情与阴谋中布局，而汉与非汉民族的界限极为模糊，多以伪官出征，最终作为反面角色的往往是所谓的妖僧妖道。而传统军事中决定战争胜负的文韬武略，此时则全系之于法术。正如钱静方《小说丛考》所云：

> 狄青南征者为侬智高，此系实事，惟有妖法之说，则皆画蛇添足……《清波杂志》云：向在武康于邻人狄似处，见其五世祖武襄公收侬智高时所戴铜面具，及所备牌上刻真武像。在狄青当日，固已好奇立异如此，何怪小说家神奇其说，谓出王禅老祖门下，而有种种法术也。[1]

《五虎平南》影响甚广，不仅有清内廷大戏《平南传》，还有地方小戏种如富宁土戏（壮剧）1939 年改编自《五虎平南》的《征伐平南侬智高》。除此而外，在狄青的故事系统中，还出现了侧面形象的非汉政权君主。在《说岳全传》、《杨家府演义》、《杨家将演义》等书中，兀术、萧太后等形象均正面出现，而到了更多敷衍的狄青演义中，非汉政权的君主基本上都没有正面出现在小说中。如《万花楼》的西夏君主，不过在《万花楼》第六十六回"稽婚姻狄青尽职，再进犯夏主鏖兵"中总结了这场战争，"且说西夏主元昊得报兵败，心实恼闷。这日坐朝，向众臣言道：'孤一心贪图中原的锦绣江山，只道唾手而得，岂知兴师有年，胜败无常……'"《五虎平南》中的侬智高，于小说末尾偶尔出现，也不过一二句话，并没有以实际行动卷入到民族纷争当中。甚至连《五虎平南》中的战将都不同于真正意义上的两国交兵，而是出以妖道和尚之流。这种缺失真正意味上的两国交兵的战场，已经与历史渐行渐远，旗帜鲜明地走上了传

---

[1] 钱静方：《小说丛考·五虎平西平南考》，上海：古典文学出版社 1957 年版，第 89 页。

奇之道。

陈汝衡《试论有关狄青的小说和戏曲》指出，"《水浒传》第八十二回叙宋江等全伙受招安，徽宗皇帝赐宴，当时优人装扮的戏，就有《玄宗梦游广寒殿》、《狄青夜夺昆仑关》名目。《水浒传》虽然叙述北宋的农民起义，但它在明代中叶方才编定，唐明皇和狄青的戏至少在明代是家喻户晓的戏，这是可以确定的"①。他认为部分元明戏曲虽然没有保留原文下来，但就其关目可知应该已经保存在相关的小说内容中，如《太和正音谱》记录的《刀劈史鸦霞》见《万花楼》第三十一回《勇将力剿大狼山》，元人吴昌龄《狄青扑马》杂剧（《太和正音谱》作《搏马》，《元曲选》作《博马》）故事见《万花楼》第十二回《伏猛驹误入牢笼》，可见均有小说对戏曲承继的演进痕迹。

总体来说，狄青小说故事演变无论从国事的家事化、中外战争的内部忠奸化，还是文治武功的神魔化、人物关系的向江湖化铺展、人物焦点的向情爱游离，都分明地表现出狄青故事演变从历史到传奇的基本特征。

二、清代戏曲：叙述视角的转变

清代狄青戏曲故事名目繁多，《京剧剧目辞典》所列就有《京遇缘》、《功勋会》、《风雪夺昆仑》、《珍珠烈火旗》、《八宝公主》、《反延安》、《通海沟》② 等出。大体故事以小说而非历史为依据，同时各种因素，包括武生戏或是旦本戏，都决定了戏份的差异以及随之带来的不同人物矛盾的发展，从而使戏曲的随意性更甚于小说。

其中出自《万花楼》，即以元曲系统《复夺衣袄车》为主要内容的有《功勋会》、《风雪夺昆仑》。《功勋会》和元曲《复夺衣袄车》内容大致相同，故事中的元帅选择了和小说相同的杨宗保而背离元曲中的范仲淹。讲征衣被番将夺去，夺回征衣后刘庆赴延安报功，为杨宗保部下把总王天豹

---

① 陈汝衡：《试论有关狄青的小说和戏曲》，《戏剧艺术》1984 年第 1 期，第 103 ~ 106 页。

② 曾白融主编：《京剧剧目辞典》，北京：中国戏剧出版社 1989 年版，第 570 ~ 577 页。

所赚。吴代、孙公受庞太师密书，反责狄青冒功。杨宗保虽收八贤王书信，仍要将狄青问斩。幸刘庆归来，斩首王天豹。适番将掠阵，狄青五人迎敌，将功折罪。《风雪夺昆仑》在复夺衣袄车的核心内容上，又加诸狄青身世以及和庞国丈结下冤仇的因由以及结尾处铺写狄青克敌功业。国丈庞文陷害狄太后兄长狄世荣，其子狄青长大后到汴京寻求姑母问职，以伺机报父仇。狄青比武时伤了庞文门婿韩天化性命，宋帝欲斩，幸得狄太后求情。庞妃余恨未消，宋帝设计，狄青往边关送征衣，限期两月。八贤王写下书信，杨宗保始不斩之。时西羌攻占昆仑关，狄青突袭，夺回昆仑关，立下奇功。结尾杂糅痕迹甚重，从历史中的西夏，到小说中的西辽，此处又写为西羌，而狄青夺取昆仑关是在平侬智高一役中，此时杂糅一处，误作西北边关。

出自《五虎平西》的戏曲故事主线主要集中在珍珠烈火旗的夺予和狄青与单单国公主联姻的情节上，如《京遇缘》、《反延安》、《珍珠烈火旗》、《八宝公主》。清道光四年《庆升平班戏目》已有《京遇缘》、《珍珠烈火旗》、《反延安》诸剧。《京遇缘》和《珍珠烈火旗》二戏本事同源，而人物侧重点各有不同。《京遇缘》故事重在狄青，主要取自《五虎平西》，但杂糅《万花楼》甚多，所征讨国与小说将西夏误为西辽不同，索性选取了更不相关的"乌斯国"。狄青解代关送征衣，爬山虎因误走乌斯国，征衣为守将史牙叉、昝天王抢去。狄青杀死番将，夺回征衣。刘庆先前往代关报功，被刘化龙灌醉推落水中，自请功劳。狄青到关，杨宗保欲问斩，幸刘庆逃生，为狄青脱罪。乌斯国王和公主诈称献日月骟骝马和珍珠烈火旗给大宋，宋帝遣狄青往取，狄青被围。危急之时，取师赠面具，金光四射，祖师飞下，杀死乌斯国王。狄青等五人误走鄯善（单单）国，适双阳公主出猎，为公主所擒，结为婚姻，终以计打败乌斯公主。此剧选取《万花楼》中的"复夺衣袄车"为主要内容，结合《五虎平西》中的主线之一——珍珠烈火旗故事而敷衍成篇，至于单单国公主的故事仅仅是点到为止，并未作为主线铺展。

《珍珠烈火旗》是王瑶卿演出本，见《京剧汇编》第八集。该剧在双阳公主一线上着力写就，事见《五虎平西》，但情节颇有出入。狄青奉旨征战印唐、上乘二国，索取珍珠烈火旗和日月骟骝马。张仁态度蛮横，乡民指错道路，误走鄯善（单单）国。恰遇其国双阳公主出猎，心仪狄青，招为驸马。印唐郎天印派海云飞来擒狄青，公主佯允，但需以旗马交换。印唐郎天印准备假旗、假马。狄青打败海云飞逃走。双阳追至，狄青以面具吓退双阳。双阳回城卧病。海云飞攻城，鄯善国王出战被杀，王后掠阵亦被刺死。双阳带病上阵击退海云飞，回城登极理事。此剧中，国名更加不经，所经略者印唐、上乘，侵略目的也更明确，即索取"珍珠烈火旗"和"日月骕骦马"。狄青的战争和西夏再无干戈。因是王瑶卿主演，所以此剧以旦角戏为主，故事主线主要拓展双阳公主一面的矛盾线索，特别是狄青逃走后双阳面临的困境。《京遇缘》和《珍珠烈火旗》二剧中的双阳公主与狄青相遇的场景和小说不同，小说中为狄青误走单单，被迫斩兵夺城，最后与公主刀兵相见，为公主所擒。狼主欲斩之际，庐山圣母赶至，说明其与双阳天定姻缘，始救下五虎。京剧中则无战事纠纷，误走鄯善（单单），遇公主围猎，双阳芳心暗许，招为驸马。京剧将狄青和双阳公主的恩怨彻底肃清，从而使两人的情感故事更加纯粹。

《八宝公主》直接以八宝公主（即双阳公主）为题，可知狄青故事转而在八宝公主的线索上发展。戏曲头本写狄青奉命征讨西辽，误走鄯善（单单）国，遭到鄯善公主阻击，被擒逼婚。狄青不允，王禅老祖亲来指点，始允。庞吉得知狄青在外国招亲，诬其降番，将其全家打入天牢。二本写鄯善国王赐狄青以十万大兵往征西辽。西辽飞龙公主和黑利驸马一同阻击狄青，狄青战败被困。幸得双阳前来相助，辽兵败北，黑利被杀。西辽以假旗马求和。飞龙公主女扮男装，庞吉使杨收其为义女，许配狄青。飞龙欲杀狄青，反被狄青所杀。狄青获罪发配。双阳公主杀至汴梁城下，仁宗赦狄青，夫妻二人同保宋室。本事见《五虎平西》第三至二十回。双阳公主反边关入侵中原，并欲围困汴梁等情节，为小说所无。狄青杀飞龙公主获罪，小说中原是靠包公断案脱罪，此处则赖双阳提兵发威。双阳在剧中的地位已不再是婚姻的附属，而是成为主导事件成败的关键。特别是结尾双阳提兵伐宋逼迫仁宗释放狄青，充满了革命的反叛精神。较《五虎平南》中动辄想出兵终未行动的传统女性形象，八宝公主（双阳公主）形象此时在戏曲中充满了主动性，是推动故事发展的主要力量。

《反延安》剧情侧重于狄青返宋后双阳于家于国的经历，更是以双阳公主为绝对主角。狄青在鄯善（单单）被招为驸马，双阳助其战胜英唐、上城二国，取得旗马，导致双阳父母被害。狄青返朝报功，因假旗马获罪发配广南。双阳怀恨狄青，出兵大败杨宗保。宋帝赦狄青，命其驰援延安。经狄青百般赔礼，二人终得和好。双阳助其战败郎天印、海飞云，获得真旗马。清道光四年《庆升平班戏目》已有此剧，诸伶均工此戏。《八宝公主》中双阳伐宋还是为了营救狄青，《反延安》中则索性为因爱生恨。狄青的姿态在戏曲故事的演进中日益低下，而双阳公主的形象则日益高蹈，其身上不仅凝聚着大起大落的戏剧冲突，个性也更刚毅，具有鲜明、强烈的叛逆性，和民间戏曲舞台上的穆桂英、樊梨花有异曲同工之妙。

基于民间对于朝贡制度的自我想象，珍珠烈火旗、日月骍骝马在民间戏曲中得到了更充分的利用。正如葛兆光在《宅兹中国——重建有关"中国"的历史论述》中的论说："古代中国关于'异域'的这些描述，并不是关于当时人对于实际世界的知识，而是对于'中国'以及朝贡体制中的'天下'与'四夷'的一种想象。"①在这场其实并不完全正义的挑动性战争中，汉人借助第三国的单单公主之口同样强调了贡品和上下国等级不可逾越的重要性，《五虎平西》第三十一回中公主来解狄青之围，与辽将相遇，明言道："你邦既为下国，理合年年纳贡，拱伏天朝。因何屡次兴兵侵犯上邦，害却多少生灵性命，扰掠黎民不安。并不是大宋无故征伐你邦，只是下国侵凌上邦，律该征讨，国法岂得宽容，所以宋王差来五虎将到你邦。"此外，戏曲将男女情事从男女主角继续扩展到其他五虎身上。如京剧《通海沟》中讲狄青往征上乘、印唐，兵至通海沟，为罗王之女石彩珠所阻。之后讲述飞山虎刘庆和罗王之女石彩珠情事。书中无此事，反有杨家将和百花女事，都是将民族战争化为男女联姻。

从历史到元曲、清代小说，狄青故事的传奇性日益增加。在清代的戏曲中，狄青故事的传奇性已经从狄青身上渐渐蔓延到双阳公主的形象上，这是从历史到传奇的进一步深化。与此同时，与传奇性日益加强随之而来的还有故事名目的随意性。首先是国名的混乱，元曲《复夺衣袄车》、小说《万花楼》均依历史之说作西夏，《五虎平西》作西辽，京剧《风雪夺昆仑》作西羌，《京遇缘》写成乌斯国，《珍珠烈火旗》作印唐、上乘。其次是公主名称混乱，小说《五虎平西》作八宝公主，名双阳，号赛花，或

因与杨家将故事佘赛花过于接近而在戏曲中进行了有意识的改变，《京遇缘》、《珍珠烈火旗》、《反延安》等京剧系统均称之双阳公主。再次是奸臣名称设置的不确定性。如庞国丈，小说《五虎平西》作庞洪，《京遇缘》作庞元，《八宝公主》作庞吉，《风雪夺昆仑》作庞文，《反延安》作庞籍。庞籍《宋史》有传，官至丞相，然据《宋史》与狄青并无冤仇。

第三节　岳飞故事的演变

　　南宋抗金名将岳飞（1103—1142），字鹏举，江阴人。岳飞在坚决抗金的同时，也多次平定农民起义。1133 年，他以镇压江西农民起义之功，得到宋高宗赐予的"精忠岳飞"锦旗。岳飞身经百战，部队纪律严明，其师号为岳家军。绍兴十年（1140）岳飞在朱家镇接到金牌相追，被迫还师。回到临安后，岳飞被解除兵权，诬陷下狱。次年十二月二十九日，岳飞和其子岳云、副将张宪以"莫须有"罪名被害于风波亭。岳飞遇害后，朝野均有为其拨乱反正的呼声。绍兴十三年（1143）尚以岳飞故宅为太学。1162 年孝宗甫一即位，即诏复其官，追谥武穆。随着南宋末年元兵压境，其危机四伏的形势宛若南宋初年，使朝野上下更加怀念曾经颇有战功的主战英雄。淳祐六年（1246），理宗改谥岳飞为忠武，景定二年（1261）再封鄂王，改谥忠文。岳飞以一代名将死于非命，自其死后，故事就不断流传于民间口耳之间。于是历史走向野史，野史转而成为小说家言。

一、宋元：岳飞故事的奠基时代

　　南宋洪迈（1123—1202）和岳飞算是同时代人，岳飞之死是在洪迈的青年时代，岳飞平反时，洪迈正当盛年。岳飞的事迹对洪迈来说应该还是较为真切的。然而经过多年禁忌而翻案，其中的人物必然产生诸多神话传说。于是在《夷坚志》中，《辛中丞》叙岳飞梦中下狱，《黑猪精》与《独醒杂志》同源述其转世因果，东窗密谋、秦桧阴报诸事遂随之而来。《独醒杂志》云：

岳公微时，尝于长安道上遇一相者曰舒翁，熟视之曰："子异日当贵显，总重兵，然死非其命。"公曰："何谓也？"翁曰："第识之。子猿精也。猿硕大必被害，子贵显则睥睨者众矣。"①

《夷坚志补遗·相术类》"黑猪精"条则云：

岳微时居相台，为市游徼。有舒翁者，善相术。见岳必烹茶设馔，尝密谓之曰："君乃猪精也。精灵在人间，必有异事。他日当为朝廷握十万之师，建功立业，位至三公。然猪之为物，未有善终，必为人屠宰。君如得吉志，宜早退出步也。"岳笑不以为然。②

可以看出两则笔记实为同一条，只不过一为猿精，一为猪精，共通点在于阐释的目的是一致的，即要说明岳飞命中注定死于非命。《独醒杂志》尚以比喻的手法指出功高易为众矢之的，以猿精为比，针砭人情世故。而"猪精"故事则纯为敷衍因果，应为后出。总而言之，两者都是对岳飞莫须有之死的因果诠释，其文学创作的目的和效果在于便利民间对岳飞冤狱的接受。清人褚人获《坚瓠集》甲集卷四转录《夷坚志》云："后有考官归自荆湖，暴死旅舍，复苏曰：'适看阴间断秦桧事，桧与岳争辩。桧受铁杖押往某处受报矣'。"③"阴报"故事是民间不平之气的继续发泄。宋代朝野对于战争的客观性是充分认定的，所以岳飞故事最初的创作动力不是反转民族关系，而是试图确立岳飞之死的合理性和善恶有报的天理循环系统，这也就直接推动了岳飞故事从历史走向传奇。罗烨《醉翁谈录·小说开辟》曾经提到：

---

① （宋）曾敏行：《独醒杂志》，（清）丁传靖辑：《宋人轶事汇编》卷十五，北京：中华书局 2003 年版，第 795 页。

② 《夷坚志补遗·相术类》"黑猪精"，江阴缪氏云自在龛抄本，近人缪荃孙手校，台北：台湾新兴书局 1985 年版，第 390 页。

③ （清）褚人获：《坚瓠集》甲集卷四"东窗事犯"，杭州：浙江人民出版社 1986 年版，第 3 页。

夫小说者，虽为末学，尤务多闻。非庸常浅识之流，有博览该通之理。幼习《太平广记》，长攻历代史书。烟粉奇传，素蕴胸次之间；风月须知，只在唇吻之上。《夷坚志》无有不览，《琇莹集》所载皆通。①

可见宋代说话人对于《夷坚志》的主动汲取亦即《夷坚志》对民间文学的重要影响。

时人所认可的岳飞之死根本原因在于君心生疑，而作为臣子，既然要做忠臣，除了受死终是别无选择。也正是这份无从选择的无解，逼迫岳飞故事必然寻找新的解释，以实现人们的接受。《三朝北盟会编》卷二百零四记云：

岳飞在郾城，众请回军。飞亦以不可留，乃传令回军，而军士应时皆南向，旗靡辙乱不整。飞望之，口呿而不能合，良久曰："岂非天乎！"②

史书亦尝试着从"旗靡辙乱"的预示性角度来进行"岂非天乎"的诠释。有宋一朝，就已经有人从风水因素解释其先天命运。宋人王明清《挥麈录》即从岳母墓地风水来说明岳飞横死的原由：

绍兴庚申岁，明清侍亲居山阴，方总角，有学者张尧叟唐老，自九江来从先人。适闻岳侯父子伏诛，尧叟云："仆去岁在羕庐，正睹岳侯葬母，仪卫甚盛，观者填塞，山间如市。解后一僧，为仆言：'岳葬地虽佳，似与王枢密之先茔坐向既同，龙虎无异。掩圹之后，子孙须有非命者。然经数十年，再当昌盛。子其识之。'今乃果然，未知它日如何耳。"③

岳飞死后，时人已经开始有神化岳飞的意愿。此时只是民间为岳飞鸣冤，岳飞之冤尚未得到朝廷洗刷，亦未及封王，提升民间想象的空间由此

---

① （宋）罗烨：《醉翁谈录》甲集卷一"小说开辟"，沈阳：辽宁教育出版社1998年版，第3页。
② （宋）徐梦莘：《三朝北盟会编》卷二百零四，上海：上海古籍出版社2008年版，第1470页。
③ （宋）王明清：《挥麈录》第三录卷三，北京：中华书局1961年版，第256页。

受到制约。一方面人们的想象是自发零散的，未形成完整的系统，一方面当时秦相依然在位，各种传闻时时受到秦相的压制。是时传说中的岳飞身后世界，没有上升到整个神话系统，而只是灵魂犹在，是鬼而非神。如宋人郭彖《睽车志》记云：

> 岳侯死后，临安雨溪寨军将子弟因请紫姑神，而岳侯降之，大书其名，众皆惊愕。请其花押，则宛然平日真迹也。复书一绝曰："经略中原二十秋，功多遇少未全酬。丹心似石凭谁诉，空有游魂遍九州。"丞相秦公闻而恶之，擒治其徒，流窜者数人，人有死者。①

作为岳飞的后人，岳珂也难免在《金佗稡编》中对祖先进行神化，他在卷四记云："及生先臣之夕，有大禽若鹄，自东南来，飞鸣于寝室之上。先臣和异之，因名焉。"② 李琳在《中国古代英雄诞生故事与民间叙事传统——以岳飞出身、出生故事为例》一文中叙述了中国古代英雄诞生的"奇生"母题，其中曾以岳珂为例，认为这是岳珂把岳飞字号和古代神话相结合的祖先神化方式，由此论及民间传统对叙事文本的影响。③ 这些都为清代说岳故事进入前生因果系统奠定了基础。

岳飞的故事在南宋就已经从文人墨客的笔记进入了民间说话系统，《梦粱录》记云：

> 有王六大夫，元系御前供话，为幕士请给，讲诸史俱通，于咸淳年间，敷演《复华篇》及中兴名将传，听者纷纷，盖讲得字真不俗，记问渊源甚广耳。④

---

① （宋）郭彖：《睽车志》，（元）陶宗仪等编：《说郛三种》卷一百十八，上海：上海古籍出版社 1988 年版，第 5439 页。

② （宋）岳珂编，王曾瑜校注：《鄂国金佗稡编续编校注》卷四"行实编年卷之一"，北京：中华书局 1989 年版，第 56 页。

③ 李琳：《中国古代英雄诞生故事与民间叙事传统——以岳飞出身、出生故事为例》，《郑州大学学报》（哲学社会科学版）2006 年第 5 期，第 154~158 页。

④ （宋）吴自牧：《梦粱录》"小说讲经史"，杭州：浙江人民出版社 1980 年版，第 196 页。

　　咸淳（1265—1274）年间已是南宋末期，此时距离岳飞赴难已经过去一百二十多年，离 1162 年孝宗为岳飞平反业已过去百年。看"字真不俗"、"记问渊源甚广"诸评语，大概可以知道这时的故事大多还是基于史实和掌故。所讲的中兴名将亦非岳飞一人，而是一时抗金将领，如《醉翁谈录》中所列"张（浚）韩（世忠）刘（锜）岳（飞）"诸人合传。其概况或如朱恒夫在《岳飞故事：史实的拘泥与民间性的失度》一文中所称"其目的大概是为了全面地反映宋金战争的图景"①。与《梦粱录》同一时代的《醉翁谈录》，在"小说开辟"中云："新话说张、韩、刘、岳……说忠臣负屈衔冤，铁心肠也须下泪。"②"说忠臣负屈"已经开始将故事的主人公和剧情指向忠奸斗争，而"铁心肠也须下泪"一句，可知说话者在情绪渲染上的力度。人物的极端褒贬，感情的明确造势，这些都意味着岳飞故事在以历史为蓝本的前提下，人物塑造、情节冲突已经踏上了传奇化的开端。

　　宋代笔记《朝野遗记》开创了东窗事件的端倪，其文记道：

　　秦桧妻王氏，素阴险出其夫上。方岳飞狱具。一日桧独居书室食柑，玩皮以爪划之，若有思者。王氏窥见笑曰："老汉何一无决耶？捉虎易，放虎难也。"桧犁然当心，致片纸付入狱。是日，岳王薨于棘寺。③

　　此故事情节成为后世岳飞故事的模本。尤其是元代杂剧，基本上围绕这个情节大做文章。冯梦龙《古今小说》卷三十二《游丰都胡母迪吟诗》，正文讲胡母迪入冥游丰都，头回即讲秦桧、王氏于东窗下设计陷害岳飞。元代杂剧岳飞故事主要延续"东窗事犯"、"阴报"等题材。孔文卿《地藏王证东窗事犯》题为"岳枢密为宋国除患，秦太师暗结勾反谏。何宗立

---

　　① 朱恒夫：《岳飞故事：史实的拘泥与民间性的失度》，《明清小说研究》2005年第 4 期，第 16 页。

　　② （宋）罗烨：《醉翁谈录》甲集卷一"小说开辟"，沈阳：辽宁教育出版社1998 年版，第 4 页。

　　③ （宋）佚名：《朝野遗记（及其他二种）》，《丛书集成初编》第 2794 册，北京：中华书局 1991 年版，第 13 页。

勾西山行者,地藏王证东窗事犯"①。是剧依杂剧体例,分为四折二楔子,末本戏。末分别扮演岳飞、呆行者、何宗立。顾歆艺《杨家将与岳家军系列小说》指出:孔文卿《地藏王证东窗事犯》和金仁杰《秦太师东窗事犯》"并不是直接写岳飞抗金的",并对照洪迈《夷坚志》中的"东窗记事",认为"这说明较早的有关岳飞的文学作品多是表达对奸臣的愤恨之情,并为岳飞的屈死鸣不平。这一情节为后世的戏曲及岳家军演义小说所继承"②。可见元杂剧时代,岳飞故事的中心主要在岳飞之死的情节及其涉及的忠奸斗争,既没有抗金的种种事迹,亦没有枝蔓诸多人物。

《地藏王证东窗事犯》剧中王氏完全以贤妻形象出现,即如伏涤修在《岳飞题材戏曲流变考述》中提到:

值得注意的是,后世各种笔记、戏剧中秦桧之妻王氏都被描绘为比秦桧更阴险恶毒,她促成秦桧狠下决心杀害岳飞,而此剧中的王氏却是劝夫不要构陷忠良的贤妻形象。呆行者说秦桧"当时不信大贤妻,他曾苦苦地劝你"(第二折〔石榴花〕曲),秦桧东窗事发被诛杀下到地狱受拷打,王氏听了后,"夫人听说了阴司下因,早不觉腮边泪痕。自古想一夜夫妻百夜恩,说的夫人衔愁闷。为太师受辛勤,要见太师呵,则除是关山靠梦魂"(第四折〔倘秀才〕曲),与其他剧作中的狠毒长舌妇明显有别。③

王氏形象较之宋代笔记已有不同,离后世则更差别甚远。从人物塑造上来说,元杂剧中的王氏既忠且贤,十分有情有义。这是因为元代认知岳飞之死的本质在于君而非臣,自然没有把矛盾的重心放在王氏身上。正如伏涤修文中提到:"剧中的岳飞对皇帝有不满和怨恨,他被构陷入狱后,对自己以前的作为进行了反省,对自己拥立高宗表示后悔和失望,他唱道

①　(元)孔文卿:《地藏王证东窗事犯》,并见宁希元校点:《元刊杂剧三十种新校》(下册),兰州:兰州大学出版社1988年版,第82页;隋树森:《元曲选外编》,北京:中华书局1959年版,第405页。
②　顾歆艺:《杨家将与岳家军系列小说》,沈阳:辽宁教育出版社1992年版,第60~61页。
③　伏涤修:《岳飞题材戏曲流变考述》,《浙江艺术职业学院学报》2008年第3期,第41页。

'我不合扶立一人为帝，教万民失望'（第一折［村里迓鼓］曲），'我不合破金国扶立的高宗旺'（第一折［赚煞］曲），这里岳飞不仅对投降派进行了控诉和抨击，同时也抒发了对高宗的不满，这在以后的岳飞戏中是很少见的。"①

　　整个元代的精神理念、价值标准是相对自由的。首先是元代在非汉族政权统治下，赵宋王朝的正统性已经缺失，这促使普通的知识分子可以放开为尊者讳等束缚，客观地直面政治实质。其次，作为汉族知识分子，对汉政权爱之深亦恨之切，权威不在，遂直指政治败亡的本质，或可一抒闷怀。同样因为在非汉政权的统治下，故事中民族斗争的情节难以得到恣意发挥，于是将故事的主线放在忠奸斗争和前生后世的因果上。而对于元代统治者来说，亦乐见其成。汉族知识分子通过自省，以文学作品的形式追究前朝忠奸斗争的恶果，正是缓解民族矛盾的方法。

二、明代：岳飞故事格局的基本完备

　　明代国家政权回到汉族统治，加之明初以宣扬伦理道德为主旨，教化传奇遂成为明初剧坛的风气。民间文学批评的矛头也渐渐转向，曾经在元代可以藐视的君臣纲纪在明朝重新成为维护政治统治的必需，对于岳飞冤案归罪于君主的非议日渐淡去，奸臣秦桧终于以全权代表的身份控制了这场忠奸斗争的故事发展。明代岳飞故事的发展主要在于两个推动力：一是在民族战争发生的时候，特别是在类似两宋之际的民族危机之际，特别需要岳飞故事的精神支持和对时事进行讽咏，从而对原有故事进行大胆改窜。二是明代对于封建礼教的宣传和思想控制都远远超过前代，文学成为教化的工具，深深地烙上各种因果宿命的色彩。岳飞故事正是进行教化的良好典范，其中的宿命色彩已经远远不是点缀，而是成为岳飞故事的核心支撑。

　　元明之际无名氏杂剧《宋大将岳飞精忠》（《孤本元明杂剧》），重心自"东窗事犯"转而写岳飞忠勇。其结局是岳飞大胜回朝受封天子，具有

---

　　① 伏涤修：《岳飞题材戏曲流变考述》，《浙江艺术职业学院学报》2008 年第 3 期，第 41 页。

理想主义的成分。当明朝终于颠覆少数民族政权元朝的时候,汉族知识分子自然扬眉吐气,金国太子们的被擒意味着元统治者的臣服。这一充满想象力的新编结局,不仅高蹈向上的精神面貌似足新朝初建的气象,其内容实质也直接影射易代之际的民族精神。强调岳飞之胜,自然文学的重心就转移到岳飞的忠勇,而明代的戏曲小说也沿着这个方向愈演愈烈,直至清代的愚忠之类。

《东窗记》全称《岳飞破虏东窗记》,二卷四十出。《东窗记》对说岳故事影响很大,奠定了后来脍炙人口的许多历史以外的情节。如在内容上坐实了秦桧为汉奸,称兀术兵败后写信给秦桧让他害死岳飞,并首次把忠孝节义作为岳飞故事的主题进行张扬。剧中岳飞的忠被放大到近乎愚忠,他为了避免岳云和张宪因他谋反,不惜一纸书信将他们骗来一起就死。不仅岳飞誓死捍卫"忠"字,其女银瓶也以跳井自尽的形式书写了一个"孝"字。故事延续了疯僧讥秦、地藏阴审等情节。除此而外,为了强调善恶有报,剧中还增加了岳飞一家天庭受封、秦桧一家地府受苦的鲜明对照。在明初大讲伦理道德、三纲五常的剧坛风气影响下,《东窗记》也无可避免地沦为说教。这些情节被后来的小说戏曲大量吸取,使说岳故事愈发背离历史。而天庭地府的引入,则继续推动岳飞故事进入了世俗的宣讲报应系统。

明代戏曲《精忠记》被苏州冯梦龙改定为《精忠旗》。《精忠记》二卷三十五出,从伦理说教上更增加了轮回、因果等因素,表现出对于封建迷信的深刻迷恋。如岳飞之妻的不祥之梦,道月和尚对岳飞不幸预言的偈语。祁彪佳《远山堂曲品》称:"《金牌宣召》一折,大得作法,惜闲诨过繁。末以冥鬼结局,前既枝蔓,后遂寂寥。"[①] 冯梦龙《精忠旗》序云:

> 旧有《精忠记》,俚而失实,识者恨之。从正史本传,参以汤阴庙记事实,编成新剧,名曰《精忠旗》。精忠旗者,高宗所赐也。涅背誓师,岳侯慷慨大节所在。他如张宪之殉主,岳云、银瓶之殉父,蕲王诸君之殉友,施全、隗顺之殉义。生死或殊,其激于精忠则一耳。编中长舌私情及

----

① (明)祁彪佳著,黄裳校录:《远山堂明曲品剧品校录》,上海:上海出版公司1955年版,第30页。

森罗殿勘问事，微有妆点。然夫妇同席及东窗事发等事，史传与别纪俱有可据。非杜撰不根者比。方之旧本，不迳庭乎？①

　　冯梦龙改定《精忠旗》的宗旨，是努力从传奇回到历史，纠正戏曲故事"俚而失实"的问题。他参照正史本传、汤阴庙记事来编剧。冯梦龙的修改确对《精忠记》中夸饰的部分细节进行了改正，如"第二十四折东窗画柑故实，详《精忠记》。《精忠记》云：写一纸书藏黄柑内，是缘饰语。此云送一封帖子，是据实"②。至于较为重要的情节，如"东窗事发"这种宋元时期就已经流行的故事元素，冯梦龙无法舍弃，于是称为"史传与别纪俱有可据"、"非杜撰不根者"。冯梦龙在情节处理上以尽量尊重历史为前提，弱化一些荒诞不经的情节，特别是迷信的东西。如弱化私情、秦桧西湖遇鬼等，去掉了疯僧骂秦这一从元代以来就有的题材。他自认"长舌私情及森罗殿勘问事"不过是"微有妆点"，然在读者看来其"第四折送桧南归，叙兀术与桧妻褒衽"却"颇觉过当"。③可见尽管冯梦龙主张明确，但已经传奇化的历史根本无法回溯，他的改定仍然跳脱不出传奇的习见手法。其剧本主旨"精忠"二字，反是道出了岳飞故事中更加明确的思想意识，即宣传说教的浓重意味。如其开篇正题道："岳少保赤心迎二圣，秦丞相辣手杀三忠。慢天公到头狠报应，好皇帝翻案大褒封。"④《精忠旗》第三十七折"存殁恩光"结尾《浣溪沙》唱道："但从前怨德都酬，元来因果他还受。祸福随人各自求，天须有、报应的无虚谬，怎遮瞒的、日月双眸。"《尾声》："贤奸今古同芳臭，愤懑心头借笔头。好教千古忠臣开笑口。"末尾更题诗云："据宋史分回出折，按旧谱合调谐宫。不等闲追欢买笑，须猛省子孝臣忠。"⑤宣扬的无非都是子孝臣忠、天公报应。作品中思想意识的添加、主观评判的投射，正是历史故事在个人创作中传奇化的

---

　　① 《曲海总目提要》卷九，天津：天津古籍书店1992年版，第368页。
　　② 《曲海总目提要》卷九，天津：天津古籍书店1992年版，第371页。
　　③ 《曲海总目提要》卷九，天津：天津古籍书店1992年版，第369页。
　　④ （明）冯梦龙：《墨憨斋新定精忠旗传奇》第一折"家门大意"，《墨憨斋定本传奇》，北京：中国戏剧出版社1960年版，第2页。
　　⑤ （明）冯梦龙：《墨憨斋新定精忠旗传奇》第三十七折"存殁恩光"，《墨憨斋定本传奇》，北京：中国戏剧出版社1960年版，第55页。

表现。

熊大木的《大宋中兴通俗演义》则由于过于拘泥史实而失去了文学的意味。朱恒夫在《岳飞故事：史实的拘泥与民间性的失度》一文中，不赞成《大宋中兴通俗演义》"除了写岳飞与秦桧等投降派的矛盾外，还写了他与张浚、张俊及高宗的矛盾，而且将岳飞之死的起因归结到与张俊的矛盾上"，这样不仅"冲淡忠与奸的矛盾"，而且"大大减轻了秦桧等奸臣的罪责"。① 朱恒夫认为是书拘泥于史实，使岳飞的人物形象太近史而多元，形象不够分明高大。如"多次写到岳飞请还兵权事，母丧请还兵权，守制请还兵权，目疾请还兵权，明升暗降时又提出请还兵权，并写了当朝廷要他出山时，他总是反复推阻"，对读者造成的客观阅读效果是"岳飞也有个人的打算呢，他请还兵权的目的多是为了要挟朝廷吧"。这也使我们更清晰地看到，历史上的岳飞是复杂的，他有拥兵自重、要挟君主的一面，屡屡以推却兵权的形式表达他的不满。虽然这些最终都不能和他卓越的事功、严明的军纪、悲惨的结局相提并论。直至今日，学者们依然为了维护英雄的形象，认为这些史笔都属于选材失当。可见，一味恪守历史材料和人物塑造并不是相辅相成的，熊大木的尊史之路并没有能够使他的著作得到广泛接受。

知识分子严谨的史观立场不能取代市井的好恶，所以小说戏曲没有遵循冯梦龙的纠偏之愿、熊大木的恪守史学之路继续前行，而是沿着报应迷信的方向越走越远。如祁彪佳《远山堂曲品》"具品"对青霞仙客的《阴抉记》的评价为："前半与《精忠》同，后半稍加改撺，便削原本之色。不识音律者，误人一至于此！"② 此剧亦不传，不过从题名上来看，可知主要写阴报诸事。说岳故事日渐走向市井的过程中，掺入了越来越多的附会。冯梦龙以《精忠旗》改写《精忠记》固然代表着文人的拨乱反正意图，但诸多"殉"字，可见所谓忠孝节义才是不可更改的主题，即如其所说，"激于精忠则一耳"。明末清初，岳飞故事更注意枝节故事的衍生，臆想的空间延伸到原来空缺的岳飞前史和岳飞后史。即历史意味日淡，娱乐

---

① 朱恒夫：《岳飞故事：史实的拘泥与民间性的失度》，《明清小说研究》2005年第4期，第22页。

② （明）祁彪佳著，黄裳校录：《远山堂明曲品剧品校录》"具品"，上海：上海出版公司1955年版，第107页。

性质日增，悲剧的气氛也在淡化。明末汤子垂《续精忠》二卷二十五出
（《古本戏曲丛刊》二集）纯为虚构岳飞后人的故事；朱佐朝《夺秋魁》
二卷二十四出（《古本戏曲丛刊》三集）是岳飞前史，主要写出征前的英
雄故事；李玉《牛头山》二卷二十五出（《古本戏曲丛刊》三集）写牛头
山大败兀术故事，无关秦桧，背离历史。

　　明末清初，一批作家以彻底打破历史束缚的姿态创作新编岳飞故事。
苏州派作家张大复的作品《如是观》又名《倒精忠》、《翻精忠》，此剧以
历史为虚托，赋予其鲜明的现实政治理想。《如是观》写岳飞故事，一改
历史。岳飞接假诏不班师，直到五国城迎回二圣。岳飞还朝勘问王氏，王
氏招出和兀术的通奸之情及其立誓反间的阴谋，王氏和秦桧终被凌迟处
死。剧中不仅大量敷衍了王氏和兀术的奸情，极端丑化秦桧夫妇的形象，
还彻底背离历史，走向圆满的故事结局。此外，明末祁麟佳有《救精忠》，
其弟祁彪佳《远山堂剧品》于"雅品·救精忠"称："阅《宋史》，每恨
武穆不得生，乃今欲生之乎？有此词而桧、卨死，武穆竟生矣。"[①] 此剧虽
佚，从《远山堂曲品》亦可知其故事结局和历史背道而驰。周乐清《碎金
牌》剧亦是与历史相违，于神仙道化之中写岳飞直捣黄龙府，揭发秦桧，
兀术自杀，诸将庆功。清兵入关，明朝灭亡，这对汉族知识分子来说是沉
痛的打击，面对现实无力挽回，唯有以笔一抒块垒。如邱园《党人碑》写
蔡京立党人碑追贬苏轼事迹，作为明末政坛的写照。李玉《千忠戮》写明
成祖靖难事件，叙其大杀旧臣，实则隐射清兵屠城。汉族知识分子恨明亡
于清，故在传奇中或针砭或比拟雪耻。金人是清人祖先，岳飞是民间文学
在历史中淘选出来的最为著名的抗金英雄。写岳飞横扫金兵，直达五国城
迎回北宋二帝，实乃以理想的愿望支配传奇故事的走向，甚至写到岳飞后
人的重新振起，都是政治局势下的积郁不平借诸古人故事新编的精神胜
利法。

---

　　① （明）祁彪佳著，黄裳校录：《远山堂明曲品剧品校录》，上海：上海出版公司
1955 年版，第 182 页。

三、清代：岳飞故事的集大成

清人钱彩等编写的《说岳全传》① 是岳飞故事的集大成之作，亦是说岳故事从历史到传奇演变的集中表现。其中敌我关系体现在岳飞和金兀术的宋金战争中，忠奸关系则体现在岳飞和张邦昌、秦桧的内部斗争上。故事中创建出一个圆满的宿命体系，证出一段前生今世的因果。虽然作品缺乏精良严谨，却成为说岳故事的最终定稿。其在民间的接受度之高，很可以说明它虽然粗糙却有效的文学表达充分迎合了民间的情绪共鸣和娱乐需要。

清代《说岳全传》作为岳飞故事的集大成之作，首先是其中对于岳飞之死的理解可谓集中体现了民间意识的历史积淀。故事中将反面角色的主要行为动因大部分归结到王氏身上，王氏主动，而秦桧成为被动接受。如王氏因与兀术有私情而倾心卖力金国，她自作主张将毒药下到酒中，所谓"思想药死岳飞并那一班将士，好让四太子来取宋朝天下"。秦桧不知就里，将三百坛御酒加上封皮。兀术败走金国，遣使责备秦桧有负前盟，秦桧问王氏计将安出。又是王氏建议以议和之名暂缓战事，将岳飞诓入京城杀害。秦桧顾及已将岳飞收监两月，严刑逼供而无所得，怕宫中得知，有意放去，正自犹豫不决，终是王氏用火箸在炉炭中写道："缚虎容易纵虎难"，促成了秦桧杀害岳飞的决心。凡此种种，甚至极大地摆脱了秦桧之恶。既免去了君臣对立，亦减轻了男人之责，将祸水尽覆于女人。

其次《说岳全传》全力塑造了岳飞的忠孝形象，并且这种恪尽忠孝的理念和举动从生前延伸到死后。岳飞身死以后，他的亡灵仍在书中出现，尤其在经过说书人的刻意改造后，忠孝节义四个字成了岳飞的标签。第六十三回，岳家军诸将领一心要渡江为岳飞等报仇，不意岳飞灵魂守在江中，坚决不允，宁可让军船翻入江中，不惜亲见诸兄弟因不能报仇而含恨自尽。第七十回施全行刺秦桧，却是岳飞阴灵不肯让他刺死奸臣，以免坏了他一生忠名，所以阴中扯住施全双臂，致使施全束手被擒。这种全忠形

---

① （清）钱彩等：《说岳全传》，上海：上海古籍出版社 1979 年版。本文所引《说岳全传》相关内容，皆出此书。

象的塑造完满地符合了统治阶级和民间道德的共同愿望。

再次，《说岳全传》的喜闻乐见还在于构建了一整套宿命论体系。故事开篇第一回"天遣赤须龙下界，佛谪金翅鸟降凡"中说明一段前缘：星官女士蝠因在佛祖莲花座下听讲之际，忍不住放了一个臭屁，此不尊不洁的行为激怒了佛祖殿前的护法大鹏金翅明王，于是大鹏金翅明王将女士蝠啄死。女士蝠被逐下界投胎为王氏女，即秦桧之妻。大鹏金翅明王因在殿上行凶，被佛祖贬到下界偿还冤债，待功成圆满再回天界，逐下界投胎而为岳飞岳鹏举。只因为徽宗皇帝在敬天时将"玉皇大帝"写成"王皇犬帝"，故玉皇大帝一怒之下派赤须龙下界降生到女真国为金兀术，侵犯中原，搅乱宋室江山。而佛祖派遣大鹏下凡，正在为保全大宋江山。恰是这两段因果，促成了一桩说岳故事。大鹏下凡途中又啄死一个妖怪，妖怪一灵不灭，便到凡间投胎为助秦桧杀害岳飞的奸臣万俟卨。诸般因果将尖锐的民族冲突转化为前世宿命，一字之误招致玉皇大帝对宋王室的惩罚，这本身就极大地消解了民族矛盾。既然不过是天帝的报复，那自然只有释然以对南宋偏安；既然前生因果早已注定，那所谓的民族悲愤都化为虚无。这种种建构表达出对民族侵犯的无可奈何，最大程度地削弱了政治因素和历史责任，从而实现了文学娱乐功能和教化功能的最大化。

第二章

两宋民族战争本事小说戏曲故事演变的基本趋势

《杨家将与岳家军系列小说》曾经总结杨家将小说和岳家军小说在思想主题倾向上的共同性：一是它们都表现出英雄人物的忠君思想；二是"忠与奸的斗争是贯串杨家将与岳家军小说的又一重要线索"；三是"小说有'华尊夷卑'的大汉族主义思想。杨家将小说严重些，它甚至将交战的外族说成是妖魔幻化的"。① 这是对宋源演义故事演变概况的大致印象。倘若更全面地加以分析，则两宋民族战争本事小说戏曲演变的基本趋势在于以下三点：一是故事的核心内容从历史上的民族斗争演变为忠奸斗争；二是故事的战争形式从武力到神力，掺入了更多的神仙法术等内容，使战争的角逐方法以及人物的命运都跟随天命而行；三是故事的展现空间从国家之间渐渐缩小到家庭关系，亦即从国事到家事，随之体现了夫妻关系的地位转换，并由此带来小说中的群体人物塑造从男性群像演变到女性群像。

第一节　从民族斗争到忠奸斗争

本书所论述的宋源演义小说戏曲，其历史本事都是从两宋民族战争中而来。历史事件的原本核心冲突是民族矛盾，文学的应运而生亦是出于对民族矛盾的意识反应和情绪表达。随着时代变迁，在政治因素和人文情感影响下的文学塑造中，故事的核心矛盾渐渐从民族斗争转化为忠奸斗争。民族斗争沦为故事展开的背景，而其中真正能够推动故事情节和人物命运的矛盾线索还是在于忠奸斗争。从文学的表达上来说，其矛盾实质已经从外向内转化，以奸臣的全力塑造来推动故事发展。奸臣作为正面人物的对立面，承担了故事中憎恶的情感受力，人们可以毫无保留地寄予情感、宣泄情感。就连民族斗争中的敌国将领，也在小说中写得远比奸臣光明磊落、英雄高大。完成对奸臣的制造和塑造，则成为从民族斗争到忠奸斗争的故事演变最直接和根本的体现。

---

① 顾歆艺：《杨家将与岳家军系列小说》，沈阳：辽宁教育出版社 1992 年版，第96 页。

一、王钦若、潘美和狄青的被奸臣

从历史战事的民族矛盾到后世文学作品中渐为主题的忠奸斗争，正面人物的主要对立面不再是异族军事力量，而是来自汉族统治内部的奸臣。他们作为反面对抗人物支撑了整个故事的发展，为主要人物制造困境，成就正面人物的忠孝大义。随着文学作品的流传，他们也被掩盖了本来的历史面目，作为被迫承担忠奸斗争的角色分配，他们的人物形象塑造朝着文学的虚构方向而日益偏离历史的轨道，并被赋予充满夸饰的民间娱乐与说教功能。杨家将故事中，与杨家将对立的奸臣先后有三位，分别是潘仁美（潘美）、王钦（王钦若）和狄青。① 三位奸臣分别在杨令公时代、杨六郎时代、后杨宗保时代作为反面势力，或是出于争功，或是敌国奸细，或是不服结下怨恨，凡此种种，都归结为不择手段地构陷杨家将。他们的出现转嫁了民族危机的关注度，其作用是在整个文学接受中把外部矛盾彻底转向内部。

《中国小说史料·杨家将》引《廊居闻见录》云："潘美本宋初名将，以功名令终。近世小说所谓《杨家将》者，独丑诋之，不遗余力。或以为杨业之死，潘与有责焉。……潘美性最平易近人，有功益谨慎，能保令名以终者，非无故也。"② 宋人王巩《随手杂录》记其遗事云：太祖初入宫时，见宫人抱一小儿，原来是世宗之子。太祖问如何处理，赵普说"去之"，潘美不语。"太祖召问之。美不敢答。太祖曰：'即人之位，杀人之子，朕不忍为也。'美曰：'臣与陛下北面事世宗，劝陛下杀之，即负世宗；劝陛下不杀，则陛下必致疑。'"于是太祖将世宗之子交给潘美为侄。"后太祖亦不问，美亦不复言。"与潘美同时的诸节度使先后被解兵权，独美不解。"每赴镇，留妻子，止携数妾以往，或有子，即遣其妾与子归京。"③ 可见潘美为人自有过人之处。潘美之所以被塑造成奸臣，只为他是

---

① 关于狄青的忠奸议论，请参看本书第五章第二节"狄青之死"。

② 孔另境编辑：《中国小说史料》"杨家将"，上海：上海古籍出版社1982年版，第122页。

③ （宋）王巩：《随手杂录》，（元）陶宗仪编：《说郛三种》，上海：上海古籍出版社1988年版，第2301～2302页。

杨令公之死一役的统帅，终是难辞其咎，一再被后世编排。

　　王钦若，戏曲小说多记为王钦。王钦若在历史上本是反对议和的人物，在杨家将故事中反而成了辽国奸细贺驴儿，力主议和。苏辙《龙川别志》卷上记云：“契丹既受盟而归，寇公每有自矜之色，虽上，亦以自得也。王钦若深患之，一日，从容言于上曰：‘此《春秋》城下之盟也，诸侯犹且耻之，而陛下以为功，臣窃不取。’”① 则王钦若自有其值得嘉许的地方。考王钦若被奸化的原因：一是他确曾在杨家将的同一时代得到圣宠，宋陆游《老学庵笔记》卷九记云：

　　王冀公自金陵召还，不降诏，止于茶药合中赐御飞白“王钦若”三字，而中使口传密旨，冀公即上道。至国门，辅臣以下皆未知。政和中，蔡太师在钱塘，一日中使赐茶药，亦于合中得大玉环径七寸，色如截肪。京拜赐，即治行。后二日，诏至，即日起发。二事略相似，然非二人者，必无此事也。②

　　王钦若受到恩宠一时无两，本就易遭人非议。寇准在杨家将故事中和八王爷同为杨家将的庇护者，王钦若在政治主张上曾经和寇准对立，自然不免被树为对立面。如《东轩笔录》记云：

　　真宗次澶渊，一日，语莱公曰：“今虏骑未退，而天雄军截在贼后，万一陷没，则河朔皆虏境也。何人可为朕守魏？”莱公曰：“当此之际，无方略可展。古人有言，智将不如福将。臣观参知政事王钦若，福禄未艾，宜可为守。”于是即时进札请敕。退召王公于行府，谕以上意，授敕俾行。王公茫然自失，未及有言。莱公遽曰：“主上亲征，非臣子辞难之日。参政为国柄臣，当体此意。驿骑已集，仍放朝辞，便宜即途，身乃安也。”遽酌大白饮之，命曰“上马杯”。王公惊惧，不敢辞，饮讫拜别。莱公答拜，且曰：“参政勉之，回日即为同列也。”王公驰骑入天雄，方戎虏满野，无以为计，但屯塞四门，终日危坐。越七日，虏骑退，召为中书门下

---

　　① （宋）苏辙：《龙川别志》卷上，北京：中华书局1982年版，第72页。
　　② （宋）陆游：《老学庵笔记》卷九，北京：中华书局1979年版，第116页。

平章事、集贤殿大学士，如莱公之言也。或云：王公数进疑辞于上前，故莱公因事出之，以成胜敌之勋耳。①

这一段公案虽然未必能确定孰是孰非，但王钦若和寇准之间有不和显而易见，故时人亦揣度：寇准正是为了有效实施自己的战略方针而故意出之。值得注意的是，王钦若、杨家将故事中的六郎杨延朗确实曾经共同出现在澶渊之盟的这次战争史实中。真宗谈到议和时曾提到："初欲令石晋、杨延朗邀其归路，而以精兵蹑其后，腹背击之，可无噍类矣。然兵连祸结，何时已哉？故徇其请，以休息天下之民。若彼自渝盟，以顺代逆，覆亡之殆未晚也。"② 加上王钦若人品确实有一定的问题，在当时亦被视为阴险。如宋李昌龄《乐善录》云：

王冀公性阴险而权谲巧于中人。时同列虽已为公所中，终莫知公之中之。翰林学士李宗谔，有才名，王文正公欲引为参政，先以告公，公许之。既而阴以白上曰："李宗谔欠某王钱三千缗，今引用之，在索钱也。"盖参政朝谢日，赏给可得三千缗。而宗谔贫，俸廪不足以给，婚娉旧尝有借于文正，故公言之，因以中文正也。及文正以宗谔荐，则上果然作色而不从矣。其巧于中人，类多如此。秉政日久，四方馈遗，不可胜纪。金帛钱镪，图书奇玩，十倍于旧。一日之间，尽为天火所焚，无一遗者。又无子，平生所有，一旦举而归诸他人。③

综上种种因素，王钦若在后代小说戏曲中被设计为陷害杨家将的奸臣，不为无水之源。至于叛臣之说则全然空穴来风。

其中关于王钦若的稗抄中多有和秦桧故事相近者，这些传说未曾在杨家将小说中继续演进在其身上，而是和秦桧故事渐合而为一。宋人《枫窗小牍》卷下记有阴执故事：

---

① （宋）魏泰：《东轩笔录》卷一，北京：中华书局 1983 年版，第 7 页。

② （宋）王称：《东都事略》卷一百二十三，《二十五史别史》，济南：齐鲁书社 2000 年版，第 1071 页。

③ （宋）李昌龄：《乐善录》卷下，《丛书集成初编》第 2687 册，北京：中华书局 1991 年版，第 20 页。

比部郎洪湛，以王钦若贿卖任懿及第累谪儋州，竟死海外。忽有相识，遇洪大庾岭。犹仪卫赫然，若有官者。相识谓是赦还，与执手庆慰。洪曰："我往捕王钦若耳。"言讫不见，其人愕然。已而钦若病甚，口呼："洪卿宽我！我以千金累卿，然惠秦已橐百两，不难偿卿九百也。"①

这段阴执故事并没有被杨家将故事所征引，倒是与秦桧故事的片段似曾相识，其地府报应的桥段或对秦桧阴报具有启发作用，抑或是体现了人们对于因果报应执着的思维共性。宋曾慥《类说》卷十六"四畏堂"有云："王文穆夫人悍妒，贵为一品，不置姬侍。宅后圃中作堂，名三畏。杨文公戏之曰：'可改作四畏。'公问其说，曰：'兼畏夫人。'"②四畏的夫妻关系在杨家将故事王钦若身上未见发挥，反是在秦桧与王氏的故事中得到彰显。

在杨家将小说中，潘仁美（潘美）作为第一期奸臣承担了反面角色对正面人物的迫害作用。《杨家将演义》第四回"讲和议杨业回兵，迎銮驾豪杰施能"中叙及潘仁美之子潘昭亮被呼延赞所杀，故有第五回潘仁美以一百杀威棒迫害呼延赞等枝节。潘仁美被任命抵御辽兵。"仁美得旨，回至府中不悦。其子潘章问道：'大人今日何故不悦？'仁美曰：'主上有防御番兵之命，圣旨又不敢辞。即去亦无妨，只是没有先锋，因此迟疑不决。'章曰：'先锋在眼前，大人何不举之？'仁美曰：'汝道是谁？'章曰：'雄州杨业父子，可充先锋。'仁美悦曰：'汝若不言，我几忘之矣'。"③遂使杨业为先锋。这里的设计与整个小说人物关系有不十分畅通的地方，即潘仁美并没有显示出设计陷害的初衷，而是在其子提醒下将杨业纳入行军。甚至究竟为国事忧虑还是为迫害其人的用意也是相当模糊的。《杨家府演义》卷一"太宗招降令公"则明确了其报复之意——即以

---

① （宋）袁褧：《枫窗小牍》卷下，《丛书集成初编》第 2784 册，北京：中华书局 1985 年版，第 17 页。

② （宋）曾慥编纂，王汝涛等校注：《类说校注》卷十六《见闻杂录·四畏堂》，福州：福建人民出版社 1996 年版，第 505 页。

③ 《杨家将演义》，北京：宝文堂书店 1980 年版，第 90 页。文中《杨家将演义》相关引文皆出此书。

继业为先锋"向日之仇，由此不可以报乎"，潘遂因此而喜不自胜。两个版本的不同处理，反映出历史人物在转换为小说人物的过程中，人物塑造与小说情节不断自圆其说的痕迹。《杨家将演义》第十八回"呼延赞大战辽兵，李陵碑杨业死节"，仁美与牙将议曰："我深恨杨业父子，怀恨莫伸。此一回欲尽陷之，不想有保官呼延赞在，又难于施计矣。"潘仁美再三施计，不顾大敌当前，陷害呼延赞和杨家将。第十九回"瓜洲营七郎遭射，胡原谷六使遇救"，杨延嗣回瓜州行营求救兵，仁美曰："汝父子素号无敌，今始交兵，便来取救耶？军马本有要备，我营难以发遣。"因延嗣恨骂"无端匹夫！使我若得生还，与汝老贼势不两立"，潘仁美遂命射死七郎。闻知番兵困死杨业，杀奔西营，潘仁美方大惊，拔营起行。文学中的潘仁美可谓为了个人恩怨，不顾国家利益，无所不用其极地一意迫害忠臣。当潘仁美终因六郎的御状而被贬退出忠奸战争的舞台时，王钦（王钦若）登场了。

杨家将小说中的王钦具有更加微妙的身份，他的目标较潘仁美也更具有摧毁性，直接针对宋辽两国关系，而最终其实施的具体对象依然是抗辽战争的中坚人物杨家将。在《杨家将演义》第十九回中王钦粉墨登场，他自动请行入宋为间谍。文中道："有内官王钦者，本朔州人，自幼入宫侍萧后。为人机巧便佞，番人重之。"《杨家府演义》"杨六郎怒斩野龙"卷中，对王钦身份则有不同表述，称其为左贤王贺鲁达嫡子贺驴儿。贺驴儿主动请缨："假扮南人投入汴京，凭着一生学力，定要进身侍立宋君之侧，俟其国中略有罅隙可攻，即传信来报。然后娘娘兴兵南下，始保万全无失，而中原唾手可得。"萧后虑其有变，"于是心生一计，遂向左脚心刺贺驴儿三个朱砂红字为记"①。贺驴儿遂改名王钦，字招吉，进发中原。这一故事叙述中带有更多的戏剧化情境。

《杨家将演义》把王钦内奸和奸臣的身份迅速地合而为一，将两国兴兵的原委，直接推诸诸忠、奸臣之恩怨。这既实现了民族矛盾向忠奸斗争的内转，也实现了通俗文学主线的简单化。《杨家将演义》第二十回"六使汴京告御状，王钦定计图八王"即现王钦首奸，为助七王登上皇位，欲

---

① （明）无名氏：《杨家府演义》，上海：上海古籍出版社1980年版。文中《杨家府演义》相关引文皆出此书。

以毒酒害八王未果。因银匠告发，八王问罪王钦，王钦"深恨八王，欲思报怨之计"，遂修书挑动萧后兴兵。作为内奸的王钦，其为首恶的原因还是由于个人恩怨，而非政治使命。第二十六回"九妹女误陷幽州，杨延德大破番兵"，杨六郎大胜番兵，王钦自思："杨家有此英雄，如何能遂吾志？"遂再兴风波，邀来谢金吾计拆天波府。六郎私下三关，被发配充军，王钦更勾结黄玉奏杨六郎有私卖之罪而令之被判死罪，幸得呼延赞等人施计相救。《杨家府演义》"朝臣设计救六郎"中，王钦见六郎已斩，喜不自胜道："三关无此人镇守，辽兵可以长驱而进，我亦不虚拘此也。"乃修书一封送往幽州，书中写道：

臣违数年，欲报生成之德，每恨无由。入宋荷庇，职居枢密，宋君宠任，廷臣无两，无言不顺，谋无不从。略施一计，杨景成诛。此将已死，中原士卒俱木偶尔。娘娘兴师南下，取宋社稷犹反掌矣。逆寄孤臣敬此申奏，伺后有机，驰书再报。

《杨家将演义》第三十四回"宗保遇神授兵法，真宗出榜募医人"，王钦私以阵图不全消息，遣人漏夜入番营报之。阵遂补全，六使闷绝。第三十九回"宋真宗下诏班师，王枢密进用反间"宋军大破天门阵，王钦思道："自入中朝，一十八年，不曾与萧后建功立业。"遂再定一计，教促萧后要求十大朝臣并天子来九龙飞虎谷接受降表，以图一网打尽。第四十三回"平大辽南将班师，颁官诰大封功臣"王钦事败，私逃被捉，碎剐凌迟而死。帝令抛其尸骸于野以彰奸臣，因谓八王曰："王钦往者所言，本有欺罔之意，而朕不觉何也？"八王曰："大诈似忠，以致陛下不觉。今日王钦受刑，朝野皆为之欢庆矣。"帝然之。对于王钦的为人，就连萧太后亦指称其"奸佞之贼，我欲生啖汝肉，以雪此愤！"由此形成汉与非汉政权对于奸臣一致指摘的标准。

如果说潘美、王钦在历史上确实曾有为人诟病的地方，而狄青在历史上既有功于国家，亦是政治斗争的不幸牺牲品，则其在《杨家府演义》中的被奸臣化更令人遗憾。《杨家府演义》中狄青与杨宗保结仇的原因是，狄青征侬智高兵败，请求援兵，朝廷以杨宗保为帅。当狄青交帅印与杨宗保时，因见他须发皓白，"乃冷笑朝廷如此遣将，安能取胜"。于是宗保大怒，命人绑狄青辕门斩首，杨文广为其求情始得免死。狄青受此羞辱，遂结下仇恨。宗保对狄青亦有所提防，"宣娘化兵截路"卷中，因宣娘将降将侬王斩杀，宗保欲斩首宣娘，文广问其原由，宗保道："吾今写表说活捉侬王解京，待圣上亲行发落。今幸表尚未去。倘若去了时节，吾有诳君之罪。反倒干出灭门绝户之事。吾昔与狄青构怨，纵圣上垂念功绩相容，狄青岂肯相容乎？彼必假公义而伸私忿也。"小说是借宗保之口，写狄青的衔怨之心。"文广与飞云成亲"卷中更是极度丑化狄青，写狄青终日仇恨宗保，又见其全家受封，乃曰"老贼今日封公封侯，吾之冤仇，何时可报"，于是要求心腹家丁师金想出计策诛杀杨氏父子。因师金劝阻，狄青恼羞成怒，执铁槌追打其到后花园。后师金诈称已刺杀宗保，狄青大喜曰："已报一冤，俟后再图文广。"而最终狄青陷害杨氏父子东窗事发，亦并无受到实质性处理。仁宗不过"遂大骂狄青谗佞，陷害忠良"而已。可见对于历史上并无干涉此罪过的人事，即使小说家言凭空杜撰亦不能理直气壮地给予明确的处分。是以同为杨家将故事，后世流传度更高的《杨家将演义》则索性彻底放弃了这一段奸臣线索，应该是与民间意识积极呼应的有意识淘汰。

二、秦桧和王氏的被炼成

北宋亡时，秦桧曾写过"乞存赵氏"议状。他被俘往金国后，在粘罕军中做过文字工作。建炎四年（1130）十月，秦桧夫妇及婢航海到达临安。宋徐梦莘《三朝北盟会编》卷一百四十二记其回归经过，叙述中对秦桧逃回是否有假并无怀疑，只是称其善用谋术。当时就有人质疑秦桧是金人奸细，一是他与另一人同拘，而他独回；二是有近三千里距离，如何携家属婢女齐家同归，实属可疑。宰相范宗伊和同知枢密院李回力证其清白，并力举荐，秦桧终得高官。然秦桧对此未尝没有忌讳，如《咸淳临安志》记曰：

绍兴元年二月辛巳，礼部尚书兼侍读秦桧参知政事。龙图阁待制孙觌时知临安府，启贺桧有曰："尽室航海，复还中州。四方传闻，感涕交下。汉苏武节旄尽落，止得属国；唐杜甫麻鞋入见，乃拜拾遗。未有如公，独参大政。"桧以为讥己，始大怒之。①

可见秦桧对别人提及自己这段经历亦十分敏感。

秦桧入见高宗次日，高宗即拜其为礼部尚书，从此开启了"南自南，北自北"的和议大门。在秦桧的力主之下，南宋先后于绍兴八年（1138）、绍兴十一年（1141）两次与金人缔结和议。秦桧两次任宰相之职，独揽朝政近二十年。秦桧的力主议和、杀害岳飞等行径，终令其逃归一案被质疑不绝。尽管孝宗时否定了秦桧的政治行径，追夺王爵，改谥"谬丑"，但历史始终没有彻底否定其身份，只是在民怨口诛的小说中终于坐实其奸细一说。秦桧作为历代奸臣之首，其恶名远扬实与小说之传播、成为大众文化道德批判的反面典型有着密切的关系。历史人物是非本来只是局限于历史评议，而秦桧作为进入民间信念的奸臣代表，承载了历朝历代以来道德与世情的批判力量。

1. 宋代笔记中的秦桧

秦桧在宋代即已被人视为权奸，其权谋手段自有不可测处：一是个性阴险不可测。如时人在《三朝北盟会编》记云："桧性阴密，乘轿马或默坐，常嚼齿动腮，谓之马啗。相家谓得此相者可以杀人。内深阻如崖窄，世不可测。"② 二是机心不可测。陆游《老学庵笔记》卷二云：

秦会之问宋朴参政曰："某可比古何人？"朴遽对曰："太师过郭子仪，不及张子房。"秦颇骇，曰："何故？"对曰："郭子仪为宦者发其先墓，无如之何，今太师能使此辈屏息畏惮，过之远矣。然终不及子房者，子房是去得底勋业，太师是去不得底勋业。"秦拊髀太息曰："好。"遂骤荐用至执政。秦之叵测如此。③

对于直言者，秦桧反而出人意料地给以任用，无怪陆游评之为"叵

---

①　（宋）潜说友：《咸淳临安志》卷八十九，《景印文渊阁四库全书》第490册，台北：台湾商务印书馆1986年版，第953页。

②　（宋）徐梦莘：《三朝北盟会编》卷二百二十，上海：上海古籍出版社2008年版，第1580页。

③　（宋）陆游：《老学庵笔记》卷二，北京：中华书局1979年版，第22页。

测"。"拊髀太息曰:'好'",秦之居心未尽道明,相较于此,其官假其书者,机心就明确无疑许多。如《清夜录》云:

秦桧当国时,有士人假其书谒扬州守,守觉其伪,以白金五百两缴原书,管押其回。秦接见之,即补以官资。或问其故,曰:"有胆敢假桧书,若不以一官束缚之,则北奔胡,南走越矣。"①

秦桧的机心正如岳珂《桯史》卷三所谓"机心不自觉":

都堂左揆阁前有榴,每著实,桧嘿数焉。忽亡其二,不之问。一日,将排马,忽顾谓左右取斧伐树。有亲吏在旁,仓卒对曰:"实甚佳,去之可惜。"桧反顾曰:"汝盗吾榴。"吏叩头服。盖其机窍根于心,虽嵬琐弗自觉,此所谓莫见乎隐者,亦可叹也!②

岳珂评其"盖其机窍根于心,虽嵬琐弗自觉,此所谓莫见乎隐者,亦可叹也",正是其机心无处不在,其为人也阴险叵测,为人忌惮。

岳飞之死固属冤狱,责任究竟在于君心还是秦桧专权,历代认知颇有不同。宋徐梦莘在《三朝北盟会编》中曾留下一段意味深长的叙述:"君今疑臣矣,故送下棘寺,岂有复出之理,死固无疑矣。"③ 岳飞服膺狱子所说,终于画押,说明狱子所言正是时人所认可。《樵书》卷十五曾云:"秦桧于武穆死后,改岳州为纯州,岳阳军为华阳军。"④ 这亦反映了秦桧对岳飞死后情势的忌讳。明代文征明则态度鲜明,他在《满江红》"题杭州岳庙"云"彼区区一桧亦何能?逢其欲",指出岳飞之死根本是君意而已。

---

① (宋)俞文豹:《清夜录》,《丛书集成初编》第 2879 册,北京:中华书局 1991 年版,第 7 页。

② (宋)岳珂:《桯史》卷三"机心不自觉",北京:中华书局 1981 年版,第 28 页。

③ (宋)徐梦莘:《三朝北盟会编》卷二百七,上海:上海古籍出版社 2008 年版,第 1490 页。

④ 《樵书》,(清)丁传靖:《宋人轶事汇编》卷十五,北京:中华书局 2003 年版,第 801 页。

然而自宋以下，更多的人愿意相信岳飞之死的全部责任在于秦桧，即"名曰诏狱，实非诏旨"。这种意见从元代编写《宋史》时就有认知，《宋史·刑法二》记云：

> 飞与舜陟死，桧权愈炽，屡兴大狱以中异己者，名曰诏狱，实非诏旨也。其后所谓诏狱，纷纷类此，故不备录云。①

《宋史·何铸传》亦云："先是，秦桧力主和议，大将岳飞有战功，金人所深忌，桧恶其异己，欲除之，胁飞故将王贵上变，逮飞系大理狱。"②邓广铭在其《岳飞传》"秦桧是杀害岳飞的元凶"中，对历史上认为岳飞案是诏狱、秦桧是受高宗授意的意见给予了辩驳，认为真凶秦桧作为内奸，一手操控了宋金议和。③

宋代关于秦桧之死，就已经流传着种种事迹、谶纬与传说。陆游《老学庵笔记》卷二记施全刺杀秦桧事云：

> 秦会之当国，有殿前司军人施全者，伺其入朝，持斩马刀，邀于望仙桥下斫之，断轿子一柱而不能伤，诛死。其后秦每出，辄以亲兵五十人持挺卫之。初，斩全于市，观者甚众，中有一人，朗言曰："此不了事汉，不斩何为！"闻者皆笑。

同卷又记：

> 秦会之初得疾，遣前宣州通判李季设醮于天台桐柏观。季以善奏章自名。行至天姥岭下，憩小店中，邂逅一士人，颇有俊气，问季曰："公为太师奏章乎？"曰："然。"士人摇首曰："徒劳耳。数年间，张德远当自枢

---

① （元）脱脱等：《宋史·刑法二》卷二百，北京：中华书局1977年版，第5002页。

② （元）脱脱等：《宋史·何铸传》卷三百八十，北京：中华书局1977年版，第11708页。

③ 邓广铭：《岳飞传》第二十章"秦桧是杀害岳飞的元凶"，北京：生活·读书·新知三联书店2007年版，第399~412页。

府再相，刘信叔当总大兵捍边。若太师不死，安有是事耶！"季不复敢与语，即上车去，醮之。明日而闻秦公卒。①

　　洪迈《夷坚志》丙志卷十六"华阳观诗"云：

　　绍兴二十五年春，秦丞相在位。其子熺谒告来建康焚黄，因游茅山华阳观，题诗曰："家山福地古云魁，一日三峰秀气回。会散宝珠何处去，碧崑南洞白云堆。"时宋（此下疑有脱字）为建康守，即日镌诸板，揭于梁间。到晚，秦往观之，见牌侧隐约有白字，命举梯就视，则和章也。曰："富贵而骄是罪魁，朱颜绿鬓几时回？荣华富贵三春梦，颜色馨香一土堆。"读之大不怿。方秦氏权震天下，是行也，郡县迎候趋走唯恐不至，无由有人敢讥切之如此者。穷诘其所自，了不可得，宋与道流皆惧，不知所为。是岁冬，秦亡。②

　　这些笔记都以谶言的方式对秦桧的败亡有所预言和期待，自然也是民心向力的一种表达。但宋代笔记对于秦桧死后的因果报应等尚无具体发明，即使对秦桧憎恶如岳珂，其所撰《桯史》卷十二"秦桧死报"云：

　　秦桧擅权久，大诛杀以胁善类。末年，因赵忠简之子汾以起狱，谋尽覆张忠献、胡文定诸族，棘寺奏牍上矣。桧时已病，坐格天阁下，吏以牍进，欲落笔，手颤而汗，亟命易之，至再，竟不能字。其妻王在屏后摇手曰："勿劳太师。"桧犹自力，竟仆于几，遂伏枕数日而卒。狱事大解，诸公仅得全。③

　　所记亦不过是秦桧临死细节，亦无鬼神化端倪。

---

　　①（宋）陆游：《老学庵笔记》卷二，北京：中华书局1979年版，第21、16页。
　　②（宋）洪迈：《夷坚志》丙志卷十六"华阳观诗"，北京：中华书局1981年版，第501页。
　　③（宋）岳珂：《桯史》卷十二"秦桧死报"，北京：中华书局1981年版，第134页。

2. 明清对奸臣接受的极端暴力

清人褚人获《坚瓠集》记云：

《江湖杂记》载：桧既杀武穆，向灵隐寺祈祷，有一行者乱言讥桧。桧问其居止，僧赋诗有"相公问我归何处？家在东南第一山"之句。桧令隶何立物色，立至一官殿，见僧坐决事。立问侍者，答曰："地藏王决秦桧杀岳飞事。"须臾，数卒引桧至，身荷铁枷，囚首垢面，见立呼告曰："传语夫人，东窗事发矣。"①

又云何立"复命后，即弃官学道，蜕骨今苏州玄妙观，蓑衣仙是也"。《宋人轶事汇编》在此条下按云："蓑衣仙神异事，岳珂《桯史》载之，略不及秦桧事。"② 可见明清以下杂糅者渐众。当秦桧故事进入轮回系统，民间意识中的报复性怨念日渐刻骨。这是文学对于民间意识的影响，民间意识的恣意性亦反之推动了文学对于秦桧死后情境的日益渲染和夸大。民间对这段故实在后世传说中确立的基本概念是，在转世系统中秦桧永世不得超生，秦岳两家冤冤相报无时了。明沈德符《万历野获编》云：

鹏举治圃于白门郊外，见一邱隆起，立命夷为平地。左右以形家言力止之，不听。比发之，乃大冢。或谏弗启，又大怒。划之，则宋相秦忠献墓也。阅之大喜，剖其棺，弃骸水中。人谓真武穆报冤云。③

徐鹏举被认为是岳飞的转世，其掘墓弃骸恰似伍子胥鞭尸的泄愤淋漓。褚人获《坚瓠集》云：

万历丙子，京口邹汝璧游于杭，见屠猪者去毛尽，猪腹有五字曰：

---

① （清）褚人获：《坚瓠集》甲集卷四"东窗事犯"，杭州：浙江人民出版社1986年版，第3页。

② （清）丁传靖：《宋人轶事汇编》卷十五，北京：中华书局2003年版，第837页。

③ （明）沈德符：《万历野获编》卷五"勋戚·魏公徐鹏举"，北京：文化艺术出版社1998年版，第156页。

"秦桧十世身。"又万历戊戌，凤阳城三十里外朱家村，雷震死一白牛，火燎毛尽，背有"秦桧"二字，深入皮中。又康熙中，震泽某同友游武陵，适屠家宰一猪，蹄上有"秦桧"字，并肺管上亦有其名。①

嘉靖初，秦桧裔孙某宰江阴，绰有政声。每欲谒岳忠武庙，逡巡弗果。将及瓜，谓同僚曰："岳少保虽与先世有恶，岂在后嗣耶？且吾守官，无愧神明，往谒何伤！"遂为文祭之，拜不能起，呕血数升，扶出庙门即死。②

是自明至清，岳飞之死的怨念完全被转嫁到秦桧及其后人身上，世人眼中秦岳后世的矛盾完全不可调和。民间意识坚定不疑地将岳飞和秦桧作为根深蒂固的忠奸代表，赋予极端的道德规范和情感寄托，足见民间怨力之深。

《精忠记》第九出《临湖》中秦桧的一段内心独白，不仅坐实了秦桧夫妇里通金国的奸细身份，亦充分描写了其可怜可憎之处：

忆昔身遭俘虏，驱驰千里拘囚。凄凉几度可怜秋，只为汴京失守。曾与金人盟誓，航海夫妇回州。官居清要胜封侯，稽颡丹墀拜首。下官姓秦名桧，字会之，乃江宁人也。政和年间，状元及第，官授都御史之职。自汴京失守，将下官与夫人掳至金邦。曾与大金盟誓，得放还乡，愿作他国细作。回至临安，见了圣上，拜礼部尚书，赐以金鱼玉带。奏言宫里，若要天下太平，须用南自南、北自北，我许大金和议便。……今本朝有一名将官，姓岳名飞，见今统领大兵，要收河北之地。近日边上报来，道真个旗开得胜，马到成功。倘被他收复了河北之地，大金必定罪我。③

---

① （清）褚人获：《坚瓠集》续集卷一"秦桧猪牛"，杭州：浙江人民出版社1986年版，第11页。

② （清）褚人获：《坚瓠集》续集卷四"秦桧后裔"，杭州：浙江人民出版社1986年版，第10页。

③ （明）姚茂良：《精忠记》第九出《临湖》，北京：中华书局1959年版，第17页。

《说岳全传》第七十一回何立地府见秦桧，则是明确意义上的死审。通过何立返回时所见所闻写地狱之惨状，具有鲜明的警世作用。秦桧以承认自己奸臣的身份作结："你休叫我太师，只叫我残害忠良的奸贼罢！你若回去，可对夫人说，我在受罪，皆因东窗事发觉，如今懊悔已迟！他不久也要来此受罪了。"第七十三回再写胡迪参观地狱，详述奸臣死后之遍尝酷刑，经历万劫而不得成人，写得血淋淋，令人毛骨悚然。明清通俗文学以地狱的形式证明死后报应不爽，讲明前世因果，以明"天地鬼神秉公无私，但有报应轻重远近之别耳"，最终完成显恶扬善、平人心民愤，从而实现强调教化之意义。

3. 忠奸斗争的世俗化延伸

经过明清以下通俗文学的加工和创造，王氏从附属于秦桧而渐成奸恶的主导。通俗文学以女人祸水的方式显示出忠奸斗争的世俗化延伸，进一步消解了故事演进中的政治残留。

罗大经《鹤林玉露》记云：

秦桧之夫人，常入禁中。显仁太后言近日子鱼大者绝少。夫人对曰："妾家有之，当以百尾进。"归告桧，桧咎其失言。与其馆客谋，进青鱼百尾。显仁拊掌笑曰："我道这婆子村，果然！"盖青鱼似子鱼而非，特差大耳。观此，贼桧之奸可见。①

宋陆游《老学庵学记》卷二记云：

秦会之以孙女嫁郭知运，自答聘书曰："某人东第华宗，南宫妙选，乃肯不卑于作赘，何辞可拒于盟言。"其夫人欲去"作赘"字，曰："太恶模样。"秦公曰："必如此乃束缚得定。"闻者笑之。②

从宋代时人笔记记载可知，在宋代人们的认知中，王氏没有太深的城

---

① （宋）罗大经：《鹤林玉露》甲编卷二"进青鱼"，北京：中华书局1983年版，第26页。

② （宋）陆游：《老学庵笔记》卷二，北京：中华书局1979年版，第17页。

府，在与秦桧的夫妻关系中亦是秦桧作为主导。而在后世的通俗文学中，王氏越来越直接参与到故事的发展中，而非一味从属，并且在大多事件的推动中占有主动性。其个性向阴险不断发展或依之宋代《朝野遗记》所记："秦桧妻王氏，素阴险出其夫上。"① 然元代杂剧《地藏王证东窗事犯》在描写王氏时，还将其塑造为贤妻形象，她不仅劝秦桧不要构陷忠良，还在闻知秦桧地狱受苦后充满相思愁闷之情。可见元代在故事矛盾转换上尚无须借助这个人物功能，剧中的主要反面对象在于秦桧和君主。明代冯梦龙《墨憨斋新定精忠旗传奇》中，王氏与兀术私情则成为故事发展的巨大动力，如第十三折"蜡丸密询"王氏所唱《仙吕引》云：

剑器令思，想便心焦。要甚的夫人封号，算风情年来缺欠，总然错嫁南朝。

（白）生不嫁左贤，空自偕婚媾。莫代王昭君，懊恨毛延寿。奴家王氏，王次山之女。当日在金国，与四太子有枕席之欢，情好甚浓。别他南来，至今想念。可恨岳飞每定要与他厮杀，四太子前日输了一阵，幸得丞相心下十分不乐，那岳飞料想也难成功……②

金兀术差人送信与王氏，小净道："道什么兀术太子差来到，不要与老爷瞧。"可见剧中设置的情节是秦桧对其私情并不知情。明末清初，苏州派作家张大复创作了传奇《如是观》，更将王氏和兀术的奸情作为整个故事发展的推动力，视其为合理性存在。

《如是观》剧中秦桧听说斡离不要送回二圣，班师北还，遂和王氏商议，王氏决定身在南朝心在北。夫妻二人故设香粉鸳鸯计，王氏假扮采桑妇色诱兀术。岳飞连战告捷，王氏献反间计，计定她和秦桧回宋朝作卧底。临别之际，兀术赠其金念珠，王氏回赠九珠金凤钗"以见贱妾不久还金，双凤和鸣之兆"（第十出）。兀术欲放回二圣，被王氏阻止。王氏回到南朝，思念兀术成疾，更见邸报上岳飞连克兀术，不觉更添烦恼，忧心泣

---

① （宋）佚名：《朝野遗记（及其他二种）》，《丛书集成初编》第 2794 册，北京：中华书局 1991 年版，第 13 页。

② （明）冯梦龙：《墨憨斋新定精忠旗传奇》第十三折"蜡丸密询"，《墨憨斋定本传奇》，北京：中央戏剧出版社 1960 年版，第 32 页。

下。她道："岳飞，我与你誓不两立矣！分明打散我的鸾凤队，休想轻轻饶过伊！啊呀，四太子吓！你今何地？须知见面杳无期。意中人漂泊在天涯，叫我按不住长吁气。"①（第十六出）秦桧为解其烦闷，特置酒东窗，遂设下奸计陷害岳飞。王氏还矫称奉太后旨勘问岳母，欲赚其手书召还岳飞。岳飞接假诏不班师，直到五国城迎回二圣，还朝勘问王氏，王氏招出和兀术的通奸之情及其立誓反间的阴谋，王氏和秦桧终被凌迟处死。剧中大量敷衍了王氏和兀术的奸情，极端丑化秦桧夫妇的形象，终将王氏作为首恶推向文学舞台。

《说岳全传》中的王氏形象延续了《精忠旗》、《如是观》中的主动性，如在酒里加毒药、敦促秦桧下定决心杀岳飞等等。和宋代笔记中见识浮躁的王氏不同，《说岳全传》中秦桧沉不住气而暴怒时反是王氏轻言轻语地消解他的怒气。第七十回秦桧前往灵隐寺，因见壁上题诗墨迹未干，诗中正中他和王氏谋害岳飞之事。秦桧恼羞成怒，命人拿下疯僧。对峙中，是王氏轻轻对秦桧说："相公权倾朝野，谅这小小疯僧，怕他逃上天去？明日只消一个人，就拿来了结他的性命，此时何必如此？"小说中王氏对轻重缓急局面之把握，心机之深沉，做事之决断，行事之毒辣，秦桧无一能及。明清小说戏曲中对王氏形象的着力塑造，极大地分担了秦桧之奸，同时更多地抹去了岳飞故事的历史政治矛盾。

在两宋民族战争本事小说戏曲的故事主旨从民族斗争向忠奸斗争的转化过程中，通俗小说采取了一种共通的技艺方式，即奸臣奸细化。如杨家将故事中的王钦、岳飞故事中的秦桧，都是里通外国甚至直接为卧底的奸臣，从而直接将民族斗争中的异族分子以奸细的方式纳入汉政权统治下的君臣系统，把民族斗争和忠奸斗争合而为一。民族矛盾的内转正体现了民族认同意识的暗流涌动。

---

① （明）《如是观》，杜颖陶、俞芸编：《岳飞故事戏曲说唱集》，上海：上海古籍出版社 1985 年版，第 219 页。

第二节　从人力到神力

　　无论杨家将故事、狄青故事还是岳飞故事，都是在历史中真实存在过的人和事，他们的故事或有冤屈，或有悲情，他们的武功、机智固然都有出人意表之处，但都是作为人杰加以表彰而未被奉上神坛。在故事的通俗化演进过程中，这些两宋民族战争本事故事的主人公乃至整部小说的人物命运、历史因果、战争对决被日渐神化，实现了从人力到神力的转变。这是历史事件文学化的表达方式，也可以看出从历史到文学的传播及接受过程中，民间意识对于复杂政治和民族矛盾这种沉重命题的自觉放弃，而以民族认同意识的自然过渡实现虚化历史、神化人物，其中鲜明地体现着市民意识的好奇、娱乐精神和天马行空的想象力。

一、从战场到江湖神魔

　　杨家将故事中的江湖习气在通俗文学的演进中日渐浓重。历史上本无焦赞、孟良等人。自元杂剧起，《谢金吾诈拆清风府》中焦赞杀谢金吾家十七口，《昊天塔孟良盗骨》中孟良盗取杨令公遗骸，《杨六郎调兵破天阵》中焦赞假装风魔避害，受六郎之命往太行山招安落草为寇的二十四指挥使共赴天阵。他们是极具江湖草莽气息的英雄群像，与《水浒》诞生的时代精神相互呼应。方术之习用，江湖习气之浸染，皆是把杨家将故事从战场推演到江湖。杂剧《杨六郎调兵破天阵》中，天阵杂糅四方神兽、八卦、二十八星宿、十二宫辰、五行等方术，但破阵仍袭用传统战争排兵布阵之法。《杨家将演义》于破阵之法更添机巧，不仅需要降龙木助阵，而且天阵由来竟是吕洞宾与汉钟离等神仙恩怨。吕洞宾因被其师汉钟离批评，又听汉钟离评价人间战争因果，一时意气，决定助龙母萧太后反胜龙祖宋帝。吕洞宾遂下凡来，助萧后排下天门阵。杨宗保遇神人授以天书，得知破阵之法。最终北宋能够天门阵取胜，亦靠汉钟离下凡收服吕洞宾。天门阵桥段一出，杨家将的故事遂分为两段，前段以历史演绎为主，后段则是渐入神魔化。《杨家将演义》三十三回吕天师布下七十二阵，其中尤以太阴星、迷魂阵最为不堪。西夏王之女黄琼女赤身裸体立于旗下，手执骷髅骨，遇敌军大哭，按为月孛星之状。萧后之女单阳公主率兵五千，各穿五色袈裟，按为迷魂阵。内杂番僧五百，为迷魂长老。密取七个怀孕妇人倒埋旗下，遇交锋之际，摄取敌人精神。其破阵之法，天书有载："要小儿四十九个，各执杨柳枝，打散妖妇三魂七魄。"破阵之际，《杨家将演义》第三十八回"宗保大破天门阵，五郎降伏萧天佐"有云："四十九个小儿手执柳条，迎风而进，妖氛辄散，被宋兵割去孕妇尸骸"、"五千佛子，溃乱逃奔。头陀兵戎马齐落，寸草不留。"佛道皆入，妖法齐飞。《杨家府演义》中写柴郡主临阵生产，桂英拍马来救①，这与后代杨家将戏曲中桂英产子、血光破阵有所不同。后来戏曲中虽然削弱了太阴星和迷魂阵过于不堪的细节，但把桂英产子纳入破阵之法，其孕妇、血光冲阵等细节既保持了和原小说的相似性，又较原小说中的过度血腥与妖异更易为民间接受。

狄青故事中，狄青的武功和面具亦在历史向文学的演进中不断被神化。除了正史记载狄青的各种神勇事迹外，宋代以下野史稗钞都有记载狄青的机智谋略。如宋沈括《梦溪笔谈》卷十三"权智"条下记其征西夏的故事：

宝元中，党项犯塞，时新募万胜军，未习战阵，遇寇多北。狄青为将，一日尽取万胜旗付虎翼军，使之出战。虏望其旗，易之，全军径趋，为虎翼所破，殆无遗类。又青在泾、原，尝以寡当众，度必以奇胜，预戒军中，尽舍弓弩，皆执短兵器。令军中闻钲一声则止，再声则严阵而阳却，钲声止则大呼而突之，士卒皆如其教。才遇敌，未接战，遽声钲，士卒皆止；再声，皆却。虏人大笑，相谓曰："孰谓狄天使勇？"时虏人谓青为"天使"。钲声止忽前突之，虏兵大乱，相蹂践死者，不可胜计也。

①《杨家府演义》中写柴郡主临阵生产，桂英拍马来救，但未说明此婴儿的名字。《杨家将演义》中则道："令婆看罢喜曰：'此儿面貌与兄宗保无异。'遂与取名杨文广。"此中杨文广与杨宗保为兄弟，与后来通行的杨家将故事中杨文广为杨宗保之子殊有不同。

对于狄青智夺昆仑关，书中也有生动的描述：

> 狄青为枢密副使，宣抚广西。时侬智高守昆仑关。青至宾州，值上元节，令大张灯烛，首夜燕将佐，次夜燕从军官，三夜饗军校。首夜乐饮彻晓，次夜二鼓时，青忽称疾，暂起如内，久之，使人谕孙元规，令暂主席行酒，少服药乃出，数使人勤劳座客。至晓，各未敢退。忽有驰报者云，是夜三鼓，青已夺昆仑矣。①

狄青的心机缜密由此可见一斑。明人唐顺之《武编后集》卷一"权奇"条亦有所记：

> 夷尚鬼。宋狄青征侬智高，时大兵始出桂林之南。道旁有一大庙，人谓其神甚灵。青遽为驻节而祷之。因祝曰胜负无以为据，乃取百钱自持之，且与神约："果大捷则投此期尽钱面也"。左右谏止，傥不如意恐不免沮师。青不听，万众方耸视，已挥手条一掷，则百钱尽红矣。于是举军欢呼声震野。青大喜，顾左右取百钉来，即随钱疏密布地而钉帖之。加诸青纱笼，复手自封焉，曰："俟凯旋当谢神取钱。"其后破昆仑关，败侬智高，平邕管。及师还，如言取钱，与幕府士大夫共视之，乃两字钱也。②

狄青的神勇机智成就了他在边关的威名及其对边境异族的威慑，元剧《复夺衣袄车》第三折是这样通过文学达成想象的：北番将李滚闻听探子说知狄青的事迹，言称"再不敢侵犯边境……准备方物朝大国，进贡称臣享太平"。狄青武功智谋的机变莫测，固然给了文学作品神化的可能，而他出战时佩戴的面具，也给后人以更多的想象空间。于是在小说的演进中，狄青的武功从机智谋略走向了神异化。

《宋史·狄青传》云其"临敌被发、带铜面具，出入贼中，皆披靡莫

---

① 二则俱见（宋）沈括撰，胡道静校注：《新校正梦溪笔谈》卷十三"权智"，北京：中华书局1957年版，第141页。

② （明）唐顺之：《武编后集》卷一"权奇"，《景印文渊阁四库全书》第727册，台北：台湾商务印书馆1986年版，第552页。

敢当"①。宋人周辉《清波杂志》卷二记云："向在建康，于邻人狄似处见其五世祖武襄公收侬智高时所带铜面具及所佩牌，上刻真武像。世言武襄乃真武神也。"② 可见宋代不仅敌人呼狄青为"天使"，民间亦传其为"真武神"。因其面具上刻的是真武像，所以狄青的武功便在道教方向上具有了神化的倾向。元祝渊《古今事文类聚遗集》卷十"殿司部遗·图形以进"条云"狄青与西贼战，每带铜面具，被发出入行阵间，未尝中箭。上未识其面，遂令图形以进"③。元人描述已多夸饰成分，宋人记载中多记狄青戴铜面具出入敌间，未有"未尝中箭"之句，事实上《宋史·狄青传》记其四年间参加战役"大小二十五战，中流矢者八"。可见元代时已有关于面具神佑的表达。明人唐顺之《武编前集》卷一"诡"中更分析了面具使精兵能战的用处："用面鬼子狰狞之相带于面上，又护了颜，使彼兵惧怕。未交兵时各藏不要显出，将临阵带之，威风人惧。但见阵以真先显是谁，后乃用面鬼子杀兵，如变神像。宋狄青亦然。"④ 戴上面具，如变神像。这一点直观的理解直接促使了狄青形象的神化。

元剧《复夺衣袄车》中提到狄青的面具时还未赋予其通灵神器的作用，它的来历也远没有后世通俗小说所写的那么神奇。狄青路遇老将官王环出售全幅披挂，于是得到甲衣面具，面具由生金铸就，并无异能。及至明清通俗小说，将狄青面具神异化，卖军甲之王环亦被附会为王禅老祖，与此同时，狄青的武功也从原来的机智谋略变为法力莫测的神人传授，法宝高明。即如《万花楼》第二十三回"现金躯玄武赐宝，临凡界王禅收徒"中，神人赠宝于狄青，道："我乃北极玄武圣帝，只因部下神将思凡，目前俱已流入西夏，侵扰炎宋二十余载，全赖范、韩、杨、狄四人，韬略宠深，镇抚西夏，保国安民。兹有两件法宝付你，此宝名'人面金牌'，

---

① （元）脱脱等：《宋史·狄青传》卷二百九十，北京：中华书局 1977 年版，第 9718 页。

② （宋）周辉撰，刘永翔校注：《清波杂志校注》卷二"狄武襄像"，北京：中华书局 1994 年版，第 65 页。

③ （元）祝渊：《古今事文类聚遗集》，《景印文渊阁四库全书》第 929 册，台北：台湾商务印书馆 1986 年版，第 526 页。

④ （明）唐顺之：《武编前集》卷一"诡"，《景印文渊阁四库全书》第 727 册，台北：台湾商务印书馆 1986 年版，第 250 页。

如遇西夏交兵，急难之时，将此宝盖于脸上，口内念声'无量寿佛'，自然使敌人七窍流血。这小小葫芦，内藏七星箭三枝，如逢劲敌，危急之时，发出一箭，其捷如风，敌人立即死亡。今赠你二宝，今后你一生建立功劳，安民保国，赖此二物。"小说赋予面具以"人面金牌"的名称，通过咒语，具有使敌人丧命的神力。历史上狄青的神机妙算、他所佩戴的神秘铜面具，都为其武功的神化提供了可能。其面具上的"真武像"也直接将其拉入到道家系统的法力传承。同时明清小说中日渐流行的神魔化造成的民间娱乐喜好，也使狄青形象的神化水到渠成。

《说岳全传》不仅在岳飞的命运主线上充分铺展其宿命体系，而且在细节中处处设置具有迷信、神话色彩的内容。第四回岳飞得枪，是岳飞用茶杯击中泉洞中的蛇头，蛇扑面撞来，岳飞顺势将蛇尾一拖，蛇变成一柄蘸金枪，泉水随即干涸。第七回县主徐仁梦五只五色老虎，遂有岳飞、牛皋、汤怀、施全、王贵五人应梦而来。第五十九回岳飞做噩梦，道悦解梦，道破天机。第六十五回岳雷上坟被抓，幸得已投井自尽的银瓶小姐头戴星冠而来将其救出水中。有史可证的段落尚且如此虚夸，岳家小将等凭空杜撰的故事内容则更无束缚，想象力恣意而行。在岳家小将征北之前，宋金战争或者岳飞平乱的种种打斗，均是写实性的刀来枪往，并无神仙道化的魔法，偶有神力也是体现在应梦等神化方面。而在七十五回以下，岳家小将与金人征战时已经将大量的神力用于武力，宛如杨家将天门阵故事，往往用法器相争，如军师诸葛锦的出现，已非其祖宗诸葛亮在七实三虚的《三国演义》中所体现出来的"多智而近妖"。他深知种种不可泄露的天机，不分析，无说明，纯是法力使然。随着诸葛锦的出现，宋金战争的人力运用模式已经出现了变化的端倪。小将们阵上交锋，多次出现岳飞与兀术交战时并未出现过的妖法。如岳雷所说"大凡僧道、妇女上阵，都有妖法，须要防他暗算"。第七十八回再次强调："大凡行兵，最忌是和尚、道士、尼姑、妇女。他们俱是一派阴气，必然皆倚仗着些妖法。"

二、从历史到宿命建构

即如杨家将故事的演变，首先表现为故事的迷信气息日渐浓厚。如七郎之死，元剧《昊天塔孟良盗骨》仅是鬼魂述冤，而明杂剧《八大王开诏救忠》屡屡强调败兵之日正合十恶大败之日，七郎突出重围前留下背心嘱咐六郎，一旦身死，以此衣招魂，则背心加重。潘仁美诸将射箭不中，七郎自言有瞅箭法，眼见耳闻皆可避箭云云。《宋史》及其他宋代笔记均称杨业死于陈家谷，《辽史·圣宗本纪》首称杨业行至狼牙村，"恶其名，不进；左右固请，乃行。遇斜轸，伏四起，中流矢，堕马被擒"[①]。元杂剧《昊天塔孟良盗骨》第一折《仙吕·后庭花》令公托梦言称："困住两狼山虎口交牙峪，里无粮草，外无救军，不能得出，撞李陵碑身死。"明代小说戏曲广泛采用此说，并继续在谐音、双关上大做文章，增加了浓重的宿命论色彩。《杨家府演义》中杨令公夜观天象，乃曰："老汉数难逃矣！"两兵对阵，"只见辽兵旗上前画一羊，后画一虎扑之"，遂挥泪言曰："哀哉，痛哉，今生已矣。"令公来到狼牙谷，暗忖："羊遭狼牙，安得复活？"明代杂剧的迷信色彩更有过之。《八大王开诏救忠》第一折《仙吕·寄生草》中，令公对潘太师云："明日是个十恶大败之日，又是黑道，不可发兵。"第二折《中吕·醉春风》中两军对阵，令公对七郎云："番兵旗上，画着一只狼，三只羊，躐翻一只羊，踏住一只羊，口里咬着一只羊。孩儿也，他是狼，我是羊，好是不祥也。"以"羊"谐"杨"，虎扑羊，狼牙村，都带有民间习见的谶纬、兆头的意味。

　　明代戏曲《精忠记》二卷三十五出，则对岳飞故事从伦理说教上更增加了轮回、因果等封建迷信色彩。剧中前世岳飞是如来殿上护法大鹏，金兀术是赤须龙，秦桧是铁背虬龙，王氏是女士蝠，万俟卨是团鱼精。大鹏啄死女士蝠和团鱼精，啄坏虬龙左眼，故此后世冤冤相报。因徽宗一时不敬，故天尊派赤须龙下界扰乱宋室，如来亦贬大鹏下凡扶助宋室。祁彪佳《远山堂曲品》称："末以冥鬼结局，前既枝蔓，后遂寂寥。"[②] 朱恒夫在《岳飞故事：史实的拘泥与民间性的失度》中亦认为其"将悲剧归因于天意的安排"[③]。第十三出《兆梦》岳夫人做梦，主男子有血光之灾，女子有

---

　　① （元）脱脱等：《辽史·圣宗本纪二》卷十一，北京：中华书局1974年版，第123页。

　　② （明）祁彪佳著，黄裳校录：《远山堂明曲品剧品校录》"能品"，上海：上海出版公司1955年版，第30页。

　　③ 朱恒夫：《岳飞故事：史实的拘泥与民间性的失度》，《明清小说研究》2005年第4期，第28页。

分离之苦，后遂如此。第十四出《说机》道悦和尚对岳飞梦二犬交言，解梦为一狱字，并留下预言的偈语"将军此去莫心焦，为见金牌祸怎消。滚滚风波须仔细，留心把舵要坚牢"①，预示了岳飞死于风波亭的宿命。这些宿命因果的构建都为钱彩所采纳。

至清代说岳故事的集大成之作清人钱彩所编写的《说岳全传》，则在故事中创出一个更圆满的宿命体系，证出一段前生今世的因果。只是小说中刻意舍去了秦桧和岳飞的前生因果，未如在《精忠记》中秦桧前世铁背虬龙被岳飞前世大鹏啄坏左眼。故事开篇第一回"天遣赤须龙下界，佛谪金翅鸟降凡"中说明一段前缘：星官女土蝠因在佛祖莲花座下听讲之际，忍不住放了一个臭屁，此不尊不洁的行为激怒了佛祖殿前的护法大鹏金翅明王，于是大鹏金翅明王将女土蝠啄死。女土蝠被逐下界投胎为王氏女，即秦桧之妻。大鹏金翅明王因在殿上行凶，被佛祖贬到下界偿还冤债，待功成圆满再回天界，逐下界投胎为岳飞岳鹏举。只因为徽宗皇帝在敬天时将"玉皇大帝"写成"王皇犬帝"，故玉皇大帝一怒之下派赤须龙下界降生到女真国为金兀术，侵犯中原，搅乱宋室江山。而佛祖派遣大鹏下凡，保全大宋江山。恰是这两段因果，促成了一桩说岳故事。大鹏下凡途中又啄死一个妖怪，妖怪一灵不灭，便到凡间投胎成了助秦桧将岳飞杀害在风波亭的奸臣万俟卨。

清代岳飞故事的根本因果已经与历史人事无关，至于岳飞之死，就更与兀术无关了。秦桧本无必然之心，是女土蝠托生的王氏索报前世因果，加之今世贪恋与兀术的私情而构陷岳飞。若无前生因，何来此世界，人世命运、国家大事均非关人力，实乃因果报应、天命轮回。则读者既无须怨金人逼死岳飞，亦不必苛责秦桧使奸，没有感伤怨艾，民族仇恨自然不生。至于人间故事的表面仍是大团圆结局，叙述中强调金朝兵力本不足以败宋，只因宋廷内有奸臣，仍然是将宋耻于金的根由推诸奸臣之故。

至于岳飞的命运，小说中不断产生神示，以诏示这是宿命。《说岳全传》第五十九回岳飞受诏回京，做一怪梦，梦到两只黑犬对面蹲着说话，两个人赤膊立在旁边，扬子江中钻出一个怪物向其扑来。据金山道悦和尚

---

① （明）姚茂良：《精忠记》第十四出"说机"，北京：中华书局1959年版，第34页。

解梦，两犬对言，是"狱"字；旁边裸立二人，必有同受其祸者；江中风浪拥出怪物，是有风波之险，遭遇奸臣陷害。道悦又预言其：

> 岁底不足，堤防天哭。奉下两点，将人荼毒。
> 老柑腾挪，缠人奈何？切些把舵，留意风波！

此预言点明岳飞在大年二十九下雨天，将遭人以桔传命，透露出其风波亭遇害的天机。而岳飞渡江之际，其天赐银枪亦被江中怪物摄去。小说《说岳全传》相较《精忠记》，预示中具有更多细节，实将岳飞的天命演绎得淋漓尽致。

《说岳全传》在岳飞故事的后传中，试图建立第二轮的因果报应。第七十六回"普风师宝珠打宋将，诸葛锦火箭破驼龙"、第七十八回"黑风珠四将丧命，白龙带伍连遭擒"二回都是讲金国普风法师施法诸事。宋军折损四将，正无计可施之际，道人鲍方出现，说明普风与岳家军的前世纠葛。原来那妖僧本是江中乌鱼，因岳飞害了乌灵圣母之子，故乌灵圣母遣其来掣肘岳雷。鲍方帮助收复了乌鱼，岳家军兴兵扫北就此过了界山。乌灵圣母前文不见交代，然在第七十八回提到兀术接了告急本章时道："待臣亲往万锦山千花洞，拜请乌灵圣母。他有移山倒海之术，手下有三千鱼鳞军，十分厉害，若得他肯来相助，何惧宋朝百万之众？"在完成历史史实的叙述后，说岳故事进入无限的想象空间。前文屡败屡战的兀术成了绝对配角，再无至情至性的议论和点评，而是四处搬兵，最后的救场法宝就是未曾有过铺垫的乌灵圣母。第七十九回"施岑收服乌灵圣母，牛皋气死完颜兀术"又大讲乌灵圣母应兀术之邀下山，在靥华江摆下乌龙阵，幸得道人施岑破阵，擒妖而去。说岳故事后半段已经全然丢弃了历史的本来面目，它以迎合世俗的姿态进行了全新的通俗创作，对类似小说有东拼西凑、生拉硬凑之嫌的同时，其从人力到神力的完转也使故事本身的历史意义消失殆尽。

与文学文本中异族领袖个像形象日渐正面、鲜明相反，异族群像的妖魔化仍是一个基本趋势。如《说岳全传》第十五回陆老爷在城上观看番兵，但见：

满天生怪雾，遍地起黄沙。但闻那扑通通驼鼓声敲，又听得伊呜呜胡笳乱动。东南上千条条钢鞭铁棍狼牙棒，西北里万道道银锤画戟虎头牌。来一阵蓝青脸，朱红发，窃唇露齿，真个奇形怪样；过两队锤擂头，板刷眉，环睛暴眼，果然恶貌狰狞。

其群像形象可谓极尽对金人士兵丑陋、凶恶之描述，完全是妖魔化的手法。非汉群像迅速妖魔化的同时，正是汉将神人化的崛起。所谓道高一尺，魔高一丈。双方的同时魔化和神化正是为了使故事具有势均力敌的正反力量对比，从而达到故事发展的可观性。

从人力到神力的故事演变，既体现了民族认同意识中表相与实质的复杂性，又反映出一个时代流行的文学风气的影响，带有深刻的民间意识烙印，同时又是上行下效宣传手段的体现。正如董含《莼乡日记》记云：

二十二年癸亥，上以海宇荡平，宜与臣民共为宴乐，特发帑金一千两，在后宰门架高台，命梨园演《目连》传奇，用活虎、活象、真马。先是江宁、苏、浙三处织造各献蟒袍、玉带、珠凤冠、鱼鳞甲，具以黄金、白金为之。上登台抛钱，施五城穷民。彩灯花爆，昼夜不绝。①

《清代内廷演剧始末考》一书曾评曰："此时所演《目连》传奇，当是明代戏曲作家郑之珍《目连救母劝善曲文》，内容为佛经故事，演刘青提不敬神明，杀害生灵，触怒上苍，被罚下地狱。她的儿子傅罗卜孝心笃诚，不惧艰险前往西天恳求佛祖超度，并下到地狱救母，游遍十殿，百折不回，终于感动了神明，母子得以重逢。这一题材的剧目流行甚广，几乎全国各地戏曲舞台都曾上演过。这一演出规模庞大，其间尽力渲染了地狱的阴森恐怖。而'与臣民共为宴乐'，演出也要符合朝廷寓教于乐的初衷，选择宣扬因果报应、劝善惩恶的佛教故事，即是以传统道德教化臣民。"②
后乾隆时编成宫廷大戏《劝善金科》，可知当时习以文学戏曲，即最面向

---

① （清）董含：《莼乡日记》，转引自朱家溍、丁汝芹：《清代内廷演剧始末考》"康熙朝"，北京：中国书店 2007 年版，第 7 页。

② 朱家溍、丁汝芹：《清代内廷演剧始末考》"康熙朝"，北京：中国书店 2007 年版，第 8 页。

世俗的艺术形式来对大众加强思想教育。运用鬼神迷信的手段，将文学与教化结合，这作为一种社会风习成为百姓喜闻乐见的默认形式，加上统治者有意识地善加利用，遂成为这一时期正在演进中的两宋民族战争本事——杨家将故事、狄青故事、岳飞故事不可脱却的窠臼。

第三节　从男性群像到女性群像

一、女性群像的塑造

杨家将故事中崛起的女性形象巾帼不让须眉，这是在文学的历史记忆中体现出来的从阅读到观赏的需求。从元杂剧《谢金吾诈拆天波府》中被谢金吾推倒在地，说着"你也可怜俺个白头"的佘太君，到《杨家将演义》中直接上奏皇帝为杨门女将请命出征、戎装号令的令婆；从《谢金吾诈拆天波府》中搀扶老母无力抗暴的七娘子、八娘子，到《杨家将演义》中跃跃欲试、光彩照人，屡建战功的八姐九妹；从寂寂无闻的诸家媳妇，到或百步穿杨，或善使双刀，或箭法更精，或善使九股链索的十二寡妇，杨门女将逐渐取代杨门男将的风光。元明杂剧《杨六郎调兵破天阵》的主角原本是清一色的男性，六郎挂帅，二十四指挥使担当重任。而《杨家将演义》以下小说、戏曲，天门阵统军人物改易为杂剧中出现的少年英雄杨宗保和从未出现过的穆桂英，诸女将也纷纷上阵，天门阵的破阵人物集体转换。杨门女将既有男性的勇武，又不失女性的妩媚；既有男性的精忠报国精神，又有女姓的忠贞守全，很符合受众对于传统女性的塑造渴求。在女性群像的塑造中，大致有改造、虚构、群像等手段特征。

1. 形象改造

元杂剧《谢金吾诈拆天波府》中，佘太君既无武力，又表现出老弱。她被谢金吾推倒在地，说："你也可怜俺个白头。"戏曲明显地将其塑造为弱势一方。明代的杨家将故事中，佘太君的塑造自开章就已显示出与元曲的不同。《杨家将演义》第十回"八王进献反间计，光美奉使说杨业"中，呼延赞前来劝降杨令公，令公入与夫人商议归降之事，夫人曰："令公既然有意归顺于天朝，何必再四商议？"简单的话语中，既可以看到杨令公对夫人的信任与重视，又可看出佘太君度知令公心意，一锤定音的魄力。明小说杨家将故事中佘太君的出场远多于元曲，总体形象是睿智、坚忍的杨家砥柱，并且此形象特征在明清民间戏曲中得到继承和发扬。然而明小说在杂糅元曲已有故事段落完成人物叙述时，因承袭元曲而出现人物塑造的断裂性。在受到元曲《谢金吾诈拆天波府》故事影响的单元中，太君形象呈现出与小说整体印象不相符合的无力感。如第二十七回"枢密计倾无佞府，金吾拆毁天波楼"、第二十八回"焦赞怒杀谢金吾，八王智救杨郡马"故事从元曲而来，其中令婆的软弱也一脉相承。她与郡主商议："今圣上允其奏，此贼必来毁拆。若不能作主，深贻夫君羞也。"郡主遂前往找八王商议。八王亦不能改变圣意，眼看天波府上层已被拆，八王建议杨家往边关与六郎商议。"令婆得报，忧闷不已。"遂有九妹再赶赴边关通风报信。令婆唯有曰："汝速去速回。"等六郎和九妹回来，"令婆见六使，汪然泪下曰：'汝父子八人，投入中朝，于今凋零，只有汝在。先帝敬我杨府，建设第宅相待。今被谢金吾欺虐，奏毁天波楼。若不早为定计，后日无佞宅莫得安矣。'"第二十八回"焦赞怒杀谢金吾，八王智救杨郡马"，焦赞杀谢金吾，六郎因受到牵连及私下三关之罪被发配充军。王钦更勾结黄玉奏杨六郎有私卖之罪而令其被判死罪，幸得呼延赞等人施计以他人首级代之。太君不曾参与，故不能得知其中究竟。"令婆未知前因，只道是实，举家悲哀。"元曲中的令婆无甚反抗能力，全靠柴太郡出面抗争。在后代小说中，柴太郡的坚定特征移植到软弱无力的令婆身上，从而将令婆改造成果断干练的女将形象。

辽邦女主萧太后在明小说中的塑造远不如历史形象的英明果敢。《杨家将演义》第十三回"李汉琼智胜番将，杨令公大破辽兵"，萧后闻奏屡败，乃大惊曰："宋师是谁用兵，能如此胜敌？"第十五回"曹彬部兵征大辽，怀德战死歧沟关"，耶律休哥意欲征宋，萧后本意耶律休哥连年出师不利，主张"未可即图，须徐议进取"，后见众人意皆如此，乃下旨同意耶律出征。第四十二回"杨郡马议取北境，重阳女大闹幽州"，萧后走归幽州，一度曰"四国之兵，丧将尽矣，尚何望克敌哉？不如纳降，以救一方生命"。木易和重阳女双双为宋兵内应，幽州城破。萧后自思："吾为一国君后，若被擒获，羞辱无地；不如自尽，以免玷污。"遂径走入后殿，解下戏龙绦自缢而死。明小说不仅重新塑造了萧太后个性的优柔，亦彻底歪曲了其历史命运。这是汉语文学书写下对非汉政权领袖人物的有意识弱化。至清代以下戏曲，随着非汉民族重新把握政权和异族女主的强势印象，萧太后的形象渐趋恢复历史上正面而丰满的特征。如张晶在《谈京剧舞台上的萧太后》中提到，京剧舞台上表现萧太后的主要是《雁门关》[①]和《四郎探母》。张晶认同"《四郎探母》与《雁门关》两出戏在剧情上颇为相近，只是《雁门关》是表现'八郎探母'的故事，从剧本看，《雁门关》中的萧太后与《四郎探母》中的萧太后颇为相似，在舞台表演上更是相近"，并从舞台经验出发，明确指出："《四郎探母》是出家庭味十足的宫廷戏，更多地表现了萧太后，母性慈爱的一面。而《雁门关》的萧太后是全剧的主演，更多地表现出她身为国君文韬武略的霸气。"[②]

2. 人物虚构

除了将在元曲中软弱无力的佘太君改造为明代小说中的杨门女将领军人物外，杨家诸多女儿、媳妇如九妹、穆桂英、宣娘、满堂春、辽邦公主等都被虚构出了明确的身份，并且个个本领高强。元曲《谢金吾诈拆天波府》中，有搀扶太君出场的七娘子、八娘子，并无九妹这个人物。明代小说却为这个虚构的人物杜撰了大量的情节，使之成为杨家将故事中最为光彩照人的女性角色之一，其戏份之多甚至超过后来作为杨门女将代表的穆桂英。《杨家将演义》第二十五回六郎被困双龙谷，孟良进京求救，九妹请命前往边关救应。她女扮男装打探消息时与番兵相遇，幸得庵主掩护。书中说她的武艺"番兵无一人能近之者"。二十六回九妹因武艺高强为辽国张丞相录用，并有意许亲。九妹以男装在辽军卧底，正欲成功，不意因曾在城门查看"六郎"首级而被告发拘禁，九妹越狱而走，和五郎共同救得六郎，全身而退返回宋土。后二回中，谢金吾拆毁天波府，又是九妹请缨往边关报信六郎。九妹智勇双全，在明小说中着墨颇多。其女扮男装亦是明清小说中颇为流行的桥段。

---

① 《雁门关》是四喜班创始人梅巧玲的代表剧作之一，其在"同光十三绝"中的扮相，扮演的就是萧太后。其次子梅竹芬因扮演的萧后酷似梅巧玲，故而人们也称他为梅萧芬。

② 张晶：《谈京剧舞台上的萧太后》，《戏曲艺术》2006 年第 2 期，第 70 页。

穆桂英的出场则代表了杨门女将武功从武力到神力的转变。她所引导出的故事情节亦是明清小说中又一热点的故事模式，一是阵前招亲的主动姿态，二是美女救英雄的套路。《杨家将演义》中破天门阵之人本为杨宗保，他得到天书，在五郎、汉钟离的帮助下最终破阵。小说中穆桂英的出现是因为其寨中拥有破阵所需的降龙木，宗保前来求取，两人阵上交兵，宗保为桂英所擒。穆桂英倾心于宗保，主动求亲。她参与破阵，并在阵中救得生产的柴郡主。后来的民间戏曲中，排除了神仙的参与，则将破阵之功以及天书异能皆归之于穆桂英，使故事线索更为集中，具有更大的戏剧张力。穆桂英在明小说中虽然武艺高强，但还没有具体神化其出身来历。《杨家将演义》第三十五回出场之际如此介绍穆桂英："生有勇力，箭艺极精，曾遇神授三口飞刀，百发百中。"后世故事则在"神授"二字上做文章，将其归为梨山老母弟子，赋予更多的神力。明清以下的民间戏曲传说提升了穆桂英的武功，移植情节，使其日益成为杨门女将故事中的核心。

《杨家府演义》征侬智高、李王诸役中，宗保之女、文广之姐宣娘大显身手，她多次领兵应援文广，曾被封为征南总督。诸卷故事标题直接用其名如"宣娘用计擒侬王"、"宣娘化兵收五王"、"宣娘定计擒奉国"、"宣娘定计烧鬼王"。① 宣娘不仅勇力过人，且有智谋，擅于仙术。她杀死降将侬王后，宗保本要责其擅杀之罪，她自辩云：

侬王两臂有千钧之力。爹爹正令人送京，彼遂打破囚车走出，抢了军人之刀，杀死数十军士。儿出见之，乃念铁罩咒将他罩倒于地，令军人近前缚之。彼持刀在手，如虎凶狠，军人无有一个敢近其前。儿自思：此等凶贼即解到中途，军士必受其害，因此砍之。

以侬王之强悍而能被制服，可见宣娘武力之高强。其下又有文广之女满堂春率兵救父白马关。

小说戏曲中除了虚构出谱系完整的杨家女将诸代领军人物，对于辽国的公主系列人物也进行了重新的整合和塑造。明代小说中，在后代戏曲里

① 《杨家府演义》，《中国古典历史小说精品——杨家将》，北京：中国文联出版公司1998年版。

占据重要戏份、嫁给四郎的辽邦"琼娥公主"，此时还处于配角地位，在塑造中出以简笔。她没有参与战争和政治，只是具有服从夫纲的贤妻特征。值得注意的是，明代小说中还有另外一位同样拥有辽邦公主身份的公主——单阳公主。单阳公主虽然出场次数较多，但完全没有个性的表达，甚至一句对白也没有，形象单一模糊。《杨家将演义》第三十三回"吕军师布南天阵，杨六使明下三关"中吕洞宾布下七十二阵，其中令单阳公主率兵五千布迷魂阵（狄青故事中的鄯善公主名双阳，而此名单阳，若成呼应）。第三十八回"宗保大破天门阵，五郎降伏萧天佐"五郎破迷魂阵，解过单阳公主，宗保令将单阳公主押出斩首，穆桂英劝其"看此女容貌端严，且是萧后亲生，不如留她，以为帐下号召"，宗保依言。单阳公主在杨家女将中的身份是较为奇特地作为降将的纳入，清代宫廷大戏《昭代箫韶》中青莲、琼娥等能征惯战型辽邦公主则是从其而来。通俗文学中遂将琼娥公主与四郎的关系和单阳公主的武功合而为一，塑造成为后世日益强势的辽邦公主，及至民间戏曲中刚烈的桃花公主和精明机智的铁镜公主，辽邦公主形象从明代小说中的单薄模糊演进到清代戏曲小说中的鲜明强势。

3. 群像效应

明代小说中的杨家将故事不仅塑造了鲜明的女将个像，还制造了女将的群体效应，且并不局限于杨门。《杨家将演义》故事开端，已有佘太君、袁希烈妻张氏、呼延赞妻马氏参与战事。第三回"金头娘征场斗艺，高怀德大战潞州"，马坤有意将金头娘许给呼延赞，称其"貌虽丑陋，颇有武艺"。金头娘闻知，曰"若能胜我，则许从之"。两人比武不分高下，马氏方欣然允婚。第七回"北汉主议守河东，呼延赞力擒敌将"，袁希烈妻张氏"乃绛州张公瑾之女，形貌极丑，人号之为'鬼面夫人'，却有一身武艺，万夫难近"。呼延赞败军，得其妻马氏出谋划策，终于反胜。"时张氏杀过城东，遇马氏大杀一阵，只剩得数百骑，走奔绛州去了。"无论双方敌友，故事中既有"一身武艺，万夫难近"的"鬼面夫人"张氏，也有"出谋划策"、"颇有武艺"的呼延赞妻马氏，成功地营造了战争中女将群体登场的氛围。《杨家府演义》中，西夏国王之女黄琼女赤身裸体而为"太阴阵"，遭到马氏痛斥"披露形体，不识羞耻"，黄琼女羞愧而退。后想起幼时曾许配给杨六郎，遂投书杨家，要求纳降，里应外合，又胜北番一阵。《杨家将演义》第四十二回"杨郡马议取北境，重阳女大闹幽州"，重阳女更是目标明确而来，所谓"幼有勇力，武艺精通。曾许嫁与杨六使，奈缘兵戈阻道，耽搁亲事。及闻十大朝官被困，就举兵来救，且寻旧约"。

《杨家将演义》中杨宗保征西夏，故事段落的主体已经基本在于杨门女将。全书的最后五回中，都是女将名字挂于卷首标题，如第四十七回"束天神大战宋将，百花女锤打张达"，第四十八回"杨宗保困陷金山，周夫人力主救兵"，第四十九回"杜娘子大破妖党，马赛英火烧番营"，第五十回"杨宗保平定西夏，十二妇得胜回朝"，足以说明杨家将故事的后半部中心已经转向女性群像。第四十八回"杨宗保困陷金山，周夫人力主救兵"中，宗保被困，宋廷征将前往相救。令婆闻知，"乃顿足哭曰：'救兵如救火。吾孙遭困阵中，度日如年，若待临时招募，得知有人来应募否？若使再延一月，宗保性命休矣！'言罢号恸不止"。就在太君亦大失方寸之际，周夫人挺身而出，挂帅出征，遂引起十二寡妇请战。第四十三回"平大辽南将班师，颁官诰大封功臣"，诸女将受朝廷封赏："八娘授金花上将军，九妹授银花上将军，渊平妻周氏封忠靖夫人，延嗣妻杜氏封节烈夫人；穆桂英以下十四员女将，俱授诰命副将军。"小说第四十八回更一一描述诸女将特征：

堂前十二寡妇周夫人（杨渊平妻，最有智识）、黄琼女（六使之妻，好使双刀）、单阳公主（肖后之女）、杨七姐（六使之女，尚未纳婚）、杜夫人（杨延嗣之妻，十二妇中，惟此一人乃天上麓星降世，幼受九华仙人秘法，会藏兵接刃之术，武艺出众，使三口飞刀，百发百中，杨府内外之人，莫不尊敬之）、马赛英（杨延德之妻，善使九股链索）、耿金花（小名耿娘子，延定之妻，好用大刀）、董月娥（杨延辉之妻，目力精锐，乃有百步穿杨之能）、邹兰秀（延定次妻，极善枪法）、孟四娘（太原孟令公养女，为渊平次妻，有力善战，军中呼为孟四娘）、重阳女（亦六使之妻，善使双刀）、杨秋菊（杨宗保之妹，武艺高强，箭法更精）一齐进前请行。……一声炮响，十二员女将齐齐出府，各执一样兵器，端坐于马上，英英凛凛，白皂旗下，军威百倍。宋真宗与文武在城楼上观望，顾谓侍臣曰："朕今日视杨家女将出兵，军前锐气，胜如边将远矣。此一回管取克敌。"

第五十回"杨宗保平定西夏，十二妇得胜回朝"，杨门将领班师"有词一篇为证"，独赞杨门女将：

> 敬烈闺中之寡妇，敢膺阃外之重权。周女帅，运筹算于帏幄。杨七姐，破坚阵于山前。斩将麾旗，独羡单阳公主。呼风唤雨，最雄杜氏夫人。马赛英，有争先缚捉之能。耿金花，多救应砍斫之力。运双刀，黄琼女军中独胜。开的矢，董月娥塞下无双。邹兰秀，枪法取番人之首。重阳女，飞刀枭敌将之头。孟四娘，英雄莫及。杨秋菊，气势超群。穆氏桂英，施百步穿杨之箭。八娘、九妹，怀图王霸业之机。天生豪杰，地聚精灵。

可见自明小说起，杨家将故事已经塑造出精彩纷呈的女性群像。其群像效应在民间戏曲传说中得到进一步发展，年轻一代的杨门女将如杨金花、杨排风等也都陆续登场，并拥有相对完整的故事情节。

二、女将故事的模式

中国古代历史中确有诸多女将，清代尤侗《艮斋杂说》卷四云：

> 女子为将者，朱序母号"夫人城"；柴绍妻号"娘子军"，此一对也。冯宝妻冼氏号"锦缴夫人"，《金史》有"绣旗女将"与李全战者，亦一对也。崔宁妾任氏，募兵击杨子琳，称"浣花夫人"，蜀人至今祀之；明崇祯时有石砫女将秦良玉，帅师勤王，御制诗旌之曰："蜀锦征袍手制成，桃花马上请长缨。世间多少奇男子，谁肯沙场万里行。"[①]

然杨门女将则多为虚构，这也是明清文学的风气使然。刘莹莹《清代通俗小说女将形象研究》第二章论及"清代通俗小说中的女将及其特殊

---

① （清）尤侗：《艮斋杂说》卷四，《续修四库全书》第 1136 册，上海：上海古籍出版社 1995—1999 年版，第 375 页。

性"，文中整理归纳了清代涉及女将小说的文本共计二十六部，女将六十七员。[①] 在第四章"战场联姻——女将的婚姻模式分析"中，刘莹莹在认同孙楷第战场联姻模式"仍是才子佳人的苗裔"的同时，认为这其中折射了更多的文化意蕴。从刘莹莹论文中的统计可以见出，杨家将故事、狄青故事都是女将相对集中的故事系列，而且清代女将形象的塑造正是一时文学风气所在。此外，当女将故事成为一种流行，其故事情节便也自然而然呈现出模式化的特征，如女将救援模式、比武出征模式、临阵招亲模式等等，以及由此带来女将形象武艺高强、主动性强等共同点。

1. 女将故事的模式特征

一是女将救援模式。元代杂剧杨家将故事中基本没有女将形象，《谢金吾诈拆天波府》中是佘太君等苦无良策，特意召回杨六郎下三关回家支援。杨令公被困是杨七郎搬救兵，杨令公冤死是六郎告御状。六郎无计于天门阵而晕厥时，是孟良求助四郎应援盗发。早期的杨家将故事基本上是男将救援。杨家将故事进入到杨宗保时代，故事的男女配比和主要性已经开始发生变化。明小说的前半部大多保留了对元明故事的继承，即使是天门阵破阵的主角也是男性而非女性。天门阵破阵的关键要素是宗保得天书，主要应援对象是杨五郎和汉钟离，穆桂英所提供的只是降龙木，但已经有多员女将参与了布阵和破阵。六郎被困双龙谷，五郎、九妹双双应援，渐趋平分秋色。《杨家将演义》第四十八回"杨宗保困陷金山，周夫人力主救兵"中，宗保被困，十二寡妇请战，终促成明清演义故事中习见的男将被困、女将救援的模式。至《杨家府演义》小说后半部则主要是女将应援，如宗保征西夏是宣娘应援；文广被困白马关，其女满堂春应援。成书于清代的狄青故事中，狄青遇险更是多次由女将救援。《五虎平西》狄青被困白鹤关、西辽，单单公主两次起兵救援。《五虎平南》狄青被困深山，杨家女将王怀女挂印出征。狄龙被困，段红玉不惜弃国背父夺山救

---

① 其中有《说岳全传》中的梁红玉，《说呼全传》中的赵凤奴、齐月娥、呼碧桃、呼梅仙、梁定金、鲍盛金、刘赛金，狄青故事《五虎平西》中的八宝公主和多花女，《五虎平南》中的段红玉、王兰英、王怀女、它龙女，杨家将故事《平闽全传》中的金莲、方飞云、十八洞洞主、穆桂英、杨宣娘，《天门阵演义十二寡妇征西》中的穆桂英、柴太郡、杜金娥。详见刘莹莹：《清代通俗小说女将形象研究》，辽宁师范大学2007年古代文学硕士学位论文，第4~7页。

将。宋将遇妖术陷入危机，包龙图登台选将，杨金花、它龙女分挂帅印、先锋出征救援。女将救援模式成为两宋民族战争本事故事演进至明清小说戏曲中的习见桥段。

二是比武出征模式。当杨家将故事、狄青故事女性群像崛起之际，同时也酝酿出了比武出征的英雄模式，以展示女将的高超武艺和好胜心切。《杨家府演义》中文广白马关被困，杨府诸女讨论何人领兵去救，文广之女满堂春请行。宣娘道："你有什么本领敢去解围？""昔日你爹陷于柳州，阿姑凭本领去救了来。我只怕你幼小，去救不得。"满堂春自认去得，宣娘遂要与其比试，满堂春欣然拈枪来试。一番争斗，二人交战兼施法术，直战得风云变色，宣娘终连叫几声"去得！去得"，认可了新一代杨门女将掌门人的地位。《五虎平南》第三十九回"包龙图登台选将，杨金花夺帅逞能"，奇丑女子它龙女独任炊饮之职（杨排风的原型），书中形容其"身材短小方三尺，天眼浓眉粉面凶。跑走如飞来往急，声音响亮似铜钟"。它龙女开言口称："我用一对火叉，叉重有一百四十斤。"灶君老爷传"一腾云土遁之法，教吾将双叉咒念真言飞起，即化大龙，说数年后可擒敌人"。杨金花不服，要与它龙女比武。它龙女情愿小姐为帅，她为先锋。杨金花道："这不相干，奴只要比拼武艺、法力高低的。"杨家将故事和狄青故事各有体系，但这种内部比拼的情节模式相当一致。这种模式从观赏效果上来说具有相当的娱乐性，本质上既不涉及民族矛盾，亦无关忠奸斗争，是一种极其轻松热闹又不触动情感负担的场面戏，而且能显示出杨门的人才济济，亦即汉族武力的自我标榜意味。

三是阵前招亲模式。杨家将故事中，杨宗保以下三代莫不如此；狄青故事中狄青父子亦循此道。明代小说中，杨宗保为求降龙木得遇穆桂英，遂引起阵上招亲的滥觞。《万花楼》中西番穆王纳降，宗保将阵上所提百花公主解入中原，许配给杨文广。《杨家府演义》杨文广进香途中，先后遭遇草寇杜月英、鲍飞云、窦锦姑，皆以阵上落败之故被逼婚就范。《平闽全传》杨怀玉之于金莲，亦皆此类。《五虎平西》中狄青与单单公主，狄龙、狄虎之于段红玉、王兰英，皆是战场上女将慕色，男将就范，终为秦晋之好。《说岳全传》相对而言女将较少，文本前半有梁红玉，后半续编岳家小将中男欢女爱故事则骤然而生，不免阵上招亲之窠臼。岳雷兴兵扫北这一段臆想中，颇具清代小说特征地增添了若干女性形象。其中着墨最多的虚构女性便是金国鹧关总兵西尔达之女西云小妹。西云小妹曾得异人传授，众多宋将皆不能敌。伍连出阵来救樊成，西云小妹见他貌似潘安，心下暗想："我那番邦几曾见这等俊俏郎君！不如活拿这南蛮回城，得与他成其好事，也不枉我生了一世。"于是西云小妹用白龙带将伍连生擒带回本阵劝婚。伍连逃脱，藏入完颜小姐的绣楼，爱其美貌且重孝道，二人遂同仇忾议杀西云小妹。在这段虚构的金国女将倾心宋朝将领的桥段中，还添上一位忠孝节义的完颜小姐，在阵前演绎了一段三角恋情。这种超越历史常识而存在的文学文本内容，往往最能鲜明地体现时代的市民意识。

2. 女将故事模式的变异

在两宋民族战争本事小说自身的完善发展和从小说到戏曲的演进过程中，这些女将们演绎的基本类同的情节模式，其实已经发生了本质的变异。

首先是人物性格特征的变异。《杨家将演义》第三十五回"孟良盗回白骦马，宗保佳遇穆桂英"中，杨宗保借降龙木，桂英道"赢得手中刀，两根都拿去"，出场即带有英雄豪气。宗保不敌被擒，桂英"见其青年秀丽，言词慷慨，自思：'若得与我成为夫妇，不枉为人生一世。'"杨宗保对桂英欣然接受，以"莫若允其情，而图大计"自思而结成婚姻，没有后期类似故事中男将们的诸多推诿。桂英不仅出场带有豪迈之气，其婚嫁之后也并未像后来诸多女将一样就此低眉顺眼，而是依然有自己的主张，保持独立自主的个性。孟良因宗保被囚来求助于桂英，桂英道："我如何离得此地？速归拜上小本官，再不来时，我部众来斗也。"孟良听罢愕然曰："既寨主与小本官成其佳偶，正宜往军中约会，何故出不睦之言？"孟良被桂英喝退，遂一把火烧了寨子。第三十六回"宗保部众看天阵，真宗筑坛封将帅"中，桂英怒气之下本要杀奔宋营报仇，被众人劝阻"不如相助宋君，一者佳配完全，二者建功于朝廷"，方才投奔宋营。六郎与桂英一言不合，刀枪相对。六郎为桂英所擒，后得知是家公，桂英方惊曰"险些有伤大伦"。杨家将故事前半中的女将穆桂英是英侠而野性的，及至《杨家府演义》后三分之一段讲述杨宗保征侬智高、杨文广奉旨进香等支线故事时，围绕第四代杨家将人物杨文广的女将们已经呈现出不同的性格特征。

《杨家府演义》后半部以故事标题看，已可知故事的核心从征战转而展现女将风采和成就男女婚姻之匹配。如"焦山阵前成佳偶"、"月英含怒攻锦姑"、"文广飞云喜成亲"、"三女汴京寻夫君"均是讲杨文广和杜月英、窦锦姑、鲍飞云的故事。文广和诸女恩爱有加，且许下山盟海誓、交换信物，较之前虽有女将故事但略于情爱表达则有显著不同。当两宋民族战争本事的实质被架空以后，男欢女爱就成了故事的主要内容。小说细节精心设置，对于女性心理有了更多揣摩，争风吃醋抑或怀弃妇之忧。文广婚后先后与三女离别，锦姑道："他日毋以妾为丑陋，而使妾有白头之叹也。"月英道："但此后愿勿见弃，妾所终身仰望者，乃郎君也。"飞云道："妾之娇姿未惯风雨，郎君知之、怜之，幸勿丢于脑后。"三女都无一例外地表达出同一种忧虑，出以顺从温驯但恐见弃的女性常态。当三女相会，拟赴京寻找文广之际，文中描写道：

　　锦姑见说，即披挂出马，见是月英引众喽啰，乃笑曰："你这丫头！今日缘何起兵来此骚扰，难道又有一个杨郎在此来抢夺耶？"月英亦笑曰："被你这个歪病姑先夺去两晚，今日是以兴兵问罪。"锦姑又问曰："那位娘子是谁？"月英曰："亦是杨郎卿卿。"锦姑曰："人谓杨郎貌美恰似莲花，宋太后道'莲花亚于杨郎'。人问其故，太后曰：'杨郎解语，莲花岂能解语乎？'人人爱着杨郎貌美，今看起来果是莲花不及。这位娘子逢之亦不放过。"

其间对白之拈酸吃醋、机锋巧妙已远非前辈女将的粗朴言语。

此外，杨家将小说前半部较少赞美女子之美，重在女将之武功。待到下半部时，书中对此三女则反复称赞美貌，可见文本叙述更重在展现其女性之特征。如写文广之看月英：

　　文广见月英淡妆素抹，修眉如一弯新月，皓齿若满口瓠犀，心中思忖："世间有此绝色女子！人常说道：月殿仙娃貌美无伦。今睹此女，或可并之。"有诗为证：
　　秋水盈盈横两盼，春山淡淡扫眉峰。
　　绛唇娇啭莺声巧，疑是嫦娥下九重。

　　三女赴京，下马入府，门外人见之，皆曰："此三女乃活观音降世！"故事文本中的女将虽日益增多，但其姿态较前代女将的爽朗粗犷已有明显不同，重美貌，写多情，男女人物关系之间更多的是才子佳人的情爱口吻，故事中不过是将他们的身份转而为武将，改换一种恋爱场所罢了。

　　其次是婚姻性质的变异。异族联姻是杨家将故事中异军突起的情节。杨家将故事的早期，即元明杂剧中只是交代四郎下落不明，直到明代小说中四郎方与辽国琼娥公主联姻，且将西夏黄琼公主、百花公主相继配予杨六郎和杨文广。联姻，是用最简单的方式加速民族融合。在满足娱乐消费之余，这种民间创作可以理解为：明代在结束了蒙元统治后，对于类同汉蒙关系的宋辽关系的民族认同，不再是从前自卑抵触的情绪，不再是真正意义上彼此仇视的异族概念，而是以一种主动并占据上风的姿态，认可通过姻亲可以成为一家。男人与女人的婚姻关系，本是另外一种意义上的占有与征服。自古以来，中国传统意义上的和亲，多是将汉唐公主许配给难以征服的异邦，以为睦邻。此际独反其道而行，以杨家将与异族公主的频频联姻标明了明代大汉族主义的自信与优越感。

　　然而在杨家将小说的后半部及岳飞故事的清代小说创作中，虽然更多地运用了阵前招亲的模式，但婚姻中的女性如窦锦姑、杜月英、鲍飞云等三女身份已经从异族敌对力量转为汉族土匪路霸，则其男女结亲的意义业已发生了根本性的转变。在文学中用异族婚姻形式来削弱民族矛盾的直接性，是出于对民族矛盾尚且心存忧患的转换意识，而当婚姻的形式渐趋变成才子佳人式的多情男女，则意味着这些故事中以异族婚姻意图弱化的民族矛盾至此已不再为人关注。在这些小说的后半部，充斥了民间的娱乐精神，继文学用异族婚姻形式将国事转为家事之后，再次将婚姻转化成男欢女爱的表达，从而彻底地以民族认同意识消解了民族矛盾的文学留痕。

　　清代统治者对汉族男子强行实施剃发令，唯女子汉装服饰不变，某种程度上女性更能完整地代表非奴性的汉族精神，此时与十二寡妇征西相关的戏剧名目突然增多，或是将民族精神更多地借助杨门女将故事在象征层面上进行演绎。女性形象集体出现于明清，特别是两宋民族战争本事小说后段。女性往往以胜过男子能力的形象出现，但在共同的故事模式中，女性形象本身的特性及其所带来的本质特征都已经发生了变异。这既是民族认同意识的重新诠释，亦是市民意识的积极体现。从时代因素来看，清初孝庄太后和清末慈禧太后的权重地位以及明清女性文学的兴起，都推动了女性日益占据文学的主要角色。从民间文学表演形式来看，赵山林在《中国戏曲传播接受史》中言及"自乾隆末年至嘉庆年间，徽班在北京不仅站稳了脚跟，而且不断扩大了影响"、"这一时代的代表性角色是旦角"①，这都会影响到戏曲表演中女性角色的发展。女性群像的社会性与娱乐性渐渐遮蔽了男性群像在两宋民族战争本事故事中代表的政治寄寓性和沉重负担。

　　文学中历史记忆的轨道和每个特定历史时期的民族认同密切相关。宋辽关系在元代曾经深刻地代表着民族耻辱、民族积弱，随着朝代的更迭，在汉民族意识蓬勃发展的明代削弱了隐喻的成分。随着民族认同的不断加强，两宋民族战争本事故事演变正逐渐消解历史上的民族对立意识，不再代表刻骨铭心的民族仇恨。杨家将故事、狄青故事、岳飞故事的历史褪成淡淡的背景，主题内核从民族斗争到忠奸斗争，人物形象从男性群像到女性群像，故事叙说从人力到神力，英雄传奇演变为市井传奇，两宋民族战争本事故事日渐成为大众娱情的对象。

---

　　①　赵山林：《中国戏曲传播接受史》第十二章"清代职业戏班与戏园"，上海：上海人民出版社 2008 年版，第 400 页。

第三章

故事演变中的民族认同意识
对异族领袖形象的重塑

第一节　萧太后

在明清小说戏曲中，形象最为出众的非汉政权君主是辽国的萧太后（953—1009）。其历史上的美、恶、虚、隐随着不同朝代官私史书的修撰，在相同的事功中得出不同的人物评价，其文学形象亦随着时代更迭产生出不同的新变。历史事件的丰富性没有完全呈现在文学作品中，明代小说里的萧太后只是作为敌对阵营的最高首领出现在杨家将故事中，其故事中的命运因为明代人们臆想的民族胜利而与历史全不相符。清代戏曲以降，萧太后在文学文本中不再只是非汉政权的最高统治者，更是作为与杨家将结成良缘的辽邦公主的母亲形象出现，参与在杨家将故事的家事、国事纠纷中。其形象的褒贬变化寄寓着不同时代的民族认同意识。

一、历史评述中的萧太后

萧太后名绰，俗名燕燕。母亲是辽太宗耶律德光的长女燕国长公主，父亲萧思温官居显要。969 年，穆宗在行猎途中被近侍杀死，在萧思温的拥立之下，世宗之子耶律贤得以即位为辽景宗。景宗立萧燕燕为后，因疾病缠身，军政大事多委皇后处理。景宗特别在 976 年初告谕史馆学士，此后记录皇后的言行，称谓也要如对他一般用"朕"。这意味着景宗对于燕燕作为和他并列的国主身份的认同。

982 年，三十五岁的景宗病逝，其十二岁的幼子隆绪登基，是为辽圣宗，燕燕被尊为皇太后。萧太后依靠耶律斜轸、韩德让等大臣的辅佐，从诸王手中夺回兵权，稳定了局势。雍熙三年（986），宋朝"诸将言：'契丹主幼，国事皆决于母，大将韩德让宠幸用事，国人嫉之，请乘衅以取燕、蓟。'太宗以为然"[①]。宋朝遂草率出兵，分兵三路伐辽。西路由潘美、

---

① （宋）王称：《东都事略》卷一百二十三，《二十五史别史》，济南：齐鲁书社 2000 年版，第 1069 页。

杨业率领出雁门关。三月间，萧太后与圣宗驻兵驼罗口，调动东征兵以为策应。五月辽军大败曹彬于岐沟关，宋兵南逃，一代名将杨业战死。七月，萧太后乘胜追击，与圣宗率众南下，一度攻占河北大名、山东聊城以北的宋朝疆土。雍熙四年（987），辽国复侵三关，陷易州。又侵定远军。端拱元年（988）侵满城。大将郭守文、李继隆等与战于唐河，败之，斩首万五千级，获马万匹。至道元年（995）契丹侵雄州，咸平二年（999）大侵镇定。1004 年秋，萧太后与辽圣宗再次率兵二万南征，直逼汴京。在寇准的坚决主张下，宋真宗亲征。双方订立澶渊之盟，自此五十余年偃武修文。由此可见，自986 年宋朝初开兵衅以后，陆续二十年内宋辽关系紧张，战争不断，而这一段时间正是萧太后掌握辽国大权的时期。

王善军在《世家大族与辽代社会》中提到辽代世家大族"十分注重对子弟的教育。在世家大族教育子弟的各种活动中，图书收藏、知识教育和家风建设成为其主要内容"、"世家大族中的不少女性成员，亦具有较高的知识素养"、"不但世家大族的男性成员尚武，而且女性成员也不甘示弱"、"'颇习骑射'者可谓大有人在"[1]。萧太后的政治、军事才华和她受到的家庭教育是分不开的。萧绰英明果断，聪慧通达，知人任事，极有见识，她的两个姐姐也都颇具文治武功，但也因此和萧绰自相残杀于权力斗争中。[2]

1004 年，王继忠为书抵莫州请和。宋廷对于辽国和谈的要求颇持怀疑态度，《东都事略》中曾有记载，从中可以看出萧太后以战求和、步步为营的策略：

真宗谓宰相毕士安等曰："和戎之利，自古有之。然夷狄变诈，未可信也。"士安等曰："比来降虏皆言，国中恐陛下复有幽燕之举，又锐气屡挫，而退归无名，其请和固不为疑。"于是遣右班殿直曹利用持书答之。然虏益进攻，围瀛州。利用至大名，而知府事王钦若留不遣。真宗北征，

___

[1]　王善军：《世家大族与辽代社会》第七章"世家大族的教育与文化成就"，北京：人民出版社2008 年版，第232 ~239 页。

[2]　萧绰大姐萧胡辇嫁给了齐王，胡辇能征善战，994 年秋，她以皇太妃的身份率三万兵马屯驻西北，平定边境。后胡辇举兵谋反，被萧太后擒住赐死。二姐赵王妃支持丈夫赵王谋反，曾经欲以宴饮之名鸩杀萧绰，发现后被萧绰毒杀。

继忠又奏："契丹兵不敢劫掠，以待王人，而王人不至。"乃诏钦若遣利用。虏复进兵，陷德清军，攻澶州。伏弩发，射杀其贵将顺国王挞览，遂大溃。利用乃与其飞龙使韩杞见行在，议盟。又遣右监门卫大将军姚柬之献御衣饮食。真宗御行宫南，燕从官，召柬之与，因遣使交驰誓书。①

1009 年，萧燕燕归政隆绪，"未踰月而卒"。其统治期内，除了在宋辽关系中制造战和事端，国内政治亦任用贤臣，进行政治改革，实行汉法。如 985 年支持韩德让统一辽国的度量衡，988 年主持开科举、兴儒学等。萧太后在政治和军事上都有一定建树，为辽的发展和稳定作出了贡献，其历史功绩历来为史学家们所肯定。即使是历史评述中的萧太后，亦因为修史时代和个人的种种因素，在史料剪裁和评价中呈现出不同的褒贬。

1. 北宋笔记对萧太后和韩德让故事的记录

雍熙三年（986）宋太宗征辽，国中论及出征的理由便是"契丹主幼，国事皆决于母，大将韩德让宠幸用事，国人嫉之"②。苏辙在《龙川别志》卷上亦记录有澶渊议和期间，宋朝使者曹利用"见虏母于军中与蕃将韩德让偶在驼车上，坐利用车下，馈之食，共议和事"③ 的具体情形，这都是对萧太后和韩德让关系的明确暗指。

大中祥符元年（1008）十二月，知制诰路振（957－1014）出使契丹，先后于是年十二月二十七日和次年一月八日两次受到萧太后接见。路振作《乘轺录》记录下沿途路线和见闻，成为记载辽代国情和地理的第一手资料。今见《乘轺录》有两种版本，一是宋人晁载之（伯宇）编《续谈助》本，较为通行。明清丛书类皆收此本，如《指海》第九集、《丛书集成初编》3111 册皆本之。此本中并无只字涉及萧太后与韩德让私事，只是叙述沿途地理驿站等，没有闲笔杂谈类。一是宋人江少虞编《皇朝事实类苑》本，其 26 卷本目录信息并见于宋人陈振孙《直斋书录解题》和《宋史·艺文志》，《文献通考·经籍考》载有其 36 卷本目录，现有清抄本六十卷

①（宋）王称：《东都事略》卷一百二十三，《二十五史别史》，济南：齐鲁书社 2000 年版，第 1071 页。

②（宋）王称：《东都事略》卷一百二十三，《二十五史别史》，济南：齐鲁书社 2000 年版，第 1069 页。

③（宋）苏辙：《龙川别志》卷上，北京：中华书局 1982 年版，第 72 页。

本。1937 年罗继祖将两书称引合而为一，罗氏校本后记中称"兹合两书辑录，首尾粗具"，还特别指出其文献价值，"如云景宗睿智皇后于韩德让有辟阳之幸，生二子，史所不载，而《长编》诸书，皆有此说；然谓后先许嫁德让，则属创闻。一也"①。关于萧太后和韩德让的故事细节也是自此而始，略无半分隐讳。其中数段有云：

> 萧后幼时，尝许嫁韩氏，即韩德让也；行有日矣，而耶律氏求妇于萧氏，萧氏夺韩氏妇以纳之，生隆绪，即今虏主也。耶律死，隆绪尚幼，袭虏位。萧后少寡，韩氏世典军政，权在其手，恐不利于孺子。乃私谓德让曰："吾尝许嫁子，愿谐旧好，则幼主当国，亦汝子也"。自是德让出入帏幕无间然矣。既而鸩杀德让之妻李氏，每出戈猎，必与德让同穹庐而处。未几而生楚王，为韩氏子也。萧氏与德让尤所钟爱，乃赐姓耶律氏。……有童子一人，年十余岁，胡帽锦衣，嬉戏国母前，其状类韩丞相，盖国母所生韩氏子也。②

景爱《历史上的萧太后》第十一章专论萧太后和韩德让，以第四节"《乘轺录》对萧太后的丑化"全盘否定了萧太后和韩德让的男女关系，认为路振作为澶渊之盟后使辽的第一人，"显然属于王钦若一类以'澶渊和议'为耻的人"，为了发泄对辽国统治者的不满，而对道听途说加以敷衍，任意丑化萧太后，并且造成萧太后和韩德让绯闻在两宋以下的流传。③

自 986 年宋廷以"韩德让宠幸用事"为出征由头、1004 年澶渊议和之际曹利用亲见"偶在驼车上"，再到 1008 年路振听闻太后和韩德让的轶事——"自'虏政苛刻'已下事，并幽州客司刘斌言。斌大父名迎，年七十五，尝为幽州军政校，备见其事，每与子孙言之。其萧后、隆庆事，亦

---

① 罗继祖：《愿学斋丛刊》，转引自贾敬颜：《五代宋金元人边疆行记十三种疏证稿》之《路振〈乘轺录〉疏证稿》，北京：中华书局 2004 年版，第 77～79 页。

② 贾敬颜：《五代宋金元人边疆行记十三种疏证稿》之《路振〈乘轺录〉疏证稿》，北京：中华书局 2004 年版，第 45、46、64 页。《丛书集成初编》本第 3111 册和《指海》本第九集《乘轺录》皆无此内容。

③ 景爱：《历史上的萧太后》，北京：中国社会科学出版社 2010 年版，第 303～315 页。

迎所说"①——及自己亲见猜想"童子一人"、"状类韩丞相",遂以宋代笔记和史料记录构成了富有细节的萧太后和韩德让的故事。曹利用所见纯属客观记录,并无褒贬,路振《乘轺录》的细节则颇可玩味。路振出使契丹时年已五十二岁,早已过了猎奇的年纪。他做过起居注,修撰过太祖、太宗两朝实录,私修《九国志》,具有史家应有的基本立场和态度。问题不在于他的记录,而在于其所载皆本之时人流传。究竟是契丹人对萧太后、韩德让二人专政的诋毁,还是汉人对萧后的故意丑化,抑或本是作为公开之事而为人乐于传播?正如李锡厚曾据韩伟《辽代太平间金银器錾文考释》文中提到的盘龙纹盉项纯金方盒内錾文"太平五年臣张俭命工造成,又供养文忠王府太后殿前",认为因"'文忠'是韩德让的谥号,在文忠府内设'太后殿',不仅证实承天太后与韩德让的确是夫妻,而且这种关系是公开的"②。至于宋人对故事的传播,乃至宋朝官方记录《宋会要》亦载入了萧太后缢杀韩德让妻、入居德让帐中事,如《宋会要辑稿》卷五千二百五十七"蕃夷一"记云"萧氏与韩私通,遣人缢杀其妻,遂入居帐中,同卧起如夫妻,共案而食。隆绪所居异帐相去百许步"。"国事皆萧氏与韩参决。又近幸医工迪黑姑及北大王孙弟子将军二人。部族有窃议者为其党所告,萧氏尽戮之。隆绪亦恶其事,畏不敢发。然萧氏亦常惧及祸,每岁正月辄不食荤茹,大修斋会。"③自是宋代时人均视其为历史事实而非虚构。北宋笔记对萧太后和韩德让故事的记录,其中或有民族矛盾投射的微妙反映,但尚无直言的评价,这种内蕴于文字陈述的意见表达在南宋得到了进一步的发挥。

2. 南宋私家史书对萧太后故事的点窜和评议

南宋中期产生了两部史料价值颇高的私修史书《续资治通鉴长编》和《东都事略》,其中对萧太后的历史论述很可以看出时人对这段历史的认知

---

① 贾敬颜:《五代宋金元人边疆行记十三种疏证稿》之《〈乘轺录〉疏证稿》原注,北京:中华书局2004年版,第52~53页。

② 李锡厚:《〈辽史〉与辽史研究》,《中国社会科学院研究生院学报》1995年第5期,第63~73页。韩伟:《辽代太平间金银器錾文考释》,台湾《故宫文物月刊》第129期。

③ (清)徐松辑:《宋会要辑稿》卷五千二百五十七"蕃夷一",北京:中华书局1957年版,第7677页。

和评价。李焘（1115—1184）《续资治通鉴长编》是中国古代私家著述中卷帙最大的断代编年史，他曾任实录院检讨官、修撰等。李焘用四十年的努力撰成《续资治通鉴长编》，于正史、实录、政书之外参考诸多笔记野史，以其评判标准进行取舍。其书自孝宗隆兴元年（1163）至淳熙四年（1177）分四次进呈。《东都事略》作者王称，南宋孝宗时人，其父王赏于宋高宗绍兴年间任实录修撰。洪迈在编《四朝国史》时据《东都事略》为重要的参考书，并在淳熙十四年（1187）借此为王称进书和申请转官。值得注意的是，《东都事略》的资料来源虽然大部分是国史，但尚有十分之一是民间搜罗而得，即洪迈所谓"非国史所载而得之于旁搜者居十之一，皆信而有征，可以依据"，这意味着《东都事略》的记叙基本上代表了那个时代的主流立场和态度。《四库全书总目提要》卷五十（史部六别史类）评其"叙事约而该，议论亦皆持平"。此外，还有南宋叶隆礼撰《契丹国志》，《四库全书总目提要》称是书穆宗以后纪传及诸杂纪本之李焘长编等书。三本私修史书的成书年代都是南宋中期，基本上采用的是宋元人的各种记载和传说，它们对于历史时期的接近决定了史实的可靠性，无论是传说还是编辑的选择都鲜明地体现了时人对于辽国国主萧太后的价值判断——对其才能和手段予以肯定，对其残忍个性和私生活则加以无情揭露与抨击。

李焘《续资治通鉴长编》关于萧太后的家事叙述主要集中在三段。第一段记在卷二十三辽景宗卒下，主旨记叙萧太后和韩德让过从甚密：一是不俟召即赴帐帮助萧太后政权过渡，二是礼遇非常，三是辽圣宗以父事之。文中记载道：

> 契丹主明记卒，谥景宗孝成皇帝（《十朝纲要》：在位十五年）。有子三人，曰隆绪、隆裕、隆庆。隆绪封梁王，继立，号天辅皇帝，尊母萧氏为承天太后，改大辽为大契丹。隆绪才十二岁，母萧氏专其国政。

> 初，萧氏与枢密使韩德让通，明记疾亟，德让将兵在外，不俟召，率其亲属赴行帐，白萧氏易置大臣，立隆绪。遂以策立功为司徒、政事令，封楚王，赐姓耶律，改名隆运。寻拜大丞相、蕃汉枢密使，南北面行营都部署，徙封齐王。隆绪亲书铁券，读于北斗下以赐之。迁尚书令，又徙封晋王，赐不拜，乘车上殿，置护卫百人。护卫惟国主得置之。隆绪每以父

事隆运，日遣其弟隆裕一问起居，望其帐，即下车步入。①

第二段是咸平六年（1003）供奉官李信来归时所陈述的相关内容。其中关涉到萧太后的儿女情况及她和两个姐姐的恩怨仇杀。特别是萧太后缢杀女婿殉葬，以及残杀两个姐姐的绝情手段为后文形成对萧太后"然天性残忍，多杀戮"的评价进行了铺垫。

己酉，契丹供奉官李信来归。信言其国中事云："戎主之父明记，号景宗，后萧氏，挟力宰相之女，凡四子：长名隆绪，即戎主；次名赞，伪封梁王，今年三十一；次名高七，伪封吴王年二十五；次名郑哥，八月而夭。女三人：长曰燕哥，年三十四，适萧氏弟北宰相留住哥，伪署驸马都尉；次曰长寿奴，年二十九，适萧氏侄东京留守悖野；次曰延寿奴，年二十七，适悖野母弟肯头。延寿奴出猎，为鹿所触死，萧氏即缢杀肯头以殉葬。萧氏有姊二人，长适齐王，王死，自称齐妃，领兵三万屯西鄙驴驹儿河，尝阅马，见蕃奴达览阿钵姿貌甚美，因召侍帐中。萧氏闻之，縶达览阿钵，扶以沙囊四百而离之。踰年，齐妃请于萧氏，愿以为夫，萧氏许之，使西捍达靼，尽降之，因谋帅其众奔骨历扎国，结兵以篡萧氏。萧氏知之，遂夺其兵，命领幽州。次适赵王，王死，赵妃因会饮置毒萧氏，为婢所发，萧氏酖杀之。②

第三段写在大中祥符二年（1009）萧氏卒后，给予其生平评价。

契丹国母萧氏卒，年五十七，谥曰宣献。……萧氏有机谋，善驭左右，大臣多得其死力。先是，蕃人殴汉人死者，偿以牛马，汉人则斩之，仍没其亲属为奴婢，萧氏一以汉法论。每戎马入寇，亲被甲督战。及通好，亦出其谋。然天性残忍，多杀戮。始归政于契丹主，未踰月而卒。无几何，耶律昌运亦卒。昌运，即韩德让也。内外制服与萧氏同，柩而葬。

① （宋）李焘：《续资治通鉴长编》卷二十三，北京：中华书局1979年版，第533～534页。

② （宋）李焘：《续资治通鉴长编》卷五十五，北京：中华书局1979年版，第1207页。

无子，以吴王隆裕子周王承业为后。①

　　这一段是《续资治通鉴长编》对曾经敌对的非汉政权最高统治者萧绰一生事功的盖棺定论。文字中对萧太后的权谋手段、汉法改革、亲临阵前都是肯定的，否定性评价则在于"天性残忍，多杀戮"。此处尚以史家秉笔直书的态度未有多言，但仍不吝笔墨交代韩德让之死，将萧太后和韩德让的关系和盘托出，史家的态度和所指亦已十分明确。

　　王称《东都事略》关于萧太后事与《续资治通鉴长编》记叙大抵相同，稍有增减，而逻辑顺序略加调整，则立场鲜明许多。值得注意的是，李焘《续资治通鉴长编》中"然天性残忍，多杀戮"没有前后文观照，是作为对其性格手段的泛指。王称的"然天性残忍，多杀戮"下紧接的则是"与耶律隆运通，遣人缢杀其妻。又幸医工迪里姑。有私议其丑者，辄杀之"，将萧后的性格残忍全部指向私生活。《东都事略》相较《续资治通鉴长编》补充了两处，一是对太后的私事"隆绪畏莫敢言"，实为圣宗对韩德让的谨执父礼添加了反向的注脚。二是补充了一个重要的逻辑推理，即隆绪"其妻曰齐天皇后，妃曰顺圣元妃。齐天，平州节度使萧猥思之女，耶律隆运之甥，有容色。隆绪宠爱之。事其姑燕燕甚谨，燕燕亦以隆运故，深爱之。燕燕既死，乃与国事，权势日盛"②。《东都事略》运用其叙事逻辑，以爱屋及乌之意将萧太后和韩德让的私生活推波助澜。此段基本为《辽史拾遗》卷十九所引。《东都事略》寥寥数语的文字调整已经将萧太后和韩德让的故事推向了恶评，褒贬鲜明。

　　叶隆礼《契丹国志》卷十三《后妃传》"景宗睿智皇后萧氏传"记云：

　　后天性忮忍，阴毒嗜杀，神机智略，善驭左右，大臣多得其死力。
　　统和年间，举国南征，后亲跨马行阵，与幼帝提兵初趣威虏军、顺安军，东趣保州，又与幼帝及统军顺国王挞览合势以攻定州，余众直抵深、

――――――――――

　　① （宋）李焘：《续资治通鉴长编》卷七十二，北京：中华书局1979年版，第1645～1646页。

　　② （宋）王称：《东都事略》卷一百二十三，《二十五史别史》，济南：齐鲁书社2000年版，第1073页。

祁以东。又从阳城淀缘胡卢河踰关，南抵瀛州城下，兵势甚盛，后与幼帝亲鼓众急击，矢集城上如雨。复自瀛州抵贝、冀、天雄，南宋惶遽，驾亲幸澶渊，然后为谋主；至遣王继忠通好，及所得岁币，亦后之谋也。国中所管幽州汉兵，谓之神武、控鹤、羽林、骁武等，皆后自统之；……好华仪而性无检束，每宴集有不拜不拱手者。惟后愿固盟好而年齿渐衰，宰相耶律隆运专权，有辟阳侯之幸，宠荣终始，朝臣莫及焉。①

　　《契丹国志》相较《续资治通鉴长编》和《东都事略》，对萧太后个性的评价更加重几分语气，所谓"后天性忮忍，阴毒嗜杀"，然对其武功赞誉也毫不掩饰，更比前二书增加了"神机智略"四字，同时将她击鼓助阵的细节写入，实是对萧太后英武形象的丰富。或可见出《契丹国志》较前二书有着更为夸饰的笔法，而非在人物刻画上的刻意丑化。《契丹国志》卷十八"耶律隆运列传"中有述，"及薨，帝与后、诸王、公主已下并内外臣僚制服行丧，葬礼一依承天太后故事。灵柩将发，帝自挽辒车哭送，群臣泣谏，百余步乃止。葬乾陵侧，诏影堂制度一同乾陵。又诏诸处应有景宗御容殿，皆以隆运真容置之殿内"②。韩德让身后各项制度均依太后和景宗故事，可见其身后荣宠依旧非常。

　　3. 元清史书对宋人记辽事的文字改窜
　　《辽史·后妃传》云：

　　景宗睿智皇后萧氏，讳绰，小字燕燕，北府宰相思温女。早慧。思温尝观诸女扫地，惟后洁除，喜曰："此女必能成家！"帝即位，选为贵妃。寻册为皇后。生圣宗。

　　景宗崩，尊为皇太后，摄国政。后泣曰："母寡子弱，族属雄强，边防未靖，奈何？"耶律斜轸、韩德让进曰："信任臣等，何虑之有！"于是，后与斜轸、德让参决大政，委于越休哥以南边事。……后明达治道，闻善必从，故群臣咸竭其忠。习知军政，澶渊之役，亲御戎车，指麾三军，赏

---

　　①　（宋）叶隆礼：《契丹国志》卷十三，上海：上海古籍出版社 1985 年版，第 142 页。
　　②　（宋）叶隆礼：《契丹国志》卷十八，上海：上海古籍出版社 1985 年版，第 176 页。

罚信明，将士用命。圣宗称辽盛主，后教训为多。①

　　元脱脱等撰《辽史·后妃传》中的萧后以正统的形象出现，同时增加了成就大事的天性和女性化描述。如萧思温观诸女扫地，唯有萧绰一丝不苟，于是喜曰"此女必能成家"，特别是景宗崩后，萧后的泣曰"奈何"，较前历史记叙中的萧后增加了女性的特征。《辽史》对萧太后的记载简略正统，不言私事，未在人物传记中提及萧太后和韩德让的关系。后世但凡为萧太后撇清其和韩德让故事者，均以《辽史》的传记选择作为标准。然而诸多学人也发现，虽然传记中只字未提韩德让私事，但在整部《辽史》中亦透露出消息。《辽史·耶律隆运传》记："（统和）六年，太后观击鞠，胡里室突隆运坠马，命立斩之。"② 韩德让从伐高丽还军后得了重病，圣宗与太后都亲自前来探视，问询医药。

　　同样是非汉政权的清代统治者对《契丹国志》进行了钦定重修。清代厉鹗所作《辽史拾遗》卷十九对《契丹国志》中萧后"好华仪而性无检束，每宴集有不拜不拱手者。惟后愿固盟好而年齿渐衰，宰相耶律隆运专权，宠荣始终，朝臣莫及焉"这段进行了辩诬，"鹗案：睿知史称贤后，隆运辟阳之幸，其说近诬"③。然而颇有意味的是，清廷编修的四库文渊阁本《钦定重订契丹国志》中根本没有"辟阳之幸"四字，尽管清人实际上所见的《契丹国志》均有此数字明确如许，即如清代毕沅《续资治通鉴》在"甲子，辽达喇干、乃曼实醉言宫掖事，法当死，杖而释之"文下考异道：

　　《东都事略》云：太后雅雅克（旧作燕燕）与耶律隆运通，遣人缢杀其妻。又幸医工迪里姑，有私议其丑者，辄杀之。隆运，即韩德让也。按承天在辽称贤后，《事略》所载，盖敌国诋毁之词。又，《契丹国志》云：

　　① （元）脱脱等：《辽史》卷七十一《后妃传》，北京：中华书局1974年版，第1201～1202页。

　　② （元）脱脱等：《辽史》卷八十二《耶律隆运传》，北京：中华书局1974年版，第1290页。

　　③ （清）厉鹗：《辽史拾遗》卷十九，《景印文渊阁四库全书》第289册，台北：台湾商务印书馆1986年版，第1032页。

隆运在景宗朝，翼决庶政，帝后少年，有辟阳之幸；又云：自南北通和后，太后年齿渐衰，隆运有辟阳之幸，宠幸终始，朝臣莫及焉；是契丹国中固有谤言矣。今唯以《辽史》为据，余不载。①

可见，作为清朝"钦定重订"的《契丹国志》，其文字在清朝统治者的政治思想主导下，对于同样是非汉政权的统治者萧绰，其描述已经发生了微妙的变化和窜改。而如厉鹗、毕沅这样的清代学者，在接受了清代主流思想控制，为萧太后辩诬的同时，以修史者的职业道德，没有完全抹去萧太后和韩德让男女关系的痕迹，通过考异等形式提供并保留了可能是历史真实的异说存在和资料来源。

从辽宋到现代，可以清晰地看到政治思想和民族感情引导着历史记录与学术评价，其中政治思想的来源是复杂的，既有统治者的政治诉求，亦纠结着民间的民族情感。在对萧太后故事的历史评价和文学演变中，尽管历史和文学的关注点不一样，但其回环往复的价值褒贬标准、文字加工的角度却如出一辙。随着时代的发展，近年来学术研究中的主流思想大力强调释放狭隘民族观，如《萧太后评传》前言已经明确说明要突破狭隘民族观的束缚，是书的撰写正是"力图'打破二千年来以汉族为主、封建王朝为正统'的一次尝试"，作者同样认为在没有发现新的史料之前，对于萧、韩的关系还是应以《辽史》为据，还其清白。② 景爱《历史上的萧太后》则竭力认为路振有关萧太后和韩德让的记录都是故意抹黑，其引贾敬颜"宋人所以喜道此无稽之谈者，盖诋丑之也"鲜明地表达了自己的意见。然而历史是客观存在的，矫枉过正的民族主义在学术研究中实应尽量避免。

---

① （清）毕沅：《续资治通鉴》卷十一，北京：中华书局 1964 年版，第 271～272 页。

② 李丹林、李景屏：《萧太后评传·前言》，成都：四川大学出版社 2000 年版。

二、文学演进中的萧太后

1. 明代小说中的弱势形象

在明代小说中，萧太后的文学形象相对来说比较单薄。《杨家将演义》中的萧太后是倾听者，主要都是身边人议论拿主意，用于萧太后最多的形容词是"大惊"。明代小说对于萧太后的文学塑造取材于历史，但根据文学创作意图的需要对人物的主要素材进行了取舍。历史相对客观中立，汉民族的民间文学则无须掩饰其民族情感，萧太后作为辽代的最高统治者自然是以杨家将的对立面存在。相较于历史，文学中的萧太后形象的改变主要在于两个方向：

一是从强势到弱势，文学塑造的手段主要在于凸显萧太后女性的柔弱性。在《杨家府演义》中萧太后遣人问太宗为何伐汉，太宗语气强硬，太后曰："南朝出言如此不逊，欺先帝之没故也。"至是遂发兵援汉。这些故事元素明显强调萧太后少寡，从而弱化其女主的强势。战争中的萧太后，再非历史中亲自击鼓助阵的巾帼形象，而是动辄就表现出女性的焦虑、软弱与放弃。强化其女性特质，正是有效削弱其力量的手段。萧太后战败，小说形容为"心惊胆战"。杨六郎杀出之际，"萧后仰天叹曰：'不想今日是吾尽命之期。汝众人各自为计！'言罢，拔剑欲刎"，被劝阻后则匆匆逃亡。文学中的萧太后形象较其历史记录黯然失色，从政治铁腕沦为才能平庸。这是因为在杨家将故事中萧太后作为汉民族的敌对方出现，本就是小说家们要刻意削弱的人物和势力，根本无意表现其权谋手段等正面信息。幽州城破，萧太后自尽，四郎将自己真实身份告诉琼娥公主。琼娥公主"两泪交流，双膝跪下，告曰：'妾之命悬于君手，任凭发放'"，"一则家破国亡，二则嫁夫随夫。驸马肯念夫妇之情带妾同归，诚为大幸，岂有不肯相从之理"。对于小说中虚构的辽国琼娥公主，《杨家府演义》也采用了同样的处理方法，将其塑造为缺乏个性色彩的角色，强调其女性软弱、从属特征。

二是私事泯灭，历史命运改变。这一改编思路和南宋私史中格外强化萧太后和韩德让的关系形成鲜明反差。明代小说不仅没有丑化萧太后和韩德让在汉家伦理看来的不伦之事，反而在小说中直接忽略了韩德让的存在，让他一出场就在征战中死去。至少从这一点来看，明代小说中的萧太后作为非汉力量的象征存在，只是被弱化而非被抹黑，对其私事的弃用也体现了明代文人和民间对于辽代统治者的包容。时事已久，宋辽关系中具有实指针对性的怨艾之气不再。明代受其时政治时事的影响，主要在小说中强调忠奸斗争和汉政权的最终扬眉吐气，至于民族对立面仅将其作为符号存在，粗略到无关个人隐私。六郎攻破幽州城，萧太后终是自尽，与史完全不合。明代小说中的杨家将故事对萧太后历史结局的改变，体现了文学作品的创作意图。小说不是历史传记，为了张扬民族精神，高蹈杨家将的爱国主义，明代小说抹去了历史上宋朝之于澶渊之盟的屈辱，虚构了宋朝大胜、辽主自尽的结局，从而实现了精神胜利法。由此萧太后的文学形象在明代小说中避免了个人私事的丑化，同样也造成其形象塑造的单薄和符号性。

2.《昭代箫韶》中的圆形人物

宋人指摘萧绰的私生活，指其个性狠毒，固然是在秉笔直书的史家笔法之后隐藏了民族好恶的情绪。所以宋人私史中多揭萧太后之短，而《辽史》为非汉民族政权书写，则为其回护隐恶。清代宫廷大戏《昭代箫韶》作为文学创作的再诠释，充分地体现了清朝统治者对于同样是非汉政权的辽代统治者的历史评价。此外，清朝统治者以迎合民间欲求的姿态，将明代小说中虚构的辽军败亡修改为辽军在劣势下被迫求和。在没有根本改变约定俗成的杨家将故事中整体力量对比的前提下，既维持了汉族知识分子和民间对于宋兵胜战的心理需求，也维护了辽国的尊严。同时文学文本善意地制造了辽军败北的体面原因——杨贵、杨顺于内部的叛变，尽管这本身也是历史的虚构。这一"南北和"结局的改动，既讨好了汉族的民族情感，也维护了非汉政权的体面，直接达到了鼓吹民族融合的目的。清朝统治者在力求维护民族和解的意图上对文学的改写可谓用心良苦。

《昭代箫韶》作为清宫大戏，以杨家将故事为蓝本，但其对杨家将故事的精神内核和人物塑造，都根据统治者的文化主流思想进行了较大的改变。特别是一改明代小说中叙事视角的单一和狭隘，因自身系非汉政权而对杨家将故事中的辽方抱以同情和理解，从而投以全新的解读。《昭代箫韶》从辽方立场重新塑造人物，促使萧太后这一艺术形象日渐鲜明，从明代小说中才能平庸和单一的女性软弱恢复到富有英主之气和女性特征的丰富化。至于历史故事中关于她和韩德让之间的暧昧、姐妹间的残杀等内容依然皆无，只是就着明代小说的线索大力发展和虚构萧太后和女儿、女婿们的情感。

首先是在宋辽双方的军事力量对比中，《昭代箫韶》恢复了萧太后作为辽邦君主的威仪、武功和骄傲。《昭代箫韶》第一本卷上第五出"围合龙沙驰万骑"，着重塑造了萧太后的文治武功形象，同时说明其侵宋并非野心而是为了报仇，从而给予出兵的合理性。萧氏出场即唱道："可爱紫塞秋山静丽，下西风红叶纷飞。草微黄（似）锦茵铺地，山到秋来妆艳齐。"这一段抒情性描写既是写风景之开阔，亦是衬托出萧后北方女性的豪迈刚健。她出场之际自我介绍道：

> 俺乃大辽景帝之后，隆绪之母，萧氏是也。俺国自建都幽蓟，与河南宋主通好，和太原汉主结连，是以威镇朔方。不意去岁三月，宋主自将伐汉，兵围太原，汉主求救于俺国，吾因虑邻邦交好，又恐唇亡齿寒，与吾主计议，即遣左丞相耶律沙为都统，皇叔冀王迪里为监军，统兵五万赴援，兵至白马岭，宋将郭进渡涧迎战，皇叔败死，耶律丞相逃回，汉主刘继元奉表降宋。汉主之弟刘继文逃奔我邦，哀求借兵复国，吾主封他为彭城郡王，许以发兵报仇。不幸景帝升遐，隆绪即位，改元为统和。因吾儿年幼未冠，为此俺临朝专政，缮兵蓄马，练习戎行，准备起兵伐宋，与冀王报仇，替彭城郡王复国。①

这一段主要是道出侵宋的原委，建立其出征的合理性，并且肯定了萧太后作为政治家的谋略，即"借行围出猎为名，实系操演三军，并窥探关中虚实动静，以便大军进取"。与明代小说不同，《昭代箫韶》对辽军的整体风貌气势也给予了正面的褒扬，正如其在表现围猎中所唱："乘猎骑，可也疾去如飞，响飕飕加鞭似箭。旷野驱驰，好一似电掣云移。一阵阵风透征衣，咱今日摆围场非恣游戏。正秋高人健马肥，只为演武习戎行"、"震耳的呐喊连天动地，军势勇马骤骎，四下里旌旗拂拂，荡飏似云飞。

---

① （清）王廷章：《昭代箫韶》第一本卷上第五出"围合龙沙驰万骑"，台北：天一出版社1986年版，第22页。下段相关引文亦见此出。

你看那番兵各展着生平技。"在戏曲动作说明里还有"女辽将各持枪"的文字内容,是对辽军女将英姿的展现。此剧中萧太后一箭射中猛虎,琼娥、青莲二公主频频马上征战,某种程度上是对明代小说中一味写宋朝女将英姿的一种平衡。在第五出最后众人同唱道:"提戈挂甲起三军,大辽烈士千千万。兵发燕幽起战尘,如潮涌,似云屯,囊收席卷宋君臣。天怜雪我皇叔怨,便是咱行素志伸。"再次强化了辽军的军容威武和出征的合理性,《昭代箫韶》也终于在明代小说之后,为萧太后树立了一代英主的风范。

同时,《昭代箫韶》戏曲中也没有忽略萧太后作为君主在面对失利时应有的屈辱和骄傲。萧太后从天门阵逃出时唱道:"六军荡荡临潢起,一旦丧师辱国,包羞忍耻,怎上天不佑,连遭败绩不胜纪。掬湘水羞颜难洗,非常失利。苦今朝、孤势无依倚。恨只恨奸贼王钦,敢辜恩直恁相欺。"(《泣秦娥》)"揾战袍拭红泪,剩半旅残兵骑。断戈折剑破旌旗。拖刀卷甲长吁气,威风挫尽英名失,一个个心荡神驰。"(《小桃红》)[1] 唱曲从辽军的立场来写失利的悲哀,表达了萧太后作为女主对于战败的屈辱和扼腕痛惜。值得注意的是,萧太后对于兵败的发泄不在于宋朝将士,而是王钦,怨怒对象的转移显而易见是试图将两宋民族战争本事故事中的民族矛盾转移到忠奸斗争上。

其次,因为全部戏曲的核心矛盾已经从民族斗争转向忠奸斗争、家庭矛盾,故此《昭代箫韶》强化了萧太后作为母亲和女性这一角色的特性。这一身份在故事的核心矛盾中更易于做戏,具有戏剧效果,从而赋予萧太后情绪表达的层次感和多样性,实现生动的文学塑造。《昭代箫韶》第十本卷下第十八出"心向宋二女劝降",对萧太后的情绪表达就极富层次。是时辽方兵败,耶律琼娥和耶律青莲早已得知杨贵和杨顺的真实身份,在双方战役中杨贵、杨顺也多有为杨家暗通消息。萧氏上场作"闷叹科",闻听宋兵声势厉害,就欲破城,萧太后作"惊科",唱"气嗌难舒,寒毛冷乍心慌惧"。对杨贵、杨顺二人提出的求和建议,初时萧太后是作"怒叱科",认为"面北去屈膝求恕,臭名儿万千里遗诮史书",执意不降。当

---

[1] (清)王廷章:《昭代箫韶》第十本卷上第五出"郡主同殷孝母心",台北:天一出版社 1986 年版,第 23～24 页。

杨贵、杨顺二人向萧太后说明身份、实情后，萧太后作"惊呆科"、"愤恨科"、"恨怒科"，对二女知情不报作"欲斩科"。二女哭诉都是母亲将她们误许婚姻，致使进退两难，萧太后转而"怒叱"杨贵、杨顺隐瞒身份，再作"欲斩科"，为二女阻拦。萧太后无可奈何，终是作"悲咽科落剑科"，唱"只因一著错，何落得满盘输，这其间叫人如何摆布"，"作哭科"。在女儿、女婿的再三劝说下，萧太后作"仰天叹科"、"拭泪科"，犹疑却也知大局已定。但当听说琼娥已经先行同意投降，这再次激起了萧太后的愤怒，"作恨怒科"，琼娥、青莲辩称是缓兵之计，萧氏则将心中愤恨一举道出："自恃伊杨家妇，竟忘了生身母。养女真正赔钱物，伤心郁恨无门诉"。诸人再三以合城百姓劝说，萧太后终是无奈应允，"作看降书拭泪科"，道"俺英名一世今朝腐"，"作掷书于地拭泪科"下场。数个动作将萧太后复杂多变的心绪铺写无遗，从作为君主的尊严和忿恨，到作为母亲的无奈，作为女人的软弱，将转而不甘的愤恨和最终的认命与不忿一一表达。《昭代箫韶》中的辽邦萧太后不再是明代小说中毫无感情的平面人物，而是立体的圆形人物，在每一种身份上的情绪都得到充分展现。

再次，作为萧太后形象的延伸，耶律琼娥和耶律青莲的辽邦公主形象渐趋活跃，乃至成为艺术舞台上的重要角色。历史中的萧太后之女从未嫁过杨家子弟，所谓四郎、八郎招亲公主纯为敷衍。同为敷衍，随着时代的推进，明小说和清戏曲《昭代箫韶》中的公主形象产生了本质的不同。后者对于公主形象的重塑，为后世戏曲中辽代公主的形象定下了基调。明小说中的琼娥公主在书中出现很少，对于四郎的胸怀大志毫不知情，只是在最后表示愿意追随四郎返回赵宋。未见是行武之将，亦未见其母女之情，只表现出不错的夫妻感情。从公主毫无怨言地返宋，到四郎在太君前的美言，太君见到公主时的欣喜，琼娥公主完全以温婉的贤妻形象出现，没有作为公主、女儿的任何身份特点。这是明代小说中被忽略的人物，四郎作为夫权的象征占据了夫妻关系中的绝对主导权。《昭代箫韶》中，原本在小说中处于附属地位、一味贤良的公主形象，也得到了丰富立体的重塑。如第十本卷上第五出"郡主同殷孝母心"，把她们放在孝悌人伦和夫妻之间的矛盾中。萧太后被困天门阵，二位公主要去救母，在《三字令》中公主唱道，"极关己，亲情意，非别比。兵遇败亡期，时及颠危际。袖手旁观天伦废"。杨贵、杨顺不赞成她们抗拒王师。公主道，"痛娘亲，孤势困重围。盼救援，望眼穿，阻吾骑，急杀人，肠断寸心碎"、"尽孝心，果伦理。抗王师，罪吾不罪你。只顾了天伦义，把君臣分、夫妻情尽弃"。宋军兵临城下，二公主要求杨贵、杨顺缓其兵，求情道："何等的宠恩与你，冷眼观萧墙祸至。忠和孝怎忘恩义，天良莫废，只求你缓其兵，暂救燃眉之计。"剧中困扰两位辽邦公主的始终都是忠孝的问题，而非对国家的责任感。所以这部戏曲虽然是两个国家的战事，实质却是两个家庭之间复杂的关系表现。《昭代箫韶》剧中郡主仍名琼娥，但已是马上战将，有公主的蛮横任性。她对四郎绝非言听计从，而是时时为难节制。大义之下，则以四郎为重。后世四郎、八郎剧中的公主形象，诸如《雁门关》中敢于作为的青莲、碧莲公主，上党梆子戏《三关排宴》中拼却一死的桃花公主，《四郎探母》中机智慧黠、深明大义的铁镜公主等形象，莫不出于此剧。在戏曲中，辽邦公主这个人物显然被放大了。这是女性主义在清代的勃发，亦是异族话语权影响文学创作的使然。①

　　3. 近现代戏曲中的他者女性

　　民间戏曲中的杨家将故事大量接受了《昭代箫韶》对杨家将故事的改造，这不仅是其时政治主流的引导，也是民间文学对于先入为主的自然拿来。一方面，民间戏曲的塑造继承了对于萧太后君主威仪的肯定，但出于民间戏曲想象力的限制和对非汉政权君主权威性的陌生及隔膜，民间戏曲在认可萧太后的身份之际，将其天命的特征演绎为神异化的他者处理。如在《车王府曲本菁华》的《天门阵》中，强调萧太后雌龙发为红色，一旦拔除性命攸关。上党梆子则更将萧太后描述为满头红发。另一方面在民间戏曲发展中，当民族认同意识日益鲜明地主导了生活和艺术创作时，出于强化杨门女将一方的正面性和正义性，萧太后于是更多地作为一个母亲的形象出现在民间戏曲中。随着以佘太君为首的杨门女将在戏曲中的活跃，艺术创作上需要设置与佘太君相同分量的反方力量，萧太后在舞台上逐渐作为佘太君棋逢对手的存在。至于被文学艺术完全忽略的辽景宗和韩德让是一件很可玩味的事情，这些存在于历史的辽邦男性人物消失于文学曲艺，和萧太后形象及作为其形象延展——辽邦公主形象的日渐丰满，共同

---

　　①　参见《五虎平西》中的双阳公主之于狄青，其关系对比可见出时代赋予人物关系的相同之处。

完成了明清小说戏曲对于非汉政权力量的他者女性化构建，从而实现了将辽邦人物纳入家庭范畴，完成民族融合的最终认同。

《三关排宴》原名《忠义节》，又名《忠孝节》，是上党梆子的传统剧目。经过抗日战争的民族危机，剧本中佘太君和四郎的身份都具有了更多的代入感。民间戏曲中的萧太后作为非汉政权的代表，在汉族力量的中坚人物佘太君面前，较明小说和清宫廷戏都更多地放下了君主的姿态，而着力表现其母性特征。《三关排宴》第二场，萧太后和佘太君三关排宴，萧太后道：

> 老太君是福星忠臣良将，
> 宋王爷有道君福大量宽。
> 从今后保疆土不敢侵犯，
> 三载朝五载贡绝不食言。

萧太后作为国主的姿态之低，完全是出于民间想象，渴望异族臣服的美好愿望。当太君要斩四郎时，萧太后应不住桃花公主请求，反为其求情道："你若一怒将他斩首，一来孤的情义何在，二来孤皇儿失了丈夫，三来还有周岁的孙儿失了父亲，此乃三事不足，一点之情。此情看在我母子之面，老太君你莫斩吧！"① 其所虑者，皆是出自家庭因素。太君不顾情面，斥责了四郎之罪，所谓：

> 一不忠背天子罪比山重，
> 二不孝背母命灭了天伦，
> 三不义抛结发又把妻聘，
> 丢国土忘根本件件是真。

桃花公主要追随四郎返宋，萧太后不允，公主为免作两姓人，摔儿自尽，太后晕厥，"一句话逼死我桃花女，哭断了肝肠摘去了心！……你把尸骨移宋营，我孩儿是你杨家的人"。在双方力量对比中，萧太后势孤力

---

① 《三关排宴》，《戏曲选》（四），北京：中国戏剧出版社 1959 年版，第 67～71 页。

弱，完全被太君刚硬的气势压倒，处于被动而至断子绝孙、家破人亡。纵使宋王说情亦无用，太君终是逼死四郎："儿乃堂堂一男子，不胜番邦一女子，娘要留儿在世，那萧银宗岂不耻笑为娘！我把畜生你快快与娘死！快快与娘死！"逼死四郎后，太君道："四郎儿死了！儿死得好啊！（笑）哈哈！哈哈！（呜咽）啊……（掩面）"①其原则的坚守和亲情的痛苦表现得很丰富。宁可玉碎，不为瓦全，这是近现代人们遭遇过的民族创伤在文学艺术中的表达。

从明代小说中的平面化人物，到清代宫廷大戏的正面改写，再至民间戏曲的神异化接受，萧太后文学形象的建立无疑是清代非汉族女性地位勃发的直接反映。满族本是游牧民族，女性大多能骑射，故此能够在新撰写的宫廷大戏《昭代箫韶》中恢复辽邦女将能征善战的豪迈特征。从开国之初的孝庄太后到清代之季的慈禧太后，清朝女主在政治上的显赫地位，都直接决定了民间对于非汉政权的女性统治者的接受及其民间认同。这种认同推动了民间戏曲故事对宫廷大戏《昭代箫韶》萧太后形象巨大改动的认可。民间戏曲未能如宫廷戏曲那么大的篇幅，在人物塑造上自然也没有许多周折延宕和琐屑，人物形象层次不多却反较《昭代箫韶》中的面面俱到或更鲜明。民间戏曲的人物塑造与《昭代箫韶》的双方平行视角不一样，基本上恢复了明代小说的单一视角，着力刻画佘太君而非辽方。虽没有刻意丑化辽邦人物，但其中具有切肤之痛的民族情感则更有甚于明代杨家将故事。

第二节　金兀术

在宋金故事的民间流传中，约定俗成的"金兀术"本不是一个正式的姓名。金是属国，兀术是其音译小字，有的文献中也记为乌珠。其姓为完颜氏，汉名宗弼，史书传记中多记其名为完颜宗弼。在大多数人们心中，金兀术的形象受到清代钱彩《说岳全传》及梅兰芳评书等明清以下通俗文

---

① 《三关排宴》，《戏曲选》（四），北京：中国戏剧出版社 1959 年版，第 84 页。

学的深刻影响。作为与宋朝对峙的非汉民族政权金朝的将领代表，金兀术始终处于与岳飞、韩世忠等汉民族英雄对立的位置上。自宋金以下的作品流传中，金兀术的文学形象不断从历史平面走向文学的生动具体，对其价值评判也日渐带有主观色彩。

一、历史叙述中的兀术形象

兀术是金太祖完颜阿骨打第四子，在史学评价中，大多肯定他是女真族出色的军事统帅，在宋金战争、金政权改革中都起到重要作用。在历史记叙中，其人物形象大致分为三个阶段。第一阶段是在辽金战争、北宋与金的战争中，特别是兀术一路追击高宗至浙江，人物形象以能征善战、勇猛凶狠为特征。

《大金国志》称其"为人豪荡，胆勇过人。猿臂善射，遇战酣，出入阵中，部众惮之"[1]。《金史》述其在辽金战争中，曾经"矢尽，遂夺辽兵士枪，独杀八人，生获五人"[2]。降金的宋将郦琼亦曾感叹："琼尝从大军南伐，每见元帅国王亲临阵督战，矢石交集，而王免胄，指麾三军，意气自若，用兵制胜，皆与孙、吴合。可谓命世雄材矣。至于亲冒锋镝，进不避难，将士视之，孰敢爱死乎？宜其所向无前，日辟国千里也。"[3] 道出正是"元帅国王"即兀术的"亲冒锋镝"、"用兵制胜"决定了其"所向无前"。

1129 年，兀术提兵自登州入海道，破南宋三十余州，直至两浙，江东、湖南州郡皆破，一时气焰无两。兀术一路势如破竹，奠定了他在宋金战争中的事功，但也伴随了野蛮的烧杀抢掠。宋徐梦莘《三朝北盟会编》记云："兀术既得建康府，区处已定，乃率众焚溧水建平路。趋杭州一路，居民但知溃散之乱军兵，不虞是金人，故聚集居民及乡兵若将捍御者。金

---

① （宋）宇文懋昭撰，崔文印校证：《大金国志校证》卷二十七《兀术传》，北京：中华书局 1986 年版，第 383 页。

② （元）脱脱等：《金史·宗弼传》卷七十七，北京：中华书局 1975 年版，第 1751 页。

③ （元）脱脱等：《金史·郦琼传》卷七十九，北京：中华书局 1975 年版，第 1782 页。

人以为拒战，所以溧水、建平皆焚烧杀戮而去。""兀术执邺，退还杭州。将退军。庚辰敛军于吴山七宝山。遂纵火，三日夜烟焰不绝。癸未夜火息，甲申纵兵大掠且束装，丙戌退军。以虏掠辎重不可由陆，遂由秀州平江取塘岸路行，沿路屋宇无大小并纵火，靡有孑遗。"①

　　第二阶段是兀术先后遭遇黄天荡、和尚原和仙人关之败，在历史叙述中呈现出狼狈而低调的低谷期形象。1130 年，黄天荡之役后"兀术自江南回，初至江北，每遇亲识，必相持泣下，诉以过江艰危，几不免。又挞懒时在潍州，遣人诮兀术南征无功，可止于淮东，俟秋高相会，再征江南。兀术皇恐，推避不肯从之。方踌躇江上，未有进退之计，会闻宋人出陕右，兀术因而应之"②。此时的兀术傲气顿扫，因恐于江南之败，遂改出兵陕西。1131 年和尚原、仙人关之战，兀术再次惨败于吴玠。"宗弼中流矢二，仅以身免，得其麾盖。自入中原，其败衄未尝如此也。"③"兀术于天会十一年再攻仙人关，几为吴玠所杀。"④

　　第三阶段是 1138 年兀术顺利夺权后，掌控了金朝的军政大权，其形象主要与军政权谋、宋金战和相联系，也正是在这个阶段，他和岳飞、秦桧开始相提并论。为了壮大军事力量，兀术建立铁浮屠、拐子马，"三人为伍，贯韦索，号'铁浮屠'。每进一步，即用'拒马子'遮其后，示无反顾。复以铁骑马左右翼，号'拐子马'，悉以女真充之"⑤。铁浮屠、拐子马不仅在历史上留下了战斗的痕迹，也为后世的小说创作提供了丰富的素材。

　　1138 年，宋高宗本已和金熙宗及其权臣宗盘、宗隽、挞懒定下和约，金人退还河南、陕西，尽管当时朝野反对，高宗还是一意屈己求和。和议

---

　　①　（宋）徐梦莘：《三朝北盟会编》卷一百三十五、卷一百三十七，上海：上海古籍出版社 2008 年版，第 981、995 页。

　　②　（宋）宇文懋昭撰，崔文印校证：《大金国志校证》卷六"太宗文烈皇帝四"，北京：中华书局 1986 年版，第 100 页。

　　③　（宋）李心传：《建炎以来系年要录》卷四十八，北京：中华书局 1988 年版，第 862 页。

　　④　（宋）宇文懋昭撰，崔文印校证：《大金国志校证》卷八"太宗文烈皇帝六"，北京：中华书局 1986 年版，第 127 页。

　　⑤　（宋）宇文懋昭撰，崔文印校证：《大金国志校证》卷十一"熙宗孝成皇帝三"，北京：中华书局 1986 年版，第 161 页。

已成，兀术却突然发难，促使金熙宗以叛国谋反的罪名将宗盘、宗隽处死，挞懒降职，次年族灭。此后，兀术为都元帅，掌握了金国的军国大权，开始重新收复河南、陕西。1140 年三月，兀术南下。顺昌府刘锜以少胜多大捷，迫使兀术退却。颍昌府岳飞大捷，兀术退守朱仙镇。

兀术通过战争没有能够实现的目的，却在议和中迅速得到了高宗的响应。1141 年十一月绍兴和议达成，此后兀术坚持和好之说，与前一意征伐殊异。如《大金国志·兀术传》所云："乃始讲和，而南北无事矣。兀术临终，以坚守和好之说。"① 兀术卒于 1148 年，孝宗乾道六年（1170 年）辛弃疾进《美芹十论》论及战和问题，仍以兀术遗言作为辩论之征引："曩者兀术之死，固尝嘱其徒使与我和。曰：'韩、张、刘、岳近皆习兵，恐非若辈所敌。'则是其情真欲和矣。然而未尝不进而求战者，计出于忌我而要我也。"② 可见兀术在宋金关系间不容忽视的历史地位。

《金史·宗弼传》赞曰："宗弼蹙宋主于海岛，卒定画淮之约。熙宗举河南、陕西以与宋人，矫而正之者，宗弼也。宗翰死，宗磐、宗隽、挞懒湛溺富贵，人人有自为之心。宗幹独立，不能如之何，时无宗弼，金之国势亦曰殆哉。世宗尝有言曰：'宗翰之后，惟宗弼一人'。非虚言也。"③ 对完颜宗弼，即兀术的历史功过给予了充分的肯定。

二、南宋诗文中的兀术形象

南宋诗文中的兀术形象，相对来说还是客观历史的补充。与此同时兀术形象也开始出现在野史稗钞的传说中，说明这个人物走向文学塑造的开端。如宋人周必大在《文忠集》"谢石拆字"条中提及谢石善拆字，高宗

---

① （宋）宇文懋昭撰，崔文印校证：《大金国志校证》卷二十七"兀术传"，北京：中华书局 1986 年版，第 384 页。

② （宋）辛弃疾：《美芹十论》，（明）杨士奇、黄淮等编：《历代名臣奏议》卷九十四"经国"，上海：上海古籍出版社 1989 年版，第 1283 页。

③ （元）脱脱等：《金史·宗弼传》卷七十七，北京：中华书局 1975 年版，第 1758 页。

幸浙时曾经书"杭"字，谢石当即拆字测曰"兀术且至矣"①。即兀术之南下扫荡，已有命中注定之意。在宋代诗文中，宗弼大多以兀术或乌珠的名字出现，尽管距离历史尚不遥远，但经过历史的沉淀和个人意识的思辨，其形象开始渐渐植入诗文作者的思考、情绪和艺术手段。文学作品中的兀术形象缺乏如历史一般的阶段性发展，宋人对其形象的接受主要在两个方向上并行不悖。

首先是有选择性地强调兀术在宋金战争中失利的一面。为了满足民族情感的表达、自尊的需要，汉族文人规避兀术在第一阶段中势如破竹、挥军南下的历史，而将大多笔墨放在其失利的战争场景中。其时对兀术的记载较为生动，但色彩上有明确的倾向性。

绍兴二十一年（1151），韩世忠去世，赵雄《韩忠武王世忠中兴佐命定国元勋之碑》记黄天荡一役云：

南北接战，相持黄天荡四十有八日。乌珠窘甚，求打话。王酬答如响。时于佩金凤瓶传酒纵饮示之。敌见王整暇，色益沮，乃祈假道甚哀。王曰："是不难，但迎还两宫，复旧疆土，归报明主，足相全也。"乌珠语塞。又数日求登岸会语，王以二人从见之。复伸前恳，而言不顺。王怒且骂，引弓将射之，亟驰去。敌自知力惫粮竭，久或生变，而王舟师中流鼓柑，飘忽若神。凡古渡津口，又皆以八面控扼，生路垂绝。乃一夕潜凿小河三十里，自建康城外属之江以通漕渠。刑白马，剔妇人心，乌珠自割其额祭天。幸风涛少休，窃载而逃。②

赵雄用"窘甚"、"色益沮"、"甚哀"、"语塞"等字句，将兀术困于

____

① （宋）周必大：《文忠集》卷一八二"谢石拆字"，《景印文渊阁四库全书》第1149册，台北：台湾商务印书馆1986年版，第56页。宋赵彦卫：《云麓漫钞》卷十二记有类似故事："高宗幸杭，有日者姓杨，忘其名。召问之，杨奏曰：'自今可贺矣。''杭'字于文离合之，有'兀'、'术'字。且杭者，降也。兀术其降乎？"（宋）赵彦卫：《云麓漫钞》卷十二，北京：中华书局1996年版，第222页。

② （宋）赵雄：《韩忠武王世忠中兴佐命定国元勋之碑》，（宋）杜大珪编：《名臣碑传琬琰之集》上卷十三，《景印文渊阁四库全书》第450册，台北：台湾商务印书馆1986年版，第105页。

黄天荡时的恳请、窘迫再三地加以描述。这样的文学描写为时人和后人所认可,《三朝北盟会编》相关内容即悉数复制于此。杨万里(1127—1206)述及兀术,其文学性亦有异曲同工之妙,他在上孝宗的《驳配飨不当疏》中描述道:

> 大酋尼玛哈病笃,召诸将谓曰:"吾自入中国,未有敢婴吾锋者,独张枢密与我敌。我在犹不敢取蜀,尔曹宜息此意。姑务自保而已。"乌珠出而怒曰:"是谓我不能耶?"尼玛哈既死,乌珠来寇。浚令吴玠、吴璘大破之。俘获万计,乌珠仅以身免,髡鬀须鬓而遁。……浚之贬福州也,刘麟乘此引乌珠之兵数路入寇,先皇即日召浚,浚亦即日就道。既至江上,乌珠闻之曰:"闻张枢密贬岭外,何以得复在此?"未几宵遁。[①]

尼玛哈对张浚的折服令兀术深感不忿,"出而怒曰"数语道出兀术的自大和张狂。从不服张浚、挑战张浚到仅以身免,直至后来闻风而逃。杨万里疏中的文字描述将兀术对张浚的惧色表现得栩栩如生。此文称高宗为先皇,则此文应在宋高宗赵构1187年去世后写就。此时,这段叙述中的主要人物均已辞世,兀术卒于1148年,张浚卒于1164年。在他们身后的数十年间,杨万里以如此生动的语言,在以历史事件为据的同时,极大地丰富了历史人物的文学塑造。

《朱子语类》是朱熹及其门生的问答,可以视为其时文人对于时政和人物的理解。其中评兀术在1140年南征时,败于顺昌府之后粮草穷竭的困境及其对于和议的积极渴盼:

> 彷徨淮上,正未有策,而粮草已竭,窘不可言。先已败于刘锜,锜在顺昌扼其前,进退不可,遂遣使请和。兀术谓其下曰:"今南朝幸而欲和,即大幸,不然,即送死耳。无策可为也。"这下又不知其狼狈如是。若知之,以偏师临之,无遗类矣。是时虽稍胜,然高宗终畏之,欲和。因其使来,喜甚,遂遣使报之,欲和。兀术大喜,遂得还。兀术不敢望和,自以

---

① (宋)杨万里:《诚斋集》卷六十二《驳配飨不当疏》,《景印文渊阁四库全书》第1160册,台北:台湾商务印书馆1986年版,第589页。

为必死，其遣使也，盖亦谩试此间耳。①

　　在这三段距离历史事件相去不远的碑文疏论中，已经呈现出了相当丰富的文学塑造的特征。在这些描述中，兀术形象的共同点集中于两个地方：一是傲慢自大。黄天荡被困，兀术在数次恳请搭话的被动情势下，依然有"言不顺"之处；兀术不满于尼玛哈对张浚的推崇，遂"出而怒曰"；二是将其败军之将的落魄之处不吝笔墨写来，或"窃载以逃"，或"仅以身免"，或"未几宵遁"，或"窘不可言"。傲慢自大是对其个性的描述，败军之将则是将其放在宋金关系中作为弱势一方来强调。前者是人物形象的建立，开辟了后代小说戏曲中的兀术之横。后者充分体现了汉民族出于鲜明的民族感情，对于民族战争的胜负进行有侧重点的宣扬的选择性。

　　宋人笔下的兀术失利记录，即令宋人扬眉吐气的胜战主要在于黄天荡（1130）、和尚原、仙人关等战役（1131）。兀术于 1140 年再次南下，遭遇了顺昌府刘锜大捷，颍昌府岳飞大捷。值得注意的是，在宋代的时人记叙中，1130 年前后兀术的败军主要发生在韩世忠、吴玠、张浚身上，1140 年前后的南征失利则主要赞誉顺昌府刘锜大捷的功劳。如《朱子语类》卷一百三十一提及顺昌府刘锜以孤军死中求生，"遂据城与虏人战，大败虏人，兀术由是畏怯。若非锜顺昌一胜，兀术亦未必便致狼狈如此之甚"②。同卷中提到太后南归，言及每次宋朝大胜，金人都会对其更多礼遇，"礼极厚乃是顺昌之捷"。而后世通俗文学中流传至为深入人心的岳飞战败兀术的故事，则在宋人记叙中较为少见。

　　当南宋诗文中的文学塑造集中于兀术之自大和败逃的描述时，在时人的文学创作中，兀术的敌我特征亦部分呈现出消退的迹象。其事迹成为历史英雄人物成败的一部分，作为典故进入咏怀、咏史的抒情内容。陈亮在淳熙十五年（1188）《戊申再上孝宗皇帝书》中陈述地形之重要时，写道：

――――――――――

　　① （宋）黎靖德编：《朱子语类》卷一百三十一，北京：中华书局 1986 年版，第3142 页。

　　② （宋）黎靖德编：《朱子语类》卷一百三十一，北京：中华书局 1986 年版，第3142 页。

"曹彬之登长干，乌珠之上雨花台，皆俯瞰城市，虽一飞鸟不能逃也。"①
将曹彬之登长干与兀术驻兵蒋山雨花台，作为典故相提并论，无疑肯定了
兀术卓越的军事才能，体现了南宋人对其服膺的心理成分。兀术作为典故
意义存在，已经成为英雄众生相中的一员，甚至蕴涵着一种积极的信息。

陈亮在《陈春坊墓碑铭》中忆道：

> 风涛汹涌，虽余亦惧而登焉。小立垂虹之上，四顾而叹曰：是岂戎马
> 驱驰之所乎？昔陈公思恭提兵数千，以小舟匿伏湖中，欲要乌珠而擒之。
> 扣舷相应，战士尽起。而乌珠以轻舸遁去，众遂惊溃。韩世忠复扼之江
> 上，敌自是不复南顾矣。酌酒吊古，以酹陈公之神。②

陈思恭卒于淳熙十五年，是铭应写在稍后不久。陈思恭曾经意图伏击
兀术，未果。在这段抒情与忆旧的墓志铭中，主战派的陈亮对于异族敌人
兀术并没有流露出鲜明的敌意和仇恨，更多的是怅惘一时英雄。

与民族斗争利益相矛盾，在兀术形象上投射以认可和赞许的原因，首
先在于时人对兀术才能的推崇备至。《朱子语类》叙及张浚事迹时说：

> 时赵公为左，张公为右，皆兼枢密院事。忽报兀术大举深入，朝廷震
> 怖。时刘光世将重兵屯合肥，魏公亲往视师。因奏记曰："此决非兀术，
> 必刘豫遣其子侄麟、猊来寇耳。臣往在关西，数与兀术战，熟其用兵利
> 害。今观此举，决非其人。"魏公遂下令督战。光世恐惧，谋欲退师
> 而南。③

---

① （宋）陈亮：《龙川集》卷一《戊申再上孝宗皇帝书》，《景印文渊阁四库全
书》第 1171 册，台北：台湾商务印书馆 1986 年版，第 513 页。
② （宋）陈亮：《龙川集》卷二十八《陈春坊墓碑铭》，《景印文渊阁四库全书》
第 1171 册，台北：台湾商务印书馆 1986 年版，第 781 页。相较于陈亮的诗意描述，史
书记载就客观许多。《宋史全文》卷二十六（宋孝宗五）淳熙三年（1176）二月，上
（孝宗）谕辅臣曰："向来乌珠南侵，陈思恭邀截于平江，官军乃用长枪不能及敌，乌
珠遂以轻舸遁。韩世忠江上之战亦然。若用弓弩，乌珠必成擒矣。"
③ （宋）黎靖德编：《朱子语类》卷一百三十一，北京：中华书局 1986 年版，第
3144 页。

　　因为这段本意是写张魏公当国的故事，所以不经意间记下了时人对兀术的真实态度。一旦军报兀术南征，"朝廷震怖"，以至于张浚亲往战场，说明宋廷对兀术之忌惮；待张浚看罢陈兵布阵，称绝非兀术之"用兵利害"，可知兀术惯常用兵之"利害"；尽管张浚断定不是兀术亲征，手握重兵的刘光世仍然不敢用兵，谋欲退兵南下，表现出宋朝将领对兀术的普遍畏惧心理。

　　在通过具体事例看到兀术之神勇对于宋朝君臣的威慑的同时，叶适的文章议论也证实了其时宋朝廷对兀术等人的基本看法和立场。叶适（1150—1223）在《水心集》卷五"终论三"中有道："臣请先论女真之始所以得者，盖每怪士大夫过于誉敌而甘为伏弱者。何也？其誉之也，谓阿固达、尼玛哈、乌珠三人者，彼国之雄杰，皆古所无有，故本朝之被祸最深，此大妄也。"① 可见自交战以来，宋代朝廷中因为将兀术等三人视为不世出的豪杰，所以往往加以赞誉过于仇视，而这种推崇为人杰的普遍观点使宋代朝野对兀术的舆论鲜少尖刻。

　　宋人乐雷发《雪矶丛稿》卷三《听友人谈蜀道事》道："石栈天梯荡战尘，谁驱哨马满峨岷。尽看乌犬为君子（元次山世化篇），谁问沙虫化小人。敌智岂应强兀术，蜀材正自欠吴璘。细吟猛虎长蛇句，空对西风泪满巾。"② 是诗写元侵蜀事，而以"敌智岂应强兀术，蜀材正自欠吴璘"指出蜀地的困境，很可见出宋士子对兀术之强智的认可。

　　宋金和议六十年，直至宁宗朝主战派再次抬头。眼见金朝已衰，嘉泰年间权臣韩侂胄力主收复中原，于是请宁宗追封岳飞为鄂王，削秦桧死后所封申王，改谥"谬丑"。开禧二年（1206）攻金，终以兵败求和告终。自端平元年（1234）宋元联合灭金后，端平二年夏蒙古即大举入寇。南宋面临的民族形势不仅收复中原无望，而且蒙古在金人之后，更是异族强敌迫至。

---

　　① （宋）叶适：《水心集》卷五"终论三"，《景印文渊阁四库全书》第 1164 册，台北：台湾商务印书馆 1986 年版，第 120 页。

　　② （宋）乐雷发：《雪矶丛稿》卷三《听友人谈蜀道事》，《景印文渊阁四库全书》第 1182 册，台北：台湾商务印书馆 1986 年版，第 701 页。乐雷发字声远，宁远人。累举不第，宝祐元年，其门人姚勉登科上疏，请以让雷发。理宗亲试对选举八事，赐特科第一人。然竟不仕，以终居于雪矶，自号雪矶先生，诗入《江湖集》。

宋程珌《洺水集》卷九《书岳王家所藏高宗御札录后》云："思当日之变，览诸将之事，未尝不起千古之恨。虽然毋恠焉，今又百年矣。而边人失利，苟活一旦，可谓极矣。而乌珠之尸今犹未鞭，岂非天哉，又豈非人哉！"① 此文写在理宗淳祐年以后，所谓"千古之恨"是自中原失守以后金、元异族共同铸就的民族矛盾。在兀术形象上展现的民族仇恨不仅关涉宋金关系，还是更深刻的宋元民族矛盾的反映。宋金议和本已相安六十年，谁知蒙古袭来更加势不可挡，这将渐趋平缓的民族矛盾推向另一个高潮。乌珠鞭尸之恨，这是南宋诗文中鲜见的言及兀术的尖刻之语，体现出对当时边衅情势江河日下的忧恨交加。

虽然相较后世叙事文学，宋代诗文中对兀术形象的塑造还失之简单，但对其形象的理解与塑造对后世鲜明的兀术形象的形成具有奠基和启发作用。从历代诗文中兀术文学形象的渐进可以看到历代对于这样一名在汉与非汉政权斗争中，以非汉民族的领袖身份出现的人物形象的流变。兀术形象作为历史观与民族观融会的产物，体现了汉民族为了意志表达的需要而对人物进行的有选择性的重新诠释和理解运用，这些无意识的改造都很可以见出宋人对宋金关系这一民族问题接受的种种微妙心态。

三、明清文学中的兀术形象

元代欧阳玄《圭斋文集》卷三《漫题四绝》中提到兀术旧家，所谓"翰林老屋势深雄，犹是金家兀术宫"，唯有怀古之幽情而已。明清诗文中的兀术形象在带有更多胡华色彩的同时，也成为汉民族内省的参照系。诗文的理性使兀术形象趋于淡薄，而明清通俗文学的感性与民间认同使之走向带有更多正面信息的人物塑造。

1. 明清诗文中的兀术形象

明初，汉民族政权取代非汉民族政权取得了中原统治地位，朱元璋、朱棣两朝边境束清，汉政权气势一时高扬无两。两宋遗事已远，元代诗文偶涉其事亦不过付之一叹，在明初文人的诗文中，兀术等非汉族人物沦为

① （宋）程珌：《洺水集》卷九《书岳王家所藏高宗御札录后》，《景印文渊阁四库全书》第1171册，台北：台湾商务印书馆1986年版，第355页。

泛泛而及的参照系。桑悦（1447—?）《南都赋》中写道：

> 马衔御涛而觫徙兮，奇相驾波而惕绚。折兀术金山犹枝，挥曹瞒赤壁
> 若扇。实江南之长技，眇四海之激漩。①

赋中将兀术和曹操作为相提并论的典故，无分彼此之意，均视为未能攻克长江天险的英雄，用于对比赞美自然力量之伟大。他们作为单纯的历史现象，没有复杂的民族情感蕴于其中。

明代前期以后，将汉民族作为正统进行宣扬的意识日渐明显，李东阳（1447—1516）《怀麓堂集》卷二乐府《乌珠走》诗中道：

> 金山庙前鼓声起，江头走却四太子。绯袍玉带坠复跳，华人顿足金人喜。君不见和尚原头走敌胡，天为中原留是雏。他时再作江南图，韩公吴公还有无。②

前四句写黄天荡兀术败走的故事，诗中直接将"华人"与"金人"对立，五六句写和尚原兀术败走的故事，更以"敌胡"称之，明确地强调了宋金时期汉民族和非汉民族之间的民族矛盾。第七八句本是假设，绍兴和议后金人再无力南顾，宋人亦更无如韩世忠、吴玠、吴璘等大将。虽是假设，却有问诘内省之意，明显带有土木堡事变以后民族之患带来的忧患意识，这才是诗中更核心的情绪表达。

正统十四年（1449）瓦剌入侵，土木堡之变英宗被俘而去。在于谦力主之下，重立明景宗。次年双方和议，瓦剌归还英宗。天顺元年（1457）英宗复位，因石亨弄权，于谦被判极刑，此事被视为明代的莫须有之案。

---

① （明）桑悦：《南都赋》，（清）黄宗羲编：《明文海》卷一，《景印文渊阁四库全书》第 1453 册，台北：台湾商务印书馆 1986 年版，第 8 页。

② （明）李东阳：《怀麓堂集》卷二乐府《乌珠走》，《景印文渊阁四库全书》第 1250 册，台北：台湾商务印书馆 1986 年版，第 17 页。周寅宾点校《李东阳集》"诗前稿"卷之二作《兀术走》："金山庙前鼓声起，江头走却四太子。绯袍玉带坠复跳，华人顿足胡儿喜。君不见和尚原头走秃胡，天为中原留逆雏。他时再作江南图，韩公吴公还有无?"见周寅宾点校：《李东阳集》，长沙：岳麓书社 1984 年版，第 99 页。

此后，明朝北方边衅不断，鞑靼、俺答相继入寇。成化一朝二十余年，与鞑靼形成相持之势。神宗万历四十六年（1618），努尔哈赤更是大举进攻抚顺清河，开启东北边衅。北方少数民族自明前期土木堡之变以下，给明朝的政治军事带来颇多困扰和压力，汉族知识分子遂产生了内省自问的需求，而最相类似的"以事为鉴"便是前朝的宋金故事。

万历时人陶允嘉《符离怀古》诗中道：

张都护杀曲端，关中将士皆心寒。秦丞相杀岳飞，万里长城一旦毁。娄室欢颜乌珠喜，小朝廷复何恃。长脚太师吾何尤，魏公九原知悔否？①

在人们将历史罪过集中在秦桧身上后，明人陶允嘉对宋金形势重新进行了客观评判，指出宋金之际宋朝的全线崩溃岂止于秦桧之加害岳飞，张浚之杀曲端等互相倾轧都是自毁长城之举。诗中直接隐喻了明朝败于瓦剌、贬于谦、奸臣当道等，都是历史的重蹈覆辙。成化年间御边名将王越因为汪直案牵连被贬，也直接导致了边防的失利。诗中写到的兀术形象并无民族矛盾的褒贬之意，而在于直指溃败的内部根由，即内有奸臣而致长城失据，重在以宋代史事以古喻今，针砭明代内政之弊。

崇祯四年（1631）进士周灿咏叹韩世忠《韩蕲王碑》道：

西湖湖曲骑驴翁，中兴十将称最雄。道逢奸相但长揖，斯人岂比张魏公。鄂王英武庶其匹，时危协力扶王室。龙王庙前金鼓震，遗恨书生党兀术。公之骨埋荒坟，公之烈存碑文。华堂铁券虽已失，千载犹传赵雄笔。②

诗中将韩世忠列为中兴十将之首，表现了自宋以下对韩世忠的高度评价，甚至超过岳飞，所谓"鄂王英武庶其匹"。作为与韩世忠为首的正面

---

① （明）陶允嘉：《符离怀古》，（清）朱彝尊编：《明诗综》卷六十七，《景印文渊阁四库全书》第1460册，台北：台湾商务印书馆1986年版，第547页。据明刘宗周《刘蕺山集》卷十五《外大父章南洲先生传》所提及陶允嘉，约为万历1573—1620年间。允嘉字幼美，会稽人，承父大顺荫官凤阳通判。

② （明）周灿：《韩蕲王碑》，（清）朱彝尊编：《明诗综》卷七十三，《景印文渊阁四库全书》第1460册，台北：台湾商务印书馆1986年版，第650页。

形象相对立的反面形象，除了秦桧、党附秦桧的张浚、敌胡兀术，此时加进了另一个非常令人玩味的人物形象，即叩马书生，这无疑在问诘历史的过程中，又将不可承受的历史罪过之重加多一层担当。

这里其实发生了典故混用的情况，在黄天荡故事中，献策兀术的并非书生，所谓"闽人王某者，教其舟中载土，平版铺之，穴船版以櫂桨，风息则出江，有风则勿出。海舟无风，不可动也。又有献谋者曰：'凿大渠接江口，则在世忠上流。'"① 而兀术败于岳飞欲弃汴而去时，拉住兀术马头的始是书生。无论黄天荡一役中的献谋者，还是朱仙镇一役中的叩马书生，他们作为汉民族的背叛者形象以及对于历史转折点的关键作用都是一致的，明清诗文中对于他们的批判所体现出来的思路也是一致的，而功利性或各有不同。

"书生叩马"最早出现在岳珂《鄂国金佗稡编》卷八岳飞行实编年五"绍兴十年庚申岁年三十八"中，其文道：

> 方兀术夜弃京师，将遂渡河，有太学生叩马谏曰："太子毋走，京城可守也。岳少保兵且退矣。"兀术曰："岳少保以五百骑破吾精兵十万，京师中外日夜望其来，何谓可守？"生曰："不然。自古未有权臣在内，而大将能立功于外者？以愚观之，岳少保祸且不免，况欲成功乎！"生盖阴知桧与兀术事，故以为言。兀术亦悟其说，乃卒留居。翌日，果闻班师。②

这段书生叩马的故事具有明显的戏剧效果，于偶然性中带来不可逆转的历史结局，常使人扼腕叹息，所以为史家和小说家所心爱。《宋史》以下诸多史书如《宋史纪事本末》等悉数抄录于此，熊大木《大宋中兴通俗演义》卷六"小商桥射死杨再兴"亦复制。不同的地方在于略去了三个细节，一是将岳珂笔下的"太学生"略为"书生"；二是略去"生盖阴知桧与兀术事，故以为言"；三是略去了传奇色彩颇重的应验性的"翌日，果闻班师"，而改为"飞既归"等时间更为宽泛的应验。即如《宋史·岳飞传》：

---

① （元）脱脱等：《宋史·韩世忠传》卷三百六十四，北京：中华书局1977年版，第11361页。

② （宋）岳珂撰，王曾瑜校注：《鄂国金佗稡编续编校注》，北京：中华书局1989年版，第583页。

方兀术弃汴去，有书生叩马曰："太子毋走，岳少保且退矣。"兀术曰："岳少保以五百骑破吾十万，京城日夜望其来，何谓可守？"生曰："自古未有权臣在内，而大将能立功于外者，岳少保且不免，况欲成功乎？"兀术悟，遂留。飞既归；所得州县，旋复失之。①

《宋史》削弱了岳珂文字中的针对性和引导性。《钦定续通志》卷三百七十一《岳飞列传》始作"闽书生"，盖是与黄天荡一役中为兀术献策的"闽人王某者"混淆所致。岳珂所作的岳飞行实编年，其部分材料的真实性一直受到学者们的质疑。叩马书生在岳珂的笔下自是神来之笔，带有命运天定的无奈。在后人笔下，渐成为内省的对象。这一段放在史书中很有小说家言的意味，将政治天机一语道破。此书生自是汉人，无名无姓，究竟实有其人还是虚构，很值得玩味。对于他所造成的历史遗憾，直至明朝才有声音发出明确的遗恨。清代乾隆君臣在诗中更对叩马书生赋予了鲜明的内奸意味，如清乾隆《御制诗》二集卷七十《岳武穆祠》道：

阵战曾轻兵法常，绍兴亦委设施方。操戈不谓兴张俊，纳币终成去李光。何事书生叩马首，遂教名将饮鱼肠。至今人恨分尸桧，宰树余杭万古芳。②

沈德潜《和御制岳武穆墓诗》与此意义相同：

报国忘躯矢血诚，谁教万里坏长城。十年愤积龙沙远，一死身嫌泰岱轻。自愿藏弓维弱主，何来叩马有书生。于今墓畔南枝树，犹见忠魂怒未平。③

---

① （元）脱脱等：《宋史·岳飞传》卷三百六十五，北京：中华书局 1977 年版，第 11391 页。

② （清）乾隆：《御制诗》二集卷七十《岳武穆祠》，《景印文渊阁四库全书》第 1304 册，台北：台湾商务印书馆 1986 年版，第 341 页。

③ （清）沈德潜：《和御制岳武穆墓诗》，（清）梁诗正等辑：《西湖志纂》卷七，《景印文渊阁四库全书》第 586 册，台北：台湾商务印书馆 1986 年版，第 487 页。

　　二诗都未将罪魁祸首归之于异族入侵，而是上在于统治者自坏长城，下在于平民民族自律性、气节的缺失。如果说清代君臣尚有抹去异族入侵色彩的政治需求，则有明一代士子有感于与宋金战争相似的切肤之痛，在不断追问内省的同时，兀术形象曾经承担的民族矛盾已经淡去，人物的历史职责虚化，而作为评论中静态的一面成为反映内部矛盾的参照。明代知识分子将宋金战争失利归结为两种原因，一是内部政治的毁坏，一是个人气节有亏。作为言为心声的文学形式，明代诗文在兀术形象上投射出来的是以古喻今的反思精神，兀术形象在理性判断的参照下失之淡漠。相反在明清以下的通俗文学中，兀术形象日渐鲜明，体现了更多的感性塑造。

　　2. 明清通俗文学中的兀术形象

　　在明清两代诗文对宋金民族矛盾渐趋内省、兀术形象塑造淡薄的同时，戏曲小说中的兀术形象则日渐丰富，和其文学功能的多样性相辅相成。万历年间，越来越多的诗文对岳飞公案进行重新评价之际，兀术也渐渐成为明确的金将代表。自宋以下至明前期，更多与兀术相提并论的汉民族将领韩世忠、吴玠、吴璘都逐渐一统为岳飞形象。从一与多发展为一对一的关系，这是通俗文学根据叙事需要而对人物关系的重新整合。兀术形象不再是客观的历史描述，而是后人眼中为了适应时代需要而重新编辑、重新审视的人物塑造，更多地趋向于文学需要和政治诉求。

　　明清之际，苏州派作家张大复以打破历史束缚的姿态创作了传奇《如是观》，其兀术形象的再塑造体现了其时的民众接受。① 清代小说《说岳全传》是历代说岳故事的集大成之作，其中的"兀术之横"给读者留下了深刻的印象。值得关注的是，作为关涉民族矛盾、一度被清廷打入禁书的小

---

　　① 明清关于岳飞故事的通俗作品还有《东窗记》（全称《岳飞破虏东窗记》）、《武穆精忠传》、熊大木的《大宋中兴通俗演义》等，后者过于拘泥史实而失去了文学的意味。在后世流传中（至今仍活跃在戏曲舞台、评书等曲艺节目里），以戏曲《如是观》、小说《说岳全传》的影响力较大，且其中关于兀术形象的塑造也较为丰富，故文章主要以此两篇通俗作品为例分析明清通俗文学中的兀术形象，间或也辅以明代历史演义《武穆精忠传》的兀术形象塑造的细节。

说①，其中的兀术形象在不自觉中突破了反面形象的窠臼，带给读者正面的气息。正如郝庆云提及金兀术，"在小说《说岳全传》里，他虽与岳飞一反一正而作为反面人物来出现的，但在作者精彩的笔下也还是不失其英雄本色的"②。这一点得到了大多数学者的认可，也是读者在作品中可以直接感受到的。在明清之际的通俗文学中，兀术的文学形象带有更多丰富、正面的积极信息，这主要源自以下三个方面：

首先，明清通俗小说重构了事件的推动线索。《如是观》虚构了兀术和王氏的奸情，这一情节的设置直接消解了兀术侵宋之过，也为兀术形象的重塑奠定了基础。正如人们批评："把秦妻的助桧为奸，陷害岳飞，归结为她与兀术的私情，未免把一场严酷的政治斗争庸俗化。"③ 现据演员掌记"康熙五十三年（1714）孟秋江宁署马子元录"保留的《如是观》文本④，可以看到王氏在戏曲中极大地分担了奸恶内容。传奇中王氏向兀术献上反间计，与秦桧定下东窗之计陷害岳飞。国事之翻云覆雨成为女子为情所困的因果，这就削弱了矛盾的本质冲突。值得注意的是，《如是观》第二十六出中，道士鲍方说出这样一番原委：

今有大宋徽、钦二帝荒于酒色，听信奸邪，将玉帝表札误书奏上；玉帝大怒，差下赤须龙搅乱他的江山，将他囚禁。今当数满，令其返国，又差白虎将岳飞等提兵扫尽金人，伏尸千里。上帝命我遣角端神兽挡住宋兵，海中再现金桥一座，渡兀术过北海以全其种。

把各种因果归之于上天，也给作者摒弃历史重新想象的故事结尾附会

---

① 雷梦辰《清代各省禁书汇考》："乾隆四十七年七月十三日奏准，江西巡抚郝硕奏缴书十二种。"其中"《说岳全传》十本，仁和钱彩编次。内有指斥金人语，且词内多涉荒诞，应请稍毁。"见雷梦辰：《清代各省禁书汇考》，北京：书目文献出版社1989年版，第110页。

② 郝庆云：《简评金兀术的历史作用》，《哈尔滨学院学报》2003年第1期，第112页。

③ （明）冯梦龙：《精忠旗》第四折"逆桧南归"眉批，王季思主编：《中国十大古典悲剧集》，济南：齐鲁书社1991年版，第283页。

④ （明）张大复：《如是观》，杜颖陶、俞芸编：《岳飞故事戏曲说唱集》，上海：上海古籍出版社1985年版，第219页。本书相关引文皆出此书。

了没有扫尽金人的理由，即所谓："此乃上帝好生之德，原非庇佑夷狄也。"这一宿命论在清代小说《说岳全传》中得到集大成的发扬，也成为后世诠释历史因果、抛弃尖锐的民族冲突而走向民族认同的捷径。《说岳全传》则以轮回的假定因由，以天命的形式设定了这场民族斗争的推动线索、开头和结局，从而消解了民族矛盾的怨念和实质。正如金丰《说岳全传·序》明言："从来创说者，不宜尽出于虚，而亦不必尽由于实。苟事事皆虚，则过于诞妄，而无以服考古之心。事事皆实，则失之平庸，而无以动一时之听。如宋高宗朝，有岳武穆之忠，秦桧之奸，兀术之横，其事固实而详焉。更有不闻于史册，不著于记载者，则自上帝降灾，而始有赤须龙、虬龙变幻之说也，有女士蝠化身之说也，有大鹏鸟临凡之说也。"

其次，明清通俗文学虽然和南宋诗文同样回避兀术胜战的场面，但人物刻画不失英雄之气。明天德堂本《武穆精忠传》封面题《李卓吾评精忠全传》，"全书分八卷七十六则，按历史事实排列，以岳飞行状为主线索，其他人物为副"①。书中卷之二"宗泽定计破兀术"中宋将定计，首先提到"兀术乃金国最骁勇者"。卷之三"兀术大战龙王庙"写道：

> 兀术策马逃向北岸，其马失足，将兀术掀于马下。世忠赶近前一枪，正待刺落，兀术奋勇搭住鞍辔一跳，复上马而走。世忠问曰："适间战于江口，一人红袍玉带，既坠马而复跳走去者是谁？"人告之殛术，世忠曰："吾屡战金兵，未见兀术一面，今日观其对敌，诚亦勇也。"

此为再次借韩世忠之口肯定兀术的勇猛。据历史记载，本是兀术隔江乞和，因"言不顺"而招致韩世忠怒射，《武穆精忠传》卷之三"韩世忠镇江鏖兵"则改写为系兀术身边的孛堇太出言不逊，这是对兀术形象英雄之气的有效维护。《如是观》写到兀术英雄末路，更再三地用到项羽乌江之典加以比拟。如第二十三出［剔银灯］唱道："拔山力，英雄虎罴；时不利，乌骓不逝。追思战胜归来际，山河扫唾手风雷。"第二十六出［水仙子］有曰"（唱）悲悲悲，悲煞我垓下、乌江到。（白）皇天吓！（唱）

---

① 林岩等点校：《武穆精忠传·前言》（明天德堂本），长春：吉林文史出版社1998年版。文中相关引文皆出此书。

做做做，做一个英雄死赴冯夷吊。"曲中以项羽典故描写败军之将兀术，犹然塑造了其英雄之气。《说岳全传》亦是如此，第二十七回写兀术与岳飞狭路相逢，道二人交手"真个是：棋逢敌手，各逞英雄"。第三十八回写牛皋前往金营下战书，辩论一番后，兀术下马与他见礼。递交了战书，牛皋又道："我是难得来的，也该请我一请！"兀术道："该的，该的。"遂同去喝酒。将英雄惜英雄的意味表达无遗。①

再次，明清通俗文学中的兀术形象在跳脱历史束缚的同时，更借其口实现了旁观者的多种表达功能，成为评论宋朝种种积弱的他者。这种身份给兀术形象带来了许多新鲜而正面的气息。《如是观》第三出兀术出场，曲文即道：

[小桃红] 那汴京花酒古来多，昏迷了赵家哥；万寿山彻夜听笙歌，嵌金珠不知野外有饥寒苦。满道上短叹长吁，几多价流离痛楚，端只为蔡京、童贯坐朝都。

[天净沙] 我见几处关临津河，不曾有寨迹营图。都只是些偷安乐逸利名徒，甘受用皇家俸禄，肯存心社稷忧虑？

（净）既如此，俺就起兵攻打便了。

兀术形象作为宋朝赢弱的批评者，将攻宋原因推到了宋廷自身的痼疾，更把国家动摇的根本矛盾直接指向内有奸臣、民不聊生。小说《说岳全传》对兀术形象的塑造更丰富，也因此带来更多角色扮演的微妙性，尤其表现在他对中原文化的接受与认同上。兀术第十五回出场，书中交代道："那兀术虽然生长番邦，酷好南朝书史，最喜南朝人物，常常在宫中学穿南朝衣服，因此老狼主甚不喜欢他。"见到陆登风采，兀术暗想"果然中原人物，与众不同"，将其对中原文化的倾慕跃然纸上。小说中的兀

---

① 邹贺《〈说岳全传〉成书年代考》在通过文本风格来考证成书年代时，认为"《说岳全传》中两大对立角色岳飞和兀术都称得上英雄，作者毫不吝惜笔墨对以兀术为首的金国将领的赞美"，"把金国将领比成中华英雄"，"说明作者态度超然于民族对立情绪"。其举例一为第四十二回之金弹子赞辞，一为第五十六回对金将完木陀赤的赞辞："若不是原水镇上王彦章，必定是灞陵桥边张翼德"。见邹贺：《〈说岳全传〉成书年代考》，《宁夏大学学报》2009 年第 3 期，第 101 页。

术形象具有鲜明的汉化特征，持有坚定的汉文化思想，并借此完成了作者以及社会的道德标准评判与陈述。其形象特征主要在于：

一是构建忠奸价值体系。第十八回张邦昌暗中投敌，建议先绝宋帝后代再得天下，兀术心中暗怒："这个奸臣，果然厉害，真个狠计！"第三十六回兀术攻入建康，张邦昌之女康王妃报告康王君臣七人逃出城去。兀术大喝一声："夫妇乃五伦之首。你这寡廉鲜耻、全无一点恩义之人，还留你何用！"走上前一斧，将其砍杀。第二十四回刘豫投降，兀术闻知其事，便道："这样奸臣，留他怎么，拿来'哈喇'了罢！"第二十六回曹荣在亲家刘豫的游说下降金，兀术想道："那曹荣被他一席话就说反了心，也是个奸臣。"第三十三回岳飞以反间计杀刘豫。军师提醒兀术不要中计，兀术道："不管他是计不是计，这个奸臣，留他怎么？快快去把他全家抄没了来！"甚至借他之口评价宋室江山之所以不稳，在于"康王用的俱是奸臣、求荣卖国之辈，如何保守得江山？"是将国难全部归罪于奸臣。第四十五回兀术败归金国，不明白为何往日出征势如破竹，此次不过多了一个岳飞，何至于屡战屡败。军师即为其道破天机："狼主前日之功，所亏者宋朝奸臣之力。狼主动不动只喜的是忠臣，恼的是奸臣，将张邦昌等杀了，如何抢得中原？"兀术想了一会道："军师说得不差，某家前番进兵，果亏了一班奸臣。如今要这样的奸臣，往那里的去寻？"遂引出秦桧出场。小说中一席话对宋朝奸臣当道可谓极尽反讽之能事。恨奸的同时是爱戴忠良。第五十四回闲笔写到张九成往五国城问候二圣，书中借兀术之口对其忠烈发表意见："中原有这等忠臣，甚为可敬！"汤怀自尽，"兀术自葬汤怀之后，在帐中与众元帅、平章等称赞那汤怀的忠心义气"，极称扬其对忠臣的爱重之心。兀术形象承担的评判标准显然与史不符，更符合的是大众接受心理。兀术不仅是书中人物，更是书中借以发表评论的渠道，被赋予更多的中立成分。兀术形象的忠奸概念几为作者代笔。从人物功能上来说，兀术形象充分体现了大众接受下的忠奸价值体系。正基于此，小说不仅没有特别丑化兀术形象，甚至在细节上有诸多美化、人性化的地方。

二是强调仁、义、礼、智、信的信念。兀术形象颇重礼义。第五十六回曹宁弃金归宋，阵上挑死其父曹荣。兀术议论岳飞收留这弑父逆贼，岂是明理之人，算不得名将。正议论间，闻知曹宁首级号令于营前，于是拍手道："这才是个元帅，名不虚传！"第二十六回写兀术逃跑途中误入李若水母亲家，闻知其情，不觉伤感，遂将其私藏的李若水骸骨交还，赠白银五百两以为赡养，取令旗一面插在门首，禁约北邦人马进来骚扰。兀术对李母的敬重和礼让，很大程度上体现了中土文化的礼义。这一节写得很细致，是小说家言对正史之缺及李母本该得到的赞美和同情的精神想象。小说把精神弥补的环节放在金国兀术的形象上，其创作效果很奇特，表现出创作者和民间接受对异族人物塑造上的兼容性，以及希望汉文化中的仁义道德得到异族文化肯定和推崇的美好愿望。

作为将军，兀术爱惜将士。第十五回写番兵中陆登埋伏，尽皆殒命，"兀术见此光景，不觉大哭起来"。小说亦不吝笔墨写其忠爱之心，第二十回写兀术带质子赵构参加金人祭祖，口称王儿，坐于席上，以致众王子不悦。康王设计逃走，射鸟、追鸟而去。兀术不但没想到他逃跑，反是以一种父执辈的宽容之心设想："这呆孩子，这支箭能值几何，如此追赶？"稍后考虑到康王安全，方才追出去。直到确认康王有出逃之意，他不射人只射马，康王落马，他还道声"吓坏了我儿子"。康王得神人搭救，乘泥马入江。兀术道他跳江而亡，不禁呜呜咽咽起来。本为敌人，兀术不仅对康王毫无猜忌之心，还一心爱护。与史不合，与情不符，唯是体现了明清之际，民间对宋金故事的美好愿望，或是表现了民族敏感时期，汉族希望更多获得异族认可和庇护的心理。兀术对于陆登死后的态度，可谓浓墨重彩地美化了兀术重然诺的精神人格，把古代战争中惺惺相惜的英雄之气生动而充分地描述到极致。第十六回陆登因为兵败自刎，其妻亦自尽全节。兀术见陆登死后犹自执剑不倒，便苦思其未了心意。先说，"敢是怕某家进来，伤害你的尸首，杀戮你的百姓，故此立着么？"遂传令军队"穿城而出，寻一个大地方安营，不许动民间一草一木。违令者斩"。陆登尸体依然不倒，兀术又答应将其夫妻合葬，让路人知其忠臣节妇。陆登依然不倒。直到乳母抱着陆登幼子出现，兀术终于恍然大悟，于是答应："某家决不绝你后代。把你公子抚为己子，送往本国，就着这乳母抚养；直待成人长大，承你之姓，接你香火，如何？"陆登之尸这才倒下。即使军师建议杀陆登之子，兀术仍不背诺言，将其幼子抚养成人，遂有陆文龙的故事。

这种种带有理想主义的人物功能之所以在异族领袖身上完成塑造，在于明清之际将宋之败绩全归责于奸臣里通外国、陷害忠良，而非民族矛盾,从而将金人更多地置于他者的客观性存在,形成文学塑造中的便利,终以兀术形象这一非汉角色,完成了对汉民族性的内在省视。这是明清诗文中民族自省的延续,呈现出汉民族对历史自尊且自艾的复杂心态。在明清通俗文学中,兀术形象与岳飞形象相辅相成,都坚守汉族文化价值体系。如果说岳飞形象受制于"精忠"未能充分发扬即如水浒英雄一般的侠义精神,则这一面遂委之于兀术形象。①《如是观》和《说岳全传》带来的信息是一致的,即即使民族关系的敏感时期有以古喻今的需求,但在历时的接受中,人们对于宋金故事的民族隔阂实质上已渐弥合,在表面赋予兀术之横的同时,对兀术形象加以美化和同情。明清通俗小说中的兀术形象作为有限的反面角色,获得了受众和作者的移情,这意味着潜移默化的民族认同和接受。

四、个像与群像

兀术作为金人将领的代表,自宋代的诗文中丑化痕迹就很少,到了明清通俗文学还被赋予了更多英雄仁义的美化特征。《说岳全传》中,尽管在兀术的外表塑造上顺应了市井百姓对于异族的排斥和丑化,第十五回所谓"脸如炭火,发似乌云"、"分明是狠金刚下降,却错认开路神狰狞"、"好像开山力士,浑如混节魔王"等,竭其所能将人物的蛮横诉之外表,但在具体情节展开时,却不自觉地对其内外气质分别处理,而将其英雄仁义作为描写重点,如兀术与岳飞狭路相逢,二人交手"真个是:棋逢敌手,各逞英雄"。第三十六回兀术迎战梁山泊老将呼延灼,道"久闻得梁山泊聚义一百八人,胜似同胞,人人威武,个个英雄。某家未信,今见将军,果然名不虚传!但老将军如此忠勇,反被奸臣陷害"。遂劝其降。待其砍死了呼延灼,不禁悔道:"倒是某家不是了。他在梁山上何等威名,反害在我手。"第十九回:哈迷蚩告诫李若水时曾说:"你若到本国,那些

————————————

① 王立、冯立嵩《忠奸观念与反面人物形象塑造——论金兀术的"侠义"性格》专文论述了兀术侠义性格构成的成因。见王立、冯立嵩:《忠奸观念与反面人物形象塑造——论金兀术的"侠义"性格》,《哈尔滨工业大学学报》2004 年第 4 期,第 94 ~ 101 页。

王爷们比不得四狼主喜爱忠臣。"所以兀术在人物设定上就是一个明辨忠奸观念的番邦将领。就连骂金人而死的李若水，亦是由兀术派哈迷蚩悄悄着人收拾其尸首，盛在一个金漆盒内，私自藏好。第五十五回，王佐断臂诈降。兀术道："岳南蛮好生无礼！就把他杀了何妨。砍了他的臂，弄得死不死，活不活，还要叫他来投降报信，无非叫某家知道他的厉害。"《说岳全传》在各种细节上都充分描述了兀术作为将领而非敌人的种种善举。

兀术作为金人将领形象在历史与文学中大多以正面形象出现，即使在通俗文学中以丑陋、险恶的面目示人，其为人处世却鲜明地体现了汉人的道德理念，显示了人物内在塑造上的民族同化。与此相反，通俗文学中的金人群像接受却体现了极端的民族排斥心理。史书所载的金人士兵固然在战争中烧杀抢掠，但也曾相当客观地记载了他们的勇武忍耐。吴璘曾经比较汉、西夏、金人士兵："璘从先兄有事西夏，每战，不过一进却之顷，胜负辄分。至金人，则更进迭退，忍耐坚久，令酷而下必死，每战非累日不决，胜不遽追，败不至乱。盖自昔用兵所未尝见，与之角逐滋久，乃得其情。盖金人弓矢，不若中国之劲利；中国士卒，不及金人之坚耐。"[1] 对金兵的坚耐刻苦进行了高度评价。赵翼《廿二史札记》卷二十八亦云金人"人皆鸷悍，完颜氏父子兄弟，代以战斗为事，每出兵必躬当矢石，为士卒先，故能以少击众，十数年间，灭辽取宋，横行无敌"[2]。然而在小说中出现的女真人群像，往往更具有丑化性。如《说岳全传》第十五回写陆登在城上观看番兵，但见：

> 满天生怪雾，遍地起黄沙。但闻那扑通通驼鼓声敲，又听得伊呜呜胡笳乱动。东南上千条条钢鞭铁棍狼牙棒，西北里万道道银锤画戟虎头牌。来一阵蓝青脸，朱红发，窍唇露齿，真个奇形怪样；过两队锤擂头，板刷眉，环睛暴眼，果然恶貌狰狞。

其群像形象可谓极尽对金人士兵丑陋、凶恶之描述。营造气氛之恶与

---

① （元）脱脱等：《宋史·吴玠传》卷三百六十六，北京：中华书局1977年版，第11413页。

② （清）赵翼撰，王树民校证：《廿二史札记校证》卷二十八"金用兵先后强弱不同"，北京：中华书局1984年版，第632页。

人物塑造之善之间的差异性，充分表现出明清通俗小说对宋金民族矛盾认知的矛盾心态。一方面出于胡华之别或者历史形势的需要要展现金人之恶，但另一方面，兀术作为历史人物已经融入了民族认同的意识中。于是在场面描写时丑化非汉民族痕迹浓重，而在需要移情以塑造人物的时候，兀术形象已经没有太多的非汉民族特征，反而带有理想主义的汉文化伦理特质，并且具有客观批判的功能。个像体现了人们对于历史的接受和消解，群像则是对亲身感悟的民族问题的反映和泄愤。明清易代之际是民族矛盾深刻的时代，在这种背景下，创作以两宋民族战争本事为题材的小说本身就是为了表达应运而生的民族情绪，群像上的处理正是体现了这种情绪要求。然而情绪本身被小说特征和对于历史人物的民族认同意识部分消解，更重要的是由于小说限于认知和历史形势，往往从根本上回避了民族战争的核心矛盾，将其转入忠奸斗争，这使民族情绪发泄的渠道成为非常有限的空间，仅限于用字或群像的塑造上。在这个过程中，出于故事小说的情境追求和对于历史人物的模糊认知，反而促成了细节塑造上兀术形象的汉化特征。

另外，《说岳全传》中对金人首领多以"狼主"相称，这究竟是极大贬义还是习称，值得探讨。[①] 星相中狼星向有非汉民族及战争之指向，且北方少数民族多有狼图腾的习俗，这都为"狼主"一词实为渊源有自的习称提供了可能性。一是因为星相的缘故。狼星主战，且主蛮夷之所，所以渐为指代。《史记·天官书》云：（参星）"其东有大星曰狼。狼角变色，多盗贼。"[②]《新唐书·天文一》云："西羌、吐蕃、吐谷浑及西南徼外夷

---

① 景爱在其《历史上的金兀术》第二章"'狼主'与郎君"一节中，即对"狼主"一词的贬义表示了强烈的不满，认为《说岳全传》作者钱彩直接将"狼主"指向凶恶残忍的动物狼，"《说岳全传》的作者，正是通过'狼主'一词来丑化女真人的形象，引导读者去憎恨女真人，用以挑拨民族关系，发泄对清朝统治者的不满"。见景爱：《历史上的金兀术》，北京：中国社会科学出版社 2008 年版，第 16 页。景爱认为这本源自金史中多尊称"郎君"和官位"郎"，而钱彩、金丰故意以狼误导。此说或有牵强之处。

② （汉）司马迁：《史记·天官书》卷二十七，北京：中华书局 1959 年版，第 1306 页。

人，皆占狼星。"①《观象玩占》云："狼主杀掠，一曰夷将，一曰天陵，主南夷，主盗贼，金官也。"② 二是北方少数民族多有狼图腾的民俗，他们将狼奉为神明，视其为武力和神圣的象征，所以"狼主"之称或带有更多的神化色彩。范子烨提到哈萨克阔表依艺术作为高车音乐文化在新疆的遗存，其产生和发展与草原民族对狼图腾的崇拜、模拟是分不开的。③ 他同时转引了刘振伟的文章加以证明："对游牧民族而言，由于长时间和狼在大草原的共存，他们对狼颇为敬畏，由这种敬畏一转而为对勇猛、好战之勇士的激赏，称之为狼。狼形象已经融入到他们的精神深处，以至于他们往往自视为狼。……他们以狼为祖，以狼为神，以自己是狼的子孙而自豪。"④ 清人钱彩在征引"狼主"作为金人首领的称谓时，"狼主"一词的产生应该是具有多种元素成因的习说，固然根据约定俗成的称呼会赋予一定的比拟特征，但并非一味诋毁、贬低之词。总体来说，虽然宋金战争中异族领袖的个像形象在后人的历史文学中往往出以正面的塑造，但正是在群像塑造上的集体丑化，才更多地揭示出民族矛盾正是这些小说创作过程中的基本背景，这也是《说岳全传》在清朝一度被列为禁书的原因。这种个像与群像塑造的反差体现出民间对于宋金历史民族遗案和明清现实民族矛盾的双重认知，也说明了文学并不能真正完全地实现时代的代入感。

---

① （宋）欧阳修：《新唐书·天文一》卷三十一，北京：中华书局 1975 年版，第 823 页。

② （清）《陕西通志》卷一"星野·狼"转引自《观象玩占》，《景印文渊阁四库全书》第 551 册，台北：台湾商务印书馆 1986 年版，第 31 页。

③ 范子烨：《穹庐一曲本天然：高车、高车人与高车人的歌——兼论〈敕勒歌〉与哈萨克阔表依艺术的关系》，《辽金元文学研讨会暨中国辽金文学学会第六届年会论文集》，兰州，2011 年，第 61～68 页。

④ 刘振伟：《狼叙事与西域诸民族》，朱玉麒主编：《西域文史》（第一辑），北京：科学出版社 2006 年版，第 247～266 页。

第四章

故事演变中的民族认同意识
对家庭人物关系的转变

第一节　四郎探母故事的官方重塑和民间接受

陈小林在《试论杨四郎故事的形成》中认为："根据现有资料，至迟在明代万历年间，杨四郎故事已经形成且趋于定型"、"杨四郎自辽归宋这个构思应是受到两宋时期归正人和归明人的启发。"① 他征引《宋会要辑稿》兵一六之一七记载：

> （嘉定）十四年正月二十三日，诏杨嗣兴特补武修郎，王参从义郎。以四川宣抚安丙言，嗣兴先在北界，伪官至定远大将军、貔虎军统军。元系先朝名将杨业之后，虽世受勇闻，未尝一日忘本朝，思欲自拔来归。今乘机会，抛弃家属，抬逆归正。②

认为"杨家将后裔杨嗣兴的归宋，可能直接启发说话人把归正人和杨家将故事联系起来"。而其主张的得出主要参考了赵冬梅在《杨业后裔小考》中对这段引文进行简要考证后所指出的："杨嗣兴先仕于金，后归于宋，与戏曲小说中的杨四郎故事略有相通之处。"③

杨四郎故事中的自辽归宋或是受到其归正人的后代杨嗣兴之影响，但在明代小说中已经定型的四郎故事，到了清代戏曲中又生出种种新变，其中人物形象、人物命运以及人物关系的变化，很可以见出统治阶级的意志导向和民间的民族矛盾或者民族认同的潜意识流动的合力，以及民间口头文学的随意性和创造力，亦即大众娱乐精神的影响力所带来的杨四郎故事

---

① 陈小林：《试论杨四郎故事的形成》，《山西师大学报》（社会科学版）2008 年第 5 期，第 83~85 页。

② （清）徐松辑：《宋会要辑稿》"兵一六之一七"，北京：中华书局 1957 年版，第 7037 页。

③ 赵冬梅：《杨业后裔小考》，《北大史学》第 12 期，北京：北京大学出版社 2007 年版，第 438 页。

的繁复和自相矛盾。

一、明代小说中的四郎故事和人物形象

《宋史·杨业传》记云："业既没，朝廷录其子供奉官延朗为崇仪副使，次子殿直延浦、延训并为供奉官，延瓌、延贵、延彬为殿直。"[①] 历史上的杨四郎，不仅其名既非杨延辉、延朗，也非杨贵，且是文官，不曾上阵，不曾配娶辽国公主。杨四郎本身在历史上没有留下事迹，元剧和明传奇关注的也主要是杨令公和杨六郎，基本没有涉及四郎故事，杨四郎故事的较早形成始于明代杨家将小说。在《杨家府演义》和《北宋志传》这两本杨家将小说中，杨业父子中除了杨六郎外，最有戏份，且贯穿始终的莫过于杨四郎和杨五郎。检阅二书关于杨四郎的片段，除了文字上有些改写外，故事情节基本相同。这也意味着无论是出自文人如秦淮墨客对旧本《杨家府演义》的修订，还是出自如福建书贾熊大木的改写，杨四郎的故事和形象在整个明朝的文人意识与民间意识中，均获得了一致的价值认可。现在从《杨家府演义》和《北宋志传》二书来看明代小说中杨四郎故事的基本情节点，以此考察清戏曲之前的四郎形象和故事主线。

出场一段是二书唯一差别较大的地方。《杨家府演义》中太宗驾幸昊天寺，游毕回幽州被围。四郎延朗乔扮宋主，天庆王挑衅再三，他隐忍不发，只是催军急走。再遇挡路的韩德让，四郎以目暗示兄长，速杀韩德让。《北宋志传》中塑造的则主要是大郎形象。乔扮宋主一事，为渊平主张，亦由其乔扮。二郎延定、三郎延辉、四郎延朗、五郎延德跟随诈降。阵上答话、怒射，皆渊平一人所为，非关其他兄弟，四郎亦无笔墨。《北宋志传》中的大郎英雄气多，即刻怒曰："吾乃杨令公之子渊平是也！有勇者来战。"远不及《杨家府演义》中四郎的谋略之淡定。四郎被擒后，小说在其思想感情上的处理是比较丰富的。先是悲壮但求一死，随着萧太后的爱惜之心，四郎不禁回转思量，忖道："君父尚在，何为轻生而死？莫若姑且顺之，留此窥其隙以图报复，胜于一死。"沉吟良久，遂曰："蒙

---

① （元）脱脱等：《宋史·杨业传》卷二百七十二，北京：中华书局1977年版，第9306页。

娘娘免死，幸矣，何敢过望婚配。"在语言上仍然不卑不亢。四郎隐忍沉稳的性格特征，和其在《杨家府演义》中的出场、在番地十八年等候机会都是一致的：不争一时之气，善于伺机而动。

盗发情节二书基本相同。佘太君已闻萧太后将四郎招婿，于是孟良前往四郎处求取萧太后的龙发以救六郎。孟良装作番人，径直入驸马府，告知求发之事。四郎说，"我府有人缉探，难以容汝。暂且出外，待吾思忖求之。汝过数日来领"。思忖之后，假装心腹疼痛，骗琼娥公主去讨发，萧太后听说治病，欣然给之。孟良来取发时，四郎嘱孟良小心，称自己"干完了事就来"。书中的四郎，绝非无谋之人，其步步为营，深谋远虑，安排孟良"暂且出外"，嘱孟良归途小心，是其谨慎之处；假装心痛，骗取后发，是其机智之处；而称"干完了事就来"，是呼应降辽之时"以图报复"之志，是其深谋之处。

如果说孟良盗发引出了蛰伏在辽国十八年的四郎，透露出他心底矢志不渝的报复之志，那么从飞虎谷一役的暗中相助，辽军退败之际的欲擒故纵，直至内应幽州的绝地反击，则坚决地表明了他不忘家国的初衷及其内里始终的智勇沉稳。其时四郎身为保驾大将军，领四国十五万兵马。八王等十朝臣被困山谷。四郎忧其无粮，遂生一计，修书一封，射入谷中，自陈身份，劝其慎勿妄动，先劫粮草。在辽一方则以围困为由阻止辽军用兵，实为缓兵之计，为宋人赢得杨六郎的援军争取了时间。其暗中行事十分谨慎。孟良驰援，不意出谷时被巡哨拿住，幸得四郎机智敷衍。就连孟良亦暗忖，"若无四将军，这颗吃饭家伙丢了"。六郎援兵赶到，大败辽兵，杀得兴起之际，不顾先行解救飞虎谷诸人，乘势驱兵直逼幽州，却见四郎单骑飞到，叫曰："六弟可诈败，让我一军回幽州，汝即兴兵后来，吾从里面设计应之。汝先调兵去飞虎谷救出朝臣。"六郎杀得无所顾虑，四郎却有更多的计议。先救人，再内外呼应，以图幽州。四郎计定得分明，六郎自然从之。

四郎和六郎暗通款曲后回到幽州，面对萧太后的质疑，四郎一番引兵救主的忠诚表白获得了萧太后的信任。面对突然出现的重阳女，他暗中生疑。"自思其曾许配六弟，其中必有计策。"他的谨慎试探得到了证实。四郎再次计定分明——先斩萧太后亲信的四大将，扫除障碍，再引宋兵入城。幽州既得，萧太后已死。四郎回宫，对公主言明身份。琼娥跪求发落，延朗不杀不强求，公主欣然收拾细软，愿随之回宋。八王大宴之际，四郎请求："臣被番人所擒，蒙萧后隆礼相待。今彼既国破身亡，圣朝之怨恨已雪，乞将尸首埋葬，以报其禄养之情，且使辽人不以负义咎小臣也。"在作为内应的暗战中充分展现了杨四郎的沉勇有谋之后，小说以请求礼葬萧太后一笔着力表现了其有情有义、有理有节。

四郎探母这一段场景发生在回到宋土以后的杨府家中，可以算是戏曲《四郎探母》的原型。其中表达出来的母子情、姻缘天定、家庭伦常等观念，实是后世在四郎探母故事情节上改变很多后依然遵循的情感内核。拜见令婆，延朗且悲且喜，言曰："辽人捉不肖而去，幸萧后放释，招为驸马，一十八年未奉甘旨，死罪，死罪！今日归拜慈帏，忽觉皓首苍颜，须信人生如白驹过隙也。"四郎言语中表达的是思念，是对时间流逝的感慨。令婆道："吾儿羁留异国，老母终日悲思。今日汝回，愁怀顿解，可着汝妻来见。"令婆见罢公主不胜之喜。四郎说"此女性颇温柔，儿得她看承，未尝少逆"。令婆曰："亦汝之前缘也——须信赤绳系足，仇敌亦必成就。"这一段相会，没有所谓的民族大义，没有斥责投降主义，甚至也无对杨家将金沙滩壮烈牺牲的回顾，只有母子多年不见、对时间流逝的感伤，只有老母见到媳妇的欣慰，尤其对于姻缘天定的感喟，实是对所谓民族大义、国仇家恨的一种扫却。姻缘天定，即使国仇亦不能阻。这是很朴实的民间观念，也是民族融合的潜意识。或是书写者的意识流动，其基础却是整个时代背景。可见民族意识的淡化，并非始于清代戏曲诸如《八郎探母》那般成就"南北合"，明代小说中已有借此一笔将两国恩怨一笑泯恩仇、化作满纸伦常人情的趋势。

明代小说中关于杨四郎的五段情节可以看出人物塑造是完整一致的。从投降入赘之"留此窥其隙以图报复，胜于一死"，到孟良取发时嘱孟良的"干完了事就来"，到内应幽州完成宿愿，四郎的报复之志一以贯之。从被擒的利益权衡，到主动申请往飞虎谷护驾，到与六郎阵上互通消息，四郎的伺机而动一以贯之。被擒之际他不露本名，盗发之时叮嘱孟良小心行事，阻止六郎一味杀奔幽州，对重阳女从生疑试探到定计，四郎的小心谨慎一以贯之。从乔扮宋帝到暗射书信到飞虎谷，从骗取萧太后之发到内应幽州的定计，四郎的沉勇有谋亦是一以贯之。再加上他请葬萧太后、归拜太君的有情有义，杨四郎在明代杨家将小说中算是一个比较完整且完美的人物形象。这样一个在明人小说中堪称完美的杨门男将，到了清代戏曲中却越来越不堪，性格变得懦弱优柔，夫妻关系也从主导变成依附，从有忠有义到叛国负妻，尤其在上党梆子戏中被逼死路，或可以从其故事演变的过程中寻求内在因果。

二、《昭代箫韶》对四郎探母故事的官方重塑

《四郎探母》故事的最终形成经历了种种杂糅、引用和演变。明末姚子翼的传奇剧本《祥麟现》① 对探母故事具有一定的启发作用。姚子翼字襄侯，号仁山，浙江秀水人（今嘉兴人），生卒年不详。是剧从破天门阵故事节外生枝，另编出一个出使和番的官员杨文鹿。杨文鹿，成都人，家产丰厚。因被仇人构陷，前往辽国议和。他在边关遇到杨六郎，六郎称敌阵不全，勿与其和。杨文鹿深得萧太后赏识，在辽邦娶妻夜珠。后见王钦若通辽密札，欲告诉杨六郎其中始末，遂窃兵符投三关，揭破王钦若身份，协助六郎破天门阵。后回到宋朝，荣归故里。夜珠母子在杨六郎的帮助下来投奔，杨文鹿得七子团圆，而祥麟呈现。现在昆曲中还存有《破阵》、《探营》、《产子》等折子戏。明代杨家将小说本有破天门阵情节，其中王钦若听六郎报知天门阵不全，于是密告辽人。辽军即时补全，六郎见此阵已全，不禁闷倒。由此引出孟良入辽，寻杨四郎骗取萧太后龙发的故事。《祥麟现》以此事兴起，旁衍出别情：杨文鹿偷走王钦若通辽手书，窃兵符下三关，在八大王面前出示王钦若书信。天门阵王钦若通敌、六郎闷倒的重合背景，提供了小说和传奇在后续故事中杂糅的可能。《祥麟现》传奇窃兵符下三关的情节，直接为四郎探母、盗令、下三关提供了杂糅的基础。只是随着故事的演变，窃兵府、下三关不再是为了揭发王钦若的身份，而是借取了明小说杨四郎回到宋土后与太君重逢的一段，将母子重逢的动人场景放在战事紧张的三关。

尽管后世杨家将戏曲的祖本《昭代箫韶》在嘉庆十八年的底本凡例中曾经明确它对于《祥麟现》一剧的舍弃，但这也无疑证实了此传奇在当时确实存在影响。从天门阵受困引起盗令箭下三关，很可能正是民间戏曲对

---

① 《曲海总目提要》卷十四，天津：天津古籍书店 1992 年影印版，第 601 页。

这部明代传奇的"拿来主义"。清代宫廷大戏《昭代箫韶》嘉庆十八年内府刻昆曲本《凡例》云：

> 今依《北宋传》为柱脚，略增正史为纲领，创成新剧，借此感发人心。……旧有《祥麟现》、《女中杰》、《昊天塔》等剧，亦系杨令公父子之事。既非《通鉴》正史，又非北宋演义，乃演义中节外之枝，概不取录。①

这均表明此剧是在演义小说及史传基础上加以虚构敷衍而成。其承前启后的意义也正在于此，既遵循正史和明代小说的杨家将故事，又有所谓的"创成新剧，借此感发人心"、"谱异代之奇闻，共斯民以同乐"的新编之处。元曲、明小说中，杨家七子名字小有出入，但差别不大。如《昊天塔孟良盗骨》等元剧，六郎名景，其他为平定光昭郎嗣。清代宫廷大戏《昭代箫韶》、《铁旗阵》中，七子八郎的名字发生了很大的变化，大郎杨泰、二郎杨徵、三郎杨高、四郎杨贵、五郎杨春、六郎杨景、七郎杨希、八郎杨顺。名字的全盘改定也意味着内容本质的重新塑造。

《昭代箫韶》对四郎探母故事的官方重塑首先体现在故事情境的启发。乱弹本《昭代箫韶》第七本②讲继业子杨贵，被辽国掳去并招为郡马。闻父被困陈家谷，十分焦虑。郡主耶律琼娥见其心神不定，逼问内情。时杨贵已改名木易，佯称有父木业，于杨令公处当差，被困陈家谷，因此焦虑。杨贵欲往陈家谷救父出难，郡主以军职在身不得擅离为由阻止。此本前提符合原小说，即杨继业被困陈家谷，其余人情世故则全为新编。《昭代箫韶》中四郎闻父被困陈家谷欲往救助，这点构思对后来《八郎探母》中八郎闻母来到雁门关渴望一见，在人情上非常相似，具有一定的启发作

---

① 《昭代箫韶》全剧十本 240 出，今有嘉庆十八年内府刻本，执笔者王廷章，见诸《古本戏曲丛刊》九集之八，北京：中华书局 1964 年版，第 1 页。

② 清代宫廷大戏《昭代箫韶》乱弹本三十八本（北京市戏曲研究所藏），系据同名昆曲翻改。光绪二十四年五月初六，慈禧亲自主持《昭代箫韶》的翻改工作。太医院、如意馆中稍知文理者均参与其事。编演到第三十八本时，因受八国联军之祸，被迫停止。故事全按昆本次序，略加删节，随翻随唱。《昭代箫韶》乱弹本第七本共四出，为原昆曲本第二本第十五、十八、十九三出。

用。第十六本①讲孟良盗马。如《京剧剧目辞典》所言："孟良遇郡马，知其乃杨继业之子杨贵，遂将盗马一事说明，请予援助。事为郡主耶律琼娥所闻，杨贵难以隐瞒，遂将身世实告。琼娥怜惜杨贵，依孟良之计，暗将猴粪抹马齿，骗骗马因此得病。孟良佯装治马高手，被召行医，乃伺机将马盗走。"② 盗马情节在小说中本是发生在杨四郎盗发之后，由孟良独自完成。《昭代箫韶》中却不再有盗发，而是将四郎夫妻卷入盗马事件。小说中是盗发，此剧是盗马，后来的探母剧是盗令箭，把各种矛盾集中于偷盗事件，杨家将故事中的这种承继性显而易见。而此剧更把身世的揭露、公主态度的转变，这种种重要的人情矛盾逐一确立、解决，其戏剧性情境对于后世《坐宫》一出有很大的启发。

其次，《昭代箫韶》剧中人物及人物关系的改变对《四郎探母》的形成起着至关重要的作用。一是杨四郎夫妻力量对比的根本性转变。从明代小说中矢志不渝、胸怀复仇到《昭代箫韶》中纯为生存之计，从沉勇有谋、步步为营到处处受制于人，四郎的形象变得懦弱无能，英雄之气全无，儿女情长满纸。李希凡在《〈四郎探母〉的由来及其思想倾向》中亦云："四郎杨贵的形象，在这里已经改变了《演义》中的性格基调，编写者完全抹去了《演义》对他的被俘不屈的描写，只交代了两句'欲寻报仇之策，奈孤掌难鸣'的空话。"③ 与此相反，辽国公主形象则有了鲜明的重塑。南宋孝宗时人叶隆礼撰《契丹国志》卷十三"景宗萧皇后"记云：

景宗皇后萧氏，名燕燕，侍中、守尚书令萧守兴之女也。或以燕燕为北宰相萧思温女。……景宗崩，后领国事，自称太后。凡四子，长名隆绪，即圣宗；次名隆庆，番名菩萨奴，封秦晋王；次名隆裕，番名高七，封齐国王；次名郑哥，八月而夭。女三人，长曰燕哥，适后弟北宰相留住哥，署驸马都尉；次曰长寿奴，适后侄东京留守悖野；次曰延寿奴，适悖

① 《昭代箫韶》乱弹本第十六本共五出，为原昆曲本第四本第六至九出。

② 曾白融主编：《京剧剧目辞典·昭代箫韶》，北京：中国戏剧出版社1989年版，第527～539页。

③ 李希凡：《〈四郎探母〉的由来及其思想倾向》，《人民日报》1963年6月9日。

野母弟肯头。延寿奴出猎，为鹿所触死，后即缢杀肯头以殉葬。①

即历史中的萧太后之女从未嫁过杨家子弟，所谓四郎、八郎招亲公主纯为敷衍。同为敷衍，随着时代的推进，明小说中的公主温婉贤良，从属于四郎；清戏曲《昭代箫韶》中的公主任性刚烈，往往制衡四郎。公主形象产生了本质的不同，夫妻关系的力量对比也发生了显著的变化，而使故事双方的对抗产生了张力。后者对于公主形象的重塑，为后世戏曲中辽代公主的形象定下了基调。

二是八郎人物的新生。八郎在历史里是子虚乌有的人物，在小说里也是移花接木的产物。史传里杨继业只有七子，并无八子，也无义子之说。马力在《〈南北宋志传〉与杨家将小说》②中指出，《杨家府演义》中杨业一出场，七子名序并八姐九妹均已介绍。《北宋志传》之所以没有在开场统一介绍，是因为在《南宋志传》里早有相应介绍："（杨业）生下七子：长曰延平、次曰延定、三曰延辉、四曰延朗、五曰延德、六曰延昭、七曰延嗣，义子怀亮，此八人，俱各弓马娴熟，武艺精通。"其中义子八郎就是在对周战争中发现赵匡胤部下高怀德是其兄长，转而投到周营，改回原名的高怀亮。虽然如马力所说，杨家义子八郎在《南宋志传》中已经提

---

① （宋）叶隆礼：《契丹国志》卷十三"后妃传·景宗萧皇后"，上海：上海古籍出版社1985年版，第142页。《钦定重订契丹国志》卷十三"后妃传·景宗睿智皇后萧氏"记云："景宗皇后萧氏讳燕燕，侍中守尚书令萧守兴之女也，或以为北宰相萧思温女。……景宗崩，后领国事，称太后。凡四子，长名隆绪，即圣宗。次名隆庆，小名菩萨奴（按菩萨奴史作普贤努），封秦晋王；次名隆祐，小名果勒齐，封齐国王；次正格，八月而夭。女三人，长曰延格，适后弟北宰相瑠珠格，署驸马都尉；次曰寿努，适后侄东京留守伯页母弟克特，寿努出猎，为鹿所触死，后即缢杀克特以殉葬。"文后注云："按《辽史》公主表，睿圣皇后三女，长观音女，下嫁萧继先；次长寿女，下嫁萧伯页；三延寿女，下嫁萧恒德。此书惟言二女，而公主与尚主者之名亦皆不同。又按史萧伯页传，伯页以太平三年薨，在睿圣皇后崩之后，则非为后所缢。萧恒德传言公主恚而死，后赐恒德死。则似后所缢死者，乃尚第三女之恒德也。史言主恚而死，此书言为鹿所触死，揆之情事，亦史为近。是大抵此书于皇子、公主、外戚之名字封爵多与辽史不同，辽史虽为可据，亦颇疏略不备，故仍存原书，以资参考，而谨志其异同云。"见《景印文渊阁四库全书》第383册，台北：台湾商务印书馆1986年版，第745页。

② 马力：《〈南北宋志传〉与杨家将小说》，《文史》第十二辑，北京：中华书局1981年版，第261~272页。

出，并非始出于清代宫廷戏曲《昭代箫韶》，但民间文学中认同的八郎名杨延顺，本名王英，事迹和名字都早已不再是历史上真实存在过的高怀亮。清代戏曲中，八郎之名皆从《昭代箫韶》而来，而以杨家将故事传统的"延"字辈加以补充，八郎杨延顺遂成为清代戏曲和曲艺中的定名。晚清评书中又有七郎八虎的说法，指高怀亮为杨继业的义弟，名杨继亮，即辈分高出八郎一辈。而八郎原名王平，是当年和杨继业、王怀、杜天明并称北汉四大令公之一的王子明之子。王子明临终前把唯一的儿子托付给杨继业，改名杨延顺。出于对历史的尊重，对习说的自圆其说，种种修订使得历史与文学之间重新获得一种平衡，不至于互相矛盾。

八郎之说固然在《南宋志传》中已有，但其具体身份在清代戏曲中已经发生了根本的变化，诸多八郎的情节在"失落番邦"的基础上得以延展。八郎故事的兴起，究其原因，或在以下两点：从文学创作上来说，明代小说中四郎故事已经基本定型，并且约定俗成。在此前提下，新出现的八郎更具有创作上的自由空间。这也是为何清代戏曲中亦着力发展杨七郎的故事，如《杨七郎吃面》，以及主要讲述七郎、八郎的平南唐故事《铁旗阵》。《昭代箫韶》为后世戏曲八郎的出现提供了创作源头，剧中四郎和八郎双双被擒，均被招为驸马，近乎雷同的身世与身份，为后代戏曲混淆四郎、八郎二人的故事情境创造了可能。从民族意识的多样性上来说，也决定了八郎与四郎命运走向的不同。敏感的民族性问题，不是直接在四郎故事上发展，而是另辟出一个杨家义子杨延顺来承担失落番邦的民族意识，且渐成关注热点。这是因为自元明以来在四郎身上承载着正统的民族观念。这种叛辽归宋、国仇家恨的意识，随着时代的发展和杨家将故事娱乐目的的日益增强，开始显得过于沉重。新兴的民族意识需要有新的表达对象，所以类同的八郎出现了。他的故事卸去了民族意识的沉重，取而代之以人情、人性的光彩。而《八郎探母》与《四郎探母》最终合流之际，这种意识便也成为《四郎探母》的主题。

再次，《昭代箫韶》完成了对杨家将故事精神境界的改造。虽然李希凡1963年发表的《〈四郎探母〉的由来及其思想倾向》一文基调偏激，具有鲜明的时代特征，但是论及《昭代箫韶》的基本看法却是确实可信的。他认为《昭代箫韶》以忠孝节义冲淡了民族矛盾，"篡改和歪曲得最厉害的是杨四郎和杨八郎（在《昭代箫韶》里他们的名字是杨贵和杨顺）的形象。用儿女之情调和敌对矛盾的'南北合'，主要是体现在这两个人物的性格里，也主要是开始于这部戏曲集"。他举例：杨四郎得知杨业困于陈家谷的消息时，却迫于琼娥郡主的威胁，反助郡主攻破宋兵，所谓"他们既不认得，我助郡主破敌便了"、"郡主说我怯战，宋将俱被我战败，抱头鼠窜逃去了"。这是《昭代箫韶》第二本第十八出《埋名婿苦情漫述》中四郎降辽后的第一次出场。在第十本第六出《元戎误中缓兵计》中，萧太后已败，四郎、八郎却执行了两个郡主的缓兵之计，让孟良、焦赞、宗保输卖情面退兵，使六郎败兵。李希凡认为，这出戏主要写四郎夫妻二人的调情，为《四郎探母·坐宫》一出调情的雏形。同时李希凡指出，"京剧《雁门关》和《四郎探母》，实际上就是《昭代箫韶》中的《埋名婿苦情漫述》（第二本第十八出）、《恩爱重夫唱妇随》（第七本第九出）、《心向宋二女劝降》（第十本第十八出）三出戏综合发展的新产品"。《昭代箫韶》明确地将民族大义指向了忠孝节义，及至泛滥人情。它对敌对双方一切尽忠、尽孝、尽节的人一律加以歌颂。"志扶辽双忠尽节"、"阵瓦解女帅全忠"、"郡主同殷孝母心"、"心向宋二女劝降"、"辽邦双烈好妻女"、"杨业全家贤父兄"，都是其表彰的对象。确如其嘉庆十八年序明言其主旨为"旌善锄奸，寓千古褒惩之意"、"观忠孝节廉，能移风而易俗，哀乐具备，文武兼陈，诚臣子之楷模，而导扬之善术也"。

三、民间戏曲探母故事对《昭代箫韶》影响力的接受

《清代内廷演剧始末考》所摘咸丰十年"恩赏日记档"，记闰三月二十二日提及《四郎探母》已是外班艺人带进宫廷的民间流行新剧目。咸丰逃到避暑山庄时曾听过乱弹《四郎探母》，光绪二十八年"差事档"亦记四月初八日、六月二十七日谭鑫培上演《探母》。① 可见当民间戏曲中传唱渐已定型的探母故事再次从民间回到宫廷时，是符合清朝统治阶级的政治与娱乐诉求的。

---

① 朱家溍、丁汝芹：《清代内廷演剧始末考》，北京：中国书店 2007 年版，第297、437 页。

1. 八郎探母和四郎探母故事的互为复制与替代

如果说《祥麟现》传奇为四郎探母提供了一个重要的情节支撑，那么《昭代箫韶》中八郎杨（延）顺的新出则为探母戏提供了广阔的创作空间。八郎探母因为主角虚构可以大胆创新，探母情节和明小说中四郎探母的重合，又促使八郎在更多的故事情境中取代四郎。在《四郎探母》成型之前，杨家将戏曲中的《八郎探母》对探母故事所造成的影响和杂糅作用甚大。

《昭代箫韶》中八郎因为与四郎具有同样的身份经历，又无特别的故事，因而形成了两种人物发展的可能：一是凭空虚构；二是杂糅四郎故事。凭空虚构者，如宫廷大戏《铁旗阵》。《铁旗阵》中杨家八子名字和《昭代箫韶》基本相同，讲杨家父子伐南唐的故事，较小说纯为敷衍。史载伐南唐者为曹斌、潘美，而非杨家父子。其中讲到八郎杨顺背父私自偷袭唐营，被唐将擒住，解往金陵。南唐丞相孙乾相与杨继业原有旧交，曾以女儿孙玉英许杨顺为妻。遂与玉英设计，途中劫走囚车。宋军攻打金陵。杨顺乔装应募，以其英武过人，成为总兵。杨顺于交战时倒戈，唐军大乱，唐王李衮见大势已去，遂递降表。此剧虽然纯为敷衍，但在《昭代箫韶》、《铁旗阵》、《雁门关》等有关八郎的剧中，八郎被擒招亲的这一角色承担则是雷同的。杂糅四郎故事者，如《全部雁门关》。全八本《全部雁门关》，又名《南北合》，收在《京剧汇编》第三十集。讲金沙滩一役，杨八郎被擒，改名王司徒，与辽青莲公主成婚。宋辽交兵于飞虎峪，八郎思母，为青莲勘破。两人由口角而达成谅解，公主代为盗令。八郎至宋营探母，与妻蔡秀英相会。八郎欲归，孟良、焦赞责以大义，并盗取其令箭，诈开雁门关，大败辽兵。萧太后欲斩青莲，碧莲求救，与青莲同至宋营挑战，为蔡秀英、孟金榜所擒。八郎与青莲私逃，又为蔡秀英追回。杨四郎向萧太后讨令出战，拟乘机回宋，事泄，萧太后连同其子侄绑至关上欲斩，佘太君亦佯绑青莲、碧莲向萧太后示威。八郎哭城乞息争。萧太后恐两女被杀，不得已释四郎。杨家将乘势攻破辽城，萧太后乃求和。

据《旧剧丛谈》、《京剧之变迁》，《雁门关》剧系四喜班于清道光、咸丰年间首排于北京。徽班只有《八郎探母》，没有《四郎探母》。后来总纲流到北京，只红了第四本别名《抱枕头》和第八本《八郎探母》，探母戏即源于后者。其中故事元素由明杨家将小说中之盗发、四郎回宋后与母重逢,《祥麟现》之杨文鹿盗令下三关,《昭代箫韶》之第七本四郎欲往陈家谷救父、第十六本公主帮助盗马等诸多情节的影响杂糅而成。丁春华在《〈八郎探母〉版本及演出时间考》一文中考证,《八郎探母》脚本大致可以分为三庆班和《戏考》刊本两种体系,各体系间字句差异很小,两个体系间有个别特意的改动。依笔者看来,文字总体上差别不算很大,说明《八郎探母》至迟在光绪时已经是稳定的底本。丁春华还以为:"车王府藏戏曲中无《八郎探母》剧本。但子弟书中有八郎故事三个,分别为《八郎别妻》两个、《八郎探母》一个",事在招亲六年后。其中"八郎隐瞒身份,改名王司徒事,八郎杀子、公主盗令箭事,佘氏太君不识八郎、元配秀英以脚底之痣指认八郎事,佘太君、秀英劝阻八郎不回北番八郎不允及八贤王被擒事,均不见于此故事"①。

考道光时蒙古王车登巴咱尔搜集的车王府藏曲本,其中虽无《八郎探母》剧本,却在《天门阵》中有《八郎盗发》②一出。八郎盗发实为明小说中"四郎盗发"故事的杂糅。而其中细节变化颇多。首先是"龙发"的概念。明小说中所需仅为萧太后的头发而已。车王府曲本《八郎盗发》中孟良称其为"顶心上三根雌龙发",公主怨"不该盗发失国瑞"、"若要盗去雌龙发,难免皇娘命不休",都是说此龙发仅限于顶心且性命攸关。随着龙发概念的变化,盗发的过程从简单变得更加曲折。明小说中只是四郎计骗琼娥公主自己生病,公主与太后直说,太后欣然给发。此处则先是四郎推诿,孟良责备;再是公主出现,被迫说明原委,公主不允;四郎恳求无效,以死相挟,公主在矛盾中前去盗发,萧太后亦随之生死不明。盗发事件中人物的性格也发生了变化。四郎从沉勇变得圆滑世故,孟良从草莽英雄变成市井无赖、贪功之徒。这当然是因为曲艺更贴近民间的世俗审美趣味。孟良在谴责八郎见死不救的时候,并未陈说所谓忠孝节义的大道理,只是说他自己作为朋友如何不易,你作为兄弟却不肯出力云云,显然是以义气为先。其娱乐性已经大过了民族性、历史性。同时也因为体现了民间的娱乐要求,倒是把清朝统治者一直以来所赋予杨家将故事的忠孝节

①　丁春华:《〈八郎探母〉版本及演出时间考》,《浙江工商职业技术学院学报》2008 年第 4 期,第 29 ~ 32 页。

②　《天门阵·八郎盗发》,《车王府曲本菁华·隋唐宋卷》,广州:中山大学出版社 1993 年版,第 426 ~ 435 页。

义冲淡了。

《四郎探母》为须生唱工戏，其中《坐宫》一场常单演。据齐如山《京剧之变迁》一文，清道光、咸丰年间名须生张二奎据《全部雁门关》之"八郎探母"改编为此剧。当时四喜班《雁门关》极叫座，张二奎亦在别班排之，恐人谓其偷演，乃另起炉灶，编为《四郎探母》。所谓"四郎探母"，实为"八郎探母"。道光二十五年刊本《都门纪略》已载张二奎、黑贵寿四郎探母戏。则八郎探母故事更形成于此前。丁春华在《〈八郎探母〉版本及演出时间考》中谈到"车王府藏曲本中《四郎探母》版本较多，且至同光时期演出日盛。而《八郎探母》情节与之颇多接近"，并引《戏考》本《八郎探母》前提概要："剧本事实，无从考证。本考第二册中，载有《四郎探母》一出，同一用意。编排者大约胎息于此。惟唱口、白口，决不相同。"① 既然"车王府藏曲本中《四郎探母》版本较多，"而子弟书中八郎故事仅三个，这很能说明车王府曲本集结的道光年代，《四郎探母》已经较《八郎探母》后来居上了。

在《雁门关》故事中，四郎和八郎是剧中的双线结构，承担了不同的角色情境。《四郎探母》较《雁门关》之《八郎探母》简省很多，基本在出关见母以后，没有太君和蔡秀英验痣认八郎一出，也无孟良逼交令箭以下诸出，只是见过母亲、妹妹、妻子后匆促回营，被萧太后发现欲斩，因公主求情而终于得免。剧情简洁，线索单一。主人公从八郎而成为四郎，碧莲公主而为铁镜公主，剧情发生了明显的嫁接。另外从两国争锋到以家人情感为核心，故事矛盾缩小化。正是其简洁精炼之故，因而流传更为广泛。现在《八郎探母》已鲜有人唱，京剧曲库中唯有言兴朋的唱段：

去国离家十二载，白发高堂挂心怀。今逢老娘到北塞，身困樊笼难脱开。望雁门，空悲慨。儿的老娘啊……杨八郎何日才得见萱台？

《四郎探母》却成为人所周知的名剧。扬剧《杨家将》第十一部第七场开场四郎即有词：

---

① 丁春华：《〈八郎探母〉版本及演出时间考》，《浙江工商职业技术学院学报》2008 年第 4 期，第 29～32 页。

金井锁梧桐，长叹声随一阵风。失落蕃邦十五年，雁过衡阳各一天。高堂老母难相见，怎不叫人泪涟涟。①

可见确如《戏考》所言，用意皆同，唯唱、白绝不相同。扬剧《杨家将》前为盗发，此场即为探母，标志着《八郎探母》和《四郎探母》的合流。

扬剧《杨家将》②第十一部从盗发开始到探母，文词比子弟书优雅曲致。盗发故事较前有变化，明代小说中是孟良直接到驸马府找到四郎，子弟书《天门阵》中亦是。此剧则另辟蹊径，其中孟良本不认得四郎，于是牵着七郎的马在辽城寻找，加强了盗发故事的戏剧性开端。此剧同车王府曲本《天门阵》一样，依然是公主用梳头之计盗发，只是过程更喜剧化。小阿哥在舞台上和在台词中的出现，如公主拔发，以小阿哥为借口转移话题等等，使剧情更加轻松。而非如《天门阵》中，公主在夫妻、母女之情中颇为挣扎。盗发之后，引发了四郎对母亲的思念，于是转到探母一出。其与公主间的试探、盟誓和《四郎探母》并无差别，并且由于第七场开头长篇大论地介绍了身世、金沙滩伤亡之痛等，别有折子戏的说明之风。扬剧《杨家将》还为四郎探母后返辽提供了更为冠冕堂皇的理由，即第十四场末对余氏妻所云："此番我回来，会见六弟商议大破天门阵。但等天门破后，那时为夫我就回来，望贤妻要为国家大事着想。"在回与不回之间，四郎曾云："母亲，你要让儿回去，回去，回去。"结果却不似《雁门关》之《八郎探母》那般被强留下来，但也不似后来的《四郎探母》那样回得容易。赵匡义因其降辽欲斩，这才有了四郎一番话，引出降龙木、金刀等一系列元素：

小臣虽然失落番邦，心中时时刻刻挂念我朝。只因萧天佐摆下天门大

---

① 《传统剧目汇编》扬剧《杨家将》第十一部，上海：上海文艺出版社1961年版。

② 考《传统剧目汇编》编辑说明，称其所刊行的剧目多数是各个剧种初期的演出剧目，都是口述记录或手抄藏本；在付印前，进行了一次校勘，对原本中的错、漏之处，加以改正；除对个别严重猥亵的语句略加删除外，其他保持原来面貌。如其说明，其中所收剧本是具有原始面貌、没有经过后来政治因素删改的剧本。

阵，恐怕宋王爷领兵到此，难以取胜。要破天门大阵，除非有几样物件。一要降龙木，二要我父金刀，三要骷髅棒，三样齐全，方能破得此阵。小臣特地回朝禀报，望万岁放我回去，待等大阵破后，然后回朝领罪。

这些原是小说中仙人们指点的内容，如今放在了四郎身上，且因此放四郎回辽，以作内应"暗通消息"。某种程度上这些都是民间艺人在杂糅故事过程中的一种平衡修补。求情一段，扬剧《杨家将》与通行本的《四郎探母》同中有异，兼有明代小说中杨四郎的内应之意和《雁门关》中的返辽被阻，但又顺应了后来《四郎探母》回令的首尾呼应。至于八郎，系杨继业夫妇带同七子进京途中收取的义子，取名八顺。《昭代箫韶》中名顺，《雁门关》中名延顺，此处即以八顺为名，将排行和名合而为一，纯属杂糅。四郎探母时，太君也曾言及："可怜我四郎八顺失落番邦不得回来。"全本故事未见八郎特别的事迹，盗发和探母事迹已经都归于四郎，且在事件上承接紧密。这是在合流中的去取，又更多地倾向于遵循历史和明代小说中已有的人物。

2. 四郎探母故事演变中体现的民族认同意识

清朝统治阶级根据政治的需要，淡化了文学戏曲中的民族矛盾。《昭代箫韶》即标榜异族婚姻和家庭伦理，以自古以来的和亲作为民族融合的便捷之路，消解民族矛盾，转化杨家将故事中的人物关系。以家庭伦理、夫妻生活等种种制造出世俗生活的现实投射，促使民间创作的积极呼应。随着清代统治日久，民族融合已经是历史的必然，当上层政治诉求和民间意愿达成同一时，遂形成了四郎探母故事演进过程中对于民族认同意识的自觉。四郎探母故事的演变中于是呈现出三个较为明显的趋势：

一是主要矛盾从民族矛盾转为家庭矛盾。这在《雁门关》一剧中非常明显。在《雁门关》中，把本是宋辽之间的战争全部浓缩在了杨家将和萧太后两家的恩怨情仇中。青莲、碧莲公主和四郎、八顺，以及八郎的原配蔡秀英成为两国交锋的主力，也是故事展开的主线。无论是萧太后将四郎及其子侄绑上城池以示威胁，太君则缚青莲、碧莲示威，八郎哭城乞息争；还是青莲、碧莲出战，为蔡秀英所擒，八郎与青莲私逃，为蔡秀英追回等，都是把两国征战全放在两家人之间进行，战争的残酷和冷峻因此失色，所谓的民族大义自然也被消解。自古以来，婚姻就是民族融合的最好形式，所以才有了政治上的和亲，而民间文艺中也赋予了杨家将们更多联姻的机会。六郎和西夏郡主，四郎、八郎和辽邦公主。以婚姻构成家庭关系来消解夷夏之争，这是民族融合潜意识的外现，是民族认同的最简单却也是最有效的表现形式。

二是在人物塑造上呈现出相反的两个趋势。首先是辽邦公主形象的塑造从单一到立体，个性从柔顺到刚强。与此同时，本以潜伏复仇为目的的四郎的姿态从主动到被动，这种被动不仅表现于纳降的苦衷，还表现在夫妻关系上。在故事的渐次演变中，随着民族矛盾转化为家庭关系，家庭中的夫妻地位很能看出融合后民族关系的主导。尽管默认了民族融合，但清代满汉差别的客观存在，对于异族特权的认同，决定了明小说以后，清代戏曲中的公主形象变得丰富立体的同时，也都颇具嚣张之气。她们绝非明小说中的低眉顺眼，而是谈笑风生、刁蛮俏皮，甚至带些颐指气使的味道。反观杨四郎作为汉人入赘，不仅复兴之计再无奢望，凡事往往都要百般哀求公主才能成事。这种顺从无为、依赖性正是汉人在清朝客观生存状态下的自我隐喻。所以，对四郎（或者八郎）在清代戏曲中变得一蹶不振的认同和宽容，实际上是汉人在清朝统治之下安于现状的自适。另外，清廷带来少数民族之风，女性的地位较传统汉族女性为高。她们带兵打仗，有女将的气质。同时，明清以来的文学都呈现出女性主义张扬的特点，这也决定了民间文学中的女性越来越具有自我的气息。如辽国女主萧太后，在戏曲中的形象也大都正面而丰满。张晶在《谈京剧舞台上的萧太后》中指出："《四郎探母》是出家庭味十足的宫廷戏，更多地表现了萧太后母性慈爱的一面。而《雁门关》的萧太后，是全剧的主演，更多地表现出她身为国君文韬武略的霸气。"① 从某种程度上来说，当民族矛盾转化为家庭矛盾的同时，艺术性高于民族性也就是自然而然的了。

三是解决事情的手段和评判标准从家国原则转变为人情世故，这也是杨家将故事主要矛盾从民族矛盾转向家庭矛盾的一种自然表现。四郎、八郎探母这一系列在1957年招致大讨论的作品，其人情味泛滥或者所谓政治性泯灭的特性，基本来源于宫廷大戏《昭代箫韶》。杨家将故事反侵略的民族性在清代非汉政权统治下，经过御用文人的加工，被情节、人性冲

---

① 张晶：《谈京剧舞台上的萧太后》，《戏曲艺术》2006年第2期，第69～70页。

淡，本是意识作用于文学的惯常表现。主流戏种都沿着《昭代箫韶》的人情味走下去，到情节"从始至终都交织在缠绵的伦理之爱的纠葛里"的《四郎探母》，甚至最后的《回令》，演杨四郎回辽、被擒，萧太后欲斩，公主百般求情。对此李希凡举例说："据苏雪安的《京剧前辈艺人回忆录》（九六页）上谈，清末著名艺术家谭鑫培'演探母，绝少带回令，而且坐宫也不常唱。因此，我就从未见过谭氏演回令，平常总是从盗令起到见娘止。只有一九一二年在上海新新舞台曾演坐宫，但仍未带回令'。周信芳同志也说过，他'在青年时，唱探母就不带回令。这样，给人在感觉上似乎稍好一些'。"① 足以证明《回令》一出在气节上之不堪。

3. 故事演变中对民族认同接受的复杂性

经过清代上层统治阶级和下层民间意识的共同改造，杨家将故事民族斗争的象征性和隐喻性渐趋消解。探母故事演进以迎合与顺应的姿态响应《昭代箫韶》倡导的意识形态的同时，也因为时代与地域的因素而呈现出复杂的多样性。在民间诸多戏种已经纷纷迎合宫廷大戏《昭代箫韶》的主流意识时，上党梆子却以山区人民的彪悍之情，以《昊天塔》、《万寿宫》两种戏曲中四郎、八郎不同的结局，坚守着对杨家将的感情和对其中人物期待与评判的纯洁性。周传家《杨家将和杨家将梆子戏》② 提到上党梆子戏《昊天塔》连四本。其中第四本《三关排宴》，原名《忠孝节义》，讲三关议和，太君向萧银宗提出交还叛子延辉，辽人始知四郎身世；太君绑子上宋殿，无视八王求情，痛斥四郎，逼其碰死于金殿。《万寿宫》第五本《雁门关》又名《八郎探母》，讲八郎到宋营探母，太君痛斥为不忠不孝，命其返辽，三日内杀了萧太后。八郎取了萧太后首级，连夜携妻儿出关；辽兵追赶，八郎留下断后，终无路逃脱，自刎而死。上党梆子戏剽悍严苛，人情却能画龙点睛。其往往将人物身处困境的种种矛盾情态刻画得惟妙惟肖，所以故事结局虽然处理得比较极端，却能引起很大的感情共鸣。在是非、敌我的民族性逐渐淡漠在民族融合中的同时，总会有一种声音张扬着反侵略、反投降。这种强烈的呼声，在杨家将故事的发展中，由

---

① 李希凡：《〈四郎探母〉的由来及其思想倾向》，《人民日报》1963 年 6 月 9 日。

② 周传家：《杨家将和杨家将梆子戏》，《戏曲艺术》1994 年第 2 期，第 20～25 页。

山西剧种固执地坚守着。这一方面是民族认同非全民化的表现，同时也是地方戏剧敝帚自珍的特点。作为杨家将生长的乡土，维护杨家将人物的纯洁性成了晋地人们的自觉。产生于明末清初的上党梆子固执地将四郎、八郎这两个在异国安身的杨门子弟判以死刑。民族意识的分歧，不仅在于时代和政治，也在于乡土意识下的人物感情和地域感情。

　　文学文本和民族关系随着时间、朝代、政治、地域的流变，于其微妙处最能反映出在历史的长河中民族认同过程的复杂性及干扰因素。明代作为汉族统治的朝代，对于异族的威胁感、敌视感不强，宦官之祸带来的土木堡之变，使人们深感其实是祸起萧墙。杨家将等演义小说的矛盾因此更多地集中在忠奸斗争上，取代了原来的民族矛盾。对于两国相争，明代小说持有非常正统的观念，四郎人心归汉，在大节、是非处理上原则分明。而当这种汉与非汉的关系进入家庭系统以后，故事处理上明显宽容了许多，走向温馨的家庭人情。这点从明代小说中杨四郎和琼娥公主的关系，四郎探母时太君对公主的喜爱、感谢之情都可见出一斑。进入清代以后，杨家将戏曲《昭代箫韶》成为主流意识的代表，作为朝廷认可的宫廷大戏，其中主题和情趣自然随着统治阶级意志的需要与喜好而发生改变。作为异族统治者，抹杀杨家将戏曲中的民族矛盾尖锐性，而转为歌颂忠孝节义，正是其宗旨所在。与此同时，明小说将进入家庭的民族关系人情化，清戏曲则沿着这个方向扩大化，进而以家庭人情取代民族关系。《雁门关》是这条路径的极致，而终于取得"南北合"这样民族大融合的结果。至此以下的探母戏，沿着这条路径也就不足为奇了。清末民初，小说戏曲作为民间文学艺术的样式，娱乐性成为其越来越重要的本质功能。在杨家将故事依旧浓墨重彩地宣扬忠孝节义、兄弟义气的同时，男欢女爱、亲情伦常也日益为观众受落。随着一步步的民族融合，民族认同感日益增强；随着文学戏曲娱乐性需求的增强，民族矛盾的处理也日益淡化。历史故事的演变见证了民族认同过程中的种种微妙动力，它的最终结局是成为娱乐化的产物而跳出历史民族等政治元素的拘束，真正体现出追求大众娱乐性和文学创作空间的自由特性。

第二节 狄青故事联姻元素的类型化和嬗变

在从历史走向传奇的过程中，清代小说《万花楼》提升了狄青的出身，《五虎平西》制造了狄青的异族婚姻，《五虎平南》则缔结了狄青的家庭。曾经有人将狄仁杰的画像等献给狄青，请他上溯其为先祖，被狄青婉拒。可见狄青出身行伍，与其当时的官居高位并不相符。《万花楼》则就此发挥，一补憾事，使狄青在小说中出身世家，其姑母为狄太后，狄青由此成为皇亲国戚。至于狄青的婚配和子女婚姻，史传和宋元笔记中都不曾记载，这为小说戏曲提供了极大的创作空间。《五虎平西》为其敷衍出一段与鄯善（单单）国公主的异族联姻。于是在口耳相传中，狄青的故事渐从历史的支离片段，而终演绎成为内容丰富，具备各种关于成长、婚姻、家庭、事功等细节的完整传记。

一、缔结异族婚姻的因由

首先，异族婚姻的成就是文学创作的需要。在故事发展相对更加成熟完整的杨家将故事中，此类异族联姻情节早已颇为盛行。女性形象的出现可以刺激情节的观赏性，使人物关系更易推动情节的发展，且在战争的冷色中，男女之情为故事增添了浪漫色彩，使得战争场面不再那么枯燥。相对于一味婉约顺从、藏在深闺的闺阁小姐，这些女将们更带有英姿和侠气，可谓刚柔并济、才貌双全。这样的女性形象对早已接受三从四德的人们来说，既新鲜又刺激。杨家将故事从刚开始的杨门男将故事发展到明清时代的杨门女将故事，都可以说明女将在故事中更为人们所喜闻乐道，这无疑也是文学创作的需要。其他故事虽然未能如杨家将那样有大量女性形象出场，但也会稍有点缀。如《万花楼》结尾处引入百花女与杨文广的故事，即体现了狄青故事在发展自身系统的异族联姻故事中的过渡阶段。而

《五虎平西》中八宝公主名赛花，本身已含有对杨家将佘赛花的借鉴之意。①《万花楼》故事结尾将范仲淹之女许配给狄青，《五虎平西》、《五虎平南》故事则将这一情节全部舍弃，而重新塑造了鄯善国公主的形象。一来是故事发展的需要，当故事日益背离历史走向传奇时，就需要谱写情节的传奇性。深闺中不谙武艺的范小姐自然只能出现在家中，对于大多数发生于战场上的情节缺乏有效的刺激作用，所以必须纳入更新鲜活力的女性。二来宋代笔记的野史稗抄也为公主的引进提供了可能性。宋范公偁《过庭录》记云："神庙大长公主哲宗朝重于求配，遍士族中求之，莫中圣意。带御器械狄咏，颇美丰姿。近臣奏曰：'不知要如何人物？'哲宗曰：'人物要如狄咏者。'天下谓咏为人样子。狄咏，狄青子也。"② 狄子如此，狄青风采可想而知，其姿容才智都是出类拔萃足以匹配公主的。然而狄青父子两代风采超然，却都未能婚配公主，成就佳话，这个遗憾遂在文学创作中得到弥补。

其次，异族联姻是最为普遍的民族认同意识的体现。狄青在《五虎平西》中终于得配公主，但这位公主不是宋朝公主，而是鄯善（单单）国公主。鄯善，即古楼兰，汉昭帝时改名鄯善。从历史地理上来说，这全是小说的荒谬之处。楼兰国早已在唐代之前消失，鄯善遗址更在西夏疆域以西，犹隔着罗布泊，狄青误走鄯善实难成立。小说中取鄯善国名之意，大约在于其表面字义之"善"，以及它在历史上对民族关系所起到的重要作用。汉代两次西域诸国的归附都与鄯善首先降汉有很大关系，虽曾一度依附匈奴，但它和汉朝大多时候是友好的。对于此国的虚构，也体现了民间意识对于美好的民族关系的认同和希冀。正如《五虎平西》第八回"巴三奈坚守石亭，八宝女兴师议敌"提到，"话说单单国虽是外邦番地，这国王知达天时，登基以来三十余载，皈顺天朝，岁岁无亏贡礼，就是本国诸臣，多是忠肝义胆之臣，匡扶这番君。狼主看待群臣，也无差处。邻邦各国相和，从无干戈侵扰，君臣共享太平，百姓安康"。这正是汉子民心中一幅美好的番汉图画。

---

① 大约这个名字多少有些引人误解，所以在后期的戏曲故事中都称其名为双阳公主，或八宝公主。

② （宋）范公偁：《过庭录》，（元）陶宗仪编：《说郛三种》一百二十卷本卷十四，上海：上海古籍出版社 1988 年版，第 706 页。

中国历史上始终存在着边患，在人们记忆深处关于民族关系的两方面，一是战和，战与和交替而行，和通常是战的结果。二是和亲，以缔结异族婚姻的方法结成姻亲，互成友爱。昭君出塞，解忧公主、文成公主和番都是凝结了无数美好祝福的民间故事，但同时从民间到文人都对远行万里、远离中原繁华的这些女性的命运充满了同情。既希望得到这种完美的和平方式，又不想再让汉族女子承载远嫁之悲，所以在明清之际同样带有和亲意味的故事都是番族女子与汉族男子缔结婚姻。她们怀着对中原文化和中原人物的向往，采取积极主动的姿态欣然结成婚姻。和亲，带有厌恶战争、以联姻这种融合方式获取和平的特征。如《五虎平西》第十三回"证姻缘仙母救宋将，依善果番主劝英雄"中借庐山圣母之口说出："把公主娘娘配与狄青，好接承后代，两国永不动刀兵，单单从此亦永康矣。"通俗演义中的异族联姻元素，体现了以通婚作为民族融合和平息战争最有效的手段的市民意识。

狄青式汉族男子将领、异族女性的婚姻，无疑是民间意识的凭空创作，这种创造体现了民间意识的集体倾向。《万花楼》结尾杨文广与西夏百花公主结成异族婚姻的一段，对狄青异族婚姻成就具有启发和过渡作用。《万花楼》第六十三回至六十八回作为故事的尾声，西夏兴兵来犯，烽烟再起，虽是为狄青平西夏故事作张本，但这五回故事还是集中在杨文广和百花公主联姻上。第六十三回"杨宗保中锤丧命，飞山虎履险遭擒"中，西夏大将薛德礼之女百花公主甫一出场，已经表现出对中原男子的好感，文中道："若问百花小姐生长外夷，年已及笄，有此美质，又因本邦男子都是粗俗不堪，所以尚未成亲。"第六十七回"美逢美有意求婚，强遇强灰心求退"中，写杨文广和百花女阵上相见，各自惊心："百花女一见宋阵上一员小将，生得面如冠玉，不由心下惊骇。那杨小将军亦是翩翩少年，一见女将生得如花似玉，亦不觉骇异，暗想道：西域异邦，也有如此美色。当时两下呆看。"于是百花公主随即以婚约为前提，作为内应，全心投顺宋廷，一举击破西夏。

《五虎平西》第十回"狄元帅出关迎敌，八宝女上阵牵情"写狄青和八宝公主亦是如杨文广和百花女一般地"看呆了"。狄青想："本帅只道番邦外国，生来丑陋，男女皆非中国貌容，岂知这八宝番女……"但见：含情一对秋波眼，杏脸桃腮画不工。小口樱桃红乍启，纤纤玉手逞威风。这边厢，公主亦看狄青心想："我想本国男子，多是粗俗，生来奇形怪状，何曾见有及得这南邦小将的容颜！"她记着师父曾经的叮嘱"虽然生长番邦地，该配中原上国人"，遂生情意。《五虎平南》第十六回"沙场地阵困英雄，锋镝中婚思小将"段红玉和狄龙阵上相遇，"狄龙早上，已饱看这段红玉一会。但见他生得果然绝色无双，恰似昭君再世，又如月里嫦娥。三寸金莲，令人可爱；手拿双刀，娇声滴滴。狄龙看罢，想来：'此女生得美貌如花，古言昭君之美。至今所传，比之这红玉，不知又何如也？但我中国目睹者未有一人及他之美……'"

从历史上公主和亲的政治婚姻，进而成为演义中充满浪漫气息的阵前招亲，这其中对非汉民族特别是男子存在如粗俗、丑陋等种种歧视，而汉族英雄对异族女子通常有惊艳之感。这在通俗小说中比比皆是，是鲜明的大汉族主义和大男子主义的充分结合。公主和亲是汉族公主远嫁异族作为和谐番邦的手段，明清通俗小说中则均是反其道而行之，都是异族女子爱慕汉族男子的英俊，而不惜背叛家国，体现了作者与市井对于汉族特别是男性社会自恋、自重的意识。《五虎平西》第一百四回中的公主归宋，是明白无误地对于异族和亲的重写，道是"单单国王前日接到天朝旨意诏宣女儿，国王逆不得旨，只得命四位大臣，宫娥二十四个，太监四名，三千军马护送还公主"、"进了雄关，公主回头一望，不觉生出凄惨，凤目中暗暗垂泪"，文末结诗道："凤目早含珠点泪，柔肠先断别离情。"文中写道："又说外邦公主果然美貌，仍穿外国宫妆，恰像了昭君一般。"将历代以来民间所认知的昭君出塞等和亲女子远离故土的悲哀转换了承载的对象。这种异族女子造成的从属感，正是汉族人民对于非汉民族人民持有的最普遍的心理和看法。在汉族自尊的前提下，文本中对于异族女子的才貌都是持肯定态度的，无论是《万花楼》里的百花公主，还是《五虎平西》里的八宝公主，或是与狄青之子结亲的南蛮之女，都是文武双全、美丽非常。这种对异族性别上的区别对待是汉民族情感中很有意味的地方。

另外，民族自豪感和优越感造就了明清通俗小说中异族女性对汉族男子以及汉族文化的心仪。《五虎平西》第一百五回中曾经借八宝公主甫到宋朝，通过对宋朝风物的赞美在两国比较中进行抑扬："我国与天朝饩席，犹如天高地厚的相悬。我邦的馔食乃麋鹿禽狼，腥膻之气，岂似天朝的精美珍馐？想来不独膳馔相殊，就是我邦的人物，生奇形怪状，怎及得上邦人俊雅风姿？服式衣妆另别一样，怪不得西辽王屡有夺中原之地。今日哀家得到天朝之国，岂非三生有幸的么？"第一百六回写随公主而来的宫娥太监闲碎语言，"共羡中原之地华美，各日用什物，裳服膳馔，比着下邦气度胜之万倍"。通过文学中的闲笔，道出民族优越感的实质。

二、异族婚姻中的双方关系转化

八宝公主出于清代小说《五虎平西》，其名号来历书中第八回有交代：公主"名唤双阳，因他貌美超群，宛若嫦娥下降，故名赛花公主"，因得庐山圣母收为弟子，赠她八件法宝，故更名为"八宝"公主。小说戏曲中时而称八宝公主，时而称双阳公主。从小说到戏曲，其中所描绘的异族婚姻下男女双方关系的变化，对民族认同意识的微妙转化具有一定的暗示性。

《五虎平西》中的八宝公主和狄青的关系是先扬后抑，婚前八宝公主还有着逼婚的张扬，婚后则完全成为付出不计得失的贤内助，以扶助狄青、识大体、忍耐为基本特征，狄青在双方关系中占据着绝对主导的地位。八宝公主武艺高强，心智灵巧。狄青误进单单国，被迫斩兵夺城，最后与公主刀兵相见，阵上公主对狄青一见钟情。公主擒住狄青后，巧探狄青婚否，公主道："狄青，要俺家杀你，非为难事，可惜你丢下堂上双亲，房内妻子。"第十二回公主为缓步谋求婚事，以五虎为上国栋梁、免招兵衅为由，建议父王莫要伤其性命，以便她好暗中借助母后之力调停成事。写到这里，小说道公主"拜辞父王，先安顿三百女兵，然后得意洋洋，往宫内去朝见母后"。"得意洋洋"四字用得生动，将公主的少女张扬与胸怀主张表现得极为生动。待到狄青坚不肯降，拒绝联姻时，公主百般愁肠怨艾，书中也是不吝笔墨。狄青应承婚事本是权宜之计，婚后夫妻关系虽然如鱼得水，狄青归宋平西之意却未曾断绝。婚姻成就，公主即对狄青毫无二心，狄青三番两次盘算逃脱，向公主索回武器、马匹，公主都一一应允，未曾生疑。狄青出走，对公主也自有羞愧之意。第十九回"全大义一心归宋，怨无情千里追夫"说出一段原委："今日不是我狄青薄情无义将你抛弃了，只因人生天地，为臣要尽忠，为子要尽孝，岂可轻轻投于单单招赘外邦？背君弃母，贪图欢乐，不忠不孝，叫我有何面目立于世上？"

第二十回"定场诗"直接表明了小说对此段情事的立场："诗曰：一月夫妻不忍分，为存忠孝只离情。英雄表白明心迹，贤女从夫成就仁。"公主虽恨狄青无情薄幸，但已道出"哀家虽是番邦之女，决不肯再抱琵琶的"这般谨守妇德的话语。最终公主不仅放行狄青，还愿意资助粮草兵马，终是做得个明理晓事的贤妻。公主为狄青生下二子，还在狄青被困之际苦口婆心地说服父王，不计前嫌，亲自带兵来救，已经完全是三从四德的贤良做派。夫妻战场重逢相见，狄青始感公主恩情，终于真正接受了公主。他感激公主"此恩此德，没世难忘"，公主却道："妇人所主，为夫是依；丈夫有难，为妻不救，还有何人？"别离之际，狄青颇为不忍。一场以权宜之计为初衷的联姻，在此终于得到了当事人的真心相待。公主在故事中未能贯穿全部线索，往往狄青被困之时才有公主出场，足见在小说的叙事中，公主是以附属的功能出现的，承担故事推动的始终是狄青。最终狄青征辽返宋。公主一旦入宋，其昂扬高蹈的一面顿失，完全成为忙于应酬的普通命妇。《五虎平西》第一百五回也注意到了前后的这种变化，因此特别在文中作了一段说明："前日上阵交兵之际，乃为国君公务事情，所以像着男汉威烈气概。今日公主乃初到来会亲，乃家庭叙会的私事，所以带着三分羞怯的。"

　　在《五虎平南》中，八宝公主的形象和前传中反差甚大，从前传中的果敢退为一再谦忍。女英雄光芒消退，随之而来的是怕惹事端，主张明哲保身。第一回公主见星相显示将有兵衅，主帅凶多吉少，旋即劝狄青归隐山林，趋吉避凶。闻听狄青执意为国出力，公主遂"不敢再说"。狄青准备回朝探听，公主"闻言大惊，不觉泪下沾襟"。第二回包拯前来征召狄青平南，公主情知"难以谏阻，暗暗垂泪，不敢多言"。第十一回中，写公主在家一心教子，得知狄青被困，且险被奸臣所害，不觉"放声而哭，泪珠纷纷"。二子救父心切，公主严厉喝止，只允许他们到汴梁打听消息。二子主动请战，朝廷应允。公主放心不下，方稍露出一点豪气，"不若明日亲上汴京，面见天子，领兵亲到边廷，一来带了两个孩儿，免得心悬两地；二来救了丈夫之困，岂不为美？"一旦听说王怀女统兵，觉得可以托付二子，又随即掩抑下这一时之念。丈夫、儿子出征三年仍未能取胜，公主拆看家书，也不免产生"倘若无人，俺家必要领旨"的想法。后闻知杨金花为帅救援，旋即作罢。可见《五虎平南》对于公主的描写完全是作为闲笔稍加点缀周全而已，笔墨在于她作为妻子、母亲的从属身份，而非具有自我个性的独立存在。

《五虎平南》实为《五虎平西》的续集，主角也聚焦在青年一代的爱情和战争上。替代八宝公主以敢作敢为的姿态出现在《五虎平南》中的则是更加任性张扬的段红玉和王兰英。相较八宝的公主身份，作为将门之女的段红玉少了几分矜持端庄，多了几分任性自矜。她主动请缨出战，为取信母亲，在后园中演练仙法，卖弄到性起，如书中道"小姐此时满心欢喜，又跨上桃花马，提了日月刀"向她母亲夸口，"你可少待片时，等女儿出城擒拿几员宋将回来，爹爹方才见我言不谬也"。和八宝公主武艺高强、偶用仙家法宝不同，段红玉武艺难以过人，全靠法术取胜。相较公主的出征多数被动，如狄青误闯单单，公主受父王之命出征；狄青两次平辽遇险求救于公主，公主方始出征。而段红玉则始终是主动地参与战争，她自表法术，在父亲不相信她的时候私自出战以博得父亲的信赖，并且屡屡设计，力图把握战争的主动权。她施法将狄青兵营困于高山之巅，将狄青诸人推入困境，从而引出《五虎平南》真正的男主角——狄龙、狄虎的登场。公主探问狄青有无婚娶时，尚是用计试探。《五虎平南》第十六回"沙场地阵困英雄，锋镝中婚思小将"，段红玉看中了狄龙，则是直接问道："你青春几何，家中几位令夫人？"随即明言，只要狄龙成就两人的婚姻，她即愿意纳降。被狄龙讥讽后，段红玉恼羞成怒，说出一段自矜之辞，称道自己出身、武艺、容貌、女红样样堪夸。两人战在一处，狄龙终遭其法术被擒。狄龙遂诈称允婚，哄骗段红玉献关投降，解救其父。段红玉为爱执着，不顾父兄反对，私自施法将狄青军营从高山顶上移回。遭狄虎羞辱兵败后，段红玉欲要自尽，反转一念，即要报仇。段红玉爱恨分明，行为果敢，不计后果，实为性情中人。宋兵再陷王和尚布下的纯阳阵，狄青为武侯梦示此阵非段红玉不破。段红玉闻知狄龙遇困，当即允诺施救。段红玉在王兰英相助下成功劫营，说服父兄投降宋营，又救回狄龙等五将，不意父亲被狄虎杀死，一怒之下反上竹枝山，再与宋营为敌。待狄龙上山释明误会，为其弟求情，段红玉终是一笑泯恩仇，完成姻缘，再为宋营效力共战妖道。段红玉的反反复复，不顾一切，不过是纠结儿女私情。王兰英为了取信狄虎成就姻缘，亦不惜背义夺关。对于王兰英的前后变化，《五虎平南》第二十八回"王兰英背义夺关，狄元帅正军斩子"亦说得分明：王兰英"初时，待红玉情深意厚，为设计周全，算无遗策，智量堪嘉，无如今日为着狄虎结婚，误伤了段洪，毫无怜惜之心。他虽非骨肉，但念与红玉结契深情，于心不忍，何也？——只要我躬连理偶，哪管他人不戴冤！"这是市井对江湖女性的理解，即女人的终极目标是婚姻，为此可以不惜一切代价。为了说服其父投降，王兰英更声言已经委身于狄虎，又历数南王种种恶行，遂说服其父投诚。

狄青后传中，留守家中的公主和狄青没有太多交集，所以他们的关系实际上是在其子媳——段红玉和王兰英的身上体现。两段故事有着类似的桥段，人物个性却有着极大的不同。段红玉从甫一登场，就表现出浮夸浅薄、不择手段的主动姿态，而非公主、桂英等本性忠厚的女性战将，然而诸女的痴情是一以贯之。王兰英和段红玉同样都是为了成就自己的姻缘而无所不用其极，只是段红玉勇于行，而王兰英深于谋。她们身上的叛逆性较八宝公主为多，也更具有不顾一切的主动性。她们其实都是作为异族婚姻中主动争取于归的异族女性形象，具有功能延续的作用。

民间戏曲中，八宝公主更多被习称为双阳公主，剧中独立坚忍的个性日益增强。而狄青是被营救或理亏的一方，处于弱势。故事的立场逐渐转到公主的视角，在其身上设置了更激烈的矛盾冲突。或许这也是《五虎平南》中段红玉、王兰英辈个性的部分植入。清代戏曲明显地加强了对于狄青负心或受恩的描述。《珍珠烈火旗》中，公主为珍珠烈火旗和西辽周旋，狄青却乘机逃走。双阳追至，狄青以面具吓退双阳。双阳为狄青付出的不仅是感情，更为之付出了父母的生命甚至国家命运。《八宝公主》中，鄯善（单单）国王赐狄青以十万大兵往征西辽。狄青兵败被困，全赖公主相救。及至狄青回到宋朝被发配，也是公主杀至汴梁城下，才迫得仁宗赦免狄青。与此同时，戏曲还浓墨重彩地描写了双阳之刚烈。《珍珠烈火旗》中海云飞攻城，鄯善国王出战被杀，王后掠阵亦被刺死。双阳带病上阵击退海云飞，回城登极理事。她在受到极度的精神创伤后，仍能勇敢地站起来承担一切后果。这是小说中未曾有过的故事，但小说《五虎平西》第三十四回"归单单夫妻分别，降辽国宋将班师"中，公主曾经提到她不能即刻跟随狄青归宋的顾虑之一："况且又防西辽怀恨于我邦，趁妾不在，兴兵杀到。虽然不惧怕于他，总有刀兵之想，父王岂不归罪于妾身？"即使是故事最接近于小说《五虎平西》的京剧《八宝公主》，也以救夫侵宋的极端手段展现出双阳的战斗性。八宝公主反边关，入侵中原，并欲围困汴梁等情节，为小说所无。狄青杀飞龙公主获罪，小说中全靠包公断案。此剧则赖双阳提兵发威。《反延安》又名《双阳产子》，亦此类剧作。此戏中，双阳对为狄青付出的沉重代价不是无条件接受的，她敢于兴兵救夫，也敢于因为恨意发兵大宋，以自己强烈的情感推动行为的发生。而狄青最终也要降低姿态，取悦公主，方得圆满。

戏曲中其更丰满的人物形象是从小说中来的，小说也曾经有此性格铺垫的草蛇灰线，但终于在小说的发展线索中淹没于对人物更强烈的从属性或贤惠性方面的塑造。《五虎平西》第二十一回"出风火夫妻分别，离单单五虎征西"中，公主独行返回单单，一路百转回肠，也曾想过狄青"虽然声声许我平西之后，仍旧回来，犹恐未必心口相对。如若不来，哀家有个主意，他若在大宋为官，把我抛弃于此，定要奏于父王，兴兵杀上汴京，与他理论便了"，但在小说中这只是一念之间，而此念头中的怨艾情绪和不惜玉石俱焚的张狂胆色在戏曲中得到了延续发扬，并且成为人物形象中非常重要的一面。

异族关系的男女情事不仅在男女主角中发生，戏曲也将之继续扩展到其他五虎身上。如京剧《通海沟》讲述飞山虎刘庆和罗王之女石彩珠之情事。小说《万花楼》中无此事，反有杨家将和百花女事，都是将民族战争化为男女联姻。这种异族男女缔结的夫妻关系，具有一定的象征意味。在《五虎平西》第九十回"收野道夫妻重叙会，遵师命鸾凤再分离"中，公主帮助狄青收服妖道后去见圣母，借圣母之口讲出一番夫妻二人缘何聚少离多以及将来际会的因由，"因辽国干戈时时不息，必要五虎英雄，方能保得大宋江山，所以你夫妻常常会少离多，皆由不息干戈之患"，是直接将异族夫妻的聚与散和民族关系的战与和的命运等同起来。

当然，在与时俱进的时代意识下，每个阶段的小说和戏曲都反映了一定时代最具有代表性的思想意识，人物形象和人物关系阐释出来的作品主题也在不断地变化中。及至现代的戏曲变化亦同此理。叶志良、胡妙贞《在历史经纬中嬗变的婺剧"双阳与狄青"的故事》一文辨析了现当代婺剧中双阳和狄青故事的发展，认为"在《前后日旺》中，剧作的主题，更多的是大汉族对弱小民族的强行收编。到50年代的《双阳公主》，宣扬的则是民族团结和睦，反对恃强凌弱。新世纪的《昆仑女》在宣扬民族团结的基础上，进一步强调了西域少数民族积极反抗和制止分裂势力、主动归附大宋的愿望。剧作深深刻上时代烙印，从大汉族主义到积极反对民族分裂的正义力量，是时代赋予的特殊的历史使命"①。从小说中的八宝公主到戏曲中的双阳公主，狄青和公主夫妻间的人物关系已经发生了逆转：从男方主导到女性主导，从公主主动迎合到狄青主动迎合。各种文本的叙事角度也显而易见地发生了转变，从小说到戏曲，故事的叙述线索更多地转移到狄青故事中本是虚构的女性形象——异国公主身上，并在其形象上投入了理想主义色彩。这反映出民族关系的平等和融合，乐见其成，无分彼此。清代后期民族关系渐无成见，不再囿于汉族的大男子主义，这也同时标志着女性地位的日益重要。

---

① 叶志良、胡妙贞：《在历史经纬中嬗变的婺剧"双阳与狄青"的故事》，《戏文》2006 年第 1 期，第 28~31 页。

第五章

英雄之死：故事演变中的民族认同意识对情节主题的改造

第一节　杨令公之死

杨业死后世代建有庙祠，宋人已多有吟咏。苏颂《苏魏公文集》卷十三《和仲巽过古北口杨无敌庙》云："汉家飞将领熊罴，死战燕山护我师。威信仇方名不灭，至今边塞奉遗祠。"① 刘敞《公是集》卷二十八《杨无敌庙》云："西流不返日滔滔，陇上犹歌七尺刀。恸哭应知贾谊意，世人生死两鸿毛。"② 明清以下更是立祠以为纪念，《明一统志》卷一记杨令公祠："在密云县古北口，祀宋杨业。业善战，时号杨无敌，数拒辽有功，民赖以安。后人立祠祀之。"③《畿辅通志》卷四十九亦云"明洪武间徐达建，成化辛丑重修，赐额威灵庙。本朝康熙年霸昌道耿继先重修"④。则杨令公之死的原因、情状、身后是非，从简明的历史演绎到繁复的小说家言，对史实的改造和艺术加工，实基于各个时代对宋辽关系不同的民族认同。

一、宋代士大夫对于本事的诠解：杨令公死因从军事分歧转化为忠奸斗争

杨业，亦名杨继业、杨邺，俗称杨令公。史有其人，长于边事，号称无敌。宋太宗雍熙三年（986），杨业作为潘美副将出师攻辽，与监军王

---

① （宋）苏颂撰，苏携编：《苏魏公文集》卷十三《和仲巽过古北口杨无敌庙》，《景印文渊阁四库全书》第 1092 册，台北：台湾商务印书馆 1986 年版，第 212 页。

② （宋）刘敞：《公是集》卷二十八《杨无敌庙》，《景印文渊阁四库全书》第 1095 册，台北：台湾商务印书馆 1986 年版，第 636 页。

③ 《明一统志》卷一，《景印文渊阁四库全书》第 472 册，台北：台湾商务印书馆 1986 年版，第 23 页。

④ （清）《畿辅通志》卷四十九，《景印文渊阁四库全书》第 505 册，台北：台湾商务印书馆 1986 年版，第 123 页。

侁、刘文裕意见不合，被迫出战，孤军陷敌，终至全军覆没，功过当时已经明确。《杨业赠太尉大同军节度使制》云："群师违戾，援兵不前，独以孤军，陷于强敌。"①《宋大诏令集》卷九十四《责潘美制》以"而道路非遥，军士亦众，不能申明斥候，谨设堤防，陷此生民，失吾骁将"降潘美之职；《王侁刘文裕除名配金登州制》以王侁、刘文裕"而乃堕扰军谋，窘辱将领，无公忠之节，有狠戾之愆，违众任情，彼前我却，失吾骁将，陷此生民"②而除名配金州、登州，杨业诸子并受诏褒。

杨业兵败身亡的历史原因是主帅潘美节制不利，监军王侁、刘文裕谋略错误，杨业不敌辽军。凡此种种，都可谓是国家军事力量不济的结果。民族积弱是两宋士人不可承受的现实重荷，关键时刻失却兵机，使宋辽关系陷于被动失势，不免使人耿耿于怀、扼腕叹息。怨愤慷慨之气无处发泄，于是转而把无法释怀的失败根由归结为具体的个人之奸，以浇却心中块垒，使民族自尊心在败军之罪划归个人后得以勉强维持。曾巩《隆平集》、王称《东都事略》相关记载皆祖杨亿《杨文公谈苑》，《杨文公谈苑》称杨业之死"天下冤之，闻者为流涕"，把败军陷阵的矛头直指"奸臣所逼致败"。③稍后曾巩《隆平集》卷十七"武臣"记杨业"因重伤为敌所获，太息曰：'为奸臣所逼，王师败衄'"，并将"天下冤之"的感情力度强化为"天下闻其死，皆为之愤叹"。④苏辙《栾城集》卷十六《过杨无敌庙》诗明言："一败可怜非战罪，太刚嗟独畏人言。"⑤宋人杨亿、曾巩、苏辙均提及杨业为"奸臣所逼"、"人言"构陷，曾巩《隆平集》卷十七引真宗语曰："嗣及延昭以忠勇自效，忌妒者众。朕力庇之，以及

①　（宋）《宋大诏令集》卷第二百二十"政事七十三·褒恤上"《杨业赠太尉大同军节度使制》，北京：中华书局1962年版，第844页。

②　（宋）《宋大诏令集》卷九十四"将帅·贬责"《责潘美制》、《王侁刘文裕除名配金登州制》，北京：中华书局1962年版，第346页。

③　（宋）江少虞：《宋朝事实类苑》卷五十五"将帅才略·杨无敌"引《杨文公谈苑》，上海：上海古籍出版社1981年版，第722页。

④　（宋）曾巩：《隆平集》卷十七"武臣"，《景印文渊阁四库全书》第371册，台北：台湾商务印书馆1986年版，第165页。

⑤　（宋）苏辙：《栾城集》卷十六《过杨无敌庙》，《景印文渊阁四库全书》第1112册，台北：台湾商务印书馆1986年版，第188页。

于此"①，更将忠奸斗争的范围从杨业延续到杨延昭。

　　奸臣误国是历朝历代归咎衰亡责任惯用的评价体系。唐代安史之乱，归于杨国忠弄权；北宋钦徽二宗北狩，归罪于童贯、蔡京；两宋之际，收复中原无望，罪在秦桧主和；南宋灭亡，贾似道难逃误国之罪。出于对最高统治者的忠诚与敬畏，人们往往很难指摘他们的愚昧和过错，于是权臣作为皇权的代表，因为蒙蔽圣听、把持朝纲、肆意弄权，承受了国家败亡的全部罪名。这种民族心理投射到潘美身上，成就了文学中的奸臣形象潘仁美。至于史实中未能节制诸帅的潘美，杨业曾经泣诉忧虑、托以后事，潘美亦如其所言布兵陈家谷，较之王侁、刘文裕，本当更得杨业信赖。在民族心理的积淀下，经过宋代士大夫频繁的暗示，文学创作的筛选，真正致杨业兵败身殁的王侁、刘文裕湮没无闻，宋代名将潘美逐渐演变为奸臣潘仁美②，担负起构陷之罪、误国之名，杨家将故事遂由此形成八大王、寇准和潘仁美、王钦若两大忠奸力量的对比，而其名字中故意添加的"仁"字，更是充满民间黠慧的反讽意味。

　　杨业的死因从王侁、刘文裕贻误军机演变为奸臣构陷，是忧患国运的宋代士大夫为了规避民族积弱的难堪，对杨令公之死本事进行的重新理解和诠释，通过外部矛盾内部化，淡化了民族屈辱。

二、元代曲家对令公之死的两大发明：撞李陵碑而死和昊天塔盗骨殖

　　杨业就死的情状，从被擒不食而死演变到撞李陵碑身亡，其中细节的演变体现了元代曲家对于民族尊严、民族气节的自我维护和美好塑造。宋初杨亿的记录较简，《宋朝事实类苑》卷五十五引《杨文公谈苑》仅"独

---

　　① （宋）曾巩：《隆平集》卷十七"武臣"，《景印文渊阁四库全书》第371册，台北：台湾商务印书馆1986年版，第166页。
　　② 余嘉锡《杨家将故事考信录·杨业传索隐第三》认为，本传中杨业临死前叹息为"奸臣所迫"，奸臣实指潘美。见《余嘉锡论学杂著》，北京：中华书局1963年版，第457～460页。

手刃数百人，后就擒"，"遂不食三日，死"。① 曾巩《隆平集》卷十七"武臣"记载略详，"邺力战至暮，望谷无人，抚膺大恸。其子延玉死焉。帐下兵殆尽，犹手刃数十百人，因重伤为敌所获"，"不食三日而死"。②《宋史》本传记其"身被数十创，士卒殆尽，业犹手刃数十百人。马重伤不能进，遂为契丹所擒"，"乃不食，三日死"。③《辽史·圣宗本纪》所记则细节更丰富，"中流矢，堕马被擒。疮发不食，三日死"④。契丹作为事情的见证方，所记应为可靠。至于《辽史·耶律斜轸传》中耶律斜轸责问"汝与我国角胜三十余年，今日何面目相见"，"继业但称死罪而已"。⑤ 这自然是出于契丹立场上的民族优越感。无论以上何种记录，杨业均为被擒后绝食而死。⑥ 直至元杂剧《昊天塔孟良盗骨》，首次出现杨业撞李陵碑而亡。汉将李陵兵败，投降匈奴，后游说苏武遭拒绝。撞李陵碑而死，是通过戏剧手法喻示的对妥协投降的坚决否定。元杂剧作者多为汉族书会文人，他们在民族压迫下沦为民族等级的下层，境遇苦闷，怀着强烈的故国之思、黍离之悲，更加执着渴望理想中的民族信念、民族气节，并将它们投射到现实之外的文学作品中。在他们看来，杨业即使就擒绝食而死，亦不足够体现民族精神，活着落入敌手，本身就是一种洗刷不去的耻辱，这是元代汉人在异族统治下的感同身受。杨业撞李陵碑自绝，是元朝汉人为自己所不能者标榜的最后的精神丰碑，自此杨令公撞李陵碑而亡遂成戏剧小说中的定论。

---

① （宋）江少虞：《宋朝事实类苑》卷五十五"将帅才略·杨无敌"引《杨文公谈苑》，上海：上海古籍出版社 1981 年版，第 722 页。

② （宋）曾巩：《隆平集》卷十七"武臣"，《景印文渊阁四库全书》第 371 册，台北：台湾商务印书馆 1986 年版，第 165 页。

③ （元）脱脱等：《宋史·杨业传》卷二百七十二，北京：中华书局 1977 年版，第 9305 页。

④ （元）脱脱等：《辽史·圣宗本纪二》卷十一，北京：中华书局 1974 年版，第 124 页。

⑤ （元）脱脱等：《辽史·耶律斜轸传》卷八十三，北京：中华书局 1974 年版，第 1303 页。

⑥ 关于杨业之死，杨建宏《略论杨门男将演变成杨门女将的文化意蕴》以当时的形势、杨业生前已做好牺牲准备、杨业被俘后自杀一说是王侁和刘文裕为规避责任捏造的事实为由，认为杨业未被俘获而是当场战死的可能性较大。见杨建宏：《略论杨门男将演变成杨门女将的文化意蕴》，《长沙大学学报》2004 年第 1 期，第 9 页。

　　宋朝史料只录朝廷封赏杨业后代，于其战殁后的情况并无详考。杨令公的身后是非为文学提供了广阔的想象空间，历史本事的痕迹渐渐褪去，历史与时事的异代同悲却在继续，元代戏剧故事首次增添了昊天塔孟良盗骨的情节。曾巩文中曾言杨延昭待下属"号令严明，同士卒甘苦，寒不披裘，暑不张盖，遇敌必身先，功成推其下，故人乐为用"①。由此推想，"人乐为用"之下必有一批英勇善战的勇士为其出生入死、守边卫家。于是，更具有市民气息、江湖草莽习气的孟良、焦赞、岳胜等二十四指挥使推衍而生，成为盗骨杂剧中不可缺少的鲜活人物。

　　《辽史·圣宗本纪》记杨业死后，"遂函其首以献。诏详稳辖麦室传其首于越休哥，以示诸军"，意在震慑宋军，果然宋军"皆弃城遁"。②古代战争中的寻常景象，在元代戏曲中却有突出的想象和夸大。《昊天塔孟良盗骨》中，杨业鬼魂自叙"被番兵将我尸首焚烧了。把骨殖吊在幽州昊天寺塔尖上。每日轮一百个小军。每人射我三箭。名曰百箭会"。③其后杨六郎和孟良潜入幽州，赴昊天寺将杨令公骨殖盗回安葬。

　　盗骨的发生地幽州昊天寺，建于辽道宗朝，时在杨业战殁七十余年后。《日下旧闻考》卷五十九引《元一统志》云："道宗清宁五年（1059），秦越大长公主舍棠阴坊第为寺，土百顷，道宗施五万缗以助，敕宣政殿学士王行己领役。既成，诏以大昊天寺为额，额与碑皆道宗御书。④大殿之后，建宝塔高二百尺，有神光飞绕如火轮，清信施财者沓至。"⑤昊天塔，即昊天寺宝严塔，宝塔高耸，元人多有吟咏。郝经《陵川集》卷三

　　①　（宋）曾巩：《隆平集》卷十七"武臣"，《景印文渊阁四库全书》第371册，台北：台湾商务印书馆1986年版，第166页。

　　②　（元）脱脱等：《辽史·圣宗本纪二》卷十一，北京：中华书局1974年版，第124页。

　　③　（元）《昊天塔孟良盗骨》第一折，（明）臧晋叔编：《元曲选》第二册，北京：中华书局1958年版，第827页。

　　④　（元）陶宗仪：《书史会要》卷八云："道宗讳洪基，字涅邻，小字察喇，兴宗长子。性沉静严毅，喜作字。尝有所书秦越大长公主舍棠阴坊第为大昊天寺碑及额，今在燕京旧城。"《景印文渊阁四库全书》第814册，台北：台湾商务印书馆1986年版，第766页。

　　⑤　（清）于敏中编：《日下旧闻考》卷五十九，北京：北京古籍出版社1981年版，第958页。

《登昊天寺宝严塔》称其"瑰奇入霄汉，缔构穷土木。高穿翡翠笼，直到莲心出"①。王恽《秋涧集》卷十六《同马才卿暇日登昊天寺宝严塔有怀》云："高标直上跨苍穹，物外方知象教雄。"② 昊天塔前身开泰寺建于辽代圣宗朝开泰年间，其时杨业已下世三十余年，双方修好十数年。《日下旧闻考》卷一百五十五引《元一统志》云："大开泰寺在昊天寺之西北，寺之故基，辽统军邺王宅也。始于枢密使魏王所置，赐名圣寿，作十方大道。圣宗开泰六年（1017），改名开泰。殿宇楼观，雄壮冠于全燕。至金国又增之。"③ 即开泰寺始为魏王耶律休哥所造。因《辽史·圣宗本纪》记杨业死后曾"传其首于越休哥，以示诸军"，以此推转，或为杨业骨殖悬于昊天塔的源起。④ 当然，元代文学选择昊天塔寄意，还有更深层的历史积怨。

金代昊天寺重建于金世宗大定二十四年（1184）二月，元释觉岸《释氏稽古略》"释家"卷四"昊天寺"条目下记云："金国大长公主二月降钱三百万，建寺于燕京城。额曰昊天。给田百顷，每岁度僧尼十人。"⑤《元史》卷五记元世祖中统三年（1262）十二月"作佛事于昊天寺七昼夜，赐银万五千两"⑥，卷二十二记武宗至大元年（1308）十一月"施昊天寺为水陆大会"⑦，即昊天寺建自辽代，相继为辽、金、元三朝异族统治者所重视。恰是在昊天寺，钦徽二宗于北迁途中得以相晤。宋人徐梦莘《三朝北盟会编》卷九十八云："二圣两寺居处，七月上旬于昊天寺相见。亲王

① （元）郝经：《陵川集》卷三《登昊天寺宝严塔》，《景印文渊阁四库全书》第1192册，台北：台湾商务印书馆1986年版，第40页。

② （元）王恽：《秋涧集》卷十六《同马才卿暇日登昊天寺宝严塔有怀》，《景印文渊阁四库全书》第1200册，台北：台湾商务印书馆1986年版，第196页。

③ （清）于敏中编：《日下旧闻考》卷一百五十五"存疑"，北京：北京古籍出版社1981年版，第2499页。

④ 此意见可参看常征：《杨家将史事考》第三章"无敌将军杨业"，天津：天津人民出版社1980年版，第117页。

⑤ （元）释觉岸：《释氏稽古略》"释家"卷四，《景印文渊阁四库全书》第1054册，台北：台湾商务印书馆1986年版，第211页。

⑥ （明）宋濂等：《元史》卷五"世祖本纪"，北京：中华书局1976年版，第89页。

⑦ （明）宋濂等：《元史》卷二十二"武宗本纪"，北京：中华书局1976年版，第505页。

东序，驸马西序，道君居左面，渊圣居右面。皇太子次南面西。酒五盏，自早至午，礼毕而归。"① 亡国君王尤在北地聊施家国之礼，不尽凄凉辛讽之意。金元两朝相继在昊天寺大行法事，异族之盛正是汉族之衰，异族所重必为汉人所怨。三代以来，昊天寺烙印了深重的民族耻辱，积累了长久的民族怨恨。

元代文学作品以昊天寺作为杨业骨殖受难处，正是历史情感积淀下的选择。而其死后仍然遭受凌辱的情节，则是在特殊的历史背景下应运而生。元朝至元十五年（1278）十二月，总江南浮屠杨琏真伽竟然发掘南宋诸王陵寝，攫取珠玉，断残肢体，弃骨于草莽间，其恶劣行径令人发指。南宋遗民闻见，无不伤心惨痛。慑于元朝的统治，他们不敢做，不敢言。义士唐珏、林景曦各自在深山冷寂中，拾取赵宋王陵遗骸，重新安葬，从南宋的旧殿中挖来冬青树以为标志，隐忍而悲愤地尽一个遗民的血性。之后杨琏真伽更下令把山林间的骨骸全部收拢，筑一座白塔压在上面，塔名"镇南"，以示永远镇压汉族之意。南宋王朝陵寝遭遇如此下场，真叫遗民痛心疾首，壮心难竖。② 《昊天塔孟良盗骨》作者朱凯至顺元年（1330）曾为钟嗣成《录鬼簿》作序，被纳入"方今才人相知者"。其时距此事件不过五十年。在异族的统治下，他们无力反抗，一方面民族矛盾空前激化，另一方面空有激愤而无所施展。巨大的民族耻辱在现实与历史中共鸣，创作者唯有借古讽今，将昊天塔暗喻镇南塔，重新编创杨业死后骨殖悬挂受难于昊天塔的情节，以类南宋陵墓被掘，虽死犹辱的民族仇恨，并将希望寄托在孟良这样一个英雄人物上，不仅盗回骨殖，还放火烧了昊天寺、幽州城，在假想世界中扬眉吐气、一抒怨怀。关汉卿和朱凯同以"孟良盗骨"题材为剧，惜关剧仅留残句，可见一时风气之所在。

元剧《昊天塔孟良盗骨》流露出挑战异族的愿望，但基于长久以来对异族统治强势的心理认同和自我暗示，这种挑战又是胆怯的。全剧没有形

---

① （宋）徐梦莘：《三朝北盟会编》卷九十八，上海：上海古籍出版社 2008 年版，第 724 页。

② 余嘉锡则认为朱凯以"宋末临安既破，元江南释教总统杨琏真珈发宋诸陵，徽、钦梓宫内空无一物，只得朽木一段，及木灯一枚而已。盖二帝遗骸，漂流沙漠，初未尝还"一事悲慨成文，托孟良盗骨以写其意。见《杨家将故事考信录·故事起源第一》，《余嘉锡论学杂著》，北京：中华书局 1963 年版，第 419~428 页。

成与辽军的正面交锋，杨六郎和孟良采取偷盗的形式盗回骨殖，即使第四折出现辽将韩延寿带领五千人马追至五台山，也被杨五郎用计将其单独骗入寺中打杀。这是民族自信力不足，委以智取的表现。元剧《昊天塔孟良盗骨》作为历史新编，直接隐射时事，一定程度上带有民族反抗的意味。而明代推翻了异族统治，民族压抑得以释放，民族之痛的创伤已愈。明代小说戏曲将元剧中昊天塔骨殖受难的情节删除，民族沉痛感也随之消解。杨家将故事不再是民族遗恨的心理补偿，而是迎合市井的需要。作文主旨全不相类，则细节改造上也就不尽相同了。

三、明清两代的敷衍：民间意识的渗透杂糅和统治者的教化意图

　　明代杨家将杂剧今可见者有三种，《孤本元明杂剧》收有《八大王开诏救忠》、《焦光赞活拿肖天佑》、《杨六郎调兵破天阵》。[①] 杨家将小说主要有两种，一是《北宋志传》，明万历二十一年（1593）文台余氏双峰堂刊，五十回，双题。宝文堂书店《杨家将演义》即以此系为底本。另一种是《杨家府演义》，明万历三十四年（1606）卧松阁刊本，八卷58则，单题，卷首有秦淮墨客序。浙江出版社、北京出版社《杨家将演义》[②] 则以此系为底本。杨家将故事在清代演绎为十本二百四十出的宫廷大戏《昭代箫韶》，在民间的流传则以各种地方戏曲为主，京剧脚本《托兆撞碑》集中代表了杨令公之死在清朝的故事演变。

　　明代的杨令公故事敷衍呈现出鲜明的时代特征，内容的拉杂体现出民

---

　　① 《孤本元明杂剧》，北京：中国戏剧出版社1958年版。相关杂剧引文皆出此书。明末清初李玉有《昊天塔》传奇，杂糅《谢金吾诈拆清风府》、《昊天塔孟良盗骨》等杂剧，同时衍伸出杨排风故事。汪协如校《缀白裘》二集卷三收有《五台》一出，北京：中华书局1955年版，第175～182页。就此一出看来较元剧细节为简。因未能见到李玉《昊天塔》全本，故不论述。

　　② 《杨家将演义》，裴效维校订，以启元堂刻本为底本，参阅玉兰堂、体元堂刻本，北京：宝文堂书店1980年版。《杨家将演义》，周华斌、陈宝富校注，据万历三十四年刊行《杨家府世代忠勇演义志传》和同书的清复明刊本（天德堂刊）作为底本整理，北京：北京出版社1981年版。《杨家将演义》，据嘉业堂藏明万历年间刻本排印，杭州：浙江出版社1980年版。

族认同的集体无意识。曾经在昊天塔上饱受摧残的杨业骨殖，在从元杂剧向明戏剧小说发展的过程中，演变为假骨殖在红羊洞，真骨殖在望乡台，清代戏曲则将红羊洞、望乡台合而为一。《辽史》中所记杨业的牺牲地为狼牙村。《辽史·圣宗本纪二》统和四年记杨业行至狼牙村，"遇斜轸，伏四起，中流矢，堕马被擒，疮发，不食三日死，遂函其首以献"。《雍正朔州志》卷三云州东北有"红崖儿村"、城西南有"狼儿村"，《方舆纪要》云"狼牙村，或曰即今朔州西南十八里之洪崖村"，递相传说之间，遂将洪崖村、狼牙村混而为一。历史地理中未见"红羊洞"这一地名，但《山西通志》卷十二"关隘四·朔平府（左云县）"记红羊峪在左云县"南四十里四峰山旁，最称险隘，相传宋杨业屯兵于此"，即洪崖村、红羊峪都是传说中杨业驻守或者败亡的地方，崖与羊声母相同，韵母接近，加上杨与羊谐音（明清杨家将故事越来越多融入谐音暗示），而小说戏曲中"红羊洞"、"洪洋洞"同音不同字的模糊性，都说明"红羊洞"的出现具有民间文学口耳相传、拉杂走音的特征。京剧《洪洋洞》中令公唱道："真尸骨在北国洪洋洞内，望乡台第三层那才是真。"六郎云："真尸骨在北国洪洋洞望乡台第三层石匣之内。"[1]

"望乡台"最早出现于《昊天塔孟良盗骨》第一折《仙吕·寄生草》，杨业的鬼魂对杨景唱道："俺为什么泪频挥。也只要您心暗懂。早遣那嘉山太仆来争哄。把这宣花巨斧轻轮动。免着俺昊天塔上长酸痛。您若是和番家忘了戴天仇。可不俺望乡台枉做下还家梦。"[2] 在这段唱词里，昊天塔是实指，望乡台是泛指。广义的望乡台往往用以表达思乡迢递之情，尤其在边塞苦寒之地，经常泛用这一名称。狭义具体的典故则主要集中在西蜀望乡台和北地李陵望乡台。明陈禹谟撰《骈志》卷十一记有"将军望乡台"，本自《述异记》："汉成帝遣将军王溃戍边，及帝崩，王莽篡逆。溃与莽有隙，遂留不敢归。因逃入胡中，士卒相率筑台，为望乡之处。"[3] 这

---

① 京剧《洪洋洞》，北京市戏曲编导委员会编辑：《京剧汇编》第八十九集，北京：北京出版社1961年版，第117~118页。

② （元）《昊天塔孟良盗骨》第一折《仙吕·寄生草》，（明）臧晋叔编：《元曲选》第二册，北京：中华书局1958年版，第829页。

③ （明）陈禹谟：《骈志》卷十一"将军望乡台"，《景印文渊阁四库全书》第973册，台北：台湾商务印书馆1986年版，第308页。

或为望乡台之始。宋金以来诸家多有吟咏，将李陵和望乡台相提并论。宋陈起编《江湖小集》卷五十六《姜夔白石道人诗集》有《李陵台》诗云：

李陵归不得，高筑望乡台。
长安一万里，鸿雁隔年回。
望望虽不见，时时一上来。①

《御订全金诗增补中州集》卷十四有赵秉文《子卿归汉图》诗：

节旄落尽始归来，白发龙钟老可哀。
犹胜生降不归汉，将军空有望乡台。②

元萨都拉《雁门集》卷四《过李陵墓》云：

降入天骄愧将才，山头空筑望乡台。
苏郎有节毛皆落，汉主无恩使不来。
青草战场雕影没，黄沙鼓角雁声哀。
那堪携手河梁别，泪洒西风骨已灰。③

明魏学洢《茅檐集》卷三《李陵》诗云：

李陵飞将雏，千弩应弦倒。
万里搏单于，匈奴不堪埽。
箙中花箭尽，鼓死龙城道。
名败志不成，身与毡帷老。

---

① （宋）陈起编：《江湖小集》卷五十六《姜夔白石道人诗集》，《景印文渊阁四库全书》第1357册，台北：台湾商务印书馆1986年版，第442页。

② （金）赵秉文：《子卿归汉图》，《御订全金诗增补中州集》卷十四，《景印文渊阁四库全书》第1445册，台北：台湾商务印书馆1986年版，第220页。

③ （元）萨都拉：《雁门集》卷四《过李陵墓》，《景印文渊阁四库全书》第1212册，台北：台湾商务印书馆1986年版，第649页。

日落望乡台，酸风嘶荒草。

子卿不相理，十年恨盈抱。①

自宋金至明，诗人的笔下都是李陵枉登望乡台而终不能还乡的形象，望乡台成为李陵遭遇的一种象征。元杂剧《昊天塔孟良盗骨》以来，各种杨家将作品均遵循杨业撞李陵碑自杀的成说，杨业与李陵故事相互渗透，遂有杨业骨殖葬于望乡台之说。明代小说中，杨令公死后的待遇也迥异于元代昊天塔百箭会的惨烈，《北宋志传》二十四回孟良盗骨，"见一土墩，旁有小碣，上写了'令公冢'"、"掘开冢墩，下有石匣安贮"；四十四回再取真骸骨，"果见一香匣贮着骸骨在焉"，以杨令公骨殖妥当的安置形式，昭示了经过明帝国一统江山后，民族认同感加强之下民族矛盾的波澜不兴。自元至明，昊天塔百箭会的惨烈湮没不闻，民族之恨代以望乡台的乡关之思，这种巧妙的替换，恰恰体现出民众对于民族仇恨集体无意识的淡忘。

明代市民文化蓬勃兴起，信奉宿命、注重娱乐的市民意识也推动了杨令公之死故事主题的转移。《宋史》及其他宋代笔记均称杨业死于陈家谷，《辽史·圣宗本纪》首称杨业行至狼牙村，"恶其名不进，左右固请乃行，遇斜轸，伏四起，中流矢，堕马被擒"。元杂剧《昊天塔孟良盗骨》第一折《仙吕·后庭花》令公托梦言称："困住两狼山虎口交牙峪，里无粮草，外无救军，不能得出，撞李陵碑身死。"明代小说戏曲广泛采用此说，并继续在谐音双关上大做文章，增加了浓重的宿命论色彩。《杨家府演义》第七回，杨令公夜观天象，乃曰："老汉数难逃矣！"两兵对阵，"只见辽兵旗上，前画一羊，后画一虎扑之"，遂挥泪言曰："哀哉，痛哉，今生已矣。"第八回令公来到狼牙谷，暗忖："羊遭狼牙，安得复活？"明代杂剧的迷信色彩更有过之。《八大王开诏救忠》第一折《仙吕·寄生草》中，令公对潘太师云："明日是个十恶大败之日，又是黑道，不可发兵。"第二折《中吕·醉春风》中两军对阵，令公对七郎云："番兵旗上，画着一只狼，三只羊，躐翻一只羊，踏住一只羊，口里咬着一只羊。孩儿也，他是

---

① （明）魏学洢：《茅檐集》卷三《李陵》，《景印文渊阁四库全书》第 1297 册，台北：台湾商务印书馆 1986 年版，第 542 页。

狼，我是羊，好是不祥也。"以"羊"谐"杨"，虎扑羊，狼牙村，都带有民间习见的谶纬、兆头的意味。随着市民意识对戏曲小说娱乐性的追求，人们要求文学人物更贴近市民生活的世俗气质，杨令公之死故事的人物和情节重心都随之变化。《北宋志传》第二十四回"孟良智盗骕骦马，岳胜大战萧天佑"中，盗骨之事几笔带过，情节简单无悬念，情绪的悲愤荡然无存。盗骨作为过渡，而非重要关目，"盗马"才是故事的重心。民间对于狡黠的智慧更有兴趣，如话本中的神偷一枝梅、《西游记》中的孙悟空，都是以灵巧、机智、善偷而深受老百姓的喜爱。第四十四回"六郎议取令公骸，孟良误杀焦光赞"，孟良误杀焦赞、自杀谢罪是这回情节的动人之处，而盗取令公骨骸成为一种形式化的内容，更多的功用在于线索的推动。盗骨内涵的精神实质也发生了根本性的变化，民族矛盾淡化，民族斗争的悲壮荡然无存，剩下的是市民文化中更为普遍关注的斗智、义气等，体现了作者创作情感和读者兴趣关注的全面转移。

清代宫廷大戏《昭代箫韶》全剧十本二百四十出，见诸《古本戏曲丛刊》九集之八，它体现了统治者鲜明的教化意图，带有昭示太平和浓重的教化意味。嘉庆十八年序明言其主旨为"旌善锄奸，寓千古褒惩之意"、"观忠孝节廉，能移风而易俗，哀乐具备，文武兼陈，诚臣子之楷模，而导扬之善术也"。其对杨家将故事的改造也以此凡例为准则："今依北宋传为柱脚，略增正史为纲领，创成新剧，借此感发人心。善者使之入圣超凡，彰忠良之善果；恶者使之冥诛显戮，惩奸佞之恶报，令观者知有警戒。"[①] 在这出宫廷大戏中，统治者的说教十分明显，忠君爱主之心是杨令公之死突出的主题。第二本第十五出《双调·锁南枝》唱道："雄心怒，恨满腔，一身转战万骑挡。心念圣恩深，便作厉鬼不敢忘"、"心如铁，身似钢，忠肝义胆烈志肠，正气透云高，丹心贯日朗。"《昭代箫韶》借令公之死反复渲染忠爱之心的同时，又宣扬善恶有报，把一切因果怨艾放诸来生化解。所以在杨令公死后呈现了一出热闹的场面：天庭上，已死诸将诸子环绕令公身边，满门忠烈羽化成仙，永列仙班，正是"祥云簇拥三垣上。到青宵胸襟豁朗。试看取忠君自有天奖"。《昭代箫韶》中，最具民族

① （清）王廷章：《昭代箫韶》，《古本戏曲丛刊》九集之八，北京：中华书局1964年版，第1页。

情感的"昊天塔"故事被删去，凡例说"旧有《祥麟现》、《女中杰》、《昊天塔》等剧，亦系杨令公父子之事，既非《通鉴》正史，又非北宋演义，乃演义中节外之枝，概不取录"。《昭代箫韶》不再是杨家将故事的自然衍生，而是清代统治者宣扬思想的工具，无论忠奸善恶、因果来生，都是为了麻痹民众的思想，以图安定异族统治下的社会。

清代民间戏曲在尽现宿命论、娱乐性等民间意识的同时，也被统治者的主观教化自然地引导。赵德普藏本《托兆碰碑》① 再三突出"托兆"二字，如第五场："宝雕弓打不着空中飞鸟，弓又折弦又断为的哪条？""恨石虎把我的战马咬倒，为大将无良骑怎把兵交？"第六场有言："他（五台山智空长老）道我在两狼山前遭围困，到如今果应了智空言。"又有苏武因"当令公归位之期"，故变化成牧羊人点化令公："慢道老羊无贵样，提起老羊甚惨伤。生下几个羊羔子，轰轰烈烈在世上。今日几个死，明日几个亡。老汉掐指算，今日死老羊！老羊！老羊！还不与我死！"碑碣上写着："庙是苏武庙，碑是李陵碑。令公来到此，卸甲又丢盔。白日受饥饿，夜晚受风吹。盼兵兵不到，盼子子不归。"令公就此接受天命，碰死在李陵碑下。正是这些预言性的暗示，一再强调冥冥中自有天数不可抗拒，把历史上战斗不息的民族英雄塑造成为屈从于命运放弃抗争的悟道者。而所谓的"归位"之说，更和清宫大戏"善者使之入圣超凡，彰忠良之善果"的意图不谋而合，清代统治者借助戏曲教化治平的意图得到了充分的表达和实现。

明代汉民族意识兴起，民族对立观念渐渐淡薄，杨令公之死的惨烈沉重在明代失去了感同身受。即使土木堡之变，人们不过将之视为宦官之祸，而非国力、民族的衰弱，并无借其抒发民族之恨的必需。清代是异族统治的朝代，前期大兴文字狱，思想控制严密。对于杨家将故事，统治者善加利用，将其改造为忠君爱主的教化工具，民间思想也自然而然地被其引导。无论明、清，民族融合终是历史的大势所趋，经过明、清两代上层统治者和下层民间意识的共同改造，杨令公之死故事，其民族斗争的象征性和隐喻性最终消解，其不断消解的同时也标志着民族认同的不断深入。

---

① 赵德普藏本《托兆碰碑》，北京市戏曲编导委员会编辑：《京剧汇编》第五十五集，北京：北京出版社 1961 年版，第 53～63 页。

第二节　狄青之死

　　狄青生于北宋大中祥符元年（1008），卒于嘉祐二年（1057）。他战功卓越，曾经在西夏战争中表现出色，并平定了侬智高起义。他以武人的身份担任了枢密使之职，终遭贬谪，次年即在忧谗畏讥中病卒。狄青因曾戴面具出战，因而在民间故事中充满了神秘感。元代已经有关于狄青的戏曲故事，明清时则小说盛行，有以狄青乃至其子为主角的《万花楼》、《五虎平西》、《五虎平南》等演义小说。因为历史人物的活动年代大致相同，所以狄青故事和杨家将故事渐渐在演义中交错，而狄青的形象则呈现出忠奸各异的差别，体现了这位民族英雄被误解和被理解的过程。

一、狄青的忠奸评判

1. 历史上的忠臣身份

　　狄青，山西汾阳人，出身贫寒，十六岁时因代兄受过，"逮罪入京，窜名赤籍"，开始了军旅生涯。王珪《狄武襄公神道碑铭》称其"生而风骨奇伟，善骑射。少好将帅之节，里间侠少多从之"①。1038 年，党项族首领李元昊称帝，建立西夏。狄青出征边庭，任延州指挥使。他冲锋陷阵，身先士卒。四年间参加战役"大小二十有五，中流矢者八。斩首捕敌万有余，获马、牛、羊、橐驰、铠仗、符印、车锱重器物以数万计"②。他出战每每效仿兰陵王，披头散发，戴着青铜面具，所向披靡，声名大震。康定元年（1040），在尹洙推荐之下，狄青得到陕西经略使范仲淹的赏识。范仲淹授之以《左氏春秋》，鼓励他"将不知古今，匹夫勇尔"。狄青遂发

---

　　① （宋）王珪：《华阳集》卷四十七《狄武襄公神道碑铭》，《景印文渊阁四库全书》第 1093 册，台北：台湾商务印书馆 1986 年版，第 351 页。

　　② （宋）王珪：《华阳集》卷四十七《狄武襄公神道碑铭》，《景印文渊阁四库全书》第 1093 册，台北：台湾商务印书馆 1986 年版，第 351 页。

愤读书，"悉通秦、汉以来将帅兵法，由是益知名"。① 几年之间，狄青历官泰州刺史、惠州团练使、马军副指挥使等职。

1052 年六月，狄青任职枢密副使。仁宗曾劝他抹去当年身为士卒时的刺字印记，狄青回说："陛下以功擢臣，不问门地，臣所以有今日，由此涅尔，臣愿留以劝军中，不敢奉诏。"皇祐中，广西侬智高叛乱，朝廷几次征讨都无功而返。狄青主动请缨："上表请行，翌日入对。自言：'臣起行伍，非战伐无以报国。愿得蕃落骑数百，益以禁兵，羁贼首致阙下。'帝壮其言。"② 一到昆仑关，狄青即大力整顿军纪：

> （皇祐五年春正月）狄青合孙沔、余靖两将之兵，自桂州次宾州。青以张忠、蒋偕皆轻敌取死，军声大沮，前戒诸将无得妄与贼斗，听吾所为。陈曙恐狄青独有功，乘青未至，以步卒八千犯贼，溃于昆仑关，其下殿直袁用等皆遁。青曰："令之不齐，兵所以败。"己酉，晨会诸将堂上，揖曙起，并召用等三十二人，按所以败亡状，驱出军门斩之，沔、靖相顾愕然。靖尝迫曙出战，因离席而拜曰："曙失律，亦靖节制之罪。"青曰："舍人文臣，军旅之责，非所任也。"诸将皆股栗。③

狄青继而鼓舞士气，于昆仑关出奇兵扫平侬智高。不到一月，即平叛荣归。

1053 年，基于狄青的卓越功绩，仁宗力排众议，任命狄青为枢密使。宋代是一个偃武修文的朝代，武官一般为副职。狄青这一破格升迁引来了文人极大的不安，百官纷纷进言反对，王举以罢官相胁，曾经赞美狄青军功的欧阳修亦反对任命。1056 年正月，仁宗生病好转，制诰刘敞上书说：

---

① （元）脱脱等：《宋史·狄青传》，《宋史》卷二百九十，北京：中华书局 1977 年版，第 9718 页。

② （元）脱脱等：《宋史·狄青传》，《宋史》卷二百九十，北京：中华书局 1977 年版，第 9719 页。

③ （宋）李焘：《续资治通鉴长编》卷一百七十四，北京：中华书局 1985 年版，第 4190 页。

"天下有大可忧者，又有大可疑者。今上体复平，大忧去矣，而大疑者尚存。"① 此大疑者尚存，即指狄青仍然在朝。狄青家夜间烧纸祭祖，事前忘了通知负责消防的厢吏，结果导致流言蜚语。据宋魏泰撰《东轩笔录》卷十记载：

> 京师火禁甚严，将夜分，即灭烛，故士庶家凡有醮祭者，必先关白厢使，以其焚楮币在中夕之后也。至和、嘉祐之间，狄武襄为枢密使，一夕夜醮，而勾当人偶失告报厢使，中夕骤有火光，探子驰白厢主，又报开封知府，比厢主判府到宅，则火灭久矣。翌日，都下盛传狄枢密家夜有光怪烛天者，时刘敞为知制诰，闻之，语权开封府王素曰："昔朱全忠居午沟，夜有光怪出屋，邻里谓失火而往救，则无之，今日之异得无类此乎？"此语喧于缙绅间，狄不自安，遽乞陈州，遂薨于镇，而夜醮之事竟无人为辨之者。②

1056 年七月欧阳修以阴阳五行之说将水灾之祸归为狄青在任，于是上书请罢狄青。文中道：

> 臣又见枢密使狄青出自行伍，遂掌枢密。始初议者已谓不可，今三四年间，外虽未见过失，而不幸有得军情之名。且武臣掌国机密而得军情，岂是国家之利？臣前有封奏，其说甚详。具述青未是奇材，但于今世将率中稍可称耳。虽其心不为恶，不幸为军士所喜，深恐因此陷青以祸，而为国家生事。欲乞且罢青枢务，任以一州，既以保全青，亦为国家消未萌之患。③

可见狄青之患在于位高权重，掌兵权且知军情，又得到士兵们的高度推崇，不能不为文人治国的宋廷所小心戒备。1056 年八月，任职四年枢密

① （清）徐乾学：《资治通鉴后编》卷六十五宋纪六十五，《景印文渊阁四库全书》第 343 册，台北：台湾商务印书馆 1986 年版，第 251 页。

② （宋）魏泰：《东轩笔录》卷十，北京：中华书局 1983 年版，第 117 页。

③ （宋）欧阳修：《文忠集》卷一百十奏议十四，至和三年《论水灾疏》，《景印文渊阁四库全书》第 1103 册，台北：台湾商务印书馆 1986 年版，第 121 页。

使的狄青终被罢官，出知陈州，离开京师。到陈州之后，朝廷每个月派使者来一次，名曰抚问，实为监视，狄青每次都要"惊疑终日"。不到半年，终于郁郁病死，卒年五十。仁宗赠官中书令，并题碑："旌忠元勋"，谥"武襄"。对于狄青生平的为人和武功，《狄武襄公神道碑铭》肯定道：

> 公为人慷慨，尚节义，有大虑。慎密寡言，外刚锐而内宽。其计事必审中几会而后发。其行师，必正部伍营陈明赏罚。虽敌猝犯之，无一士敢后先者。故常以少击众，而所向无不靡。与士同寒饥劳苦，而又分功与人，未尝自言。安远之战，方被创甚，寇且至，即挺身以前。众莫不争为用。尝独被发，面铜具，驰突贼围中，见者为之辟易。①

除了历史功绩值得肯定，狄青为人亦有颇多可取之处。宋人沈括在《梦溪笔谈》卷九"人事一"中曾记到："狄青为枢密使，有狄梁公之后，持梁公画像及告身十余通，诣青献之，以为青之远祖。青谢之曰：'一时遭际，安敢自比梁公？'厚有所赠而还之。"② 沈括对狄青的高义很是赞许，认为："比之郭崇韬哭子仪之墓，青所得多矣。"狄青亦有雅量。宋祝穆撰《古今事文类聚》前集卷四十三"艺术部"引《韩别录》记"武襄优戏"条云：

> 韩魏公言：狄青作定副帅，一日宴公，惟刘易先生与焉。易性素疏讦，时优人以儒为戏，易勃然谓："黔卒敢如此！"诟骂武襄不绝口，至掷樽俎以起。公是时观武襄，意气殊自若，不少动，笑语益温。次日武襄首造易谢。公于是时已知其有量。③

---

① （宋）王珪：《华阳集》卷四十七《狄武襄公神道碑铭》，《景印文渊阁四库全书》第1093册，台北：台湾商务印书馆1986年版，第352页。

② （宋）沈括撰，胡道静校注：《新校正梦溪笔谈》卷九"人事一"，北京：中华书局1957年版，第109页。

③ （宋）祝穆、（元）富大用辑：《新编古今事文类聚》"前集"卷四十三"武襄优戏"，北京：书目文献出版社1991年版，第460页。俱见宋江少虞：《宋朝事实类苑》卷十四"德量智识·狄武襄"条，上海：上海古籍出版社1981年版，第170页。

历史中的狄青，其忠臣身份是获得肯定的。尽管在其生时，不断有文臣攻击他以武臣位居高职，抨击他给国家带来了潜在的危机，并终于遭到贬谪。但狄青死后获得了封建王朝的肯定和殊荣，仁宗赠官中书令，并题碑："旌忠元勋"，谥"武襄"。宋吴曾《能改斋漫录》卷十四"记文·神宗御制祭狄青文"记云："初，青子谘奏事延和殿，神宗问：'青征南尝有遗书存否？'于是谘上《平蛮记》及《归仁铺战阵》二图。神宗乃自为是文祭之。"① 可见不仅仁宗当朝，及至神宗时代，对狄青历史功绩之肯定都是无可置疑的。

2. 文学中的接受反差

段春旭《狄青故事的产生与演变》文中提到《水浒传》引首部分尚以文曲星包拯、武曲星狄青"两个贤臣，出来辅佐"仁宗，认为说明了"狄青故事流传的广泛与民间对这一人物的尊崇与喜爱"。文中同时指出"在明中后期的两部小说中的狄青形象都带有负面的性质。一是《包龙图判百家公案演义》，一是《杨家府演义》"②。段春旭认为之所以产生这样两面的评价，是因为《水浒传》接近于民间文学，而后二者代表了士大夫的评价。用民间文学和士大夫文学的评判标准不同，来作为对狄青褒贬差异的原因，显然有其不够准确的地方。演义小说大多都抹不去民间意识的影响，文人的意识应不足以完成通俗小说对于人物的改头换面。无论其原因判断是否成立，狄青形象曾经面临的接受反差则是无疑的。

皇祐四年（1052）十月，宋廷因征南调陕西诸路军将，杨文广即在其中，统边兵赴广南行营，作为将领跟随狄青出征侬智高。历史上的夜夺昆仑关，智勇皆功在狄青。时值元宵节，狄青宴请诸将，席上借故离开，酒宴未散，而狄青已攻下昆仑关。侬智高逃奔大理，杨文广受将命奔袭两千多里，至大理东合江口而还。常征《杨家将史事考》云："据《读史方舆纪要》称，杨文广在合江口所建之城堡遗址凡三所，皆在清代云南省之阿迷州（治今个旧市北之开远），一名合江口砦，在州东二里南盘江上之通

①　（宋）吴曾：《能改斋漫录》卷十四"记文·神宗御制祭狄青文"，北京：中华书局1960年版，第417页。

②　段春旭：《狄青故事的产生与演变》，《中国典籍与文化》2011年第1期，第20～27页。

安桥；一在州之平市铺，一在石头砦。"① 1054 年，杨文广再次受命赴广
西防备侬智高反击。1064 年，杨文广回到中原。可见历史上平侬智高一役
中，狄青居功至伟，杨文广仅是作为随征将领。但在 1054—1064 年间，杨
文广作为地方统帅屯兵广西十年，对广西的发展和防备侬智高都功莫大
焉。至今当地民间仍盛传着杨家将传说就是其影响力的明证。

经文人秦淮墨客校阅的《杨家府演义》是一部明人写就的小说，全称
《杨家府世代忠勇通俗演义》（现在最早刊本为明万历三十四年刊本），在
《杨家府演义》基础上改编的熊大木《北宋志传》② 中，关于杨文广平南
的一段已经删除。两本杨家将小说，《北宋志传》的流行广度远甚于《杨
家府演义》，无论是大量的民间戏曲，还是宫廷大戏《昭代箫韶》，都是取
自于《北宋志传》，即如《昭代箫韶·凡例》"依《北宋志传》为柱脚，
略增正史为纲领，创成新剧"。而正是在《杨家府演义》中，狄青被列入
奸人的行列。在《杨家府演义》中，狄青是和潘仁美一样的奸臣，曾经设
计刺杀杨宗保。侬智高叛乱，先是狄青挂帅征讨失利，遂由杨宗保主动请
缨前往征南，代狄青执掌元帅之印。狄青的征南功绩史书上有载，杨文广
固然曾随狄青征讨侬智高，但绝无杨宗保挂帅一事。演义在"宗保领兵征
智高"一章开头即描述了这段子虚乌有的杨宗保和狄青结仇的段子：

　　宗保将圣旨宣读毕，狄青即捧印递与宗保，见宗保须鬓皓然，乃冷笑
朝廷如此遣将，安能取胜。宗保见狄青冷笑，大怒，唤左右擒下狄青，绑
出辕门枭首。狄青曰："我无罪名，何敢妄自诛戮？"宗保曰："适来递印
冷笑，有失威仪。汝既轻慢，下皆不恭，吾安能统众以破贼哉？假令圣上
见老不用则已，若用之时，即印挂我亦必敛容相授，使下有所敬畏。且今
日来代领印出自圣裁，岂我贪权慕禄而夺汝之兵柄耶？"言罢，喝手下推
出斩之。

　　在杨文广的跪求之下，杨宗保方道："只看圣上分上，饶汝残生。我

---

① 　常征：《杨家将史事考》第五章"杨文广南征北战"，天津：天津人民出版社
1980 年版，第 200 页。

② 　《北宋志传》，即《南北宋志传》的后半部，现在亦俗称《杨家将演义》，最
早刊本为万历二十一年（1593）。

岂怕汝为太师耶!"故事中狄杨由此结下梁子,文中道:"狄青被宗保耻辱一番,收拾回京,沿途痛恨宗保,乃曰:'不把此贼灭门绝户,誓不为人!'"之后才引起狄青为报复宗保羞辱之仇,不仅在"文广与飞云成亲"卷中逼家人师金前往杨家刺杀杨宗保,更于"三女往汴寻夫"中假公济私状告杨文广平寇途中婚结三寨强贼之女。最终杨文广于金殿之上讲述狄青构陷因由,仁宗"遂大骂狄青谗佞,陷害忠良",一段官司终不了了之。这一段因果叙述将狄青形象彻底抹黑,和历史事实完全是背道而驰。

反观狄青故事中的杨家将,作为流行故事的原始势力,在新发展的狄青故事中展现出强势特征。除了成书于嘉庆十九年(1814)的《万花楼》中,为了凸显狄青形象而对杨宗保形象塑造得较为刻板生硬以外,《五虎平西》、《五虎平南》中的杨家将都形象优秀,尤其在《五虎平南》中还多次作为救兵出现。狄青故事在描写到杨家将诸人时,流露出种种迎合的姿态。

首先是在故事中表达对杨家一门功业的赞美之情。《五虎平西》一百零八回"平西王请旨荣归,佘太君宴邀狄眷"中,老太君含笑道:"众位夫人,我媳妇初到中原,从前之事,却也不知。若是中原人,谁个不晓杨家将立下多少汗马功劳?保宋开基,全凭杨家父子之力。"公主随即接言道:"婆婆勿言媳妇不知。外国偏邦谁不闻杨门英雄?就是我邦单单乃僻远边国,也是常常称羡的。"狄青母亲和妻子八宝公主,席上一番对杨家忠义和故事的点评,表达了狄青故事叙述中对杨家将的仰慕和推重之情。

其次是在狄青故事中对杨门的遭遇深表同情。《五虎平西》一百零八回,佘太君听罢各种对杨家的赞美之辞,长叹一声,愁容生起说道:"若提我家从前事,好不伤心!老身丈夫、儿子为保宋朝天子,至父丧子亡,全无一寿之人遗后。只存孙儿杨宗保领职三关,受君重任。后来又死在番人混元锤下,可怜骨肉化血而亡。如今只有曾孙文广,他年纪尚小,未知可能继嗣先人否?老身想起来,常常纳闷,虽定数当然,又乃杨门不幸。"可以看到时人对杨家将故事的基本态度,这或许也表现出狄青故事与杨家将故事相似的情节、不同的命运的缘由。狄青故事的改造是较为彻底地迎合了市井对于故事传奇性和圆满性的共同追求。关于杨宗保在文学中的结局,《杨家将演义》未曾提及,《杨家府演义》里杨宗保虽为病逝,却与狄青有莫大的关系。狄青因与杨宗保结仇,派帐下师金前往杨府刺杀,师金向杨宗保说明实情，杨宗保遂诈受其斩，不意杨宗保梦中遭神人斩首，次日骤亡。狄青故事系列则彻底摆脱了这一"莫须有"的罪名，在《万花楼》中写明杨宗保死在番人混元锤下化血而亡，并在续集《五虎平西》中通过太君之口坐实，从而实现了狄杨二家从《杨家府演义》中的宿敌转化为共同保家卫国的忠臣之党。

再次是在狄青故事中对杨家武力表示认可与信赖。《五虎平南》第八回"困高山宋将惊惶，越险地刘张讨战"，狄青军营被困高山，当即飞山虎刘庆说"只管放心，天波无佞府杨家众将，不论男女，俱是出类拔萃之人，岂无一法力高强的来相救？何愁不出此牢笼"。第九回"孙总兵有心陷将，杨文广不意拿奸"，杨文广以救星的姿态显示出机智与稳健。第十一回"闻被困议将解围，忆离情专心训子"中仁宗下旨杨家派将总领三军以解边关围困，圣旨中有道："朝中虽有武将，然精于法力者，惟尔杨家，舍尔杨家众将，敦能敢当此任？"第三十九回"包龙图登台选将，杨金花夺帅逞能"中丑女它龙女形象的出现，更是对杨家法力的日渐神化。

《万花楼》全名《万花楼杨包狄演义》，可以看出狄青故事借杨家将故事起家提携的本意，所以狄青故事中的狄杨关系从一开始就不是对等的，是以一种仰望迎合的姿态将杨家将故事纳入故事系统，自然对其处处宣扬有加。尤其在《五虎平南》中坐实杨家对于平南的贡献。尽管在绝大多处狄青故事对杨家将故事采取迎合的姿态，如《万花楼》第三十三回"李守备冒攻欺元帅，狄钦差违限赶边关"写杨宗保"端坐中军帐中，浩气洋洋，威风凛凛"、"杨将军不问忠臣，反诘奸党情形"等，都是极力正面塑造杨宗保形象，但偶尔也不免使用调侃或暗讽之笔，作为对《杨家府演义》中贬低狄青的低调回应。如《万花楼》第二十八回"报恩寺得遇高僧，磨盘山险逢恶寇"介绍杨宗保出场时如此写道："杨宗保年二十六七，袭了父职。后至仁宗即位，加封为定国王，赖赐龙凤剑，主生杀之权，三关上将士，专由升革，先斩后奏。他为帅多年，冰心铁面，军令森严。"杨宗保冷酷刚愎的性格正是对《杨家府演义》中杨宗保人物形象的呼应诠释。第四十回"庞国丈唆讼纳贿，尹贞娘正语规夫"中，借沈御史之口道："杨宗保在边关，兵权独掌，瞒过圣上耳目，不知干了多少弊端"、"圣上命他把守边关，拒敌西戎，经年累月，不能退敌，耗费兵粮，不计其数，其中作弊之处，不胜枚举。"虽是写奸人之意，却多少也寄托了作者对杨宗保的微词。

以抗击西夏、平定侬智高著称的民族英雄狄青，在通俗小说中出现了忠奸不一的形象，这在从历史到传奇的演绎过程中还是较少出现的情况，这和民间盲目推崇杨家将故事有关。同时出现在平南历史中的狄青和杨文广，在世人眼中呈现出一山不容二虎的桥段，遂于杨家将故事的流传中，狄青作为嫉贤妒能的形象出现，使狄青的形象产生了逆转。恰恰正是民间意识和娱乐意识的作祟，因为制造情节的随意性，才造成了对于历史公论的歪曲。随着《北宋志传》的广泛流行及其对杨家将故事的话语权把握，以及清代后期狄青故事的崛起及戏曲的普及，除《杨家府演义》之外，杨家诸将皆和狄青在故事中和睦相处，而共同成为抗击民族侵略、保卫宋朝的肱股之臣，狄青的忠奸身份最终在民间意识中达成共识。

二、狄青之死

1056 年八月，任职四年枢密使的狄青终被罢官，出知陈州，离开京师。其被判陈州，理由竟为"疑似"。到陈州之后，朝廷每月派使者一次，名曰抚问，实为监视，狄青每次都要"惊疑终日"。不到半年，终于郁郁病死。卒年五十。宋周煇《清波杂志》卷二所记更为狄青之死增加了宿命的色彩和不平之气，其文道：

> 武襄赴陈州，不怿，语所亲曰："青此行必死。"问其然，曰："陈州出一梨子，号'青沙烂'，今去本州，青必烂死。"一时虽笑之，未几果卒。初实戏谈，适会其死耳。似云初无此说，好事者为之。或云当时狄为都人指目，故为是无稽之言以为笑端。判陈州，竟因疑似。熙宁改元，青子谘入对，上问青征南有遗书否，乃上《平蛮记》及《归仁铺战阵》二图。上乃自为文，遣使即其第祭之。其文具载《实录》。①

史书中狄青是忧谗畏讥而死，这样一种符合忠奸斗争的历史原型却被

---

① （宋）周煇撰，刘永翔校注：《清波杂志校注》卷二"青沙烂"，北京：中华书局 1994 年版，第 66 页。

改造。在大众接受中，这是未能圆满的故事，缺乏大团圆的结局。市民虽然允许奸臣迫害忠良，却不能接受忠臣在忠奸斗争中略无还手之力。即使是岳飞被秦桧迫害致死，也不免虚构一段地府的翻案和秦桧的被审来扬眉吐气，借岳家小将的再度兴起为悲剧提供了结局圆满的喜乐气息。在这些故事中，英雄人物往往借助民族斗争的模式得以大放光彩，获得甚至言过其实的功勋和荣耀。奸臣每每以把忠臣推进民族战争的旋涡作为借刀杀人的迫害手段，而忠臣遂以战场上的节节胜战作为对奸臣陷害最有力的回击，并以获取奸臣内外勾结罪证的方法最终扳倒奸臣。

　　狄青之死，其历史中的凄凉命运遂在小说《五虎平西》中变成在避祸的相国寺假死，体现了民间意识的智慧。狄青因平辽取回的是假珍珠烈火旗，因此犯下欺君之罪，在包拯和太后的斡旋下，死罪得免，发配离京城一百里的游龙驿。庞洪和外邦秃狼牙勾结，月余之间十三封书信托付驿丞陷害狄青性命（此处分明是岳飞十二道金牌的同意）。《五虎平西》第五十九回"存厚道驿丞告害，点门徒王禅赐丹"中，因驿丞告知庞洪意图，狄青夜坐怅然，王禅老祖即时到达赠其灵丹，嘱其诈死埋名。狄青故事中的狄青相国寺假死虽然纯是小说家言的一派虚构，但这一情节的细枝末节对于历史与稗抄也不无假借的痕迹。

　　首先从小说安排狄青发配游龙驿假死的主旨来说是让狄青避祸。历史上狄青确实是发配陈州后忧谗畏讥而死，其假死的动因和真死的原因以及均是在发配中致死是一致的。宋曾慥编《类说》卷二十二《东斋记事·汉似胡儿胡似汉》记云：

　　狄青，汾河人。面有刺字，不肯灭去，为枢密使。有以谣谶告予者曰："汉似胡儿胡似汉，改头换面总一般，只在汾河川子畔。"予曰："此唐太宗杀李君羡事，上安肯为之？近世有以王德用貌类艺祖、宅枕乾岗为言者，疏入，不报，卒亦无事。"其人语塞。呜呼！前世如此被诛者甚众，哀矣！[①]

---

① （宋）曾慥编纂，王汝涛等校注：《类说校注》卷二十二《东斋记事·汉似胡儿胡似汉》，福州：福建人民出版社1996年版，第702页。

遭人无端构陷，历史上的狄青曾经遭遇这种不幸，所以小说情节促成狄青在发配途中假死，在很大程度上是为其鸣不平之意。

其次，就狄青假死的地点——相国寺来说，狄青确曾在暂居相国寺期间受到不怀好意的诽谤。如王铚撰《默记》卷上所载：

韩魏公帅定，狄青为总管。一日会客，妓有名白牡丹者，因酒酣劝青酒曰："劝班儿一盏。"讥其面有涅文也。青来日遂笞白牡丹者。后青旧部曲焦用押兵过定州，青留用饮酒，而卒徒因诉请给不整，魏公命擒焦用，欲诛之。青闻而趋就客次救之。魏公不召，青出立于子阶之下，恳魏公曰："焦用有军功，好儿。"魏公曰："东华门外以状元唱出者乃好儿，此岂得为好儿耶！"立青而面诛之。青甚战灼，久之，或白："总管立久。"青乃敢退，盖惧并诛也。其后，魏公还朝，青位枢密使，避火般家于相国寺殿。一日，祇衣衣浅黄袄子，坐殿上指挥士卒。盛传都下。及其家遗火，魏公谓救火人曰："尔见狄枢密出来救火时，着黄袄子否？"青每语人曰："韩枢密功业官职与我一般，我少一进士及第耳。"其后彗星出，言者皆指青跋扈可虑，出青知陈州。同日，以魏公代之。是夕，彗灭。①

可知狄青和韩琦素有芥蒂，而韩琦文官出身，对于武将向有轻视。在狄青位居枢密使时，更心怀忌惮，就连狄青在相国寺身着浅黄袄子都被直接暗指为有僭越之嫌。

再次，在有关狄青的野史稗抄中，确实存在一些丹药或神话的事迹。明周王朱橚《普济方》卷二百五十一"诸毒门·解诸毒"记云："仁宗皇帝差人白内侍省陈头供奉官刘元吉，以李汉臣所进解毒保命丹赐狄青。"②这和王禅老祖赠给狄青丹药颇有同工之处。另外，宋祝穆《古今事文类聚》"前集"卷四十六"乐生部·年齿"也记云：

狄青年十六，时其兄素与里人号铁罗汉者斗于水滨，至溺杀之。保伍

---

① （宋）王铚：《默记》卷上，北京：中华书局1981年版，第15～16页。

② （明）朱橚：《普济方》卷二百五十一"诸毒门·解诸毒"，《景印文渊阁四库全书》第755册，台北：台湾商务印书馆1986年版，第288页。

方缚素，青适饷田见之，曰："杀罗汉者我也！"人皆释素而缚青。又曰："我不逃死，然待我救罗汉，庶几复活。若决死者，缚我未晚也。"众从之。青默祝曰："我若贵，罗汉当苏。"乃举其尸，出水数斗而活。人咸异之。①

　　这段笔记记录了狄青少年时代的异事，其令人起死回生的本领，促成了对于其自身亦可能有此异能的想象。这些野史稗抄的传说细节都为狄青的相国寺假死提供了想象的依据。当然最重要的还是狄青的假死促成故事持续有效地发展下去，以狄青假死的方式宕开真实存在的死亡，从而打通了后面故事的虚构空间，并赋予主人公狄青否极泰来的荣耀和家族兴旺。

　　狄青相国寺假死虽是虚构情节，却在故实传说中寻找到了可以立足之处，而非空穴来风。这种想象力和嫁接手段充分体现了民间意识对于英雄之死的不平之气，于是直接参与对狄青历史命运的改造，在历史的缝隙中寻找腾挪的空间，对狄青生死尽其可能地加以转化，从而为狄青叙事文学获得了更广阔的叙述空间。

第三节　岳飞之死

　　岳飞之死故事本身并不复杂，但其致死的前后因果以及身后的各种报应是非，则随着时代的发展而不断变化。岳飞之死的主要矛盾，责任究竟是在于高宗还是秦桧？或为尊者讳，或为更好塑造忠义典范，史笔渐渐隐去君主的无情。从复杂的政治因素到简单周全的天理循环，岳飞之死的因果从现实走向神力，从男人的仇冤归根结底到女人的欲念，就连男人的奸猾也渐渐被女人祸水分担。与岳飞之死原因政治简单化相呼应的是其身后因果报应故事的日渐繁复化。从秦桧的地府受刑，到岳家小将的重新复兴，民间传统中必然要实现善恶有报的基本理念，才最终完成了岳飞之死

_____

①　（宋）祝穆、（元）富大用辑：《新编古今事文类聚》"前集"卷四十六"乐生部·年齿"，北京：书目文献出版社 1991 年版，第 483 页。

故事的构建。

一、历代笔记对岳飞之死的情节构建

绍兴十年（1140），岳飞在抗金形势一片大好的情况下被迫还师。次年回到临安后，岳飞被解除兵权，十月被诬陷下狱。十一月初七，宋金即达成和议。是月下旬高宗宣布与金通和，规定朝廷文书统称"大金"，不得斥骂"虏寇"、"夷狄"、"仇敌"等。十二月二十九日，岳飞和其子岳云、副将张宪以"莫须有"的罪名被害于风波亭。岳飞遇害后，朝野均有为其拨乱反正的呼声。绍兴十三年（1143）尚以岳飞故宅为太学。1162 年孝宗甫一即位，即诏复其官，追谥武穆。随着南宋末年元兵压境，其危机四伏的形势宛若南宋初年，使朝野上下更加怀念曾经颇有战功的主战英雄。淳祐六年（1246），理宗改谥岳飞为忠武，景定二年（1261）再封鄂王，改谥忠文。

从狱成之初，岳飞案就被时人视为"莫须有"的冤案。南宋李心传《建炎以来朝野杂记》乙集卷十二《岳少保诬证断案》云："尝得当时行遣省札，考其狱词所坐，皆一时锻炼文致之词，然犹不过如此，则飞之冤可见矣！"[①] 岳珂《金佗稡编》卷八"行实编年五"记时人所言：

> 查籥尝谓人曰："敌自叛河南之盟，岳飞深入不已，桧私于金人，劝上班师。金人谓桧曰：'尔朝夕以和请，而岳飞方为河北图，且杀吾婿，不可以不报。必杀岳飞而后和可成也。'"桧于是杀先臣以为信。沈尚书介谓先臣霖曰，先臣之忤张俊也以廉，忤秦桧也以忠。俊方厚赀，而先臣独清；桧方私虏，而先臣独力战，此所以不免也。时以为名言。[②]

岳飞以一代名将死于非命，自其死后，故事就不断流传于民间口耳

① （宋）李心传：《建炎以来朝野杂记》乙集卷十二《岳少保诬证断案》，台北：文海出版社 1967 年版，第 984 页。

② （宋）岳珂编，王曾瑜校注：《鄂国金佗稡编续编校注》卷八"行实编年卷之五"，北京：中华书局 1989 年版，第 722~724 页。

之间。

　　既然确认了岳飞之死确系冤狱，随之而来必然面对的问题就是如何使故事符合中国传统认知的"善恶终有报"这一道德体系，使民愤得到解脱舒缓，使故事满足民间情感的发泄而得以接受和传播。岳飞之死的客观历史存在使得小说家们诠释故事在两个方向上试图创建新解：一是建立岳飞之死的宿命感，如论述岳飞故事演变中提及的《夷坚志·黑猪精》和《独醒杂志·猿精》一类；二是明确秦桧的报应不爽，诸如阴报一类。这也决定了岳飞故事从一开始就走向神化，最终乃至迷信的方向。于是历史走向野史，野史转而成为小说家言。

　　南宋洪迈（1123—1202）和岳飞算是同时代人，岳飞之死是在洪迈的青年时代，岳飞平反时，洪迈正当盛年。然而经过多年禁忌翻案，其中的人物必然产生诸多神话传说。洪迈《夷坚志》现存关涉岳飞故事八则，虽有岳飞梦中知下狱、前世为猪精必然遭屠杀等细节，但都尚未涉及人们所熟知的阴报、东窗、丰都等情节。或有散佚。明彭大翼《山堂肆考》卷一百三十八"误国之报"引《夷坚志》云：

　　秦桧矫诏逮岳飞父子下棘寺狱，遣万俟卨锻炼之。拷掠无全肤，终无服辞。一日，桧于东厢窗下画灰密谋，其妻王夫人赞成之曰："擒虎易，放虎难。"飞遂死狱中。张宪、岳云戮于市，流徙两家妻帑，资产皆没官。金人闻之，酌酒相贺曰："莫予毒也。"后桧挈家游西湖，舟中得暴疾。昏闷之际见一人披发瞋目，厉声责曰："汝误国害民，杀害忠良。我已诉于天矣。汝当受铁杖于太祖皇帝殿下。"桧自此怏怏不怿以死。未几，其子熺亦死。方士伏章见熺荷铁枷，因问秦太师何在。熺泣曰："吾父见在丰都。"方士如其言以往，果见桧与万俟卨俱荷铁枷，备受诸苦。桧嘱方士曰："可烦传语夫人，东窗事发矣。"卨在铁笼下与桧争辩杀岳飞事。至理宗朝，有考试官归自荆湖，暴死旅舍。其仆未敢殓也。官复苏曰："适为看阴间赵宋断秦桧为臣不忠，欺君误国事。桧受铁杖，押往某处受报矣。"①

这段引自《夷坚志》的岳飞故事可以看到岳飞之死故事演变中的几个重要情节点的起始：

一是东窗密谋。秦桧在东窗下画灰密谋，王氏一句"擒虎易，放虎难"下定了秦桧处决岳飞的最后决心。此段笔记已经将东窗密谋的主人公设定在秦桧及其夫人之间。这是东窗事件的核心语句和核心人物，基本上自此以下没有变动，只是在人物的主、被动关系上有更鲜明的调整。在这段文字中，是王氏"赞成之"，则秦桧或已有大致主意，王氏不过支持、附和。

宋朝有《朝野遗记》一卷，《四库全书总目提要》记其："旧本题宋无名氏撰。载南渡后褵事，称宁宗为今上，而又有宁宗字。又称理宗为东宫，颇为不伦，亦似集采小说为之。"宁宗即位在 1195 年，较《夷坚志》产生时间为晚，则其稗说亦应在其之后。《朝野遗记》记道：

> 秦桧妻王氏，素阴险出其夫上。方岳飞狱具。一日桧独居书室食柑。玩皮，以爪划之，若有思者。王氏窥见笑曰："老汉何一无决耶？捉虎易，放虎难也。"桧瞿然当心，致片纸付入狱。是日岳王薨于棘寺。②

则小说家言的意味更其浓厚。称岳王，则大致时间是在景定二年（1261）岳飞封鄂王之后。故事虽然短小，但对岳飞之死的故事成因起了重要的建设作用，首先是人物定性上王氏素阴险出其夫上；其次就人物关系来看，王氏以老汉称秦桧，则夫妻二人之关系微妙可见。再次故事细节出现桔皮塞信，后来亦将其附会到王氏主意上。而在后世的文学作品中，秦桧更迟疑不决，甚至想将岳飞放走，王氏则成为怂恿者，在陷害岳飞事

---

① （明）彭大翼：《山堂肆考》卷一百三十八"误国之报"，上海：上海古籍出版社 1992 年版，第 684 页。此段落之首即有"夷坚志"三字，明其引用所自。但末尾有理宗朝事，应为后来增加。洪迈卒于 1202 年，是时理宗仍未出生，故理宗朝事定非原本。中间游西湖、传语夫人一段，亦为《坚瓠集》称引。

② （宋）《朝野遗记（及其他二种）》，《丛书集成初编》第 2794 册。北京：中华书局 1991 年版，第 13 页。

件上取其更主动的姿态，秦桧则从拿主意的到了听从者，从主动转为被动。

二是岳飞阴报。文中称后桧挈家游西湖，舟中得暴疾。昏闷之际见一人，披发瞋目，厉声责曰："汝误国害民，杀害忠良。我已诉于天矣。汝当受铁杖于太祖皇帝殿下。"这个情节点在后世变化比较大。岳飞不服，阴报秦桧，这是人们想象中的理所当然。正如元代杨维祯《岳鄂王歌·小序》云："予读飞传，冤其父子死，而阴报之事史不书，及见于稗官之书。张巡之死，誓为厉鬼以杀贼，乌不知飞死不为厉以杀桧乎？"① 这种逻辑方式鲜明地体现了阴报故事之所以产生的缘由。其来源于史的地方在于，1141 年四月二十四日，秦桧曾在西湖上举行宴会。宴会高潮中，突然宣读三道诏旨，韩世忠、张俊为枢密使，岳飞为枢密副使，并即日"赴本院治事"，即解除三大将的军权。西湖宴会确曾系岳飞史实中的一个转折点，由此把它改写为秦桧受报的重要拐点不无寓意。值得注意的是，明《山堂肆考》转引《夷坚志》中，岳飞只是说"汝当受铁杖于太祖皇帝殿下"。执公平者，即最高的地府权力机构亦然设置为赵宋王朝，尚没有把人事的轮回转入恶鬼世界。随着岳飞精忠形象的日益明确，岳飞阴报一节在明清小说戏曲中渐渐改善，明代《精忠旗》取而代之以秦桧湖中遇鬼的情节。《说岳全传》中岳飞为了维护其忠名，不仅不允许部下去讨公平，自己亦是在地府同意之后方才显灵。

三是见证秦桧丰都受苦，这是民间接受中必须确认的环节。笔记中载有两次见证。首先是方士伏章。方士伏章所承担的任务在于证实奸臣受苦，报应不爽。其后的文学作品中，这个在人物关系中比较孤立的方士被秦桧的家人何立所替代，显然何立在岳飞与秦桧事件中承担的功能性作用更明确。他不仅可以亲见秦桧的行为，也可以见证鬼府之事。作为秦桧身边的旁观者，其审度因果的视角更深入，对报应现世的感受也会更加深刻。第二次考官见证报应，这在故事演进中与方士伏章的见证功能具有重合性。说明这一点对于民间接受来说，确是一个重要的情节。第二次见证秦桧阴间受苦的考试官在理宗朝，理宗朝始于 1225 年，其时洪迈已经去

---

① （元）杨维祯：《杨维祯诗集》"铁崖咏史"卷八，杭州：浙江古籍出版社 2010 年版，第 248 页。

世。这一内容重复的部分很可能是后世增衍。所加时间应该也不出宋。应是人们依然要证实秦桧所受之苦不只是一时一地，所以会在秦桧以下几十年的理宗朝再有使者前去印证。文称有考试官归自荆湖，暴死旅舍，其仆未敢殓也。官复苏曰："适为看阴间赵宋断秦桧为臣不忠，欺君误国事。桧受铁杖，押往某处受报矣。"文中依然是阴间赵宋断案，而非地府轮回系统。冯梦龙《古今小说》卷三十二即敷衍成《游丰都胡母迪吟诗》，给无名无姓的考试官附会了姓名。头回即讲秦桧和王氏于东窗下设计陷害岳飞；正文讲胡母迪入冥游丰都，整个故事更具有文学性和民间性。

东窗密谋、岳飞阴报、秦桧丰都受苦这三个情节奠定了岳飞之死故事的基本情节点，但较后世文学演进还有诸多不一样的地方。一是在人物形象和人物关系的演变上尚未过渡到明清文学中处理的极端化：如秦桧和金人并未勾结，处罚秦桧的是赵宋王朝的阴间势力而非地府之主；在南宋后期的野史中，岳飞和秦桧的恩怨只涉及秦桧本人及其爪牙，别无张浚，更无论其后人；此时王氏对岳飞之死的助推之力有限，在此之后这一点愈演愈烈。

宋代笔记中的岳飞之死情节，虽在元、明、清三代中或有根据各自朝代的具体接受对其细节有所变化，但承继了宋代笔记为岳飞之死提供的基本系统框架。宋代笔记的记载距离当事人并不遥远，笔下虽然有情绪表达的需要，但在虚构中仍受到理性和客观历史的拘束，未能如明清两代的故事演进中任意恣肆、天马行空的想象，而对人物和情节进行极端化的改造。元代戏曲孔文卿《地藏王证东窗事犯》，即如其题曰"岳枢密为宋国除患，秦太师暗结勾反谏。何宗立勾西山行者，地藏王证东窗事犯"，业已将东窗事犯的诸多情节规范。至《江湖杂记》中，秦桧夫妇关涉岳飞之死的故事模式即已初步奠定，后来的说岳故事在此基础上更加细节化：

秦桧置岳飞于狱。欲杀之未果。于东窗下招橘皮沉吟不觉。妻王氏问故，桧以告。王曰："岂不闻缚虎容易纵虎难。"桧计遂定。片纸传狱，即报飞死矣。飞既死，桧向灵隐寺祈忏。有一行者持大筒，乱言讥桧。问其居止。即赋诗曰："弃了袈裟别了参，不来尘世住心庵。二时斋粥无心恋，薄利虚名不道贪。性似白云离岭岫，心如孤月下寒潭。相公问我归何处，家住东南第一龛。"僧去，桧立遣隶皂何立物色追之。至一宫殿，甚严邃。

僧坐决事，即作诗僧也。闻傍人曰："地藏殿方决阳间桧杀岳飞事。"须臾，数卒引桧至。身荷铁枷，囚首垢面，见立呼告曰："传语夫人，东窗事犯矣。"秦桧号秦长脚，桧妻王氏，宰相王珪女孙，号长舌妇。①

　　我们可以注意到这条笔记对于岳飞之死故事的影响：一是出现了疯僧讥秦的情节，而且留下一首偈诗。二是出现了何立追到东南第一山，亲见地藏王审理秦桧陷害岳飞案。这时地府处理秦桧杀岳飞的判官从赵宋王朝的前朝皇帝变为地藏王。岳飞之死从一个朝代的内部政治问题，已经演变成大众道德的信仰问题，从此从赵宋系统正式纳入因果系统。这也意味着对于秦桧的审判权从赵宋旧君到了群众的手中。因为地藏王所代表的就是客观的无所不知，掌管因果的报应不爽，他的加入证明了人们要从中做主的意愿。三是对于地府的描述是克制的，没有出现后来小说中种种血淋淋的场面，说明故事既没有完全流变成为教化的材料，亦没有刻意追求娱乐刺激的效果。四是秦桧和王氏的形象都更丰富明确，如秦桧的犹豫不决、王氏的当机立断，乃至秦桧杀岳飞之后到灵隐寺祈祷忏悔，对他的人性化都还有所保留。而夫妻二人的绰号"秦长脚"和"长舌妇"，则充分体现了民间意识的机趣和喜怒。

二、历代对岳飞之死认知的演变

　　从宋、元、明、清诸代文人对于岳飞故事议论或抒情的文学作品可以看到历朝历代对于岳飞之死的集体性观念的变化，这其中受到不同时代政治、时事等各方面的影响。

---

　　① 《江湖杂记》转引自近人董康编《曲海总目提要》卷十三"精忠记"，天津：天津古籍书店1992年版，第562页。清褚人获《坚瓠集》引《江湖杂记》载："桧既杀武穆，向灵隐祈祷，有一行者乱言讥桧。桧问其居止，僧赋诗有'相公问我归何处？家在东南第一山'之句。桧令隶何立物色，立至一宫殿，见僧坐决事。立问侍者，答曰：'地藏王决秦桧杀岳飞事。'须臾，数卒引桧至，身荷铁枷，囚首垢面，见立呼告曰：'传语夫人，东窗事发矣。'立复命后，即弃官学道，蜕骨今苏州玄妙观，蓑衣仙是也。"内容大体同于《曲海总目提要》所引，盖疯僧之诗较《曲海总目提要》简省。则可见此传说在明清已经相对定型。

1. 宋代时人对冤狱的婉转表达

《三朝北盟会编》中虽然尚无东窗密谋以及阴报诸事，但关于岳飞如何入狱、狱中如何受刑被冤等细节很多。其中比较有意味的是这样一段记云：

> 吏问飞，飞犹不伏。有狱子事飞甚谨，至是狱子倚门斜立，无恭谨之状。飞异之，狱子忽然而言曰："我平生以岳飞为忠臣，故伏侍甚谨，不敢少慢。今乃逆臣耳！"飞闻之请问其故，狱子曰："君臣不可疑，疑则为乱。故君疑臣则诛，臣疑君则反。若臣疑于君不反，复为君疑而诛之；若君疑于臣而不诛，则复疑于君而必反。君今疑臣矣，故送下棘寺，岂有复出之理，死固无疑矣。少保若不死，出狱则复疑于君，安得不反？反既明甚，此所以为逆臣也。"飞感动，仰天移时，索笔著押。狱子复事之恭谨如初。①

从叙述中可以看出，徐梦莘之所以记下狱子所言、岳飞之所以服膺狱子所说而终于画押，说明狱子所言确实击中事实的本质，也是时人所认可的岳飞之死的因果。即岳飞之死根本原因在于君心生疑，而作为臣子，既然要做忠臣，除了受死终是别无选择。也正是这份无从选择的无解，逼迫岳飞故事必然寻找新的解释，以便于人们的接受。有宋一朝，就已经有时人尝试从风水因素解释岳飞之死的先天命运。即如宋人王明清《挥麈录》所云：

> 绍兴庚申岁，明清侍亲居山阴，方总角，有学者张尧叟唐老，自九江来从先人。适闻岳侯父子伏诛，尧叟云："仆去岁在羡庐，正睹岳侯葬母，仪卫甚盛，观者填塞，山间如市。解后一僧，为仆言：'岳葬地虽佳，似与王枢密之先茔坐向既同，龙虎无异。掩圹之后，子孙须有非命者。然经数十年，再当昌盛。子其识之。'今乃果然，未知它日如何耳。"②

岳飞死后，宋人已经开始有神化岳飞的意愿。此时只是民间为岳飞鸣

---

① （宋）徐梦莘：《三朝北盟会编》卷二百七，上海：上海古籍出版社 2008 年版，第 1490 页。

② （宋）王明清：《挥麈录》第三录卷三，北京：中华书局 1961 年版，第 256 页。

冤，岳飞之冤尚未得到朝廷洗刷，亦未及封王，提升想象的空间由此受到制约。一方面人们的想象是自发零散而未形成完整的系统，另一方面当时秦相依然在位，民间的口耳相传时时受到秦桧的压制。是时传说中的岳飞身后世界没有上升到整个神话系统，而只是灵魂犹在，是鬼而非神。如宋人郭象《睽车志》记云：

> 岳侯死后，临安雨溪寨军将子弟因请紫姑神，而岳侯降之，大书其名，众皆惊愕。请其花押，则宛然平日真迹也。复书一绝曰："经略中原二十秋，功多遇少未全酬。丹心似石凭谁诉，空有游魂遍九州。"丞相秦公闻而恶之，擒治其徒，流窜者数人，人有死者。①

同样，其时尚未普遍认为岳飞冤狱的根本原因在于秦桧和金人勾结。清潘之驷《宋稗类抄》有记：

> 绍兴间，金人遣其秘书监刘陶来聘，因问岳飞以何罪而死？馆伴者无以对，但曰："意欲谋叛，为部将所告，以抵诛。"陶曰："江南忠臣善用兵者，止有岳飞。所至纪律甚严，秋毫无犯。所谓项羽有一范增而不能用，所以为我擒。如飞者，其亦江南之范增乎？"②

金人秘书监刘陶来到临安，尚且追问岳飞之死，并为其死鸣不平。可见当时无论金人抑或宋人，都没有认为岳飞被诛和金人索求有甚关联，更无从说起兀术与秦桧私下约定必斩岳飞方始议和。而至岳珂《金佗稡编》卷八引查籥所言，方兴起此说。

宋人陈起所编《江湖小集》收有题岳王诗三首：

> 万古知心只老天，英雄堪恨复堪怜。
> 如公更缓须臾死，此局宁输八十年。

---

① （宋）郭象：《睽车志》，（元）陶宗仪等编：《说郛三种》卷一百十八，上海：上海古籍出版社 1988 年版，第 5439 页。

② （清）潘永因编，刘卓英点校：《宋稗类钞》卷三"忠义"，北京：书目文献出版社 1985 年版，第 249 页。

漠漠凝尘空偃月，堂堂遗像在凌烟。
早知埋骨西湖路，学取鸱夷理钓船。①

飞鹄来何意，英雄此日生。
山河张胆气，宇宙载风声。
一片堂中纸，千年身后名。
至今坟上木，犹作不平鸣。②

鄂王墓在棲霞岭，一片忠魂万古存。
镜里赤心悬日月，剑边英气塞乾坤。
苍苔雨暗龙蛇壁，老树烟凝虎豹幡。
独倚东风挥客泪，不堪回首望中原。③

宋人三首诗的共同点基本上都是将岳飞目为英雄，对其死多持叹息之情，对当时局势深感遗憾，由此表达对中原故土的思念。诗中亦不免为岳飞鸣冤，但这种鸣冤方式不是憎怨式的，而是非常委婉地表示：早知如此，不如早作归隐。诗作对于冤情的产生更是讳莫如深，则岳飞之死的怨艾对象尚未在宋代的民间议论中得到完整表述。《江湖小集》的作者是江湖派诗人，他们的自由随性和散淡多元的风格使他们的诗可以体现南宋后期时人对岳飞之死的大致态度。即虽有怜悯却并无产生迁怒的对象，无论君非还是秦奸，都还没有作为流行的话题进入大众概念中。

2. 元人跳开君臣之义的鲜明褒贬

宋代时人对岳飞冤狱采取了较为婉转的表达方式，元代汉人则因为改朝换代，而得以在题写岳飞的诗中跳开赵宋的君臣之义，传递更鲜明的爱憎情感，对故事人物进行更明确的褒贬。如赵孟頫《岳鄂王墓》写道：

---

① （宋）叶绍翁：《靖逸小集》之《题鄂王墓》，（宋）陈起编：《江湖小集》卷十，《景印文渊阁四库全书》第1357册，台北：台湾商务印书馆1986年版，第70页。
② （宋）胡仲参：《竹庄小稿》之《读岳鄂王行实》，（宋）陈起编：《江湖小集》卷十四，《景印文渊阁四库全书》第1357册，台北：台湾商务印书馆1986年版，第106页。
③ （宋）陈允平：《西麓诗稿》之《鄂王墓》，（宋）陈起编：《江湖小集》卷十七，《景印文渊阁四库全书》第1357册，台北：台湾商务印书馆1986年版，第133页。

"南渡君臣轻社稷，中原父老望旌旗。英雄已死嗟何及，天下中分遂不支。"① 将南渡君臣和中原父老相对而论，"君臣轻社稷"似是一带而过，实际是直指从君到臣的鲜明批判。元人张宪《岳鄂王歌》后半部写道：

> ……义胆忠肝向谁说，只将和议两封书，往拭先皇目中血。将军将军通军术，君命不受未为失。大夫出疆事从权，铁马长驱功可必。功成解甲面赤墀，拜表谢罪死不迟。惜哉忠义重山岳，智不及此良可悲。呜乎！肆谗言，加毒手；申王心，循王口。蕲王湖上乘驴走。五国城头帝鬼啼，金人相酌平安酒。②

诗中可以看到元人对于岳飞事件的一些理解，这些看法对说岳故事的发展走向起到一定作用。如对岳飞回师持不同意见，认为将在外君命有所不受，完全应该直接杀到黄龙府取得功业再来领罪。诗人叹惜岳飞终是徒有忠诚而无智慧，致使北狩五国城的帝王之魂悲啼，而金人则举杯相贺，庆祝从此平安。诗篇的批判矛头不是针对所谓的奸臣，而是君命。所谓"申王心，循王口"明白无误地指出秦桧的所作所为，实际上正是以王心为揣度，替君王说出口罢了。诗句尖锐地揭示出矛盾的本质，即君心之疑。

元人任士林《松乡集》卷九《岳鄂王墓》同样一针见血地指出"君臣计已定，一死何足雪"③，将岳飞之死的责任直指君臣一气。张宪亦对岳飞的不智有所非议。诗中否决了君王的权威性，漠视了皇权。赵宋王朝毕竟是过去了的王朝，元人对它的尊崇性早已不再。何况南宋再次被非汉族政权元朝颠覆，以及元朝相对宽松的文治，都使文人们可以尽情表达对历史事件的看法，而无畏君臣之义的束缚。元代诗文如是表达岳飞之死，作为元代市井文学的代表元杂剧，亦对岳飞之死表达出类似的立场。

乌斯道，洪武初年为官，元末明初人。其《辩岳鄂王不渡河》亦具有

---

① （元）赵孟頫：《松雪斋集》卷四《岳鄂王墓》，《景印文渊阁四库全书》第1196册，台北：台湾商务印书馆1986年版，第641页。

② （元）张宪：《玉笥集》卷二《岳鄂王歌》，《景印文渊阁四库全书》第1217册，台北：台湾商务印书馆1986年版，第388页。

③ （元）任士林：《松乡集》卷九《岳鄂王墓》，《景印文渊阁四库全书》第1196册，台北：台湾商务印书馆1986年版，第584页。

承前启后的特征，其文写道：

> 士大夫言鄂王朱仙镇之师，金人命垂绝，王在军当不受君命，渡河成功而还，天子宁以报怨复地罪之哉？余谓当时事势必有所枳焉。秦桧在中执威柄，先请张浚、杨沂中归，而后言王孤军久留，不可深入。是剪王羽翼，已知阻于秦桧之议矣。且一日之内奉十二金牌令班师，王愤惋泣下，东向再拜曰：十年之力废于一旦。以王博学明理、精忠勇决，积其劳十载，岂不虑及于君命不受？观其一日之内金牌十二，亦必因王疑议进退而呼之之急如是也。假令王不受君命，径抵金垒，乌珠智勇之将虽挫衄，余兵尚盛。敌未就擒而追王逆命之军蹑其后，必受触藩羸角之祸。是固虽欲渡河而有必不可者矣。嗟乎！秦桧卖国，万俟卨与王有怨故杀王。讵谓张浚名大将，亦传成王罪。天子不念百战之功，乃可奸人之奏，竟致王于死，鸣呼痛哉！①

元代以来即有岳飞不智的看法，元明之际的乌斯道写专文来为岳飞辩诬，陈述其不渡河及没有"将在外君命有所不受"的原因。即是岳飞虽知将在外君命有所不受，但实际上即使北征，兀术余兵犹在，且岳家军毕竟名不正言不顺，所谓"虽欲渡河而有必不可者矣"，从而为岳飞正名。乌斯道之文虽然尚未明确为岳飞精忠辩护，但也为明以下大力褒扬岳飞忠君之心大开方便法门。沿袭元代的一路观点，乌斯道文中对宋代君主亦怀怨艾，所谓"天子不念百战之功，乃可奸人之奏"。当然这种怨艾较前人的直指责任，语气上已经委婉很多。写君主在于受奸人蒙蔽，而非如张宪写得赤裸裸的"申王心，循王口"。君王责任削弱之际，岳飞之死的主要原因也日渐归于秦桧集团，如"秦桧卖国，万俟卨与王有怨故杀王"。

元明之间的张昱作为刚刚入明的元朝遗臣，虽曾被明太祖朱元璋征召，但随即放还，老于西湖边。他在《岳鄂王坟上作》道："竖儒屡遣祈

---

① （明）乌斯道：《辩岳鄂王不渡河》，《春草斋集》卷四，《景印文渊阁四库全书》第 1232 册，台北：台湾商务印书馆 1986 年版，第 236 页。

求使，大将空持杀伐权。忠谊有碑书大节，奸邪无面见重泉。"① 诗中骂秦桧为屡派人和议的"竖儒"，将岳飞和秦桧非常鲜明地作为"忠义"和"奸邪"的尖锐对立面。可见元明之际，民间舆论已经开始把岳飞之死归罪在秦桧身上。但其诗文中对于阴报等种种略未提及，只不过说：倘若岳秦两家地下相见，倒是可以看看谁家父子如今更为风光。

　　如果说历代笔记勾勒出岳飞故事的框架和主要人物的轮廓，诗歌文学抒发了人们对于历史故事的情绪和对于历史人物的同情、对历史事件的评价，那么元杂剧则是借用更细致的描绘和合乎逻辑的想象铺展开岳飞故事的种种细节。元代的岳飞故事是现世、生活化、市井气的，比较接近生活的真实感，教化性的东西较少。元明之际的杂剧《岳飞精忠》是一出兴致高昂的新编历史剧。该剧四折一个楔子，末本戏，末扮岳飞。杂剧的叙述重心不在东窗事犯，而在于写岳飞忠勇。故事最后岳飞大胜回朝受封于天子，具有理想主义的成分，实是借岳飞故事写时事。当明朝终于颠覆了非汉族政权元朝的时候，作为汉族知识分子自然扬眉吐气，在他们的笔下，岳飞等抗金义士如那明朝将领，被擒的金国太子们则意味着元统治者的臣服，不仅其高蹈向上的精神面貌更似新朝初建的气向，其内容实质也直接影射易代之际的民族精神导向。

　　3. 明人感于时事的切肤之痛和沦于教化

　　明代回到汉政权统治，曾经在元代可以藐视的君臣纲纪在明朝重新成为政治统治的必需，对于君主的非议日渐淡去，奸臣秦桧终于以全权代表的身份控制了这场忠奸斗争的故事发展。而民间的批评矛头也渐渐转向，首先是将岳飞之死全部归罪秦桧，由此产生爱恨的极端。这是和明代时事分不开的。明代中期，宦官当道，从英宗朝王振到宪宗朝的汪直，再到武宗朝的刘瑾。明正统十四年（1449）八月，不谙军事、好大喜功的王振动员英宗亲征，导致英宗于土木堡被俘。十月，瓦剌挟英宗直逼京城。后因

　　① （明）张昱：《岳鄂王坟上作》，《可闲老人集》卷三，《景印文渊阁四库全书》第 1222 册，台北：台湾商务印书馆 1986 年版，第 564 页。考《明史》卷二百八十五列传第一百七十三"文苑传"：张昱字光弼，庐陵人。仕元，为江浙行省左右司员外郎，行枢密院判官，留居西湖寿安坊。贫无以葺庐。酒间为瞿佑诵所作诗，笑曰：我死埋骨湖上，题曰诗人张员外墓足矣。太祖征至京，悯其老，曰：可闲矣。厚赐遣还，乃自号可闲老人，年八十三卒。

瓦剌国内政变，重新与明和解，英宗才得以还朝。嘉靖年间边患有"北虏南倭"，但因为都没有动摇明代的根本统治，是以民间虽然有感而发，却没有触及危机感。反倒是明人对宦官之祸更加感同身受，从而更容易把民族矛盾集中代入忠奸斗争的范畴，使其具有现实意义和针对性。明人感于时事的切肤之痛，推动了明代岳飞故事的极大发展。这从明代笔记表现出来的政府和民间对于岳飞、秦桧身后事的各种举措上可见一斑。

清褚人获《坚瓠集》记云：

岳王墓在西陵桥之右，墓上松柏枝皆南向，墓前有分尸桧，自根以上劈分为两至，稍全其生，中格以木，以示支解奸桧也。正统间，郡卒马伟为之。指挥李隆治铁为桧及妻王氏、万俟卨三形，皆赤身反接跪墓前。万历中，巡道范涞又益铸张俊像，共四焉。游人拜墓后必以瓦砾敲掷之，咸溺其头，而抚摩王氏两乳，至精光可鉴。忠奸昧于一时，荣辱分于千载如此。李卓吾曰：宜铸施全在旁，作持刀杀桧状更快。[1]

正是在明代正德八年，官府首铸秦桧、王氏、万俟卨像跪拜于岳墓，使其受游人掷石羞辱。这一举措使历史上早已冥灭的人物借助物形，终于开始真实地活跃在承受历史罪过的行为中，并使得民间善恶有报的道德体系有了非常具体的实现。明中后期，谢承举《谒岳鄂王墓》中写道："当道豺狼残宋业，中原麟凤避烟尘。"[2] 把秦桧直指为残害赵宋江山的"当道

[1] （清）褚人获：《坚瓠集》丁集卷三"岳王墓"，杭州：浙江人民出版社1986年版，第5页。

[2] （明）谢承举：《谒岳鄂王墓》，（明）曹学佺编：《石仓历代诗选》卷四百九十五明诗次集一百二十九，《景印文渊阁四库全书》第1394册，台北：台湾商务印书馆1986年版，第101页。考《六艺之一录》卷三百六十八钱唐倪涛撰《历朝书谱明》："谢承举字子象，初名潘，字文卿。储柴墟在南考功引与同社，累十举不第，退耕国门之南，自号野全子。"即谢承举和储柴墟大约为同时代人。考储柴墟，明刘宗周撰《人谱类记》卷上"储柴墟于阳明先生前辈也"。王阳明（1472—1529）1499年中进士。明唐顺之《钦定盘山志》卷十二艺文三有《次储柴墟壁间韵》，唐顺之（1507—1560）主要活动时间在嘉靖年间。以储柴墟对谢承举的提携之意来看，谢承举和王阳明约为同时代人。再参唐顺之生卒年，可以把其活动的中间点定在1500年前后嘉靖年间，即明中后期。

豺狼"。秦桧、王氏、万俟禼终于明确地成为岳飞之死的罪魁祸首，恨奸之心遂在明清诗文笔记中笔笔皆是。

同时，在明代开始活跃的思想观念还有岳飞的转世说法。明朱国祯《涌幢小品》记云：

> 入夜，役卒守之，见一伟丈夫跃出，骑白马，冉冉乘云而上，从者数百，遥见天门开，一人衮冕迓之而入。守者惊伏，不敢出声。比明，碑上题一诗云："北伐随明主，南征拜上公。黄龙已尽醉，长侍大明宫。"俄震雷，大雨洗去。一秀士录之。余官南雍，其人入监，出以示余。味之，则武穆已转世为英国。酬此愿矣。大约明神再生，必有奇迹。终以兵解。故英国卒终于土木。客有言英国，面白而肥，与魏公徐鹏举相类。徐之生，梦武穆到家，云"当受汝家供养"。则武穆在我朝，殆再转世矣。①

可见土木事件对明人格外信奉岳飞的推进作用。因张辅"终以兵解"、"卒终于土木"，其抗击异族、以身相殉的身世的相似性，明人遂附会张辅是岳飞的转世。之后当于谦冤狱出现，明人发现这种"莫须有"的冤狱和岳飞之死更其相似后，其比较之论则主要在于谦和岳飞之间进行了。同时可以发现，在岳飞之死故事的转世概念中，只是岳武穆的单一反复转世，尚未如清代小说中更加系统化、神魔化的构建。

明代岳飞故事沿着两个方向发展：一是在发生民族战争的时候，需要岳飞故事的精神支持和对奸臣的情感发泄。二是明代对于封建礼教的宣传和思想控制都远远超过前代，文学成为教化的工具。说岳故事深深地烙印上各种因果宿命的色彩，渐渐从点缀成为岳飞之死情节的核心支撑。明代传奇对忠孝节义等文学描绘更加深入。郭预衡《中国古代文学史》曾论及明初传奇风气，认为"在统治者的政策导向下，明初形成了教化传奇一统天下的局面，封建理学、伦理纲常的说教弥漫剧坛"②。如丘仲琛以礼部尚书、太子太保等显贵身份创作教化戏曲《五伦全备忠孝记》，图解三纲五

---

① （明）朱国祯：《涌幢小品》卷二十"岳武穆"，《明清笔记丛刊》，北京：中华书局1959年版，第466页。

② 郭预衡：《中国古代文学史》第四册，上海：上海古籍出版社1998年版，第136页。

常。上行下效，顿开风气之先。其后又有布衣邵灿《香囊记》，以宣扬伦理道德为主旨。教化传奇遂成为明初剧坛的风气。《东窗记》全称《岳飞破虏东窗记》，首次把忠孝节义作为岳飞故事张扬的主题进行进一步放大，故事延续了疯僧讥秦、地藏阴审等情节。为了强调善恶有报，还描绘了岳飞一家天庭受封、秦桧一家地府受苦的画面，从而形成了鲜明对照。《精忠记》则更增加了对封建迷信的深刻迷恋，加强了轮回、因果等铺叙，将岳飞之死视为忠臣不二的表现，对于"忠"的大肆宣扬甚至掩盖了历史的悲剧性。终于在明初大讲伦理道德、三纲五常的剧坛风气影响下，说岳故事进入世俗的宣讲报应系统，故事无可避免地沦为说教，岳飞之死的情节及意义遂成为一种说教典范。

4. 清代对奸臣的极端憎恶和矛盾转化

清代中期虽曾在一段时间禁过《说岳全传》，但整个清廷对于岳飞故事却是善加利用的。对于岳飞之忠大加表彰，强化忠奸矛盾无疑是分散民族矛盾的有效措施，在清朝政府的倡导下，清代民间对于忠奸的好恶呈现出极端化的特征，同时清代把善恶有报的道德系统发挥到极致，从而为岳飞故事制造了完整的宿命轮回论。

《葭鸥杂识》记云：

> 康熙丙子春，浙抚王嵋谷到西湖岳坟礼拜毕，顾瞻墓前铁铸秦桧、王氏等跪于前，游人必笞扑之，默念此事已远，欲撤而去之，然未出于口也。忽觉背上若有人鞭之者，悚然而退，途中即病，进署惝然，百方祈祷，不愈而殂。[①]

其中表达的是极端的神化和怨念。浙抚王嵋谷本无涉于岳秦恩怨，不过一时念想时代久远，可以考虑撤去秦桧王氏之像，就遭到报应致死。说明此时在民间信仰中，这已经成为一种不可触碰、不可缓和的神化暴力。而清政府亦顺应民心并加以推波助澜，如《醒心集》所记：

---

① 《葭鸥杂识》，转引自（清）丁传靖：《宋人轶事汇编》卷十五，北京：中华书局 2003 年版，第 804 页。

村民棍击王氏，铁头断折。雍正时李卫督浙，奏请重铸，言凡铁不应为所污，请用收贮叛逆盗兵秽铁，铸四奸像，从之。①

其事正如岳坟的对联"青山有幸埋忠骨，白铁无辜铸佞臣"。政府与民间的合力在神化岳飞的同时，对秦桧诉之刻骨仇恨。

作为非汉政权的清代统治者，其前期实行文字狱，政治上严密控制复明言论，则如岳飞故事这种带有民族性的古代战争故事将如何顺应风气，继续谋求传播之道，成为文学创作的需要。除了将民族矛盾转化为强烈的忠奸爱恨之外，清代小说戏曲也在继续推进岳飞故事演变的世俗化道路，以图消解历史性和政治性。其手段一是改写岳飞的身后历史，荣耀其族，秦桧遭到报应，最大程度地满足了民间精神胜利法的想象。周乐清《碎金牌》更是一反历史事实，不仅岳飞未死，而且直捣黄龙府，揭发秦桧，最终兀术自杀，诸将庆功，故事充满神仙道化气息。二是进一步将民族矛盾转为私人恩怨，即明确矛盾的内化与市俗化，最终以女人祸水的名义，确立岳飞之死的罪魁——王氏。以王氏和兀术的奸情作为秦桧行为的助力，同时增加了情色的可读性。如张大复《如是观》中王氏不仅和兀术勾搭成奸，听闻岳飞取胜，随即派人刺杀岳飞，私审岳母，终和秦桧互相攻击。清代《说岳全传》作为岳飞故事的集大成之作，其中对于岳飞之死的理解可谓集中体现了民间意识的历史积淀。《说岳全传》首先构成了王氏倾心卖力金国的原因是与兀术的私情。事见第四十六回，小说为了摆脱兀术的关系，还特别交代一句："那兀术本是个不贪女色的好汉，不知为什么见了这个妇人，身子却酥了半边。"兀术和王氏立誓"若得中原，立你为贵妃"。正是有此露水情缘及此一段许愿，故王氏处处顾及金人，为兀术尽力。第五十回中，三百坛御酒送到秦桧门前待其加封，秦桧议事未归，王氏自作主张将毒药下到酒中，所谓"思想药死岳飞并那一班将士，好让四太子来取宋朝天下"。次日秦桧不知就里，将三百坛御酒坛坛加上封皮，交与田思忠。第五十九回兀术败走金国，遣使送来密信，责备秦桧有负前盟，令其谋害岳飞。秦桧问王氏计将安出。王氏即建议以议和之名暂缓战

---

① 《醒心集》，转引自（清）丁传靖：《宋人轶事汇编》卷十五，北京：中华书局 2003 年版，第 804 页。

事，将岳飞诓入京城杀害。第六十一回秦桧顾及已将岳飞收监两月，严刑逼供而无所得，有意放去，又恐违了兀术之命，正自犹豫不决，又是王氏定下最后的决绝计谋。

《说岳全传》中，岳飞之死的罪魁祸首在王氏而非秦桧，秦桧不过依计而行。这种故事演进不仅撇清了秦桧之责，同时也摆脱了尽信秦桧的君主之责。君主无论昏明，都对此事毫不知情，全是奸臣当权矫诏，而奸臣背后又是一个女人的私欲之故。权衡利弊，小说选择了在历史上最无关痛痒的人物承担了历史之痛。以王氏成就岳飞之死，便彻底地免去了君臣对立，将历史与政治的因果全部转为女人祸水，且小说将女人之刻薄进一步归于前因宿命，则历史上所有本应该承担不可推卸的责任的人都最大程度地得到了豁免。历史故事化的同时，故事从沉痛、复杂变得简化、世俗。于是在故事的传播中，无论当道的非汉统治者还是汉族民间百姓，都对此出再无关隐射的历史悲剧欣然接受。

杨家将故事、狄青故事、岳飞故事等两宋民族战争本事故事脍炙人口，从历史笔记演绎到戏剧小说，成为中国古代通俗文学的重要组成部分。无论杨令公之死的原因、情状、身后是非，抑或狄青的忠奸身份、真假生死，还是岳飞之死的终极责任及与秦桧的世代恩怨，都从简明的历史演绎到繁复的小说家言。对史实的改造和艺术加工，基于各个时代对宋与辽、金、西夏等非汉民族关系不同的民族认同。文学中的民族关系与历史现实同步而行，最终，两宋民族战争本事故事从战争演绎到游戏，文学中的历史记忆成为大众娱乐的背景。杨令公、狄青、岳飞诸英雄之死故事情节主题的演变，实为探求文学流变中所呈现出来的对宋与诸非汉民族关系之民族认同提供了历史轨迹。

第六章

故事演变中民族认同意识的特点及其原因

从民族矛盾、民族斗争中走出来的两宋民族战争本事小说戏曲，杨家将、狄青本事源于北宋，岳飞故事本事发生在南北宋之交。北宋长期受到辽、西夏的滋扰，最后亡于金。南宋初年与金相争，几近不守，幸得长江天险才守得百年偏安，终亡于元。两宋民族矛盾直接危及赵宋政权的统治，而国家的概念亦由此产生，正史中的"外国传"和"蛮夷传"皆始于《宋史》。自北宋以下，这些关涉民族矛盾、民族斗争的故事最初得以在民间广泛流传，和南宋民众对于中原的怀想、宋季对于元兵压境的仇怨有关。继而中原几度遭遇非汉民族政权统治，不同的民族政权统治阶级根据自身政治需要，对相关敏感题材加以管理和利用。汉族士人则在汉与非汉政权统治下，亦根据自身情感需要，通过对两宋民族战争本事故事情节主题的改造和情绪渲染，实现对于民族情结、忠奸情结的类同观照和臆想。古代文学作品的演变对于民族认同意识的反映随着时代的变化而变化，民族认同意识亦体现出政治性、社会性、娱乐性要求的共同合力。

第一节　政治性要求

一、宋元民族战争和民族政策

北宋的外患是辽和西夏，1004 年北宋与辽签订澶渊之盟后，基本上不再有大的战争。之后北宋的主要战争关系在于西夏，直至 1127 年亡于金。南宋初期和金对峙，绍兴十年到十一年春，宋人一度形势大好。绍兴十一年（1141）三月，宋人撤兵，是年秋冬之际宋金和议完成。陈致平《中华通史》论及此次从金兵压境忽然转为和谈，背景有三：一是宋高宗对金人之畏惧，希望求和；二是秦桧和王伦力主求和；三是金朝局势变化，金人亦有谈和之意。[①] 这年十二月二十九日岳飞被害，此时岳飞对和议的议定已无威胁，故秦桧在最后的处理方案上亦有所犹豫。岳飞死后，韩世忠退

---

① 陈致平：《中华通史》第五卷，广州：花城出版社 1996 年版，第 357 页。

隐，张浚被贬连州。绍兴宋金和议维持了近二十年的和平。

绍兴二十五年，秦桧卒。绍兴三十二年六月十一日，高宗禅位给孝宗，七月十三孝宗即以承太上皇之名下诏为岳飞平反。宋岳珂《金佗续编》卷十三《天定别录》卷一"追复指挥"记诏云"飞虽坐事以殁，而太上皇帝念之不忘。今可仰承圣意，与追复元官。以礼改葬，访求其后，特与录用"①。十月间孝宗又下诏正式追复岳飞的官职，对其生前事功予以褒扬。同年十二月改葬岳飞于西湖栖霞岭，追封岳云，加封岳飞妻子李氏，岳飞诸子岳雷、岳霖等从岭南赦还加官。陈致平认为"孝宗的这种种措施，正在宋金和约破裂，金亮南征失败，宋人乘势北伐之时，为了表示国策，鼓舞士气，也说明当时全国人心的动向"②。1164 年隆兴和议缘于金朝政局的更替。好大喜功的金主完颜亮抢班夺权，打破和约，侵兵南下。完颜亮因残暴被部下所杀，从而改变了战局。高宗退位，孝宗登基后颇有收复的雄心，决计乘机北伐，终因失利而议和。此后金世宗、宋孝宗谨守和议，宋金之间维持了近三十年的和平。

孝宗淳熙六年（1179）追谥岳飞武穆。开禧二年（1206）春，在权臣韩侂胄的计定下，宋光宗下诏北伐失利，最后被迫再度议和。嘉定和议距离上一次宋金之战已经过去四十年，金人开出的议和条件的第五条原则，就是索取挑起边衅的韩侂胄的头颅，并且此原则绝不通融。开禧三年，史弥远设计椎杀韩侂胄，终于使议和于嘉定元年（1208）得以成功。嘉定和议不仅割去两淮，还增加了岁币。嘉定和议意味着南宋收复中原彻底无望。宁宗嘉定四年，再追封岳飞为鄂王，表达出对嘉定和议的不甘。

在这些战战和和的历史纷纭间，陈致平以为"南宋朝廷上有一种恶劣的风气，自与金人作战以来，始终有和战两派，这两派是永远互相诋斥，从未曾和衷共济以同谋国是。如果和议失利，主战派则群起而攻击主和派，谓之为奸佞为卖国。如果战事失利，则主和派群起而攻击主战派，谓之为邀功为偾事。于是弄得当政者和战不定，莫知所从"③。因为战事失利，孝宗曾在罪己书中云："朕明不足以见万里之情，智不足以择三军之

---

　①　（宋）岳珂：《金佗续编》卷十三《天定别录》卷一"追复指挥"，《景印文渊阁四库全书》第 446 册，台北：台湾商务印书馆 1986 年版，第 607～608 页。

　②　陈致平：《中华通史》第五卷，广州：花城出版社 1996 年版，第 432 页。

　③　陈致平：《中华通史》第五卷，广州：花城出版社 1996 年版，第 380 页。

帅，号令既乖，进退失律。"① 这其间是主战派和主和派的斗争，本是政治立场的利益不同，因为民族感情的导向，从而演变为忠奸斗争。岳飞加封的情况可以看到南宋政权、主战主和的风向标。1234 年，南宋、蒙古联合灭金后战端乃兴，蒙古攻略蜀汉及江淮。1257 年，蒙古主蒙哥领三路大兵亲征宋朝，1259 年蒙哥卒，贾似道向忽必烈请和，蒙古兵引兵北还。贾似道伪称诸路奏捷，还朝加封卫国公。开庆、景定年间这次贾似道援鄂议和，使南宋得以苟且近二十年，直至 1276 年元兵攻破临安，谢太后等宫人宗室北上，南宋渐趋灭亡。两宋屡次受困于民族矛盾，直至最终亡于非汉民族政权，都促使两宋民族战争本事故事终其一朝成为从士子到民间始终关注的话题。其中的部分人物成为典范从而走进文学的塑造，承载起更为厚重的时代意识和民族情感。

尽管元朝作为非汉民族统治者在民族政策上有明确的等级标准，分为蒙古人、色目人、汉人、南人四等，汉人即金代统治中原地带的汉人，南人则是南宋灭亡后的南方汉人，在政治待遇上具有不平等性。但由于蒙古族是曾经侵入欧洲的少数民族，视野开拓，在思想文化上有着兼容并蓄的胸襟。正如陈致平所云："由于元朝扩张得太快，既保有其本族的传统，又接触而统治了许许多多不同的民族与广大的地域。在其扩张过程中，尝随方任用，就地取材。"② 其本身并没有思想制度的定式，在扩张过程中随时随地因地制宜，这种随意性带来元朝在中原建立统治后依然保持思想环境上的宽松特征。另外，由于一些大臣的竭力推进，也使得儒家文化日益进入元朝统治中心。元人在攻占汴京时，耶律楚材在围城中发现了孔子的后人，于是将其推尊为衍圣公，借此来推广儒家礼乐制度。窝阔台在位的13 年中，耶律楚材作为首辅达 11 年，是在蒙古统治中注入汉文化的主力。陈致平评价为"他最大的贡献与影响是将中国儒家思想中的人道精神，注入蒙古的统治中，冲淡了蒙古人的野蛮残暴之气，而促进中华民族文化的融合"③。元朝建有汉学国子学，蒙古人、色目人、汉人各有定例。教学仿宋朝三舍法，管理严格。元杂剧的批判性之强，体现了元代民族等级制度

① （宋）周密：《齐东野语》卷二"张魏公三战本末略·符离之师"，北京：中华书局 1983 年版，第 32 页。

② 陈致平：《中华通史》第七卷，广州：花城出版社 1996 年版，第 356 页。

③ 陈致平：《中华通史》第七卷，广州：花城出版社 1996 年版，第 110 页。

严苛的同时，思想控制却相对宽松的状态。汉族文人位沉下僚，没有晋身的路径，唯有寄身于戏曲家行列，这是对于元代知识分子地位低下的阐释，也是元曲得以炳耀古典文学的原因之一。元代曲家们对于社会问题如酷吏、贪污、帮闲、高利贷等进行了尖锐的批判，同时在大量的戏曲中寄寓了深刻的故国之思。如《梧桐雨》、《汉宫秋》都极写汉家统治者之悲慨无奈、朝中大臣之无能、异族势力之嚣张。曲家笔法尖刻而任意，没有曲意回环，没有粉饰太平。这些作品不仅传唱于当时，也流传于后世。这说明元代统治者对这些暴露批判意味浓重的作品并未有防范控制的意识和举动。

二、明代的文网控制和世俗流风

明朝将蒙古人赶出中原，中央政权回归汉族统治，异族压迫的阴霾一扫而空。洪武二十一年（1388），蓝玉大破蒙古于捕鱼儿海，数度出击以攻为守，在长城沿边遍设卫所。明人的民族自信心异常膨胀，即使经历了土木堡之变，明人也未归过为民族积弱，而将之归罪于宦官之乱。明代上层统治者没有特意抵制元人，刘伯温就认为政治没有地域和种族之别，所谓"故中国以四裔（夷狄）为寇，而四裔（夷狄）亦以中国之师为寇，必有能辨之者，是以天下贵大同也"①，即元室之亡，也在于统治本身而和异族无关。然而农民起义起家的朱元璋在国初的统治中，其思想专治政策带有明显的小农意识。朱元璋朝一边以党狱杀功臣，一边大兴文字狱诛杀文士，封人口笔。这时的文字狱主要是控制对朱元璋人身攻击的词汇，其主客观上都达到使文人谨言慎行的政治目的。在大棒使知识分子噤若寒蝉的前提下，明政府又施以利诱，开科取士，给知识分子以更为宽广的仕途。明朝以八股文的形式设定科举考试，限用朱熹注《四书》，实现了思想上的专政，这种专制因为和谋取出身一体，知识分子遂以主动的姿态维护这种思想专制。对于他们的鼓吹，百姓随波逐流地接受。永乐时期文网

---

① （明）刘基：《诚意伯文集》卷十九"神仙第十五"，《景印文渊阁四库全书》第 1225 册，台北：台湾商务印书馆 1986 年版，第 457 页。四库全书本作"四裔"，别本作"夷狄"，或为四库馆臣改窜。

更为严密，思想控制愈加严格。不仅有东厂监控世人言行，还编纂有《五经四书大全》、《性理大全》等思想教育书籍刊行天下，同时焚书以杜绝邪说传播。明初文学已经成为教化的代言，戏曲方面即产生了《五伦全备记》，"以'五伦全备'进行说教，也正符合这个时期的政治需要"①。明代初期和前期，投入新朝的知识分子以思想、道德、人伦宣传为己任，造成文学作品的思想性较艺术性为重。

明代中期宦官当道，从英宗朝王振到宪宗朝汪直，再到武宗朝刘瑾。明正统十四年（1449）八月，不谙军事、好大喜功的王振动员英宗亲征，导致英宗于土木堡被俘。明人对宦官之祸感同身受，从而把民族矛盾集中代入忠奸斗争的范畴，具有鲜明的现实意义和针对性。这时，明代的知识分子也对宋代民族战争本事的战和故事进行了更多深入的思考，如明李东阳《怀麓堂集》卷二"古乐府"中有：

> 两太师
> 和议是，塞外蒙尘走天子。和议非，军前函首送太师。议和生，议战死。生国仇，死国耻。两太师，竟谁是？

> 金大将
> 汝何官？金大将。汝何名？陈和尚。好男子，明白死。生金人，死金鬼。胫可折，吻可裂，七尺身躯一腔血。金人愤泣元人夸，争愿再生来我家。吁嗟乎，文山烈后叠山已，汝能不学乃如此。②

二诗均是对宋代史事进行重新解读。《两太师》将宋史中对战争都具有重要意义的秦桧和韩侂胄的遭遇与功过进行比较，对于战与和的是与非

---

① 郭预衡编：《中国古代文学史》第四册，上海：上海古籍出版社1998年版，第6页。

② （明）李东阳：《怀麓堂集》卷二"古乐府"《两太师》、《金大将》，《景印文渊阁四库全书》第1250册，台北：台湾商务印书馆1986年版，第17～18页。又见（明）《李东阳集》"诗前稿"卷二，长沙：岳麓书社1984年版，第105、107页。周寅宾点校云：（《金大将》）"最后二句，明魏椿刻本及乾隆长沙刊本《拟古乐府注》均作：衣冠左衽尚不耻，夷狄之臣乃如此。"

提出了新的思考。然而历史的两面性亦不能给出历史和现实以明确的答案。《金大将》一篇则表现出明人对于气节的张扬和肯定。诗歌笔墨落在金人身上，写其以身报国的悲壮和无论金人元人的叹服，诗中更将其和汉民族英雄文天祥、谢枋得对比。诗中固然以金人来表现民族大义，但最终是想借金人尚且如此，表达汉人更需追步文山、叠山之流的迫切之情。因为边境问题的一直困扰，两宋民族战争本事作为参照和隐喻的重要对象，成为明代备受关注的题材。值得注意的是，明朝政府严禁色目人与蒙古人同族通婚，而鼓励他们与汉人通婚，这项举措直接推动了民族融合的实现。进一步融合的社会现实以及汉族政权的自尊，都使得明代文学创作将宋代战争本事中的民族矛盾推向忠奸斗争。

明神宗时外患有西南缅甸之役、朝鲜之役等，满洲内犯开启了清朝历史。清朝再次结束了汉族政权，在其统治初期民族问题比较宽松，顾炎武、王夫之等不仅以遗民身份自居，还可以著书立说，征召不去亦不治罪。如郭预衡主编的《中国古代文学史》所云："在这期间，虽有士子'立社定盟'之禁，'淫词小说'之禁，但文人学者尚可'纵论唐宋，搜讨前明遗闻（鲁迅语）'，产生于这个时期的诗、文、小说、戏曲，尚多民族意识、故国之思。"[①]署名为钱彩、金丰的《说岳全传》，即成书于这个时期。所以基本上可以看作是写者的借题发挥，但在写作过程中汲取了戏曲故事民间发展的诸多桥段和民族认同的基本观念，在其恣意发挥之下，渐失初衷。尤其明代末年，民间各种势力群魔乱舞，足以说明宗教内容的群众基础广泛，是以各方反政府势力都以此作为煽动群众的方式。《神宗实录》载万历四十七年三月大学士方从哲的奏章："游食僧道十百成群，名为炼魔，踪迹诡秘，莫可究诘"、"白莲、红封等教，各立新奇名色，妖言惑众，实繁有徒。"[②]这种社会现实决定了明清小说对于宗教迷信的大量摄取，以此来满足世人的娱乐需求和认知需要。

---

①　郭预衡主编：《中国古代文学史》第四册，上海：上海古籍出版社 1998 年版，第 218 页。

②　《神宗实录》卷五百八十"万历四十七年三月"，《明实录》第 122 册，台北：中央研究院历史语言研究所 1966 年版，第 10992 页。

三、清代对夷夏观念的重解和文学改造

"清初对于汉人的控制，是怀柔与刑戮兼施，并以科举考试及博学鸿儒科，以羁縻学人，消磨他们的反抗意识。"康熙对于黄宗羲等大德因为其才华和影响力没有过分压迫，"但对于一般知识分子的民族反抗意识，又不敢过分的放纵，使其影响了清朝的统治。加以三藩之变的刺激，遂不得不兼用恐怖手段，揭发文字之狱，以示镇压"[1]。康熙五十年，戴名世《南山集》事件后，清代文网开始严密，康熙、雍正年间文字狱迭出。雍正和乾隆都开始肃清夷狄中华之论，雍正《驳封建论》云："是中国之一统始于秦，塞外之一统始于元，而极盛于我朝。自古中外一家，幅员极广，未有如我朝者也。"[2] 乾隆《圣制通鉴纲目续编内发明广义题辞》云："大一统而斥偏安，内中华而外夷狄，此天地之常经，古今之通义。是故夷狄而中华，则中华之；中华而夷狄，则夷狄之。此亦《春秋》之法，司马光、朱子所为呕呕也。"[3] 清政府在文化政策上和政治保持一致的是对于文学的改造。由于入关以后对政权的危机感，清政权对于汉族的防备之心甚重，所以在文艺思想上制定了文化集权政策，初期大兴文字狱，乾隆朝政治稳定后，文化控制的方向更多地转向文学的官方重塑。

雍正七年，湖南人曾静挑动大将岳钟琪造反，被岳钟琪告发。沈在宽等人处死，吕留良被开棺挫尸。《大义觉迷录》作为雍正苦思冥想、努力化解民族仇恨的手段，得以颁行。雍正认为，曾静事件以及康熙朝的文字狱，起因都是民族意识下的夷夏之辩，既然杀戮封堵不能从根本上解决意识问题，于是决定从思想教育着手。雍正亲自撰写文章，然后将吕留良的作品和曾静供词、说明等汇成一书，名为《大义觉迷录》，发布天下学校，供人学习。《大义觉迷录》全书四卷，收有雍正的十道上谕、审讯词和曾

---

[1]　陈致平：《中华通史》第九卷，广州：花城出版社1996年版，第111页。

[2]　《世宗宪皇帝实录》卷八十三"雍正七年七月"，《清实录》第8册，北京：中华书局1985年版，第99页。

[3]　（清）乾隆：《圣制通鉴纲目续编内发明广义题辞》，（清）庆桂等辑：《国朝宫史续编》卷八十九，《续修四库全书》第825册，上海：上海古籍出版社1995—1999年版，第751页。

静口供47篇。核心内容除了为自己的谋父屠弟辩诬外，第一个主旨就是辩清清朝入主中原的正统性，弃却夷夏观念。陈致平解释书中的三层大意为：

第一层，说明华夷的观念之不通，他认为国家的治乱，政治的好坏，当问当政者是否能替天行道？爱护百姓？能为民之主，不必管他是中是外，是华是夷，惟有德者居之。他说："自古帝王有天下，无非怀保万民，恩加四海，膺上天之眷命，协亿兆之欢心？……盖生民之道，惟有德者可为天下之君，此乃天下一家，万物一体，自古至今，万世不易之常经也。……书曰：抚我则后，虐我则仇……凡所以蒙受此抚绥爱育者，何得以华夷殊视？……谓本朝以满洲之君，入主中国……不知本朝之为满洲，犹中国之有籍贯。舜为东夷之人，文王为西夷之人，曾何损圣德！……"第二层，是申述清之得国，并非篡夺，乃得之于闯贼，非得之于明朝。而明朝之亡，乃亡之流寇。而非亡之满清。第三层，则以明末的政治和清初的政治相比，反复说明明末的政治如何昏乱，而清朝的政治如何仁厚。①

雍正强调夷夏的针对性概念是一个变化的过程，认为古代的夷经同化后成为夏，而清朝的开疆拓土之功甚至远过汉、唐、宋，即所谓：

且自古中国一统之世，幅员不能广远，其中有不向化者，则斥之为夷狄。如三代以上之有苗、荆楚、猃狁，即今湖南、湖北、山西之地也。在今日而目为夷狄可乎？至于汉、唐、宋全盛之时，北狄、西戎世为边患，从未能臣服而有其地。是以有此疆彼界之分。自我朝入主中土，君临天下，并蒙古极边诸部落，俱归版图，是中国之疆土开拓广远，乃中国臣民之大幸，何得尚有华夷中外之分论哉！②

同时雍正撇清明亡之责，将明亡的责任推之于李自成，以消解民族仇恨之意。"至于我朝之于明，则邻国耳。且明之天下丧于流贼之手，是时

---

① 陈致平：《中华通史》第九卷，广州：花城出版社1996年版，第148页。
② （清）雍正：《大义觉迷录》，北京：中国城市出版社1999年版，第5页。

边患肆起，倭寇骚动，流贼之有名目者，不可胜数。""至于厚待明代之典
礼，史不胜书。其藩王之后，实系明之子孙，则格外加恩，封以侯爵。"①
上谕中，雍正并引韩愈之言"中国而夷狄也，则夷狄之；夷狄而中国也，
则中国之"来摆脱清朝的"夷"名。然而义理终难以取代民族情感，何况
此时距离清兵入关的残酷杀虐尚不足百年，对于汉民族来说，感情上的民
族认同仍有待时日。不仅汉人的接受有难度，清廷统治者对雍正的做法也
持不同意见。

雍正颁行《大义觉迷录》六年后，乾隆即位，即将曾静凌迟，并下诏
禁毁《大义觉迷录》。此后百年《大义觉迷录》成为禁书。乾隆一朝则在
具体的文化干涉上用心良苦。乾隆认为钱谦益的诗中多有诋毁清廷的诗
句，故在乾隆三十四年下诏，查禁钱谦益书籍，将其列为贰臣传。乾隆时
期对于民族矛盾更为敏感，处理手段恢复到强化高压，非雍正时期的怀柔
与思想洗脑的手段。乾隆三十八年开《四库全书》馆，在搜罗诸多图书并
保存的同时，也销毁了大量违碍书籍。乾隆三十九年八月谕：

　　况明季末造野史者甚多，其间毁誉任意，传闻异词，必有抵触本朝之
语。正当及此一番查办，尽行销毁，杜遏邪言，以正人心而厚风俗，断不
宜置之不办。此等笔墨妄议之事，大率江浙两省居多，其江西、闽、粤、
湖广亦或不免，岂可不细加查核。②

乾隆四十五年的谕令十分具体地描述了对于违碍书籍版本，由地方搜
集，中央统一控制并加改窜的过程：

　　昨因各省进到遗书，有应钞沈炼之《青霞集》一种，篇中凡违碍字样
俱行空格。已交阿桂、和珅，查核填补矣。此外各省坊行刻本如《青霞
集》之空格者，谅复不少。俱应酌量填补。但各督抚自行查填，恐未妥
协，亦难画一。著传谕各省督抚，详查各种书籍内，有不应销毁，而印本

---

　　①　（清）雍正：《大义觉迷录》，北京：中国城市出版社1999年版，第7页。

　　②　《高宗纯皇帝实录》卷九百六十四"乾隆三十九年八月上"，《清实录》第20
册，北京：中华书局1986年版，第1084页。

留有空格者，概行签出。解京后，交馆臣查明，酌量填补，仍行发还。所有板片，即著各督抚，遵照所填字样，补行填刻，以归画一。①

从乾隆的谕令中可以看到对于版本销毁和版本改窜的区别对待，力求对删节的违碍字数一概填补空格，务必做到"画一"且不着文网控制的痕迹。在修纂四库全书过程中，馆臣们对于书中的违碍字句如胡、番、虏等语一一加以改造。如岳飞的《满江红》"壮志饥餐胡虏肉，笑谈渴饮匈奴血"句，在《岳武穆遗文》中被改窜为"壮志肯忘飞食肉，笑谈欲洒盈腔血"，意境全失。清廷的升平署档案将岳飞故事的折子戏《败金》直接写为《拜金》，"朝天阙"改为"朝金阙"，都是通过对文字进行篡改来达到抹杀民族矛盾本质存在的手段。

对于文学和戏曲，乾隆朝也施以不同的处理方式。乾隆朝充分意识到戏曲文学的社会功能，"提倡忠孝节义，禁饬媟亵之词，当是清代的基本文化政策，也是乾隆年间对待民间戏剧演出的基本态度"②。如乾隆元年五月，江西巡抚俞兆岳奏："民间斗斛之制宜画一，禁演扮淫戏以厚风俗。"上谕曰："忠孝节义，固足以兴发人之善心，而媟亵之词，亦足以动人心之公愤。此郑卫之风，夫子所以存而不删也。若能不行抑勒，而令人皆喜忠孝节义之戏，而不观淫秽之出，此亦移风易俗之一端也。汝试姑行之。"③ 在大兴文字狱、清点书籍违碍字句解京销毁的同时，清廷注意到戏曲中有可能存在诋毁清朝的问题。《乾隆三十九年春台班戏目》其后所附道光年间春台班艺人所工剧目有《探母回令》、《赶三关》、《洪洋洞》、《（托兆）碰碑》、《金沙滩》、《斩子》、《穆柯寨》、《烈火旗》等④，据范丽敏考证，这些剧目同于乾隆三十九年春台班剧目⑤。可见乾隆三十九年

① 《高宗纯皇帝实录》卷一千一百一十九"乾隆四十五年十一月下"，《清实录》第 22 册，北京：中华书局 1986 年版，第 943～944 页。

② 朱家溍、丁汝芹：《清代内廷演剧始末考》，北京：中国书店 2007 年版，第 25 页。

③ 《高宗纯皇帝实录》卷十九"乾隆元年五月下"，《清实录》第 9 册，北京：中华书局 1985 年版，第 485 页。

④ 朱建明：《乾隆三十九年春台班戏目》，《黄梅戏艺术》1983 年第 1 期，第 69～74 页。

⑤ 范丽敏：《清代北京戏曲演出研究》，北京：人民文学出版社 2007 年版，第 320 页。

之间这些剧目已经相当成熟。正如朱家溍认为，"敏感问题还包括几百年前南宋抗金的斗争。传统戏曲中，宋将帅军民抗击金兵的题材很多，岳家军、杨家将及韩世忠、梁红玉等人抗击金兵的故事都在民间流行广泛，难以全部查禁。清王朝出于对其祖先女真人形象的维护，也是防范反清倾向的延伸，因而提出外间涉及南宋与金朝的剧本'往往有扮演过当，以至失实'，无识之徒才会以剧本为真。这一提法适当地把握了分寸"①。

　　乾隆四十五年、四十六年开始查饬民间戏曲曲本。乾隆四十五年十一月谕令："因思演戏曲本内，亦未必无违碍之处。如明季国初之事，有关涉本朝字句，自当一体饬查。至南宋与金朝，关涉词曲，外间剧本，往往有扮演过当，以致失实者，流传久远，无识之徒，或至转以剧本为真。殊有关系，亦当一体饬查。"② 书籍禁毁遂与大义篡改同时进行。清廷根据文学样式所体现的文人文学和市民文学的本质特征不同，采取了具有差异的处理原则。对待书籍违碍字句进行销毁，对失当戏曲则以标签贴出违碍处，删改或抽掣，小心进行，不事声张，最后不了了之。乾隆四十三年（1778），江宁布政使刊《违碍书籍目录》，其中通俗小说十一种，如《精忠传》、《说岳全传》大多因为政治原因被视为禁书。乾隆四十六年三月图明阿奏本云"本年正月内，伊龄阿将删改抽掣之《精忠传》等五种具奏呈进"。朱批继云："此亦正人心之一端，但不可过于滋扰。"乾隆四十六年六月初一全德奏，内引乾隆四十六年五月二十九日奉上谕："图明阿奏查办剧本一折，办理又未免过当。剧本内如《草地》、《拜金》等出不过描写南宋之恢复及金朝败退情形，竟至扮演过当，称谓不伦，想当日必无此情理。是以谕令该盐政等留心查察，将似此者一体删改抽掣。至其余曲本内无关紧要字句，原不必一例查办。"并再次强调处理过程要"不动声色，妥协办理，不得过当，致滋烦扰"③。可见对于关涉民族问题的通俗文学，清代统治者的态度始终是不愿意扩大化，而持相对保留且谨慎的态度。

---

① 朱家溍、丁汝芹：《清代内廷演剧始末考》，北京：中国书店 2007 年版，第 56 页。

② 《高宗纯皇帝实录》卷一千一百一十八"乾隆四十五年十一月上"，《清实录》第 22 册，北京：中华书局 1986 年版，第 939 页。

③ 分见"附录：乾隆四十五年、四十六年查饬民间戏曲曲本的上谕、奏折和朱批选摘（引自中国第一历史档案馆文教类朱批）"，朱家溍、丁汝芹：《清代内廷演剧始末考》，北京：中国书店 2007 年版，第 63～65 页。

相对乾隆朝主张将"淫秽戏曲"视为"此郑卫之风，夫子所以存而不删也"，嘉庆十五年（1810）六月禁《灯草和尚》等淫秽小说，同治十一年八月初二日"旨意档"吩咐内学学戏"总要忠孝节义的，不要玩笑戏"①。道光、同治朝以禁淫秽书、画为主。道光十四年、十七年、二十四年，同治七年，光绪十六年等禁毁对象主要是淫词、怪诞等。与此同时，"嘉庆以后的几代皇帝对此倒似乎不甚在意，歌颂抗金英雄故事的戏文如《五台》、《扫秦》、《朱仙镇》等经常出现在内廷的戏台之上"②。可见清代后期对于文学思想控制的方向已经发生了转变，也体现出社会的主要矛盾发生了根本性的变化，因此通俗文学对两宋民族战争本事故事的原有主题亦进行了本质的转移。

不同朝代的政治性诉求对于文学演变的走向具有显著影响。元代的民族情绪动力在于底层知识分子对汉文化的怀念和教训总结；明代以大汉民族自居，从而将民族矛盾弱化，政治斗争主线转而权力内省；清政权则致力沿袭明代的道德体系还诸于民，强烈宣扬忠孝节义，从而在此过程中掩饰而至忽略汉与非汉的不同。明清两朝共同致力于把忠孝节义引进文学戏曲的鼓吹中，戏曲文学在强调教化的同时，更以迎合世俗的姿态，不断纳入宿命轮回、男女情爱等世俗喜闻乐见的情节。这使得明清以下源于两宋民族战争本事的文学戏曲故事越来越脱离历史，而驰骋于无度的民间想象。

---

① 朱家溍、丁汝芹：《清代内廷演剧始末考》，北京：中国书店 2007 年版，第348 页。

② 朱家溍、丁汝芹：《清代内廷演剧始末考》，北京：中国书店 2007 年版，第 56 页。

第二节　社会文化性要求

一、思想意识的流变

　　葛兆光在《宅兹中国——重建有关"中国"的历史论述》引言中提到历史、文化与政治是中国研究的三个向度，其中"在文化意义上说，中国是一个相当稳定的'文化共同体'，它作为'中国'这个'国家'的基础"；"从政治意义上说，'中国'常常不止是被等同于'王朝'，而且常常只是在指某一家某一姓的'政府'"①。正是在此基础上，两宋民族战争本事的故事演变在相当稳定的文化共同体中，因为承载着不同的王朝意义和民间意义，而使文本富有更多的社会文化和历史意识流变。正如王德威所说："历史小说家可能运用历史上已知人物或事件的兴衰起伏作为书中的索引，以映照某一时期社会政治力量过渡与大众意识产生变化的现象。"②

　　葛兆光在《宅兹中国——重建有关"中国"的历史论述》中提到，由于外患逼迫，宋朝严明了夷夏观念。北宋石介的《中国论》是中国第一篇专以"中国"为题的政论，文中民族情绪激烈，"显示了思想史上前所未有的关于'中国'的焦虑"、"在自我中心的天下主义遭到挫折的时候，自我中心的民族主义开始兴起。这显示了一个很有趣的现实世界与观念世界的反差，即在民族和国家的地位日益降低的时候，民族和国家的自我意识却在日益升高"③。葛兆光认为：

---

　　①　葛兆光：《宅兹中国——重建有关"中国"的历史论述》，北京：中华书局2011 年版，第 32～33 页。

　　②　王德威：《想像中国的方法：历史·小说·叙事》，北京：生活·读书·新知三联书店 2003 年版，第 309 页。

　　③　葛兆光：《宅兹中国——重建有关"中国"的历史论述》，北京：中华书局2011 年版，第 41～42 页。

在关于"中国"的各种观念和话题里面，我们很可以看到当时人的感受、焦虑、紧张、情绪，而这些感受、焦虑、紧张、情绪所呈现的一般思想世界，就成了精英观念和经典思想的一个背景与平台，使他们总是在试图证明"中国（宋王国）"的正统性和"文明（汉族文化）"的合理性，而这种观念恰恰就成了近世中国民族主义思想的一个远源。①

两宋民族战争本事正是发生在这样一个民族主义渊源的背景上，同时它们和严明夷夏观念的产生互为作用。这些民族矛盾的压迫感造成了民族主义的紧张，同时知识分子的意见主张很快成为国家意识的主流，基本上对于民族战争从朝廷到民间都保持了以战为正的明确立场，随之亦主导了故事本事在民间流传中的主题发展。

王德威在《想像中国的方法：历史·小说·叙事》之《历史·小说·虚构》一文中充分论述了历史与小说的互相渗入，他认为"长久以来，历史小说便一直是中西小说中的重要副文类之一，而它之所以广受欢迎有可能是出于本身兼具历史与小说双重的'弹性'导向"、"历史和叙事小说互为关联紧密的话语形式，原因不仅在于二者在叙事模式上互相映照，也在于对人类经验的探究上彼此大量重叠——不论所谓人类经验是幻想与实证性的，或是虚构与理念性的。正因为历史小说横跨这两种类型，才得以焕发出独特的魅力与力量"②。正是这双重的弹性导向为宋代民族战争本事的故事演变提供了广阔的空间和纷至沓来的变数。在其写作手法和分类方式上，文中这样分析：

与上述类型相反的历史小说则强调处理在史学上均是信而有征的人、事、活动等。就这种情形而言，小说家仍可能有心为其主体事物的发生建造出可信的历史背景，但写作的焦点则放在读者可能熟悉及/或感兴趣的人物与事件上。传统上学者亦将上述理念作为中国各类型'正统'历史小说定义或描述的起点，而所谓的历史小说则包括演义（如《三国演义》）、

---

① 葛兆光：《宅兹中国——重建有关"中国"的历史论述》，北京：中华书局2011年版，第65页。

② 王德威：《想像中国的方法：历史·小说·叙事》，北京：生活·读书·新知三联书店2003年版，第297～299页。

家族英雄事迹（如《杨家将》）、战争传奇（如《英烈传》）等等。①

小说家对读者熟悉和感兴趣的人物与事件的写作选择上，也同时会受到时代观念的影响。南宋理学从被禁到张扬，从伪学到国学，直至在元明两代成为知识分子的思想信念。两宋民族战争本事在经过明代理学的深入民心之后，其主题与叙述的侧重点因为理学对社会生活和世人信念的全面渗入，而在故事演变中得到了进一步的阐发。

南宋庆元二年（1196）春开科取士，凡涉义理者均不录用。朱熹被列举有不孝不忠六大罪状，遭到罢黜。庆元三年（1197）冬置"伪学之籍"，朱熹、赵汝愚、吕祖谦等五十九人被称为"伪学之党"。庆元六年（1200）朱熹病卒，四方生徒群聚信州为其送葬，尊为圣贤。随着南宋理学家赵复被元兵俘到北方，理学在其元臣弟子姚枢和许衡的传播下得以发扬光大，并为元主所用，作为针对南宋遗民的怀柔政策。元人以朱子《四书》为主导，讲究义理，理学独行。明代燕王朱棣以靖难之名兵变夺取江山，之后进行了血腥的屠杀，这时即因为理学的深入人心，在残杀中爆发出知识分子前赴后继的死难精神。陈致平分析："明初开国政治手段的残忍，这多少也受了蒙古人九十年暴力统治的影响。一般人心理反常，尤其当时军政的领袖们，大都刑戮惨酷，构成了一时风气。另一个现象是受了宋元以来理学家的影响，一般读书明道的士大夫，都能有成仁取义，舍生赴难的精神，这种精神深入人心。"②

如方孝孺案，成祖虽有心收纳，方孝孺定不肯写就登基诏书，以"便十族奈我何"激怒成祖。于是方孝孺九族尽灭，九族之外的门生弟子亦被捉来以示孝孺，孝孺不顾，则尽杀之。临刑，其妻子儿子都先自尽，两个女儿投水而死。其弟孝友先于其就刑，孝孺泪下，其弟尚且作诗鼓励他："阿兄何必泪潸潸，取义成仁在此间。华表柱头千载后，旅魂依旧到家山！"③ 从这些事迹中可以看到《说岳全传》后半部岳飞被捕直至就戮之

---

①　王德威：《想像中国的方法：历史·小说·叙事》，北京：生活·读书·新知三联书店 2003 年版，第 306 页。

②　陈致平：《中华通史》第八卷，广州：花城出版社 1996 年版，第 86 页。

③　方孝友诗见（清）谷应泰编：《明史纪事本末》卷十八"壬午殉难"，北京：中华书局 1977 年版，第 292 页。

后，其家人、部下之忠孝节义种种皆有章可循。而方孝孺的绝命词中写道："奸臣得计兮谋国用犹。忠臣发愤兮血泪交流，以此殉君兮抑又何求。"① 诗以骚体直追屈原的忠愤之意，诗人以忠臣自居，而其血泪所指的对立面正是奸臣。对于理学之士而言，在忠奸斗争中舍生取义成为人生的至高境界，由此也推衍而为文学作品主题的优先表达。

明代对于义理的推崇超过历代。明代官府编修了类书《性理大全》，与敕修的《五经大全》、《四书大全》合称《永乐大全》，是儒家义理之学的集大成之作。宋、元、明三代皆讲性理之学，元沿袭宋学，明代标榜"朱学"，科举考《四书》，亦以朱熹《四书集注》为标准。陈致平认为启发明朝理学的还在于两个导因："一是在宣传方面《性理大全》颁布；一是在人格感召方面。"② 对于后者，陈致平亦曾论及："明代读书人思想议论相当自由（明初的文字狱仅是一时的特殊现象），盛行讲学集会结社之风。在东林党和'甲申之变'时，许多读书人都能表现出一种独立的人格，和成仁取义的殉节精神。尤其明亡时，从士子到妇孺，死难之惨烈，可以动天地泣鬼神，这未尝不是三百年来理学熏陶之果（参见谷应泰《明史纪事本末》之《甲申殉难》）。"③ 直至明末清初的《说岳全传》，也在自然而然中将明代理学之精神贯注于历史故事之中，而渐使小说沦为忠孝节义的说教典范。

清代初期，康熙、雍正、乾隆都非常强调民族个性。郭成康《也谈满族汉化》谈到："乾隆帝主政的六十余年，是满汉文化交融极为关键的时期，由于乾隆帝民族意识的清醒和整肃措施的得力，因而卓有成效地维护了满族的个性。"乾隆为保持民族个性特意设定重骑射，尚武勇，保持衣冠、语言，实施围猎等政策。与此同时，"满族在清代并不满足于消极地抵制汉习，她利用居于最高统治的主导地位，采取积极主动的姿态，在把汉文化有益部分拿来为我所用的同时，对那些与本民族历史意识、文化传统相抵触，阻碍自己前进和发展的东西，哪怕是为汉人奉为神圣教条的儒

---

① 方孝孺诗见（清）张廷玉等：《明史》卷一百四十一"方孝孺列传"，北京：中华书局1974年版，第4019页。

② 陈致平：《中华通史》第八卷，广州：花城出版社1996年版，第445页。

③ 陈致平：《中华通史》第八卷，广州：花城出版社1996年版，第545页。

家古训，也敢于批判并加以重新塑造"①。清代曾经严格限制满族文化融合于汉，对汉族文化进行了以满族政策为先的全力主导和重塑。清军入关时尚且汉满双文并用于圣旨公文等，但随着满族文字和满语的消亡、民风言语等的自然汉化过程，清中叶以后即如陈致平云："若干满洲词汇，皆以汉文书之，变成汉文之一部分。截至满清末叶，极少数识书满文者，竟成专家。"② 不仅满族书写语言渐至消亡，满人的生活习惯也日渐被汉族同化。可见民族融合终是大势所趋，而非统治者严加控制所能趋避的。

二、民族隔阂下的话语权

民族隔阂下的话语权首先表现在，通俗文学创作中对于民族战争的实质含糊其辞，往往将战争的兴起或纷争归结为奸臣或中间地带的灰色人物挑拨是非。甚而在《万花楼》中，西夏的卷入战争完全是被动而无意识的，如第二十九回"信奸言顽寇劫征衣，出偈语高僧解大惑"中云："这些西戎兵，多是皮衣裘裤，比了大宋军衣，和暖得多，是以众兵用不着，原封不动，待等狄青一到，原璧奉还。"故事中西夏根本没有劫取宋兵征衣的明确缘由。第三十一回"勇将力剿大狼山，莽汉误投五云汛"更借西夏王御弟赞天王之口道："宋将有多大本领，如此狂言。他若讨取征衣，且还他便了。"子牙猜道："不可，我自兴兵以来，威名远震，个把宋将，纵然强狠，岂可一朝示怯，还他征衣？"赞天王道："孤这里众兵原不用这些征衣，还了他也无所损失的。"《万花楼》故事仅仅把征衣作为矛盾的由头，而在西夏一面，不仅战利品可以随时奉还，战争本身更是可有可无的，这极大地削弱了战争的严肃性，而赋予小说的人物与事件更易解决的非实质性冲突。小说中主要英雄人物的最大对立面始终不是异族，而是内奸。

另外，民族隔阂下的话语权还主要表现在对于异族描述上的非客观性。即使是本应相对公允客观的历史记载，同样会因为战争的立场以及民

---

① 郭成康：《也谈满族汉化》，刘凤云、刘文鹏编：《清朝的国家认同——"新清史"研究与争鸣》，北京：中国人民大学出版社 2010 年版，第 79 页。
② 陈致平：《中华通史》第十卷，广州：花城出版社 1996 年版，第 354 页。

族同异之区别，而在文字表达中存在明确的褒贬态度。宋余靖曾经担任广南西路安抚使，撰《平蛮京观志》、《进平蛮记表》、《贺生擒侬智高母表》等文，载于其文集《武溪集》，文中对侬智高起兵的诸种情况都是极尽贬低、诋毁之辞。卷五《大宋平蛮碑》记桂林摩崖石刻云："蠢兹狂寇，起乎徼外。父戮于交，逃死獠界。招纳亡命，浸淫边害。""攻之五旬，掠民而旋。贼锋一至，千里无烟。还据于邕，五岭骚然。"同集卷五《大宋平蛮京观志并序》写道，"盗起其间，蠢尔异类"，由于地方官处置不利"遂肆凶奸，顺流而东。列城皆空，岭表骚然"。① "蠢兹狂寇"、"遂肆凶奸"等文字描述，是对侬智高等非汉民族一方非常明确无误的主观情感践踏。

汉族书写者在文学创作中，对于侬智高的描述大多采取极端否定的态度，比如《五虎平南》第二回蒙云关主帅段洪言及侬智高"况及屡屡行此无道之事，凡民间美色女子，不论孤寡、有夫无夫，令兵抢了，百端淫欲；及于行兵倥然，放纵扰掠，眼见得亡灭不远，焉能成得大事？但本官食他之禄，必要尽彼之忠，至死而后已"。第三十二回王兰英说服其父投降宋人时，历数南天王的种种不是："南王乃一反叛伪王，所行残忍好杀，陷害了多少良民。""况他所任之人，俱是邪说妖言害民之贼，定是奸佞亡命之徒"。第三十三回"红玉败走竹枝山，王凡归降狄元帅"写王凡见大宋军兵雄壮，感叹"南王妄图天位，强侵疆土，自取灭门之祸耳，纵使他再攻下一二省，亦非久远。如今他得了邕州西粤地，安坐昆仑关，与几个佞臣日夕行此不仁之事……吾初时以彼为豪杰，激一时之忿，见酷吏剥民，随了他攻下了许多疆土。后来见他残暴伤民，劫夺妇女，洵无远大之谋，实思退步，趁今随儿降宋，脱了此祸，正就了机谋"。小说《五虎平南》借侬智高诸臣子身份直接指摘异族领袖的种种恶行，通过强调臣子们权且为道义尽忠职守，以图解脱他们自身的责任。而在《五虎平西》、《五虎平南》中，异族通常用妖法取胜，如《五虎平南》第四回"段小姐夸能演术，飞山虎逞勇交兵"中狄青总结"外国偏邦每用邪术伤人"，都是对非汉民族在战争中获得胜利的真实力量的否定和诬蔑。

侬智高曾多年反对交趾入侵，并且多次要求宋王朝支持而提出请求内

---

① （宋）余靖：《武溪集》卷五《大宋平蛮碑》、《大宋平蛮京观志并序》，《景印文渊阁四库全书》第 1089 册，台北：台湾商务印书馆 1986 年版，第 42～43 页。

附、要求互市。至于侬智高战争之兴起，原是赋税苛刻，官逼民反。小说则规避了这样的实质性冲突，而将其妖魔化，即蟒蛇精冒名达摩道人怂恿侬智高叛乱。张树霞《汉族想象中的"他者"与壮族的"自塑形象"——关于侬智高形象两种文本的比较分析》中提到，侬智高的形象在汉族官方文献和壮族民间传说中差异较大。由于民族立场的存在，这种差异性描述的产生是显而易见的。值得注意的是，文中提到"《达丝关的传说》里记叙了侬智高的勇敢威猛，并获得了大蟒山神的帮助"①。由于传说形成时间不明，故事中帮助侬智高的"大蟒山神"和《五虎平南》中的"蟒蛇精"递相影响的因果不能加以明确，但如此情节转换之处或可参照。就小说中达摩道人的伤人之法来看：口吐毒气，狄青与穆桂英即面如黑漆、七窍流血。妖道又命人在溪水中下毒，致宋兵暴病。于立强《史料中的狄青形象及其为俗文学所提供的可能》②指出南宋李焘《续资治通鉴长编》卷一百七十四"青始至邕州，会瘴雾昏塞，或谓贼毒水上流，士卒饮者多死，青甚忧之。一夕，有泉涌寨下，汲之甘，众遂以济"③，为此段故事提供了历史素材。这些情节设置都表现出中原市井百姓对所谓南蛮、瘴疠之地的恐惧与偏见，南方毒蛇丛生，故出以大蟒蛇为原型的妖道口吐毒气即置人于死地情节，这是对南方湿毒的夸张想象和地域歧视偏见。

汉族书写者不仅对于异族将领形象、施政、地域环境存在偏见，在以两宋民族战争为本事的小说中，还同样表现出汉与非汉民族间行为举事的相互怀疑和隔膜。《五虎平南》第十九回"段小姐移回宋营，狄公子羞惭女将"中，狄龙诈许姻缘，段红玉私自移回宋营。次日段红玉为父所逼来到阵前讨战，宋营主帅王怀女认为"南蛮化外之人，反复无常"。段红玉不知出阵的是狄龙双生弟弟狄虎，亦认为他负约，"怪不得人说中原男子反复无常！"即使是男女情事的纠葛，也动辄就归结到民族性攻击，说明异族爱情本就是一种脆弱的隐喻。虽是由于误会造成彼此的怀疑，但这一

---

① 张树霞：《汉族想象中的"他者"与壮族的"自塑形象"——关于侬智高形象两种文本的比较分析》，《凯里学院学报》2008 年第 5 期，第 138～140 页。

② 于立强：《史料中的狄青形象及其为俗文学所提供的可能》，《山西大同大学学报》2007 年第 3 期，第 61～64 页。

③ （宋）李焘：《续资治通鉴长编》卷一百七十四，北京：中华书局 1985 年版，第 4193 页。

故事情节也基本反映了民族之间相互隔阂和难以轻易取信的基本格局。

汉族作家曾经作为独享话语权的执笔书写者，根据汉族民间普遍对于异族的理解来阐释他们对于异族的陌生感、地域的隔膜性，从而在文学中制造了对于异族歧视、夸张的丑化想象。当文学创作的话语权递相传递到非汉族书写者手中时，非汉族书写者往往从民族尊严与民族情感出发，重新解构和颠覆原有的故事描述，努力建立自身在与汉民族战争中的正义性和主动性。如罗彩娟《记忆与表述：马关县壮族眼中的侬智高与杨六郎》提及，从宋末到明清，云南省马关县为了纪念平南中放壮族人民生路并在屯兵过程中带来先进的汉人文化的杨六郎，曾在六月间过"六郎节"，同时广南安德街头建有"六郎庙"，还有"六郎城"。然而通过"人类学田野工作中深度访谈的材料和地方志材料，动态地展现了杨六郎崇拜被取代和替换及侬智高被建构为'民族英雄'的过程"[①]。何源景《解读云南传统壮剧〈征伐平南侬智高〉》亦提到，"《征伐平南侬智高》是云南壮族支系富宁土戏的传统剧目，由老艺人李振堂、黄恒珍于 1939 年根据《五虎平南》改编而成。壮语习惯使用倒装句，'征伐平南侬智高'的意思是侬智高征战讨伐平南宋军"[②]。随着时代的推进和书写话语权的改变，文学创作中汉与非汉族之间的隔阂亦随着民族融合而不断改善。正如云南壮剧《征伐平南侬智高》在以壮语倒装句强调侬智高征讨平南宋军的平等性的同时，亦将结局修改为侬智高受伤被俘，宋仁宗不念旧恶，释放了侬智高。这一剧情的修改一是改变了侬智高流离大理的命运，二是加强了民族之间的融合。这很可以代表 20 世纪三四十年代作为少数民族对于自身尊严的要求和对汉族统治的理解认同。

三、宫廷戏曲的主导与失控

两宋民族战争本事故事情节主题、人物关系等文学演变的增减过程，

---

① 罗彩娟：《记忆与表述：马关县壮族眼中的侬智高与杨六郎》，《广西民族研究》2008 年第 4 期，第 174~186 页。

② 何源景：《解读云南传统壮剧〈征伐平南侬智高〉》，《民族艺术研究》2009 年第 5 期，第 39~41 页。

在体现了政治性诉求的同时，也反映了文学娱乐性和社会风习的不断增值，而最终使文学具有驳杂的投射功能。如《说岳全传》之"说"，标明了说唱文本对其成书的重要性，最能体现在说书过程中所融入的各种娱乐要求和道德理解。明代钱希言《戏瑕》卷一记云"文待诏诸公，暇日喜听人说宋江，先讲摊头半日，功父犹及与闻"①。袁宏道《听朱生说〈水浒传〉》诗云："少年工谐谑，颇溺滑稽传。后来读水浒，文字益奇变。六经非至文，马迁失组练。一雨快西风，听君酬舌战。"② 均记录了明代中晚期士大夫，即如袁宏道、文征明等对于民间曲艺的喜好。钱大昕注顾炎武《日知录》云："古有儒、释、道三教，自明以来，又多一教，曰小说。小说，演义之书，士大夫、农工商贾无不习闻之，以至儿童妇女、不识字者，亦皆闻而如见之，是其较之儒、释、道而更广也。"③ 由此可知，明清时代整个社会的文化教育基础除四书以外，也接受了更多小说演义的熏陶。小说成为士大夫和市民群体的共同喜好，其发展不仅是市民文化需求的体现，亦是精英阶层的审美取向，其故事演变的迎合是双方阅读趣味的共同呈现。

故事演变与传播在受到市民文化和精英文化共同影响的同时，亦为宫廷戏曲所改造。赵山林在《中国戏曲传播接受史》中指出："万历年间宫中所演剧目主要有三类：第一类是宣扬大明国威的，如英国公三败黎王、三宝太监下西洋；孔明七擒七纵虽然是历史故事，也属于这一类。第二类是神话故事，如八仙过海、孙行者大闹龙宫，取其场面热闹好看。第三类是市井故事，如世间骗局丑态，并闺阃拙妇骏男，及市井商匠，刁赖词讼，杂耍把戏等，其主要目的当然是以资笑乐，但也未尝没有了解世间百态、风俗人情的意思。这说明宫廷演剧的目的，既有政治的，也有娱乐的，并非单纯一个方面。"④ 即自明代宫廷戏曲已经带有明确的寓教于乐的目的。

---

①　（明）钱希言：《戏瑕》卷一"水浒传"，《续修四库全书》第1143册，上海：上海古籍出版社1995—1999年版，第546页。

②　（明）袁宏道：《解脱集》卷二《听朱生说〈水浒传〉》，《续修四库全书》第1367册，上海：上海古籍出版社1995年版，第610页。

③　（清）顾炎武著，（清）黄汝成集释：《日知录集释》卷十三"重厚"，石家庄：花山文艺出版社1990年版，第606页。

④　赵山林：《中国戏曲传播接受史》，上海：上海人民出版社2008年版，第191页。

赵山林以由明入清为官的程正揆《青溪遗稿》卷十五《孟冬词二十首》之一"传奇《鸣凤》动宸颜，发指分宜父子奸。重译二十四大罪，特呼内院说椒山"诗为例，阐释道："清世祖福临对此很感兴趣，看戏以后还进一步了解杨继盛等人与严嵩斗争的史实。福临对杨继盛、夏言这两个人物特别欣赏，认为《鸣凤记》写邹应龙、林润等人的笔墨过多，杨继盛、夏言的形象显得不突出，于是命吴绮、丁耀亢重新编写这一题材的剧本。"① 说明清政权从顺治朝起，即通过戏曲褒贬的手法，对前朝的忠奸故事善加利用，将忠奸概念推而广之加以宣扬。这一历史事件充分表达出清朝统治者鲜明的思想主导，对时人具有明确的宣教作用。② 民间对于宫廷戏曲观念和曲本的吸收，同时也包含了对其精神实质的拿来主义。乾隆年间程大衡《缀白裘合集》序云："夫忠孝节义流芳，阴邪奸险遗臭，其善恶殊途，不啻霄壤"、"其中大排场，褒忠扬孝，实勉人为善去恶，剂世之良齐也。"③ 清代徽班三庆班参考清宫大戏《鼎峙春秋》编成三十六本连台戏《三国志》。从戏曲选本到编写新剧，都说明民间戏曲对忠孝节义等官方推行观念的自觉遵循与推崇。

《升平署档案》为清代宫廷的戏曲形态提供了相对完备的资料，从其对戏曲内容的改造，可以看到统治者的意图和民间接受的交锋及其对民族认同进程的推动。清代宫廷大戏《昭代箫韶》和《铁旗阵》都是讲杨家将故事，乾隆四年所列剧目中还有岳飞故事《精忠记》。清逸居士《乾隆以来戏剧之变迁》提到，乾隆朝排《昭代箫韶》等大戏时，"彼时此等戏，概不令外班角色陪演"④。范丽敏亦认为《升平宝筏》、《鼎峙春秋》、《昭代箫韶》等宫廷大戏"当在乾隆九年之后才定稿或才陆续编定出来的，有的到了嘉庆年间才刻印，如《昭代箫韶》刻印于嘉庆十八年"⑤。可知，自

---

① 赵山林：《中国戏曲传播接受史》，上海：上海人民出版社 2008 年版，第 362 页。

② 如杨恩寿《词余丛话》记云："吴园次奉敕谱《忠愍记》，由中书迁武选司员外郎，即以椒山原官官之。"郭菜《蚺蛇胆·序》亦记云："曩如《鸣凤》诸编，亦足劝忠斥佞。独是以邹林为主脑，以杨夏为铺张，微失本旨。今上几务之暇，览观兴叹，思以正之。"

③ 汪协如校：《缀白裘》，北京：中华书局 1955 年版，第 1 页。

④ 清逸居士：《乾隆以来戏剧之变迁》，《国剧画报》1932 年第 28 期。

⑤ 范丽敏：《清代北京戏曲演出研究》，北京：人民文学出版社 2007 年版，第 66 页。

乾隆时代关涉民族问题的岳飞戏曲、杨家将戏曲均在宫廷中有所演出。统治阶级必然对这些敏感题材进行内容主题的改造，在达到了思想控制的前提下方能用以满足娱乐需求。朱家溍在《清代的戏曲服饰史料》中曾经论断，认为《穿戴提纲》两册是嘉庆二十五年南府所记载，且第二本中的三百一十二出昆腔剧目折子，"不仅是宫中常演的剧目，在当时应该说首先是民间常演而为观众所熟悉、已经是不存在演整本传奇要求的戏了"[1]。其中便有《刺字》、《扫秦》。嘉庆七年二月二十九日"寿喜传旨，《五虎平西》再往下学，《双阳公主》着寿喜学"[2]。说明嘉庆年间，狄青故事、杨家将故事、岳飞故事的相关戏曲不仅有宫廷大戏表演，还有更多的折子戏上演，且至少在嘉庆二十五年之前就在民间广泛流传，并且得到了宫廷的认可。

道光年间宫廷大戏轮流上演。道光五年连台演《升平宝筏》，道光六年演《劝善金科》。道光十七年"据差事档载，由这一年正月十五日在同乐园开始演出连台本戏《昭代箫韶》头段，道光十八年九月初一日在同乐园演出了末段，前后延续了一年多时间。裁撤外学伶人后，《劝善金科》一戏已无法全本演出，只有其中《罗卜行路》、《计油扫路》等出折子戏倒是经常上演"[3]。道光十九年演《升平宝筏》，二十一年持续两年上演《鼎峙春秋》。道光二十三年"旨，十一月十五日如若承应戏，伺候别样轴子，明年正月起再伺候《昭代箫韶》"[4]。二十五年六月二十八日奉旨："今年《昭代箫韶》伺候完时，接唱寻常轴子，明年起伺候《升平宝筏》。"[5] 道光、咸丰年间，杨家将故事《铁旗阵》、《昭代箫韶》基本占据了宫廷大戏演出的近半时间。道光三年、十八年、二十三年皆有承应《铁旗阵》。道

① 朱家溍、丁汝芹：《清代内廷演剧始末考》，北京：中国书店2007年版，第114页。

② 朱家溍、丁汝芹：《清代内廷演剧始末考》"嘉庆朝"自敬事房礼仪档案中摘抄，北京：中国书店2007年版，第76页。

③ 朱家溍、丁汝芹：《清代内廷演剧始末考》，北京：中国书店2007年版，第211页。

④ 《清宫升平署档案集成》第八册"道光朝·旨意档"（道光二十三年正月立），北京：中华书局2011年版，第3803页。

⑤ 《清宫升平署档案集成》第九册"道光朝·旨意档"（道光二十五年正月立），北京：中华书局2011年版，第4610页。

光十七年到十八年间，宫廷演出了整本的《昭代箫韶》，基本上每月初一、十五顺序各演一段，每段八出，大多是在同乐园演出。自道光十七年至二十五年间，清廷排演《昭代箫韶》达两次之多。

杨家将故事不仅上演次数较多，清廷统治者还对其排演情况十分关注。咸丰六年七月初二日"早学老爷来，站二段《铁旗阵》一至六出"。十一月初四日"已正，由东楼门万岁爷来学堂，站九段《铁旗阵》二一出毕，还园"①。咸丰七年二月二十六日旨问《铁旗阵》的鞭炮事，三月十四日特别旨着鞭炮给《铁旗阵》演出燃放。是年四月在上演《铁旗阵》的同时开始重排《昭代箫韶》，都显示出清廷对杨家将戏曲的重视和偏爱。五月十三日升平署报云"现今排《昭代箫韶》，正角、配角之人尚不敷数，况无打跟斗人"。九月二十二日又将排演《昭代箫韶》中的矛盾和人员调整皆报清帝处理："奴才安福谨奏，于九月二十二日辰刻点鼓上学，排《昭代箫韶》太监孙进安连误两次，总管约束，孙进安不服约束，首领等责孙进安，将总管首领詈口大骂，刁恶之及。奴才无能管束，请旨治奴才不是，将孙进安交下贱当差。"② 清廷最高统治者对宫廷戏曲表演中的细小问题的关注程度也是令人惊异的，咸丰七年十月初六日曾有旨曰："安奉旨，所有贾得禄之角色，着张春和补替，其《韶代箫韶》于明年二月唱。钦此。"③ "内务府档案"中保存了此次排演《昭代箫韶》的提纲和串头，这是包括了角色安排在内的演剧详细纲要，是为咸丰八年七月准，共十五段《昭代箫昭》八出题纲，即如：

鼓　一二出：方福顺，三四出：潘来喜，五六出：姜有才，七八出：殷钟林。

二本《昭代箫韶》"分兵追袭"：

八勇士：何庆喜、边得奎、狄得寿、陈进喜。

---

① 分见《清宫升平署档案集成》第十五册"咸丰朝·日记档"（咸丰六年正月立），北京：中华书局 2011 年版，第 7878、7916 页。

② 分见朱家溍、丁汝芹《清代内廷演剧始末考》，北京：中国书店 2007 年版，第 277、280 页。

③ 《清宫升平署档案集成》第十六册"咸丰朝·旨意档"（咸丰七年正月立），北京：中华书局 2011 年版，第 7955 页。

四将官：何庆喜、孔得福、田进喜、李平安。

六段《昭代箫韶》串头。

六段《昭代箫韶》一出：廷让败逃，八辽兵（袁庆喜等）、萧天佐、萧天佑引萧氏纛（马喜顺）上唱《醉花荫》。完，上将台，白至开战者，八辽兵（王三多等）、八辽将（袁庆喜等）、女辽将（孔得福）希达、色珍上场门上。八军士（冯文玉等）、八将官（李长喜等）引刘廷让、李敬源下场门上，白至（誓不收兵）对大攒（辽兵军士、辽将将官），先下。女辽将、四大将后对下。①

　　咸丰九年，清帝更是对《昭代箫韶》的排演亲闻亲问。二月十九日杨如意传旨，十九段《昭代箫韶》多咱唱？回奏：三月初一日伺候。六月十七日"旨要二十四段《昭代箫韶》草提纲"。又旨问《昭代箫韶》伺候完了接伺候什么戏？旨意《昭代箫韶》唱完，着接唱《兴唐传》。② 朱家溍认为："咸丰帝十分留意内廷上演的曲本，经常要求送上戏本。由于他的兴趣，伶人们只得不时将演出曲本进行整理。这是内廷规范民间演出剧本的过程，从客观上提高了当时剧本的水平。"③

　　光绪年间，慈禧还亲自主持将《昭代箫韶》的昆腔本改为皮黄本。周明泰《〈昭代箫韶〉之三种脚本》谈及慈禧翻改皮黄本《昭代箫韶》事，"将太医院、如意馆中稍知文理之人，全数宣至便殿。分班跪于殿中，由太后取昆曲原本逐出讲解指示，诸人分记词句。退后大家就所记忆，拼凑成文，加以渲染，再呈进定稿，交由'本家'排演，即此一百零五出之脚本也。故此一百零五出本，可以称为慈禧太后御制"④。光绪二十四年"恩赏日记档"记五月初六日"着本署排《昭代箫韶》，俱改乱弹曲白，本署

---

　　① 朱家溍、丁汝芹：《清代内廷演剧始末考》，北京：中国书店 2007 年版，第 287~288 页。

　　② 分见《清宫升平署档案集成》第十七册"咸丰朝·恩赏日记档"（咸丰九年正月至六月立），北京：中华书局 2011 年版，第 8670、8720 页。

　　③ 朱家溍、丁汝芹：《清代内廷演剧始末考》，北京：中国书店 2007 年版，第 296 页。

　　④ 周明泰：《〈昭代箫韶〉之三种脚本》，《剧学月刊》1934 年第 1 期，第 374 页。

人不敷用，着外学上角。再不敷用，着本宫上角"。"据光绪二十五年日记档载，该年散《韶代箫韶》本，排练演出一直在持续。"① 光绪二十五年三月初一日"总管面奉懿旨，下段十四本《昭代箫韶》德昭着王桂花、李惠山一对一段上，萧氏着陈得林、孙怡云、魏成禄一对一段上，俟别重头角派外学上"②。角色既有民籍伶人，也有太监。六月十一日升平署奉旨督办《昭代箫韶》的各种布景，如"萧后用黄龙床一份"、"李陵碑一座"等等。直到光绪二十五年，《昭代箫韶》一直在持续排演中。排了不到一半，因庚子之乱停止。

　　宫廷大戏以外，相关两宋民族战争本事题材还有折子戏在清廷不断上演。道光三年七月初七日演《金沙阵》，道光二十年六月二十三日慎德堂后院上排《五台》。《穿戴题纲》下册所记三百一十二出昆腔杂戏应为道光朝所常演出的剧目，其中杨家将故事有《昊天塔》、《五台》，岳飞故事有《精忠记》折子《秦本》、《扫秦》，《如是观》折子《刺字》，自道光年间均是宫廷中习见上演的剧目。③ 光绪年间演出《扫秦》渐少，而以《朱仙镇》为多。清廷演出的岳飞故事折子戏普遍都是较少关涉民族战争，而更多地在于表现因果报应、精忠报国、忠奸斗争等符合主流宣传意识的片段。

　　咸丰朝（1851—1861）饱受乱世之苦，内乱遭遇广西天地会、太平天

　　① 朱家溍、丁汝芹：《清代内廷演剧始末考》，北京：中国书店2007年版，第422页。

　　② 《清宫升平署档案集成》第四十三册"光绪朝·旨意档"（光绪二十五年正月立），北京：中华书局2011年版，第23094页。

　　③ 如道光三年二月初九日，九年正月二十日、三月初一日、十二月二十三日均曾承应《扫秦》；道光十九年四月初三日《刺字》；道光二十六年四月十五日同乐园承应《扫秦》。咸丰十年正月十八日同乐园承应《扫秦》。光绪五年"差事档"六月二十六日宁寿宫承应戏《扫秦》，六月二十七日漱芳斋《朱仙镇》。光绪六年六月二十六日《刺字》、《扫秦》，光绪十年六月二十七日《朱仙镇》，光绪十七年六月二十三日《牛头山》，光绪三十四年六月十八日《朱仙镇》。分见《清宫升平署档案集成》第三册"道光朝·承应档"（道光九年正月初一日立），第1537、1538、1544页；第六册"道光朝·恩赏日记档"（道光十九年正月至六月立），第2671页；第十册"道光朝·差事档"（道光二十六年正月立），第4981页；第二十八册"光绪朝·差事档"（光绪五年正月立），第14334、14337页；第二十九册"光绪朝·差事档"（光绪六年正月立），第14696页；第三十一册"光绪朝·差事档"（光绪十年正月立），第15896页；第三十七册"光绪朝·差事档"（光绪十七年正月立），第19687页。《清宫升平署档案集成》，北京：中华书局2011年版。

国、捻军，外乱则有第二次鸦片战争。咸丰十年英法联军攻占天津，清朝政权控制力松弛，内班表演也日渐衰落。咸丰年间，民间戏曲涌入宫廷，外班艺人、新挑进伶人带来了民间流行新剧目，更多相关两宋民族战争本事题材的戏曲未经检汰进入宫廷视野。据朱家溍、丁汝芹《清代内廷演剧始末考》统计，咸丰帝逃到避暑山庄不到一年间，共演弋腔、昆腔、乱弹三个剧种三百二十余出，乱弹占三分之一。① 其中与两宋民族战争本事相关题材的剧有《朱仙镇》、《太君辞朝》、《四郎探母》、《赶三关》、《碰碑》、《烈火旗》（梆子）、《演火棍》、《昊天塔》、《岳家庄》、《洪羊洞》、《穆柯寨》、《辕门斩子》。同治八年"散角档"记正月初四日升平署先后将乱弹戏《烈火旗》和《五台会兄》剧本发给太监伶人们用于排戏。可见宫廷戏曲在民间戏曲的影响下，岳飞故事除刺字、扫秦外，开始演绎岳家后人子虚乌有的故事，日渐偏离历史而进入新编时代；杨家将故事则有更多新兴内容关注男女之情、亲情如《穆柯寨》、《辕门斩子》、《五台会兄》，新编如《演火棍》说杨排风故事的同时，亦不乏传统《碰碑》和《昊天塔》这样内容相对敏感的剧目。

同治朝对于戏曲的热闹喜庆倍加注重，戏曲的观赏性日渐大于思想性。范丽敏《清代戏曲演出研究》根据升平署日记档，整理了关于宫廷演出同周氏所藏一百二十一出《昭代箫韶》皮黄本的情况。② 其中同治十三年演穆寨招亲十次、桂英擒保九次、焚寨赚降七次、辕门斩子七次、素真报信五次、任仙济景三次，以演桂英事次数最多。同治十一年记六月初十日恒英传旨，旨叫学"《昭代箫韶》挑热闹排数段，不要死，不要彩"③。由此可见其时清廷统治者喜闻乐见之一斑。

光绪朝（1875—1908）更放弃了戏曲的寓教功能，而一味追求戏曲的娱乐性和艺术表现力。正如朱家溍所说："王公大臣、朝廷要员均以看戏、唱戏为时尚，京城日日笙歌不断。无怪文人发出'家国兴亡谁管得，满城

---

① 朱家溍、丁汝芹：《清代内廷演剧始末考》，北京：中国书店 2007 年版，第 317~318 页。

② 范丽敏：《清代北京戏曲演出研究》，北京：人民文学出版社 2007 年版，第 110~111 页。

③ 《清宫升平署档案集成》第二十四册"同治朝·旨意档"（同治十一年正月立），北京：中华书局 2011 年版，第 12513 页。

争说叫天儿（谭鑫培）'的叹息。"① 民间艺人的进宫表演，也极大地提高了宫廷的表演艺术。朱家溍认为孙菊仙、杨月楼、谭鑫培等"这一批技艺出色的艺人进宫承差后，使宫中演戏不仅在连台本大戏、切末、戏台等方面领先，而实际舞台演出表演也达到了最高水准"②。民间优秀艺人的进宫提高了宫廷表演艺术，同时也加强了民间和宫廷剧本的交流。光绪二十一年常有外班如四喜、同春等参加上演，以乱弹戏为主。光绪二十二年"旨意档"十二月初十日"凡所传戏本俱着外学该角攒本，不要外班来的，以前所递戏本一概废弃，着外学从新另串，以后外学该角、筋斗、随手等永住升平署，以备传要戏本，即刻攒递。如与外班传要戏本，当日传次日呈递"③。朱家溍按为"内廷显然对外班演出的本子不满意，要求进入升平署的外学伶人重新编排曲本"④。清廷统治者对于剧本的修改意见直接带入民间的舞台演出，正如清廷将《昭代箫韶》昆腔本改为乱弹戏本直接提高了民间杨家将戏曲剧本的文学水平的同时，也传递了无意识的观念接受。

清末宫廷演戏频率远远高于道光以前，从典雅的昆腔大戏到热闹通俗的乱弹折子，日渐成为宫廷生活中必不可少的娱乐活动。光绪二十八年"差事档"记四月初八日、六月二十七日演谭鑫培《探母》，光绪三十四年"差事档"记六月二十日演头本《雁门关》，"恩赏日记档"记十月初一日演《牛头山》、《穆柯寨》，初二、十四日演《金沙滩》，十二日《烈火旗》，十五日再演《牛头山》，直到十月二十一日光绪帝卒，二十二日慈禧太后卒。据朱家溍《清代乱弹戏在宫中发展的史料》，宣统三年二月初一至八月十六日，共演出七十四场戏⑤，其中《朱仙镇》、《牛头山》三次，《烈火旗》、《李陵碑》、《洪羊洞》、《滚钉板》、《雁门关》各二次，其他还

---

① 朱家溍、丁汝芹：《清代内廷演剧始末考》，北京：中国书店 2007 年版，第 355 页。

② 朱家溍、丁汝芹：《清代内廷演剧始末考》，北京：中国书店 2007 年版，第 390 页。

③ 《清宫升平署档案集成》第四十一册"光绪朝·旨意档"（光绪二十二年正月立），北京：中华书局 2011 年版，第 21735 页。

④ 朱家溍、丁汝芹：《清代内廷演剧始末考》，北京：中国书店 2007 年版，第 416 页。

⑤ 朱家溍：《清代乱弹戏在宫中发展的史料》，朱家溍、丁汝芹：《清代内廷演剧始末考》附录，北京：中国书店 2007 年版，第 475 页。

有《金沙滩》、《五台山》、《昊天塔》等折子戏。清末宫廷戏曲的演出内容因民间戏曲的进入更为多样化，关涉两宋民族战争本事题材的剧目日益增多，且演出频率较高。清廷对于戏曲中的民族战争本事不再介意，其原因在于社会内部的主要矛盾已不是民族矛盾，且故事在通俗文学的演变中迎合了世俗的需求，其政治敏感性早已为喜闻乐见的世俗感情、忠孝节义的伦理、神仙宿命等所替代，成为大众娱乐的对象。

值得注意的是，清初和中叶曾经将戏曲作为教化工具，清末慈禧太后则通过演戏和改戏来影射她对光绪的不满。慈禧改动并上演谭鑫培《天雷报》，讲状元张继保对养父母忘恩负义事。光绪三十四年"旨意档"记六月十九日，慈禧特别犒赏谭鑫培和杨小楼演的《连营寨》。《连营寨》故事主要讲刘备设灵堂哭祭关羽、张飞，为复仇誓灭东吴，兵败溃退白帝城，托孤诸葛亮云云。之后清廷连续多次上演《连营寨》，不到四个月，演出达八次之多，慈禧还特别为其中人物定制白缎金边等全套传统丧服。光绪生日万寿节，慈禧也特别点演此出带有哭灵的剧目。民间艺人多以为不祥，认为慈禧挟戏报怨。同样作为工具，戏曲在清廷统治者手中从教化工具转而为纯娱乐性功能，直至最终作为宫廷报怨的特殊方式。

结　语

　　本书考察了以杨家将故事、狄青故事、岳飞故事等两宋民族战争本事为蓝本的故事演变，通过对宋元诗文、元明杂剧、明清小说、笔记稗抄、戏曲说唱等文学文本和民间曲艺的阅读和理解，比对它们共同所演绎的题材的细节嬗变，继而在人物形象、故事情节、文化特征、表达方式等方面发现有意义的流变特征。通过个案研究深入分析和分类研究进行归纳整理，把握文学演变的总体态势，厘清故事演变所承载的对于宋、辽、金、元关系的民族认同，关注民族认同意识的共性、复杂性和多样性及其对故事演变的内在动力，梳理故事流变的时代特征、文体特征和地域特征，提出其他更多如性别意识、娱乐精神等因素对故事演变的影响，共同勾勒出历时因素合力作用下的文学发展动态。

　　杨家将故事、狄青故事、岳飞故事脍炙人口，从历史笔记演绎到戏剧小说，成为中国古代通俗文学的重要组成部分。对史实的改造和艺术加工，往往基于各个时代对宋辽、宋西夏、宋金关系不同的民族认同。宋辽、宋金关系在宋元两代曾经深刻地代表着民族耻辱、民族积弱，随着朝代的更迭，在汉民族意识蓬勃发展的明代，其隐喻成分被削弱，诸家故事逐渐消解了历史上的民族对立意识。而清代更将其衍化为忠君爱主的理想人格加以宣扬，在民间意识积淀已久的基础上，将其原有主题改造。杨家将故事、狄青故事、岳飞故事的种种人物形象、人物关系、情节主题的演变，从简明的历史演绎到繁复的小说细节，从反映尖锐的民族冲突到宣扬宿命论、忠君之心，其中的艺术处理可以看到民族信念的自卑自尊、敏感固执和民族意识的复杂多变及其趋于淡化的历史大势。民族矛盾故事精神内核的强化到丧失，是文学中的民族关系与历史现实同步而行的投射，同时也体现了文化主体从士大夫意识到市民意识的多元选择。最终，从历史战争到文学游戏，从政治隐喻到娱乐教化，文学中的历史记忆成为大众娱乐的背景。这是文学流变的本质，亦是文学的本真。

参考文献

作品：

1. （明）臧晋叔编：《元曲选》，北京：中华书局 1958 年版。

2. （明）冯梦龙：《墨憨斋新定精忠旗传奇》，《墨憨斋定本传奇》，北京：中国戏剧出版社 1960 年版。

3. （明）姚茂良：《精忠记》，北京：中华书局 1959 年版。

4. （明）熊大木：《大宋中兴通俗演义》，《明清善本小说丛刊初编》第十四辑"岳武穆精忠演义专辑"，台北：天一出版社 1985 年版。

5. 林岩等点校：《武穆精忠传》（明天德堂本），长春：吉林文史出版社 1998 年版。

6. （明）陈继儒编次：《南北宋志传》，《古本小说集成》，上海：上海古籍出版社 1990 年版。

7. （明）纪振伦等：《杨家将》，《中国古典历史小说精品》，北京：中国文联出版公司 1998 年版。

8. （明）秦淮墨客校订，周华斌、陈宝富校注：《杨家将演义》，北京：北京出版社 1981 年版。

9. 裴效维校订：《杨家将演义》，北京：宝文堂书店 1979 年版。

10. （明）无名氏：《杨家将演义》，杭州：浙江人民出版社 1980 年版。

11. （明）无名氏：《杨家府演义》，上海：上海古籍出版社 1980 年版。

12. （清）王廷章：《昭代箫韶》，《古本戏曲丛刊》九集之八，北京：中华书局 1964 年版。

13. （清）王廷章：《昭代箫韶》，台北：天一出版社 1986 年版。

14. 刘烈茂等主编：《车王府曲本菁华·隋唐宋卷》，广州：中山大学出版社 1993 年版。

15.（清）钱彩：《说岳全传》，上海：上海古籍出版社 1979 年版。

16.（清）李雨堂：《万花楼》，长春：时代文艺出版社 2001 年版。

17.（清）佚名：《狄青全传》，南京：江苏古籍出版社 1996 年版。

18. 中国戏曲研究院编：《戏曲选》，北京：中国戏剧出版社 1959 年版。

19. 中国戏剧社编：《孤本元明杂剧》，北京：中国戏剧出版社 1958 年版。

20. 杜颖陶、俞芸编：《岳飞故事戏曲说唱集》，上海：上海古籍出版社 1985 年版。

21. 上海市传统剧目编辑委员会编：《传统剧目汇编》扬剧《杨家将》，上海：上海文艺出版社 1961 年版。

22. 京剧《洪洋洞》，北京市戏曲编导委员会编辑：《京剧汇编》第八十九集，北京：北京出版社 1961 年版。

23. 赵德普藏本《托兆碰碑》，北京市戏曲编导委员会编辑：《京剧汇编》第五十五集，北京：北京出版社 1961 年版。

专书：

1.（宋）欧阳修：《新唐书》，北京：中华书局 1975 年版。

2.（宋）徐梦莘：《三朝北盟会编》，上海：上海古籍出版社 2008 年版。

3.（宋）李心传：《建炎以来系年要录》，北京：中华书局 1988 年版。

4.（宋）李心传：《建炎以来朝野杂记》，台北：文海出版社 1967 年版。

5.（宋）宇文懋昭撰，崔文印校证：《大金国志校证》，北京：中华书局 1986 年版。

6.（宋）李焘：《续资治通鉴长编》，北京：中华书局 1979 年版。

7.（宋）王称：《东都事略》，《二十五史别史》，济南：齐鲁书社 2000 年版。

8.（宋）叶隆礼：《契丹国志》，上海：上海古籍出版社 1985 年版。

9.（宋）江少虞：《宋朝事实类苑》，上海：上海古籍出版社 1981

年版。

10.（宋）《宋大诏令集》，北京：中华书局 1962 年版。

11.（宋）潜说友：《咸淳临安志》，《景印文渊阁四库全书》，台北：台湾商务印书馆 1986 年版。

12.（宋）杜大珪编：《名臣碑传琬琰之集》，《景印文渊阁四库全书》，台北：台湾商务印书馆 1986 年版。

13.（宋）欧阳修：《文忠集》，《景印文渊阁四库全书》，台北：台湾商务印书馆 1986 年版。

14.（宋）苏辙：《栾城集》，《景印文渊阁四库全书》，台北：台湾商务印书馆 1986 年版。

15.（宋）苏辙：《龙川略志·龙川别志》，北京：中华书局 1982 年版。

16.（宋）苏颂撰，苏携编：《苏魏公文集》，《景印文渊阁四库全书》，台北：台湾商务印书馆 1986 年版。

17.（宋）曾巩：《隆平集》，《景印文渊阁四库全书》，台北：台湾商务印书馆 1986 年版。

18.（宋）刘敞：《公是集》，《景印文渊阁四库全书》，台北：台湾商务印书馆 1986 年版。

19.（宋）王珪：《华阳集》，《景印文渊阁四库全书》，台北：台湾商务印书馆 1986 年版。

20.（宋）余靖：《武溪集》，《景印文渊阁四库全书》，台北：台湾商务印书馆 1986 年版。

21.（宋）吴自牧：《梦粱录》，杭州：浙江人民出版社 1980 年版。

22.（宋）罗烨：《醉翁谈录》，沈阳：辽宁教育出版社 1998 年版。

23.（宋）李昌龄：《乐善录》，《丛书集成初编》，北京：中华书局 1991 年版。

24.（宋）袁褧：《枫窗小牍》，《丛书集成初编》，北京：中华书局 1985 年版。

25.（宋）俞文豹：《清夜录》，《丛书集成初编》，北京：中华书局 1991 年版。

26.（宋）赵彦卫：《云麓漫钞》，北京：中华书局 1996 年版。

27.（宋）岳珂编，王曾瑜校注：《鄂国金佗稡编续编校注》，北京：中华书局1989年版。

28.（宋）岳珂：《金佗稡编》，《景印文渊阁四库全书》，台北：台湾商务印书馆1986年版。

29.（宋）岳珂：《金佗续编》，《景印文渊阁四库全书》，台北：台湾商务印书馆1986年版。

30.（宋）岳珂：《桯史》，北京：中华书局1981年版。

31.（宋）王巩：《随手杂录》，（元）陶宗仪编：《说郛三种》，上海：上海古籍出版社1988年版。

32.（宋）吴曾：《能改斋漫录》，北京：中华书局1960年版。

33.（宋）洪迈：《夷坚志》，北京：中华书局1981年版。

34.《夷坚志补遗》，江阴缪氏云自在龛抄本，近人缪荃孙手抄，台北：台湾新兴书局1985年版。

35.（宋）陆游：《老学庵笔记》，北京：中华书局1979年版。

36.（宋）佚名：《朝野遗记（及其他二种)》，《丛书集成初编》，北京：中华书局1991年版。

37.（宋）沈括撰，胡道静校注：《新校正梦溪笔谈》，北京：中华书局1957年版。

38.（宋）罗大经：《鹤林玉露》，北京：中华书局1983年版。

39.（宋）魏泰：《东轩笔录》，北京：中华书局1983年版。

40.（宋）周煇撰，刘永翔校注：《清波杂志校注》，北京：中华书局1994年版。

41.（宋）曾慥编纂，王汝涛等校注：《类说校注》，福州：福建人民出版社1996年版。

42.（宋）王铚：《默记》，北京：中华书局1981年版。

43.（宋）祝穆、（元）富大用辑：《新编古今事文类聚》，北京：书目文献出版社1991年版。

44.（宋）王明清：《挥麈录》，北京：中华书局1961年版。

45.（宋）周必大：《文忠集》，《景印文渊阁四库全书》，台北：台湾商务印书馆1986年版。

46.（宋）杨万里：《诚斋集》，《景印文渊阁四库全书》，台北：台湾商务印书馆 1986 年版。

47.（宋）陈亮：《龙川集》，《景印文渊阁四库全书》，台北：台湾商务印书馆 1986 年版。

48.（宋）黎靖德编：《朱子语类》，北京：中华书局 1986 年版。

49.（宋）叶适：《水心集》，《景印文渊阁四库全书》，台北：台湾商务印书馆 1986 年版。

50.（宋）乐雷发：《雪矶丛稿》，《景印文渊阁四库全书》，台北：台湾商务印书馆 1986 年版。

51.（宋）程珌：《洺水集》，《景印文渊阁四库全书》，台北：台湾商务印书馆 1986 年版。

52.（宋）周密：《齐东野语》，北京：中华书局 1983 年版。

53.（宋）陈起编：《江湖小集》，《景印文渊阁四库全书》，台北：台湾商务印书馆 1986 年版。

54.（元）脱脱等：《辽史》，北京：中华书局 1974 年版。

55.（元）脱脱等：《金史》，北京：中华书局 1975 年版。

56.（元）脱脱等：《宋史》，北京：中华书局 1977 年版。

57.（元）陶宗仪等编：《说郛三种》，上海：上海古籍出版社 1988 年版。

58.（元）陶宗仪：《书史会要》，《景印文渊阁四库全书》，台北：台湾商务印书馆 1986 年版。

59.（元）释觉岸：《释氏稽古略》，《景印文渊阁四库全书》，台北：台湾商务印书馆 1986 年版。

60.（元）祝渊：《古今事文类聚遗集》，《景印文渊阁四库全书》，台北：台湾商务印书馆 1986 年版。

61.《御订全金诗增补中州集》，《景印文渊阁四库全书》，台北：台湾商务印书馆 1986 年版。

62.（元）赵孟頫：《松雪斋集》，《景印文渊阁四库全书》，台北：台湾商务印书馆 1986 年版。

63.（元）张宪：《玉笥集》，《景印文渊阁四库全书》，台北：台湾商务印书馆 1986 年版。

64.（元）任士林：《松乡集》，《景印文渊阁四库全书》，台北：台湾商务印书馆 1986 年版。

65.（元）郝经：《陵川集》，《景印文渊阁四库全书》，台北：台湾商务印书馆 1986 年版。

66.（元）萨都拉：《雁门集》，《景印文渊阁四库全书》，台北：台湾商务印书馆 1986 年版。

67.（元）杨维桢：《杨维桢诗集》，杭州：浙江古籍出版社 2010 年版。

68.（元）关汉卿著，王学奇等校注：《关汉卿全集校注》，石家庄：河北教育出版社 1988 年版。

69.（明）宋濂等：《元史》，北京：中华书局 1976 年版。

70.《明实录》，台北：中央研究院历史语言研究所 1966 年版。

71.《明一统志》，《景印文渊阁四库全书》，台北：台湾商务印书馆 1986 年版。

72.（明）杨士奇、黄淮等编：《历代名臣奏议》，《景印文渊阁四库全书》，台北：台湾商务印书馆 1986 年版。

73.（明）彭大翼：《山堂肆考》，上海：上海古籍出版社 1992 年版。

74.（明）朱橚：《普济方》，《景印文渊阁四库全书》，台北：台湾商务印书馆 1986 年版。

75.（明）陈禹谟：《骈志》，《景印文渊阁四库全书》，台北：台湾商务印书馆 1986 年版。

76.（明）曹学佺编：《石仓历代诗选》，《景印文渊阁四库全书》，台北：台湾商务印书馆 1986 年版。

77.（明）乌斯道：《春草斋集》，《景印文渊阁四库全书》，台北：台湾商务印书馆 1986 年版。

78.（明）刘基：《诚意伯文集》，《景印文渊阁四库全书》，台北：台湾商务印书馆 1986 年版。

79.（明）张昱：《可闲老人集》，《景印文渊阁四库全书》，台北：台湾商务印书馆 1986 年版。

80.（明）朱国祯：《涌幢小品》，《明清笔记丛刊》，北京：中华书局 1959 年版。

81.（明）李东阳：《怀麓堂集》，《景印文渊阁四库全书》，台北：台湾商务印书馆 1986 年版。

82.（明）李东阳撰，周寅宾点校：《李东阳集》，长沙：岳麓书社 1984 年版。

83.（明）唐顺之：《武编后集》，《景印文渊阁四库全书》，台北：台湾商务印书馆 1986 年版。

84.（明）唐顺之：《武编前集》，《景印文渊阁四库全书》，台北：台湾商务印书馆 1986 年版。

85.（明）沈德符：《万历野获编》，北京：文化艺术出版社 1998 年版。

86.（明）钱希言：《戏瑕》，《续修四库全书》，上海：上海古籍出版社 1995—1999 年版。

87.（明）祁彪佳著，黄裳校录：《远山堂明曲品剧品校录》，上海：上海出版公司 1955 年版。

88.（明）袁宏道：《解脱集》，《续修四库全书》，上海：上海古籍出版社 1995—1999 年版。

89.（清）张廷玉等：《明史》，北京：中华书局 1974 年版。

90.（清）谷应泰编：《明史纪事本末》，北京：中华书局 1977 年版。

91.《清实录》，北京：中华书局 1985 年版。

92.（清）《畿辅通志》，《景印文渊阁四库全书》，台北：台湾商务印书馆 1986 年版。

93.（清）徐乾学：《资治通鉴后编》，《景印文渊阁四库全书》，台北：台湾商务印书馆 1986 年版。

94.（清）赵翼撰，王树民校证：《廿二史札记校证》，北京：中华书局 1984 年版。

95.（清）徐松辑：《宋会要辑稿》，北京：中华书局 1957 年版。

96.（清）厉鹗：《辽史拾遗》，《景印文渊阁四库全书》，台北：台湾商务印书馆 1986 年版。

97.（清）毕沅：《续资治通鉴》，北京：中华书局 1964 年版。

98.（清）庆桂等辑：《国朝宫史续编》，《续修四库全书》，上海：上海古籍出版社 1995—1999 年版。

99.（清）《陕西通志》，《景印文渊阁四库全书》，台北：台湾商务印书馆 1986 年版。

100．（清）顾炎武著，（清）黄汝成集释：《日知录集释》，石家庄：花山文艺出版社 1990 年版。

101．（清）雍正：《大义觉迷录》，北京：中国城市出版社 1999 年版。

102．（清）尤侗：《艮斋杂说》，《续修四库全书》，上海：上海古籍出版社 1995—1999 年版。

103．（清）于敏中编：《日下旧闻考》，北京：北京古籍出版社 1981 年版。

104．（清）潘永因编，刘卓英点校：《宋稗类钞》，北京：书目文献出版社 1985 年版。

105．（清）丁传靖：《宋人轶事汇编》，北京：中华书局 2003 年版。

106．（清）褚人获：《坚瓠集》，杭州：浙江人民出版社 1986 年版。

107．（清）梁诗正等辑：《西湖志纂》，《景印文渊阁四库全书》，台北：台湾商务印书馆 1986 年版。

108．（清）黄宗羲编：《明文海》，《景印文渊阁四库全书》，台北：台湾商务印书馆 1986 年版。

109．（清）朱彝尊编：《明诗综》，《景印文渊阁四库全书》，台北：台湾商务印书馆 1986 年版。

110．汪协如校：《缀白裘》，北京：中华书局 1955 年版。

111．《清宫升平署档案集成》，北京：中华书局 2011 年版。

112．葛兆光：《宅兹中国——重建有关“中国”的历史论述》，北京：中华书局 2011 年版。

113．张清发：《明清杨家将小说研究》，台湾：学生书局 2010 年版。

114．刘凤云、刘文鹏编：《清朝的国家认同——〈新清史〉研究与争鸣》，北京：中国人民大学出版社 2010 年版。

115．景爱：《历史上的萧太后》，北京：中国社会科学出版社 2010 年版。

116．朱家溍：《故宫退食录》，北京：紫禁城出版社 2009 年版。

117．景爱：《历史上的金兀术》，北京：中国社会科学出版社 2008 年版。

118．王善军：《世家大族与辽代社会》，北京：人民出版社 2008 年版。

119. 赵山林：《中国戏曲传播接受史》，上海：上海人民出版社 2008 年版。

120. 齐裕焜主编：《中国古代小说演变史》，兰州：敦煌文艺出版社 2008 年版。

121. 蔡向升、杜雪梅主编：《杨家将研究·历史卷》，北京：人民出版社 2007 年版。

122. 邓广铭：《岳飞传》，北京：生活·读书·新知三联书店 2007 年版。

123. 朱家溍、丁汝芹：《清代内廷演剧始末考》，北京：中国书店 2007 年版。

124. 范丽敏：《清代北京戏曲演出研究》，北京：人民文学出版社 2007 年版。

125. 舒仁辉：《〈东都事略〉与〈宋史〉比较研究》，北京：商务印书馆 2007 年版。

126. 杨晓东编著：《冯梦龙研究资料汇编》，扬州：广陵书社 2007 年版。

127. 陈梧桐：《古代民族关系论稿》，北京：中央民族大学出版社 2006 年版。

128. 贾敬颜：《五代宋金元人边疆行记十三种疏证稿》，北京：中华书局 2004 年版。

129. 宋莉华：《明清时期的小说传播》，北京：中国社会科学出版社 2004 年版。

130. 王德威：《想像中国的方法：历史·小说·叙事》，北京：生活·读书·新知三联书店 2003 年版。

131. 朱易安等主编：《全宋笔记》，郑州：大象出版社 2003 年版。

132. 李丹林、李景屏：《萧太后评传》，成都：四川大学出版社 2000 年版。

133. 韩西山：《秦桧传》，上海：上海古籍出版社 1999 年版。

134. 车礼编：《〈大义觉迷〉谈》，上海：上海书店 1999 年版。

135. 郭豫衡主编：《中国古代文学史》，上海：上海古籍出版社 1998 年版。

136. 陈致平：《中华通史》，广州：花城出版社 1996 年版。

137. 丁锡根：《中国历代小说序跋集》，北京：人民文学出版社 1996 年版。

138. 顾歆艺：《杨家将与岳家军系列小说》，沈阳：辽宁教育出版社 1992 年版。

139. 董康编：《曲海总目提要》，天津：天津古籍书店 1992 年版。

140. 岳飞研究会编：《岳飞研究》第三辑，北京：中华书局 1992 年版。

141. 曾白融主编：《京剧剧目辞典》，北京：中国戏剧出版社 1989 年版。

142. 雷梦辰：《清代各省禁书汇考》，北京：书目文献出版社 1989 年版。

143. 陈乐素主编：《宋元文史研究》，广州：广东人民出版社 1988 年版。

144. 殷时学主编：《岳飞庙志》，郑州：中州古籍出版社 1987 年版。

145. 沈起炜：《杨家将的历史和传说》，上海：上海人民出版社 1984 年版。

146. 孔另境编辑：《中国小说史料》，上海：上海古籍出版社 1982 年版。

147. 庄一拂编著：《古典戏曲存目汇考》，上海：上海古籍出版社 1982 年版。

148. 王季思主编：《中国十大古典悲剧集》，上海：上海文艺出版社 1982 年版。

149. 常征：《杨家将史事考》，天津：天津人民出版社 1980 年版。

150. 张馥蕊编：《夷坚志通检》，台湾：学生书局 1976 年版。

151. 余嘉锡：《余嘉锡论学杂著》，北京：中华书局 1963 年版。

152. 陶君起：《京剧剧目初探》，北京：中国戏剧出版社 1963 年版。

153. 严敦易：《元剧斟疑》，北京：中华书局 1960 年版。

154. 郑振铎：《中国文学研究》，北京：作家出版社 1957 年版。

155. 钱静方：《小说丛考》，上海：古典文学出版社 1957 年版。

156. 孙楷第：《中国通俗小说书目》，北京：作家出版社 1957 年版。

157. 孙楷第：《日本东京所见中国小说书目》，上海：上杂出版社 1953 年版。

论文：

1. 范子烨：《穹庐一曲本天然：高车、高车人与高车人的歌——兼论〈敕勒歌〉与哈萨克阔表依艺术的关系》，《辽金元文学研讨会暨中国辽金文学学会第六届年会论文集》，兰州，2011 年，第 61 ~ 68 页。

2. 段春旭：《狄青故事的产生与演变》，《中国典籍与文化》2011 年第 1 期，第 20 ~ 27 页。

3. 赵立光：《"说岳"题材小说研究——以〈大宋中兴通俗演义〉和〈说岳全传〉为中心》，哈尔滨师范大学中国古代文学 2010 年硕士学位论文。

4. 李继伟：《"说岳"故事人物形象流变历程考论》，首都师范大学中国古代文学 2009 年硕士学位论文。

5. 何源景：《解读云南传统壮剧〈征伐平南侬智高〉》，《民族艺术研究》2009 年第 5 期，第 39 ~ 41 页。

6. 邹贺：《〈说岳全传〉成书年代考》，《宁夏大学学报》2009 年第 5 期，第 100 ~ 103 页。

7. 曹家齐：《杨门女将故事源流初探》，《中山大学学报》2008 年第 3 期，第 100 ~ 107 页。

8. 罗彩娟：《记忆与表述：马关县壮族眼中的侬智高与杨六郎》，《广西民族研究》2008 第 4 期，第 174 ~ 186 页。

9. 张树霞：《汉族想象中的"他者"与壮族的"自塑形象"——关于侬智高形象两种文本的比较分析》，《凯里学院学报》2008 年第 5 期，第 138 ~ 140 页。

10. 陈小林：《试论杨四郎故事的形成》，《山西师大学报》（社会科学版）2008 第 9 期，第 83 ~ 85 页。

11. 丁春华：《〈八郎探母〉版本及演出时间考》，《浙江工商职业技术学院学报》2008 年第 6 期，第 29 ~ 32 页。

12. 伏涤修：《岳飞题材戏曲流变考述》，《浙江艺术职业学院学报》2008 年第 3 期，第 39 ~ 44 页。

13. 李明：《诸葛亮"七擒孟获"传说的文化内涵初探》，《临沂师范高等专科学校学报》2008 年第 1 期，第 7～10 页。

14. 于立强：《史料中的狄青形象及其为俗文学所提供的可能》，《山西大同大学学报》2007 年第 3 期，第 61～64 页。

15. 刘莹莹：《清代通俗小说女将形象研究》，辽宁师范大学中国古代文学 2007 年硕士学位毕业论文。

16. 杨秀苗：《〈说岳全传〉传播研究》，山东大学中国古代文学 2007 年硕士学位毕业论文。

17. 李琳：《中国古代英雄诞生故事与民间叙事传统——以岳飞出身、出生故事为例》，《郑州大学学报》（哲学社会科学版）2006 年第 5 期，第 154～158 页。

18. 张晶：《谈京剧舞台上的萧太后》，《戏曲艺术》2006 年第 2 期，第 69～70 页。

19. 叶志良、胡妙贞：《在历史经纬中嬗变的婺剧"双阳与狄青"的故事》，《戏文》2006 年第 1 期，第 28～31 页。

20. 刘振伟：《狼叙事与西域诸民族》，朱玉麒主编：《西域文史》第一辑，北京：科学出版社 2006 年版，第 247～266 页。

21. 朱恒夫：《岳飞故事：史实的拘泥与民间性的失度》，《明清小说研究》2005 年第 4 期，第 15～32 页。

22. 杨建宏：《略论杨门男将演变成杨门女将的文化意蕴》，《长沙大学学报》2004 年第 1 期，第 9～12 页。

23. 王立、冯立嵩：《忠奸观念与反面人物形象塑造——论金兀术的"侠义性格"》，《哈尔滨工业大学学报》2004 年第 4 期，第 94～101 页。

24. 李凤飞、胡凡：《论萧太后在辽圣宗即位之际所采取的措施》，《齐齐哈尔大学学报》2003 年第 3 期，第 64～65 页。

25. 郝庆云：《简评金兀术的历史作用》，《哈尔滨学院学报》2003 年第 1 期，第 112～114 页。

26. 江玉祥：《论彝族民间传说和故事中的孟获形象》，《西南民族学院学报》2000 年第 4 期，第 62～67 页。

27. 朱眉叔：《〈大宋中兴通俗演义〉与〈说岳全传〉的比较研究》，《辽宁大学学报》2000 年第 4 期，第 86～91 页。

28. 李锡厚:《〈辽史〉与辽史研究》,《中国社会科学院研究生院学报》1995 年第 5 期, 第 63 ~ 73 页。

29. 周传家:《杨家将和杨家将梆子戏》,《戏曲艺术》1994 年第 2 期, 第 20 ~ 25 页。

30. 杨芷华、傅如一:《从〈昭代箫韶〉看乾嘉宫廷戏曲之鼎盛》,《山西大学学报》1990 年第 4 期, 第 72 ~ 79 页。

31. 陈汝衡:《试论有关狄青的小说和戏曲》,《戏剧艺术》1984 年第 1 期, 第 103 ~ 106 页。

32. 朱建明:《乾隆三十九年春台班戏目》,《黄梅戏艺术》1983 年第 1 期, 第 69 ~ 74 页。

33. 马力:《〈南北宋志传〉与杨家将小说》,《文史》第十二辑, 北京:中华书局 1981 年版, 第 261 ~ 272 页。

34. 李希凡:《〈四郎探母〉的由来及其思想倾向》,《人民日报》1963 年 6 月 9 日。

35. 周明泰:《〈昭代箫韶〉之三种脚本》,《剧学月刊》1934 年第 1 期, 第 361 ~ 503 页。

36. 清逸居士:《乾隆以来戏剧之变迁》,《国剧画报》1932 年第 28 期。

37. 徐凌霄:《〈岳家庄〉旧编剧本整理之一》,《剧学月刊》（创刊号）1932 年 1 月, 第 73 ~ 94 页。

后 记

　　终于写就书稿，心中既喜悦又惶惑。它的完成让我如释重负，但它可能存在的问题又让我惶恐不安。自2005年参加芜湖中国辽金文学学术研讨会起，我就一直在努力推进这一课题的研究。感谢程国赋教授，是他在三年前将这个课题纳入小说研究丛书项目，并在百忙之中为我审阅书稿，提出细致中肯的修改意见。感谢王德威教授，给我机会来到哈佛大学东亚系访问，在此期间得以开阔视野，借助燕京图书馆馆藏，静下心来整理多年来对这一课题的思考。感谢为此书付出辛勤劳动的暨南大学出版社总编辑史小军教授和责任编辑陈绪泉先生。

　　初来哈佛，寒风飘雪，惊叹哈佛校园的美丽，也会为一只小小的松鼠驻足不前。当不再惆怅筒子楼的简陋，不再焦灼于英语的言之不足，开始享受学生式的简单生活时，仿佛回到了读书时代，和亦师亦友的学界同仁们相聚小酌、切磋琢磨。此时此刻，夏日的阳光炽热，茂密的浓荫四溢，但凉夜已经来到。那守候着窗外春天枝芽的一幕，仿佛还如昨天一般真切。时光就如此流逝。

　　感谢这本书稿证明了这段时光的意义，或偶有懈怠，却绝不曾虚度。

张春晓

2012 年 7 月 20 日

于哈佛大学燕京图书馆